仏陀の小石

又吉栄喜
Matayoshi Eiki

コールサック社

仏陀の小石

又吉栄喜

目次

武島…………僧侶になろうとしたが挫折した経験を持ち、瞑想が好きで聖跡巡りツアーに参加する。

中松律子……体重七十二キロの保母で、肉親を捨てて新しい出発を願い、安岡夫婦に秘密を打ち明ける。

菜穂子………美しさが失われることを極度に恐れる若い女性でツアー客から人生の智恵を受け取る。

安岡希代《きよ》……主人公の妻。夫の浮気と娘の死の苦悩から聖なる石を探し平和祈念公園に埋めたいと願う。

安岡《やすおか》義治《よしじ》……主人公の沖縄の小説家。小説のテーマを思い悩み、また娘の供養のため参加する。

老小説家……結核療養所で安岡と出会い、小説家の心構えや文学論を語り安岡の小説に影響を与える。

バクシ………沖縄ツーリストの添乗員で海外部長。ツアー参加者にインド哲学・宗教についての蘊蓄を陽気に語る。

第一章　大地

二〇一〇年七月二十九日、インドの地方都市パトナに着いた。薄暗い空港ロビーの四角い大時計の針が午前十時四十分をさしている。安岡義治《やすおかよしじ》は腕時計を現地時間に合わせた。雨季だというが、気温は何度だろう。ムッとした空気が全身にまとわりつくような、この暑さは沖縄とはちがう。

安岡たちは小さい駐車場に待っていた中古の大型バスに乗り込んだ。添乗員のバクシ・プラモドを含め七人のツアーのせいか、大型バスの中が妙にがらんどうのように安岡は感じた。

大小の街路が不規則に交差している。家々は映画のセットのように鮮やかな青や赤や紫に塗装されている。架空の動物なのか不思議な像を彫ったバルコニーや出窓が道に迫《せ》り出している。寺院の窓枠に猿の彫刻がほどこされている、と安岡は思った。猿は首を傾《かし》げた。本物の猿が静かに座っている。

緑、白、ピンク等色とりどりのシルク製品、金属製の日用品、光り輝くビーズの装飾品が店先から溢《あふ》れ出ている。安岡は唐突に、この感覚は十二年前の「疎隔《そかく》された鶏《にわとり》」が単行本になる際の不思議な感覚に似ていると思った。小説賞を主催した沖縄の雑誌社からこのようになりますという見本本が送られてきた。モザイクのような鶏の頭部が描かれた「疎隔された鶏」の立派な表紙がついていた。安岡はページをめくり、パラパラ読んだ。何がどうなっているのか、わけがわからなくなった。こんな表現をするはずはないのに、こんな人物を描いた覚えはないのだが……。つまり表紙だけが「疎隔された鶏」だったのだ。中身はある女性作家のたしか「純愛の行方」だったように覚えている。「純愛の行方」は読まなかった。どのような小説だったのだろうか。

安岡はまた唐突に、ダンテが初恋の少女ベアトリーチェの魂に導かれ、天国に昇っていくように、インドの何かが俺と希代《きよ》と娘の絹子《きぬこ》の魂を昇華するような小説が書けないだろうか、と思った。

頭に水瓶《みずがめ》を乗せたサリー姿の女たちが太った牛に従うように歩いている。日陰さえあれば立派な寝床だというように寺院や店や家の軒下、車や馬車の下に人も犬も牛も寝ている。寝る場所は寝室、クーラーやアルコールが必要、枕が変わったらどうのこうのと言い兼ねない人間とは明らかに違うと安岡は思った。

寝ている人の傍らには食事をしている人、口角泡を飛ばしている人、瞑想《めいそう》にふけっている人がいる。食べたいから食べる、寝たいから寝る、しゃべりたいからしゃべる、瞑想したいからする。このようなインド人たちと、食べたくもないのに食品コマーシャルに食べさせられ、眠りたいのに人付き合いを強要され、しゃべりたいのに世間体を気にする俺とは次元が異なっている。

重厚なコンクリートの建物、焼き煉瓦《れんが》を積み重ねた建物、ドーム型の屋根のある建物、何百年も建て増しを続けたような四角なのか円形なのか、よくわからない建物が並ぶ町をぬけたあたりからひび割れたアスファルト道路が一直線に伸びている。ガードレールや柵はなく、路肩に短い草が生えている。

クラクションの音が重なるように響き合う。荷物を満載した大型トラックのひどく汚れた車両ナンバーの上には「クラクションを鳴らして。どうぞ追い抜いて」と書かれている。消えかけた英字だが、安岡は読めた。のどかな田舎道でもクラクションは耳をつんざくように鳴り響くが、人々は車を一瞥《いちべつ》もせずに歩き回り、平然と道路に面した木陰に横たわっている。バスをすれすれに追い抜く車や、無理に割り込む車が後をたたなかった。肝を冷やすが巧みな運転だと安岡は感心した。だが、整備されていない道の左右には積載オーバーなのか、ハンドル操作を誤ったのか大型トラックが引っ繰り返っていた。

バスは速度を上げ、エンジン音を響かせた。葉の茂った大木がポツンポツンと生えた野原や、土地の痩せた野菜畑が広がり、砂糖黍《さとうきび》畑の向こう側には、岩肌や地肌に灌木《かんぼく》がしがみつくように生えた小高い丘が現れた。

ほどなくバスは速度を落とした。小さい集落の入り口に生えた枝振りの見事な菩提樹《ぼだいじゅ》の大木の前に、コンクリート製のほこらがある。肩を寄せ合うように並んだ掘っ立て小屋のような雑貨店、金物屋、タイヤ修理屋のひさしが集落の狭い道に迫《せ》り出している。雨季のせいか、くすんだ店とは対照的に目を見張るような赤い花柄や幾何学模様の雨傘が雑貨店の店先にぶらさがっている。

光沢のある泥を固めたような家や、屋根に稲や麦の茎をのせた柱だけの家や、茅ぶき屋根に瓜《うり》の葉がのび広がった家が密集している。漆喰《しっくい》塗りの壁に開いた丸い窓から目のクリクリした人形のような女の子が褐色の顔を出している。竹を立て掛けた家の脇から橙《だいだい》と紫の縞《しま》模様の帽子をかぶった男の子がバスの安岡に敬礼をした。

運転手のすぐ後ろに座っている、長身のバクシが立ち上がり、マイクを握った。

「みなさん、お釈迦《しゃか》様の聖跡巡りツアー、そしてインドの大地へようこそ」

バクシは口髭《くちひげ》の下から白い歯を見せた。

「このツアーに参加したみなさんは和合の衆ですけど、人というのは三人集まると、嫌いな人ができてしまいます。お釈迦様も、嫌いな人と一緒にいなければならない生の苦しみを、八苦でしたか、七苦でしたか、たしか八苦の一つに数えておられます。みなさん、巡礼はなぜ大勢の人が一緒に行うのか、知っていますか」

沖縄からこのツアーを添乗している、沖縄ツーリスト海外部長のバクシは黒い瞳を輝かせ、一人一人の顔を見た。

「嫌いな人間とも和を結べるようになるためだろう」

中ほどの席に座っている坊主頭の武島《たけしま》が言った。

「そうです。人の和をつくる修行です。嫌いな人と仲良くするというのは、たいへん難儀なんです」。

バクシは笑みを浮かべた。

バスは集落を走りぬけた。

「一本道はまだまだ続きますから、みなさん、眠くならないうちに自己紹介をしましょう。お互いすでに大方ご存じでしょうが、何か一言ずつ。まず私から。私は二十五歳までは知識のために、五十歳までは家族のために、七十五歳までは社会のために、百歳までは出家のために生きたいと思っています。では心をこめてインドの歌を歌います。その間に自分をアピールする言葉を考えてください」

バクシはカセットデッキにテープを差し込み、伴奏に合わせ、声を張り上げ、軽快なテンポの歌を歌った。高音は透き通り、見事だが、歌詞の意味は誰もまったくわからなかった。しかし、大きな拍手が起きた。バクシは照れ臭そうに笑いながらカセットを止めた。

「インドには失恋の歌はなくてハッピーエンドの歌しかありません。今の歌も男性が女性に、君の顔は満月のようだ、唇はバラの色のようだと、とことん誉《ほ》めています」

安岡には「満月のようだ」というのが「マングースのようだ」に聞こえ、思わず口元がゆるんだ。

「バスの運転手さんは出発したビハール州の州都パトナからラージギール、ブッダガヤ、ベナレスまでずっと一緒ですから、私から一言紹介しましょう。名前はドロナさんです。五十八歳です。老運転手だと本人は謙遜していますが、東北インド一のベテラン運転手です」

頬《ほお》がこけ、白髪まじりの、小柄な運転手は運転以外は興味がなく、空港に着いた多くの外国人観光客が決まったように聞く植物の名前を記憶しなさいと上司から言われるが、未《いま》だに覚えていないという。

「では、左前の座席から順にお願いします。中松律子《なかまつりつこ》さん」

バクシが窓際に窮屈そうに座っている、体重七十二キロの律子にマイクを渡した。

「保母をやっています。肉親や親戚縁者をきれいさっぱり捨てて、新しい出発をするためにこのツアーに参加しました」

律子はすぐマイクをバクシに返した。一瞬の沈黙の後、バクシが拍手をし、つられた何人かが真似《まね》た。

「あと二言三言お願いできませんか？　律子さん」と、何か一言ずつと言っていたバクシが促した。

律子はマイクを受け取り、一気にしゃべった。

「食肉工場に勤めていた父が売れ残りの肉を毎日持ってきたのよ。うちは肉が大好きになって、小さい時は可愛《かわい》かったんだけど、中学生になる頃には体重が六十キロになって。うち、授業風景は思い出せないけど、小中高の初恋の三人は」

律子は短く息をついだ。

「初恋というのは一人？　だったら片思いね、片思いの三人は強烈に覚えているのよ。だけど母親が、あんたは美人でもないし、魅力的な才能もないから、愛したり愛されたりはできないよ、と言うのよ。いくら親でも残酷でしょう？　不美人は前世に問題があるのかしらね。年下の保母たちはみんな結婚していて、人間関係も煩わしくなって、仕事を辞めよう辞めようと思っているうちに独身のまま四十の坂を越してしまったのよ。沖縄に戻れば、あくせくするただの中年女だけど、インドでは全てが削《そ》げ落ちて、若返るような気がするのよ。だって丸太ん棒みたいなうちが何の気遣いもなく堂々と歩ける場所が他のどこにあるというの。終わり」

　インドの女性たちはほとんどスマートなのに、なぜ丸太ん棒みたいな律子が堂々と歩けるのだろうか、と安岡はぼんやり思った。

「ありがとうございました。では、お願いします」

　バクシからマイクを受け取った、バクシのすぐ後ろに座っている安岡は体重は六十五キロしかないが、身長は百八十センチをこす。

「安岡です。前に一度バクシさんとインド観光をしました。あまりにも風景も人も違っていて、暑くて、今回も不安と期待が入り混じっています。よろしくお願いします」

　安岡はあたりさわりのない自己紹介をし、バクシにマイクを渡そうとした。傍らの、前髪をひっつめ肩に扇子を広げたような髪型をした希代が安岡からマイクを取り、「安岡希代です。私たち、お釈迦様の歩かれた所の石を収拾して、南部戦跡の平和祈念公園に埋めて、鎮魂と平和祈願をしたいと考えております」と言った。安岡とバクシ以外のメンバーは一瞬絶句した。

「石がどうしたのか、わからないが、バクシ君、のっけから自己紹介なんかよしたまえ。人は自分自身の何たるかもわかっていないよ」と武島が言った。

安岡が「インドではバクシさんに任せたらどうですか」と言った。

バクシは希代から受け取ったマイクを持ち、微笑《ほほえ》みながら自己紹介を否定した坊主頭の武島に歩み寄り、手渡した。

「十代、二十代の女は人間じゃない。謎だ。神秘だ。三十代から女も人間だ」

「謎があると人間じゃないんですか？」と菜穂子《なほこ》が言った。

「男には謎はないの？」と律子が言った。

「僕は仕事のない日は浜に座って瞑想《めいそう》している。周りの人間には、やる事がなくただぼんやりと座っているようにしか見えないようだが」

「武島さんは瞑想で、十代、二十代の女は人間ではないって気づいたんですか？」と菜穂子が聞いた。

「みんな十年来の友人みたいによく心の内を言うな」

武島自身も色々言っているのに、と安岡は思った。

「だが、仏教の根本は抜苦与楽《ばっくよらく》だから当を得ている。本音を吐かなければ何も始まらないのは確かだ。僕は大学卒業後、僧侶になろうと思い立ち京都に行ったが、挫折した。名前は武島です」

「まだお若いじゃないですか。人生はこれからですよ。安岡先生と同じ三十九歳でしょう？」とやはり四十歳前後のバクシが言った。

坊主がかった、宗教がかった男は武島さんに限らず俺はたぶん否定はしても肯定はしませんと安岡は内心言った。

「宗教は他宗を排斥するから駄目だ。僕は教祖のいない太陽を拝んでいる。今回は滅多《めった》にない聖跡巡りツアーだから来た」と武島は言った。「とにかく人はゼロになっても死なない。仏教の空《くう》の概念と同じだ。誰かが手を差し伸べる」

「何なの？　人がゼロになるとか、空とか、あんた、わかる？」と律子が、すぐ後ろの席に座っている菜穂子に振り向いた。

「わかるような気がします、私」

　ボーイッシュな短い髪をした菜穂子は背丈が百六十センチほどあり、スラッとしている。掌《てのひら》にすっぽり収まるくらいの小さい乳房の形がブルーのTシャツから浮かび上がっている。

「ひもじい思いをしていた人が数日後にようやく食にありつけたら深く感謝しますよね。私、このような感謝の気持ちになれるんじゃないかと思って、今回のツアーに参加させていただきました。ついさっき私は前世ではインド人だったかもしれないというインスピレーションを受けました。詳しく言いますと、私の体の中に聖なるものと穢《けが》れたものが同居し、古代と近代が混じりあい、悠久の過去と永遠の未来が一体になっているように実感するのです」

　武島が「バクシ君、もう黙って、一斉に瞑想しよう。おしゃべりなら食事をとりながらでも沖縄に帰ってからでもできる」と言った。

「私、希代さんの沖縄の平和祈念公園に埋める埋めないに関心はありませんが、仏様が踏まれた聖なる石には興味があります」と菜穂子が言った。

「聖なる石？　ロマンね。辛《つら》い現実を忘れられる不思議な匂いが漂うね。聖なる石っておもしろそうね。沖縄で聖なる石といったら琉球石灰岩でしょう？　首里城に昔からあるでしょう」と律子が言った。「でも、うちはアワ石だと思うね。今も聖地には必ずあるから」

　何かふざけている。変に頭にきた安岡は、釈迦の謂《いわ》れのある土地の石は十中八九効力はないような気がするが、希代の強い胸の内を擁護しようと口を開きかけた。しかし、言葉が思い浮かばなかった。

「聖なる石を信ぜよ。信じる者は救われる」と武島が言った。

「冗談めかして言わないでください。信じるって生易しいものじゃないのよ」と菜穂子が言った。

「だから、信ぜよ、だよ」と武島が言った。

「私と安岡は小石ですけど、みなさんもインドから、お釈迦様から何かを得ようとしているんですよね。お釈迦様が何十年もかけた道程を、私たちは数日でたどるのです。ボヤボヤできません。私には一日がとても貴重なんですよ」と希代が強く言った。

バクシは十数人集まると言っていた。今どき聖跡巡りははやらないのだろうか？　少人数の不思議なツアーになっている。安岡はぼんやり思った。

「うちは奥の深いインドが見たいのよ。今回の行程はめったにないツアーだから」と律子が菜穂子に言った。

「律子さん、世の中はロマンに満ち満ちているわ。聖なる石。律子さんが言うように不思議な匂いが漂うわ。ああ何と美しい、厳粛な響きでしょう」

インドの大地には人の感性を研ぎ澄ますような何かがあるのだろうかと安岡は思った。那覇空港や飛行機の中では誰もがありきたりの話しかしなかったように俺には見えたが、インドに着いたとたん、一種の懺悔《ざんげ》のように……。

「よし、みんな、瞑想しよう」と武島がまた言った。

大小の穴が不規則に開いた道が何時間も続いた。バスの車輪が穴に落ちる衝撃が伝わったが、安岡はうたたねをした。しかし、「起きろ、愛娘《まなむすめ》の供養の旅だ」という声がどこからともなく聞こえ、目を覚ました。

バスは古い鉄の橋を渡った。雨季だというが、川はほとんど干上がり、筋のように水がゆっくり流れている。ゴロゴロ転がった川石の間に雑草が生え、ひび割れた川原を人々が歩いている。

川原が遠退《とおの》いた。道端の雑草は萎《な》えたまま風に揺れているが、菩提樹の大木は水分が漲《みなぎ》った緑色の葉を生き生きと輝かせている。畑はひび割れ、葉野菜も萎《しお》れている。藻が浮いた溜《た》め池の縁に数羽の孔雀《くじゃく》がじっとしている。

バスは村に近づいているのか、沿道に小さい粗末な屋根をふいた店が現れた。並べられた黄色や赤など色とりどりのペットボトルが陽《ひ》に照らされている。荷車にも飲み物やバナナやマンゴーが置かれている。地元のドライバー相手の商売だと安岡は思った。

木々の間から土壁に茅《かや》ぶきの家が見える。四角い箱のようなレンガ作りの家もある。木の下、軒下、荷車の下に人や犬が寝ている。仮眠ではなく、一日中寝ていると安岡は思った。この風景が二千数百年前から少しも変わらずに続いているように錯覚した。のっしのっしと道の真ん中を歩く我がもの顔の牛に、どの車もクラクションを鳴らさなかった。村には十字路や路地が多いが、信号機は一つもなかった。バスはゆっくりと進んだ。

安岡の頭にふと妙な感覚が生じた。家の中の土間と庭に境目がなく、庭には囲いがなく、畑とつながっている。つまり家が庭に、庭が畑に、畑が山や地平線に、山や地平線が空に、無限につながっている。無限の中に神の恩寵《おんちょう》がある。見渡せる山の裾野《すその》も自分の庭のように、自分の所有物のように、自分の一部のように感じる。ちっぽけな家の土間が偉大なものにつながっている。囲いのない風景は人の潜在意識に働きかけ、人と人の心にも境をなくすのではないだろうか。

「バクシ君、マイク」

老小説家は声を張り上げないのだが、前方の座席のメンバーに妙にはっきり聞こえた。バクシは老小説家にマイクを渡し、自分の座席に戻った。

「老境の入り口にさしかかり、一生の体験を沈思、熟考している。わしは真の心を今表明しよう」

高齢なのになぜか最後尾の席に座り、ずっと目を閉じていた、ハリセンボンのような硬い白髪頭の老小説家が唐突に言った。

「いつだったか、正確には思い出せないが、たぶん思春期だっただろう。『悲しき六十歳』という歌がはやっていた。あの頃、わしは、あえて誰のとは言わないが小説に触れて、小説をあなたと呼ぶようになった。あなたから死ぬまで離れませんと誓った」

「小説に魂を抜かれたの？」と律子が言った。

「魂を奪われたんですよね」と菜穂子が言った。

「わしは当年で六十九歳になるが、六十九年間がペシャンコになっている」

老小説家は角張った、痩せた顔を上げ、菜穂子を見た。ツアーメンバーは静まり返った。

「わしは自分を天才だと思っていたのだろうか。天才というのは99パーセントの汗と1パーセントのインスピレーションからできているというエジソンの言葉を逆にとらえてしまった。つまり1パーセントしか努力しなかったんだ」

安岡は立ち上がり、老小説家の近くの座席に移った。

「文学をやる者は物事を楽天的に考えてはいけないよ、安岡君」

「……」

「もしわしが安岡君の若さで今の考えを持っていたら、まちがいなく高名を響かせていただろう。わしは今頃ようやく自分が六十九年の人生から何も得ておらず、人生はあまりにも短すぎると心底気づいた。いまさらどうもがいてもどうしようもないんだ。わしはいたたまれなく悲しいよ」

俺も三十九歳です。さほど若くはありませんと安岡は言いかけたが、黙っていた。誰も身動きしなかった。

「何十年も書き続けてこられたんですから、何も得ていないはずはありません」と安岡が言った。

菜穂子が老小説家の方に身を乗り出し、「老小説家さん、老小説家さんと呼んでいいんですよね。今からですよ。九十代の現役作家もいますから」と言った。

「未来に期待しようにも沖縄からは出そうもない。しいて言えば、安岡君、君だけだ」

「俺くらいのレベルなら大勢いますよ」と安岡は言った。

「あの世で芥川や川端に会えるから死ぬのが楽しみだ、という心境にはまだなれないよ。今世にまだまだしがみついて小説を完成させたいんだ」

今、何を書いているんだろうと安岡は思ったが、聞かなかった。

「安岡君、君と初めて会ってから、もう二十年にはなるかな?」

「たしか平成八年でしたから、十四年です」

希代が手を上げ、「バクシさん、マイク、お願いします」と言った。バクシは希代に歩み寄った。希代は立ち上がり、バクシが持っているマイクに口を近づけ、頭を突き出すようにソバージュの髪をかき分けた。

「見えるかしら？　私、ここに百円玉ほどの円形脱毛があるんですよ」

通路横の菜穂子が珍しそうに見た。

「ほんと。真ん丸く禿《は》げているわ」

「恥をしのんで言います。今日は一緒に座っていますが、私、口惜しくも夫と身も心も別居中なんです。このままではいけない、お釈迦様の小石におすがりしなければと思って、聖跡巡りツアーにご一緒させていただきました」

菜穂子と律子は顔を見合わせた。バスの中に沈黙が漂った。

「俺は娘の供養に来た」と安岡がポツリと言った。バクシは希代の口元からマイクを離し、言った。

「忌憚《きたん》のないお話を、ありがとうございました」

安岡は窓の外に顔を向けた。バスはとっくに村を通りすぎたが、安岡の脳裏には村の子供たちの姿が蘇《よみがえ》った。

まもなくバスは都市に入った。子供たちは白と緑の制服に身を包み、可愛《かわい》い革靴を履いていた。女の子は三つ編みをし、男の子は坊っちゃん刈りをしていた。しかし、今さっき通った村の子供たちは何も履かず、髪も顔もいつ洗ったのか、たぶん本人もわからないくらいに汚れていた。鼻水が乾燥したのか、頬がピカピカ光っていた。だが、キラキラ輝く、澄んだ、人なつっこそうな目をしていた。

また次の村にもたくさんの子供たちがいるだろう。ツアーの女性たちのサングラス、布製の帽子、日傘、手袋、スカーフのいでたち、日焼け止めを塗った顔を、子供たちは大きな人形のようにさぞかし珍しそうに見るだろう。

バクシがマイクを握り、「まもなくラージギールです。お釈迦様の時代の王舎城です」と言った。

第二章　老小説家

安岡は生活に必要な金があり学歴は不要だとも思ったが、小説への知的好奇心が強く、琉球大学に入った。大学を卒業した後一年ほど昼夜が逆転したような日々を送った。

大学時代はともかく、社会に出た安岡に――特に仕事をしていたわけではないのだが――関わりのある人たちは「今日、デイゴが咲いていた」と言っても「それがどうした」というような表情を浮かべ、「今日、夏至だな」と言うと「金儲《もう》けや仕事と関係があるのか」と冷笑した。日々の詩情に無縁な人たちにほとほと愛想をつかした安岡は昼間は書斎のカーテンを締め切り、小説の中の理想郷を空想し、夜はただ酔うためにスナックをハシゴした。安岡は金儲けには頓着しなかった。毎年夏に、キャンプ・キンザーの軍用地料が一千万円余り入ってくるからあくせく働く必要はなかった。

二十三歳になった、一九九五年の、大晦日《おおみそか》が近づいたある日、一ヵ月ばかり出入りしていた「話し相手」の猫も現れず、ラジオを聞きながら酒を飲み、今年も何もせずに正月を迎える侘《わび》しさを紛らわせた。だが、どうにも居たたまれなくなり、朝の五時、ジャンパーを着け、家を出た。バスやタクシーに乗ったり、降りたり、歩いたりしているうちに、いつのまにか北部の結核療養専門病院前のバス停留所に着いていた。近くの浜に降り、寒風に身をさらし、潮騒を聞こうと思ったが、小雨が降り出し、野犬も集まりだした。繁華街の方に歩いているうちにかかとの皮がむけ、薬局に入った。セーターを着た若い女が顔を出したが、値段がわからず、売り物の軟膏《なんこう》の箱を開け、「私、留守番の者です。お代はいりません。どうぞ」と言った。世の中にこういう人もいるのか、この人なら詩情もわかる。清々《すがすが》しく新しい年が迎えられる。安岡は胸をはずませ、帰路についた。

軍用地料に恨みでもあるかのように周りの人たちから「こんなに満たされた生活をしたら早死にするよ」と言われたが、まさかと軽くいなしていた。ところが翌年の、一九九六年の四月、突然、血痰《けったん》が出た。近くの病院から保健センターに回された。肺に一センチ五ミリの穴が開いていた。即刻、四カ月前にバスを降りた北部の結核療養専門病院に入院した。

自業自得だと自分を納得させながらも打ち沈んでいた安岡の目に同室の患者たちは快活に映った。検診の時、「先生、もっと職場休めるでしょうか」と聞く中年の男に、山羊《やぎ》というあだ名の顎の細い医師は白い髭《ひげ》をさすりながら「もうそろそろ治るから、働かなければならんよ」と言った。

「わしは入院して毎日点滴をうったら、白髪が黒くなってきたよ」と初老の痩せた男が言った。「先生、注射を射《う》ちながら大きなくしゃみをする看護婦もいるよ。誰とは言わないが。注意してくれよ」

「名前を言わないと注意のしようがないよ」と医師が言った。

中年の男が「これはひどい状態だと、すぐ検査結果を言う技師もいるよ。結果は医師が言うもんじゃないかね、先生」と言った。

初老の患者が「あの技師は問題だ。予約していた人が急死したから、あんたの検査が予定時間より早くなったなどと驚かすんだよ、先生」と言った。

安岡の血圧や脈拍や心電図の値も正常値を超えた。医師が「家族や親戚に心筋梗塞や脳梗塞で亡くなった方はいませんかね」と聞いた。安岡は「親戚にいます」とこたえた。

「何歳で?」

「九十八歳です」

医師は「九十八歳なら何で亡くなろうと関係ありませんよ」と言った。

入院後の数日はなかなか寝つけなかった。「安岡さん、昔なら助かりませんでしたよ」という医師の言葉が蘇《よみがえ》った。ある日の夜中、何時頃だろうか、廊下を通るワゴンの音を聞きながら眠りにおちた。翌朝、安岡に「夜中、ワゴンの音を聞いたか? あれは亡くなった患者を霊安室に運ぶ車の音だよ」と、看護婦に大きなくしゃみをしながら注射を射たれたという初老の男が廊下を指さした。「この世とあの世をつなぐ道だ」

死と隣り合わせの生の中にすべての人はいる。このような感慨を抱いた安岡は結核療養専門病院の清掃や炊事のおばさん、結核療養専門病院の近くの道を横切る網を担いだ漁師、野菜を乗せた一輪車を押す農夫など、人間がいとおしくなり、思いを込め、見つめるようになった。

安岡のベッドは窓際にあり、外の栴檀《せんだん》の大木が見えた。安岡は自分の家の庭を思い出した。大学時代、七夕の詩情に浸るために植えた竹があっという間に成長し、地面のあちらこちらからどんどん芽を出してきた。庭囲いの合成竹の間からも竹の葉が出てきた。安岡は躊躇《ちゅうちょ》したが、年中青々とした、全く季節感のない竹を全部切り倒し、落葉し実のなる柿の成木を植えた。柿は落葉後は枝も幹もどこか老人のようにゴワゴワした黒っぽい色に変わった。根付かず枯れ朽ちてしまったのでは、と毎日やきもきしながら見た。

翌年の春、書斎のガラス窓の向こうに小さな新芽を見つけた時は、ほっとし、ぼんやりしていた頭もすっきりした。植え付けてから二年後だったか、丸い小さい実をつけた時は何とも言えなかった。柿のみならず雑木の実にさえ愛着を抱くのは、実には命が詰まっているからだろうか。華やかな花の時間が過ぎ去り、実になる。老年期の実は土の地味と一体となり、赤ん坊のような生命を生み出す、などと考えた。なぜ秋に人は祈りたくなるのか、わかったような気がした。収穫に感謝する前に、肌寒い風に揺れながら細い枝にしがみついている、毅然《きぜん》とした赤い、艶《つや》やかな実に人は存在の虚《むな》しさや喜びや神々しさを感じるのではないだろうか。庭の柿は食べず、ただ読書した後の目を休めながら眺めた。毎日小鳥が実をついばんだ。

窓からぼんやりと栴檀を眺めたが、新聞もなく、テレビやラジオの視聴も制限された一日は、ものすごく長く、病室にじっとできなくなった。

十数日は体にも頭にも力が入らなかったが、薬と規則正しい食事と栄養が効いたのか、体の中から活力がみなぎった。夜九時の消灯だったが、十一時になっても密《ひそ》かに読書に没頭した。

ある夜、フォークナーを読んだ。安岡の家は浦添市のキャンプ・キンザーの近くにあり、米兵の優しさや横暴さも見聞きしたが、このようなアメリカ人像と、フォークナーのアメリカ人像は全く違うように思えた。だが、沖縄の風土とどこか似た風土をフォークナーは描きだしている。人間の悲惨と偉大さがアメリカ南部の重っ苦しい歴史と、まばゆい太陽の中から立ち現われ、安岡を驚かせた。逆にいえばフォークナーは陽光、広々とした白い綿花畑という南部のイメージに奴隷制度の影を引く歴史を重ね塗りしたとも考えられる。愛憎のテーマが多く、しかも南部の亡霊がとりついているように感じられる。生々しい人間たちなのだが、生々しければ生々しいほど、過去の人間のように思えてくる。南部の魂が人々の内面に塗り込められているといえようか。現代人の深層に過去の無数の人々がつまっているような錯覚を生じさせる。だからなのか沖縄の風土と人間を書く時、フォークナーを信望する沖縄の作家もかなりいるように思える。

午後九時の消灯時間の後は枕元のスタンドをつけ、密かに読み続けたが、巡回の看護婦に「こんなに本が好きな患者さんは珍しいわ。体を丈夫にしてから心置きなく読んでね」とやさしく注意された。安岡は本を閉じ、ライトを消したが、なかなか寝つけず、フォークナーの物語の続きを自己流に「創造」した。

昼食後はよく散歩に出た。近隣の家はフクギに囲まれていた。防風林や防潮林なのだが、人々をすべてのものから守るかのように囲っていた。たぶん人々はいいがたい安心感を抱きながら午睡《ひるね》しているると思った。豊かな珊瑚《さんご》が海岸に迫り、砂浜は白く長く、アダンやモンパノキなどの海浜植物が茂っていた。近くの小さい漁港から一人の漁師の舟が「大洋」は果報をもたらす、開かれた「未来」だと信じているかのように悠然と出ていった。この結核療養専門病院のある集落の標高はほとんど海面とすれすれだが、珊瑚礁の原が迫っているせいか、人々は海を恐れず、信じている。海面はきらめいている。かいま、日が陰ると透明な水面下に棒状や玉状の、青や緑や赤の珊瑚が驚くほどくっきりと現れる。安岡をうかがうようにじっとしている青い熱帯魚もいる。

安岡はこのような海の美しさに酔い痴《し》れているのだが、ある日、一人の看護婦が安岡が自殺しやしないか、と危惧し、岩陰からじっと監視していた。痩せこけ、バサバサの長髪のせいなのか、病室ではほとんど黙りこくり、夜中読書に没入しているからか、看護婦はたぶん、目を離すと危ないと思い、岩や海浜植物に隠れながら安岡の後をついてきた。安岡は少しおかしくなり、水にヨタヨタと入る真似《まね》をし、叫びながら走り寄ってくる看護婦に「ぼくは入水自殺なんかしません」と言いたい衝動にかられたが、おとなしく、結核療養専門病院に引き返した。

「日々のいとおしい命」を書き留めたくなり、日記を付け始めた。「捕まえた蟹《かに》を頭に這《は》わせた」「いつもは白い割烹《かっぽう》着に三角頭巾の炊事のおばさんが長いパーマ髪を背中にたらし、スカートをつけ、夕日を浴び、家路を急いでいた。別人に見えた」など他愛無《たわいな》い数行の記述だったが、しだいに思索や心情が加わり、ノート三、四枚に及ぶ長文になった。

結核は治りかけ、時間を持て余すようになり、いっそう日々の見聞や感想をノートに記述した。いつしか習慣になり、架空の出来事も加味するようになった。

周りを低い木々に囲まれた結核療養専門病院の中庭には、幾つかの白いプラスチック製の丸テーブル、椅子、三、四人かけのベンチが置かれていた。このベンチに時折、不思議な中年の男が現れ、患者たちに何やら話しかけた。安岡はなぜか彼から目が離せなかった。少し離れた所に座り、彼を見た。彼は二十歳ほど年上の人にも丁寧語を使わなかった。顔は角張り、白髪がまばらなハリセンボンのような硬い髪をし、ひどく痩せ、顔色も悪く、姿勢もよくなかったが、声からは選挙演説のような勢いが感じられた。

ある日の午後、彼が灰皿代わりに飲み干したコーヒー缶を持ち、厳禁の煙草《たばこ》をふかしながら安岡が座っているベンチに近づいてきた。

「みんなは病気とか療養とかでここに来ているが、わしはもっと深刻だよ」と男は安岡の隣に座り、言った。わし、と言うほどの老人ではないはずだが、と安岡は思った。

「何が深刻なんですか」と安岡は聞いた。

「君は若い。長い人生のほんの一時の療養だよ」

「……」

「わしは毎年、自分の年令に死んだ偉人たちを思い浮かべている。自分が四十歳の時、シューマンが亡くなったなどと」

「……」

「わしは若い頃から小説を書いてきたが、文豪といわれる男たちは、最初は医者だったり、役者だったり、別の仕事をしている。いちいち例は出さないが、例えばコナン・ドイルは医者の仕事がうまくいかずに小説家になっている。シェイクスピアもアンデルセンも役者になれなかったから詩人になった。木登りの下手な猿がヒトになったのと同じだ」

「あなたは小説を書かれる前は、どのような仕事を？」

「だから若い頃から小説を書いてきたと言っただろう。君は本が好きらしいな。看護婦が言っていたが」

「よく読みます。僕は安岡ですが……」

「名は体を表す。わしを老小説家と呼びたまえ」

老小説家？　まだ五十歳前後にしか見えないのにと思った安岡は「わし、わし言うと本当に歳《とし》をとりますよ」と言った。

「歳か、ああ、短い一生だったよ。人生がこんなに短いとは夢にも思わなかった。朝露のような人生だった」

　老小説家は医師に死期を宣告されたのだろうかと安岡は思った。

「五十五年の間にわしは一体何を残しただろうか」

「五十五歳ですか？　老小説家だとおっしゃるからてっきりお年寄りかと」

「人生の哀れ、人間の無常をわしは小説のテーマにしている」

「生意気ですが、人生の喜びや感動もテーマになるように思います」

「浅いテーマだ。笑いを与え、力や知恵を与えた上、非情に奪い取ってしまう、時間というか、神というか、よくわからない何かを明らかにするのが真の小説だ」

「人生を面白くするのも小説の力のようにも思えますが」

「君は少々理屈っぽいな。人生は理屈じゃないよ。小説は甘くはないよ。わしが幾ら書いても貧乏はつのっている。精魂尽き果てた。だから結核にも罹《かか》った。敗残者の悲惨な末路だ」

「まだ五十五歳じゃないですか。人生九十年の時代ですよ」

「今、何歳だろうが、わしは情熱をなくしている」

「……」

「わしの涙は枯渇したと思っていたが、何日か前、昔書いた小説を読み返し、若さと力と熱が湧き出てきた。君にはこの気持ちはわからないだろうな。わしは男泣きしたよ」

「じゃあ、情熱はなくなっていないんですよ」

　近づいてきた中年の看護婦が老小説家に声をかけた。

「老小説家さん、泣かないで。もうすぐ治るわ」

　老小説家は看護婦にも「老小説家」と呼ばせているんだと安岡は思った。

「あの時、泣いているのをこの看護婦に見られたんだ」

看護婦は安岡にも「午睡《ひるね》の時間ですよ。部屋に戻りましょうね」と言った。

四人部屋の同室の患者たちはすでに熟睡していた。安岡はベッドに横たわり、白い天井をぼんやりと見た。寝苦しかったが、いつのまにか眠り、夢を見た。安岡は縁側に座り、暗い海を見つめた。しだいに頭がぼんやりし、海鳴りが聞こえた。両親が死んだ年、中学生だった安岡は両親の顔を覚えているはずだが、薄ぼんやりとしか思い出せず、火の玉のような、夕焼けの赤い色がなぜか思い浮かんだ。家族が一緒に写った写真が一枚残らずいつのまにか消え、自分は生まれた時からひとりぼっちだったんだ、と恐ろしくなり、目が覚めた。寝汗をかいていた。

少したるんだ電線に、カラスだろうか、黒い鳥が一列に並び、とまっている。鳥の背後には橙色《だいだい》や赤紫色に染まった空が広がり、鳥が影絵のように見えた。安岡の顔も夕日に赤く染まっている。この辺りの人は早めに寝るのか、夕方聞こえていた生活の音が消えている。安岡は砂浜を横切り、結核療養専門病院に帰ろうと思った。しだいに星の数も増え、輝きも増し、種々の海浜植物も何かに変化したように見え、海のかなたの音もまじかに聞こえた。砂浜の大岩や水中のキノコ形の岩が黒くなっていた。海面は暗く、陸続きのように思えた。潮騒の音だけがはっきりと安岡の耳に届いた。

最初、大きな石なのか、人なのか、わからなかった。「ここに座れ。まだ時間はある」と聞き覚えのある声がした。安岡は老小説家の側の小さな石に腰をおろした。

「美人コンテストの審査員に政治家や実業家が堂々と名をつらねている。美の感性がひとかけらもない、ノンベーたちだ。物笑いの種になっているよ」

政治家にもチャーチルのようにノーベル文学賞受賞者がいるし、カーネギーなどは音楽ホールや美術館を造ったと安岡は思ったが、何も言わなかった。

「だがな、彼らと似たり寄ったりの文学者も少なくないよ。たとえば、昼間の選考会ではA君の小説を強く推したが、寝る前に考えたら受賞に値しないとわかったから明日、また選考会を開いてくれ、と無理難題を言う選考委員もいるようだ。選考会というのはこのレベルなんだよ」

「……」

「わしが若い頃、応募した文学賞では、落選した女が選考委員を裁判にかけると騒いだよ」

「裁判に？」

「酷評が人権侵害だと、言うんだ」

「こんなことで裁判にかけられたら、選考委員は一人もいなくなりますよ」

「ところが選考委員というのは肝が座っているんだな。どこ吹く風で、飄々《ひょうひょう》と酷評を続けているよ」

この老小説家も酷評された一人ではないだろうか、と安岡はふと思った。もしかすると彼が裁判にかけようとした張本人ではないだろうか。

「小説を書くのも命がけだよ。自分が登場人物のモデルにされて、しかもひどく中傷されて書かれていると言って、ある男が裁判所に、本の押収、出版差し止めの裁判を起こしたケースもあるよ」

老小説家は立ち上がり、歩きだした。安岡もすぐ横に並んだ。どのくらい時間がたっただろうか。月が浮いている。暗い海面に銀色の小魚の群れがひしめきあうように輝いている。

「わしは関節も心臓も悪くて、始終めまいもふらつきも動悸《どうき》も息切れもする。わしのような体なら戦争に行くなら行ってもいいだろう。だが、髪の毛から足の先まで健康な肉体をもった若者が戦死するというのはどう考えても理不尽だ。わしは病気になって、若さを失って、ようやくそのことがわかった」

不治の病、老い、天災、人災、不可避な運命を身にうけながらなぜ人は戦争をするのか、安岡は常日頃から思っている。

「戦争を小説のテーマにしているんですか」

「詰所《つめしょ》に美しい顔の看護婦がいるが、あの娘も一瞬のうちに死んでしまうんだ。それが戦争というもんだ」

「若い女の夭逝《ようせい》をテーマに?」

「テーマ、テーマするな。自分はこのテーマを書くと吹聴する者は一行も書き出せないんだ。完全に書いた後、自分はこのテーマを追求したと言うべきだ」

「……」

「わしは新聞の告別式のページは絶対見ない。先だけしか見ない。過去の人とはつきあわない」

何を言いたいのか、安岡はよくわからなかった。

「わしの顔にはしわを刻むのに、自分自身は永久に年をとらない神や仏への反抗だ、挑戦だ」

「神仏への挑戦を小説に?」

「小説、小説言うな」

老小説家はもう小説は書けないのではないだろうかと安岡は思った。

「安岡君、君がどういう人生を送るか知らないが、力のあるうちに、若いうちに勝負をしかけろ。本当は結核療養なんかしている場合じゃないよ」

「もし、僕が小説を書くとしたら、どういう小説を書いたらいいですか」

安岡は唐突に聞いた。

「内的必然性に目を向けろ。刮目《かつもく》しろ」

「たとえば、この結核という病気に襲われた身の上とか」

「わしも、わしの人生という素材を活《い》かしていない、深めていない。だが、ほぞをかむ中で、どうしようもない淋《さび》しさの中で、書くことだけがわしの最期の仕事だと決めて、書き続けるよ。いわば、わしの小説はわしの遺書だ」

「……」

「安岡君、この世でできることは全部やっておけ。あの世ではまたやることがあるだろうから」

まもなく二人は外灯に照らされた中庭を通り、結核療養専門病院の中に入った。

八カ月後の十二月に退院した。日記帳や雑記帳はいつのまにか紛失してしまったが、書く習慣や想像する傾向は残っていた。

書き始めた小説に吸収されるように日記や雑文は一切書かなくなった。短編を二作書いたが、小説の体をなしていなかった。もったいない気もしたが、破り捨てた。

第三章　疎隔された鶏

安岡は元日の早朝、雑木の間から岩が剝《む》き出した市内一の高台に出かけた。結核療養という、いわば闇の中に長くいたせいか、東から出てくる初日が普段の朝日の何十倍も暖かく、美しく、神々しく感じられた。

現代人は「この一年が平穏でありますように」と願うが、昨日沈んだ太陽が今日は昇ったが、明日も昇るとはかぎらないという不安にとらわれていた古代人は「今日に感謝します。また明日も太陽が昇りますように」と願ったのではないだろうか。つまり毎朝、「初日を拝んだ」「毎日が始まりだった」毎朝感謝をし、畏敬の念を抱いた。朝日が精神や生活の不安を払拭《ふっしょく》したと安岡は思う。喉をふるわせ、高々と啼《な》く鶏《にわとり》の像がふと思い浮かんだ。朝を告げる鶏から人は元来精神的な力を得ていたんだ、と安岡は唐突に考えた。帰り道、鶏、鶏とつぶやいた。

この時思い浮かんだ鶏と、安岡が少年の頃、母親から聞いた「孫たちが各地からとってきためじろの鳴き声を聞かせたら、死にかけていた近所のおじいさんが健康を取り戻した」という話をモチーフに、ほとんど身動きのとれなかった結核療養専門病院の体験を加味し、「疎隔《そかく》された鶏」という小説を構想した。

筋は大学時代に友人から聞いた、戦前のエピソードを参考にした。結核を患った夫に代わり、妻が炎天下野良仕事に励んだ。夫は妻以外にA村とF町の女に子を産ませた。夫はまもなく山の中の小屋に隔離された。妻は病原菌の恐《こわ》さを振り払いながら毎日のように見舞ったが、夫の臨終の言葉は「A村とF町の女を呼んでくれ」だった。頭にきた妻は夫の首を絞めかけたが、看護婦に止められた。

このような夫婦の苛酷《かこく》な情況の際にも、この妻が読みたくなるような小説を書きたいと考えた。ところがなぜか安岡の頭から夫婦のリアリズムは消え去り、シュールな形が現われた。

ある日、十歳の時から七十年間、鶏を飼い、鶏肉を売ってきた老女に鶏舎の鶏が話しかける。理屈っぽい問答の末、鶏たちは大脱走し、人間たちに反乱を起こす。いつのまにか老女は美女に変身しているが、養鶏場のような閉塞《へいそく》情況の中、人間の様々な宿命を悟り、ついに非業の死を遂げる。

このようなプロットを作り、書き出した。

老女が鶏舎を歩いていると突然呼び止められました。空耳かと思い、歩きだすと、また声がかかります。今度ははっきりしていました。しかし、すぐ沈黙しました。小部屋、糞《ふん》を落とす地面、餌を入れる樋《とい》、卵が流れる溝に気配だけを残しています。二、三百羽の鶏の声というのは絶対無視できるものではありませんが、この時、老女は静寂の緊張に必死にたえていました。ついに目が合いました。全ての鶏が何らかの動きをしめしていました。ただ一羽だけ微動だにしません。すでに全てがわかっていました。これです。この鶏です。老女の名を呼んだのは。驚きませんでした。意外でもありませんでした。老女は呼び止められた瞬間から人間の姿を見いだそうとはしなかったのです。

このような調子が延々と続く文体に安岡は辟易《へきえき》したが、鶏のような荒々しい、野性的な人間に魂を付与したかったからか、手書きのペンは軽やかに進んだ。読者が読んでいる間、陶酔から醒《さ》めてしまわないように作品全体のトーン、包み込んでいるモノを、例えば「調べを高くするような詩情」を全ページに満たしたいと思いながら書きすすめた。

しかし、一カ月後に書き上った小説は、とらえどころのない現実を表現がとらえていなかった。現実の表面を単になぞっているだけにすぎないように思えた。鶏以外の主人公を設定できなかったのだろうか。安岡は自分の作品ではないかのように反問した。たぶん実在の誰かをモデルにすると人権侵害になると無意識に考えたのだろう。

最終候補に残ると酷評されるのではないだろうか。老小説家の話では、彼が若い頃、落選した女が裁判にかけると騒いだというが……。安岡は、文芸月刊誌を出している地元出版社が年一回公募している文学賞に応募しようかどうか迷った。だが、ある小説家の言葉「小説は上手下手は無関係だ。感動を与えるか、余韻を残すかだ」に啓発された。インカ帝国のサッカーの試合では、負けたチームは全員神の生贄《いけにえ》にされたというが、この文学賞に落選しても命をとられるわけではないと自分に言い聞かせ、近くの郵便局に向かった。

八月末のある日、出版社から「疎隔された鶏」が受賞した、との驚くべき電話がかかってきた。安岡は一人、本島北部に車を飛ばした。いつのまにか結核療養専門病院の近くの浜に着いていた。モンパノキの木陰に座り、感慨に浸りながら海を見つめた。老小説家は全快しているようには見えなかったが、安岡より二カ月早く、安岡が知らない間に退院していた。彼の住所は知らないが、老小説家にこの吉報を告げたら、どう反応するだろうかとぼんやり思った。

翌月、文芸月刊誌に掲載された選考委員の選評はことごとく「観念がこなれていない」「小説的な具象化がなされていない」「人物の造形力が足りない」のないないづくしだが、「このような発想は沖縄文学では珍しいといえる」「新しい世界を切り開こうとする意欲を買う」と肯定もしていた。選考委員も訳のわからないまま受賞作にしたのではないだろうか、と安岡は思った。少なくとも絶賛ではなかった。

三週間後、薄く小さい単行本の「疎隔された鶏」が発売されたが、どこかの政治団体からのカンパ協力依頼の他に受賞の反響はほとんどなかった。ただ琉球大学文学部の同級生の赤嶺《あかみね》が「疎隔された鶏」を映画化したいと電話をかけてきた。「スポンサーはすぐ見つかるよ。俺の仕事は交友関係が広いからな。詳しい話は会ってから」と赤嶺は場所と日時を指定し、すぐ電話を切った。

不動産業を営んでいる赤嶺の噂《うわさ》は以前から安岡の耳に入っている。二回の離婚歴があるが、いずれも相手から「お金は一円もいりませんから、すぐに別れてください」と言われたという。

映画というのはロマンチックな世界だと考えていた安岡は、「鶏」が県産映画になるという赤嶺の話に戸惑った。鶏の持つシンボルをシュールな形や、夢の形にするつもりだろうか。観客は頭がこんがらがったまま映画館を出ていくのではないだろうか。鶏が人間に反乱を起こすという戯画的な話をなんとか、どこか神話的なものに仕上げて欲しいと安岡は思った。昔の無声映画はどこか曖昧模糊《もこ》としている中から印象深いものが浮かび上がるが、鶏が主人公の「疎隔された鶏」も一切のセリフを廃し、字幕を付けたらどうだろうか。

十月の末になったが、猛暑がまだ続いていた。安岡はかりゆしウェアを着け、出かけた。五階建ての雑居ビルの三階の一室が喫茶店になっていた。こじんまりした小綺麗《こぎれい》な店内に木目の見えるテーブルや椅子が並べられていた。窓際に座り、アイスコーヒーを注文し、国道58号線の向こう側のキャンプ・キンザーを見渡した。

銀行に軍用地料がだいぶたまっている。映画に出資というか、協力金を出すべきだろうか、と安岡はぼんやり考えた。

約束の時間になったが、赤嶺は現れなかった。十数分後、背は低いが肩幅の広い筋肉質の赤嶺は「久しぶりだな。目がまわる忙しさだ」と言いながら席につき、ウエイトレスにアイスコーヒーを注文した。赤嶺は遅れたお詫《わ》びの印にと「祝・疎隔された鶏、映画化決定」の自筆の色紙を安岡に手渡した。半袖シャツに律儀《りちぎ》にネクタイを締めた赤嶺は安岡と同じ二十六歳だが、濃い口髭《くちひげ》と顎鬚《あごひげ》をたくわえている。赤嶺は唐突に「安岡、まだ独身か?」と聞いた。安岡はこの年なら独身は普通だろうと思いながら、小さくうなずいた。

「もっと大きな賞をとってから結婚は考えろよ」

二回も離婚した赤嶺が言った。

「映画を作るのは初めて?」

「文学部を卒業していながらこれまで金儲《もう》けしかできないと少々自己卑下していたが、自分の眼《め》を見開かせてやるよ。やる気がメラメラ燃えている」

「鶏の映画を本当に作れるのか?」

「俺は古代ローマが舞台の歴史劇も好きだが、宇宙戦争のような未来劇も好きなんだ。映画には現実とは別の世界が現れる。なんとも楽しいじゃないか」

「鶏の処理はどのように?」

「鶏を表面的に見てはいけないよ。鶏の背後に、何層にも重なっている時代を透視しなければ。猥雑《わいざつ》な人間の世界にヒビを入れるように、鶏たちの激しい人生を、人生と言えるかどうか、まだわからないが、鶏たちの人生を爆発させるんだ」

自分の書いた「疎隔された鶏」の表現も観念的だが、赤嶺の話はより観念的だと安岡は思った。

「鶏が人間世界にヒビを入れるためには、まず鶏と人間の隔てを取りのぞく必要がある。鶏と人間の境界がなくなり、キャスト一人一人のしぐさや表情やセリフや行為がいつのまにか鶏なのか人間なのか、わからなくなり、不思議な空間が出来上がるんだ。作り上げるんだ。このような空間の中から何か現代人の深奥に沈んでいるものが顕《あらわ》になるんだ。顕にするんだ」

赤嶺は顔を紅潮させ、目を見開いている。「老女の立ち位置というか、役割は?」と安岡は聞いた。

「老女は鶏に翻弄《ほんろう》される。だが老女の告白や傾聴の中から、おちつきに満ちた女の色気の世界が醸し出される」

老女から女の色気が? 安岡はわけがわからなくなった。

「心配するな。無駄のない堅牢《けんろう》な映画に仕上げるよ」と赤嶺は言った。

「無声映画にしたほうが無難では?」

「無声映画?」

「鶏がしきりにしゃべっているが、音や声は出さず、字幕に非常に凝縮された数語を載せるという方法がいいのでは?」

「何を言っているんだ。無声映画は九十年も前に終わったよ」

「芸術に終わりはないと思うが……観客を泣かそうとか、笑わそうとか、手法が透けて見える場合もあるが、赤嶺君は、どういう意図を？」

「何を聞いていたんだ。今まで映画制作の意図を話したのに。まあ具体的に言うと」

赤嶺は、南部戦跡などの戦争、ビーチや首里城などの観光、ユタなどの祭祀《さいし》を用心深く遠ざけ、沖縄の深い所にある、いわば沖縄の本質に固執した映画を作りたいという。

「沖縄の本質というと？」

「うん、今回の場合、鶏と老女だよ」

「鶏と老女？」

「君の小説のモチーフになっているじゃないか。老女役のイメージは俺の祖母をモデルに新しく作り上げるつもりだ」

新しく作る？　僕の原作を忠実に脚色するだけではないのか、と安岡は内心言った。

「沖縄の映画や小説によくある癒しは避ける。なんといったらいいか、つまり沖縄の陰を暴露するんだ」

「沖縄の陰？」

「鶏と老女なら暴露できる。沖縄の陰を表現できたら、沖縄映画を大きく超えて、全アジアの映画になるよ」

「何が沖縄の陰なのか、よくわからないが、実際の鶏は使わないのか？」と安岡は聞いた。

「使うよ。特に脱走シーンには何十羽も必要だ。だが、ドキュメンタリーとかニュース映画のようには使わないよ。あのような手法は臨場感はあるが、観客のイメージに訴えないから、映画館を出た時、ほとんど何も残らないんだ」

「上映は映画館で？」

安岡は少し話題を変えた。

「最初は公民館を使うかもしれない。なにしろ、名のない監督の作品だからな。君も受賞はしたが、まだ無名のレベルだし」

「鶏にも演技を?」

「鶏がどのような演技をするかは、させてみないとわからないよ。人知のあずかりしらぬところだ。だが大部分は鶏の着ぐるみを着た人間に演技をさせる」

「……着ぐるみが鶏の演技を?」

何か子供向けの映画になりそうだと安岡は思った。

「オーディションで試してみるよ。まず炎天下に着ぐるみを寝かせて、俺がスタートと言ったら、すぐ飛び起きて、コケコッコーと鶏の鳴き真似《まね》をする。これを一人一人させる。飛び起きるタイミングと鳴き声の妙が合格のポイントだ」

着ぐるみは厚みもあるだろうし、炎天下での演技は体力が消耗し、気分も悪くならないだろうかと安岡は思ったが、黙っていた。

「俺の中学の同級生に黒人との混血の男がいる。彼は運動能力が高く、腕っぷしも強く、敏捷《びんしょう》性が抜群だ。彼にも声をかける。安岡、君も出演させるよ」

「オーディションに?」

「映画にだよ。君は特別にオーディションなしだ」

「鶏の役?」

「君は結核の薬をまだ飲んでいるようだから、どこかに座っている役がいい。鶏の役は無理だ。鶏と対話する老女は自分の祖母を考えている」

「お祖母《ばあ》さんをモデルではなく、出演させるのか」

「ロケハンティングというんだったかな、まずは俺の祖母に会いに行こう」

赤嶺はグラスをかかげ、氷が溶けたコーヒーを飲み干した。
四、五日内に撮影協力会を結成すると赤嶺は言う。鶏が大脱走し、街中を遁走するシーンの撮影の時には市長以下、役所の職員も動員する。路地や脇道や建物の隙間に鶏が逃げ込まないように戸板を支えさせるという。
「市長も?」

「安岡、君は協力会の幹部メンバーになってくれよ」

赤嶺は安岡のコーヒー代も払い、興奮を抑え切れずに慌ただしく喫茶店を出ていった。

安岡はすぐ帰る気になれず、ウエイトレスを呼び、ホットコーヒーを注文した。一人部屋にこもり、うなりながら書き上げる小説と異なり、映画制作はどこか非日常の祭りのようにも思える。この「疎隔された鶏」の場合は鶏に様々な人が集まり、熱中する。

赤嶺は魂を高揚させている。不動産の仕事がおろそかにならないだろうか、などと考えているうちに、ふと「オズの魔法使い」のヒロインを想起した。思春期に観《み》た、戦前のリバイバル映画の中の、三つ編みがよく似合う利発な少女ドロシーはブリキ男やわら男やライオン男とステップを踏み、お伽《とぎ》の国に溶け込んでいた。ドロシーの天衣無縫な所作やセリフは安岡の胸深くしみ込んだ。だが、安岡はある日、このヒロイン役の実生活を知った。大人になり、何度も結婚離婚を繰り返し、乱脈な人生を送り、夭逝《ようせい》した。

小説「疎隔された鶏」では鶏が「美女」に変身する。赤嶺の性格はある程度安岡も知っている。赤嶺なら美女のモデルを真っ先に探すだろう。だが、彼は「老女」のモデルに会いに行こうと言う。

「疎隔された鶏」の真のテーマは何なのか、実のところ僕もよくわかっていないのではないだろうか。他言はしていないが……。疎隔されている現代人を鶏に仮託したようでもあるが、人間が秘めている原初的なエネルギーを鶏に重ねたようでもある。赤嶺は新しく作ると言っていたが、どのような映画にするつもりだろうか。安岡は他人事のように思った。「生命力」があると赤嶺の言う祖母と「疎隔された鶏」はどう癒着、或《ある》いは交錯するのだろうか？　生命力が共鳴するとでも赤嶺は考えているのか。しかし、安岡は胸を躍らせた。詩情に無縁な世の中だが、映画にはロマンやメルヘンがある。メリエスの「月世界旅行」が百余年後の今でも上映されているように「疎隔された鶏」は僕がこの世を去った後もずっと残り続けるだろう。ふと結核療養専門病院近くの薬局の「お代はいりません」と言った女性に映画が完成したら真っ先にチケットをプレゼントしようと安岡は思った。

第四章　怪人ヨネ

新婚まもないヨネは子供を死産した。あんな痛い思いをするのはこりごりと夫の元から逃げ、ほどなく離婚した、と赤嶺は言う。

「ヨネさんは子供を産まなかったのに、君が孫？」と安岡は聞いた。

「祖母と言っても、俺の母親の養母なんだよ。ヨネおばあは直系の養子が見つからないんだ。だが、だからというべきか、生きているのに寺に永代供養料を支払い済みだよ。俺の母親の援助も受けようとしないんだ。直系じゃないから」

ヨネの家に外車を走らせながら赤嶺が言った。

「ヨネおばあは若い頃からきつい重労働はしていないよ」

「死産のせい？　病弱になったのか？」

「高級紅型を作っていたよ」

手先が器用なヨネが作った紅型は組合を通し本土の大手デパートに送られたという。

「死産の直後、痛さや精神的な苦しみを紛らわすために煙草《たばこ》を吸いだしたが、数十年後の今でもヘビースモーカーだよ。海外旅行の俺の土産は煙草に決めている。昔から煙草と塩辛い漬物と甘いレモンティーが大好物なんだ。今年カジマヤーだが、九十七歳の今も健康だ。医学の常識が通用しないよ」

首里G町の、石垣の影に座り、キセルをくわえている、痩せた小柄な老女に車は近づいた。安岡は目を凝らした。老女の足元の藍地の巾着から煙草の箱が顔をのぞかしている。

二人は車を降りた。赤嶺が、黄土色の芭蕉《ばしょうふ》布の着物を着た老女に近づき、一カートンの煙草を見せ、「お土産だよ。これは友達の安岡君、小説の先生だ」と言った。安岡は会釈した。ヨネはニコッと笑った。ヨネは年相応ではないような昔風の小さいマンジュウを頭のてっぺんに結っている。紐《ひも》や輪ゴムも使わず、銀のジーファー（かんざし）をさしている。

ヨネは背筋をのばし、颯爽《さっそう》と歩いた。ヨネを先頭に三人は石門を抜け、松やクロキの生えた庭を通り、古い赤瓦屋根の木造平屋に入った。

仏間には夏なのに火鉢があり、炭の匂いがする。火鉢にかけられたヤカンから湯気が出ている。湯気は扇風機の風にあおられている。小さい卓袱《ちゃぶ》台の前に赤嶺と安岡は座り、ヨネと対峙《たいじ》した。卓袱台の脇に煙草盆、ティッシュペーパー、ポット、急須、茶筒が置かれている。ヨネは赤嶺から煙草を受け取り、仏壇に供えた。しかし、手は合わさなかった。仏壇には缶のレモンティーも供えられている。

安岡には、ただ機械的にお供えするように見えた。特にヨネの話を聞かなくても、ヨネの生態を観察したら映画制作に活用できるかもしれないと思った。

「ヨネおばあ、今日は映画の取材に来たよ。早速だけど、この安岡に何か話を聞かせてくれないかな。何でもいいから」と赤嶺が言った。

「毎日、時代劇を見ている」

ヨネはキセルの煙草をふかしながら言った。声は小さいが、言葉ははっきりしている。「他には何を」と安岡が聞いたが、ヨネは素知らぬように煙草をふかし続ける。

「眠れない時はどうするの?」と赤嶺が言った。

「眠れない時は、座って、車を数えている。五十を超えたら元に戻って、一から数え直している」

門の前の道は石畳だし、狭くもあり、車の往来はほとんどないはずだが、一晩に五十台も通るのだろうかと安岡は思った。

ヨネは茶葉を急須に入れ、ポットのお湯を注いだ。沸騰しているヤカンの湯はどうするのだろうと安岡は思った。ヨネはヤカンを持ち、湯をポットに注ぎ入れた。ヨネは急須を無造作に持ち、安岡たちの湯呑《の》み茶わんにお茶を注いでから立ち上がり、台所に入った。

「ヨネおばあは毎日お湯を沸かしている。一種の儀式になっている。台所は綺麗《きれい》だよ。ちょっと見てこいよ」と赤嶺が言った。

安岡は台所を覗《のぞ》いた。流し台はステンレス製ではなく、茶わんを落とすとすぐ粉々に割れてしまいそうな白いタイル張りになっている。壁には釘《くぎ》が打ち込まれ、数個の鍋がかかっている。ヨネは大きなガラス容器から赤黒い漬物を取り出し、平たい皿に移している。今度は冷蔵庫を開けた。数本の缶のレモンティーと、深皿に盛られた肉料理が入っている。安岡は卓袱台の前に座った。ヨネは肉料理と漬物を卓袱台に置いた。キセルの煙草をふかしながらヨネが「食べなさい」と言った。

肉料理を一切れ口に入れた赤嶺がすぐ「ヨネおばあ、これ傷んでいるよ」と言った。ヨネは皿を持ち、肉料理の臭いをかいだが、すぐ立ち上がり、アルミサッシの窓に近づいた。なんとはなしに安岡も覗《のぞ》き込むようにヨネの脇から窓の外を見た。低い垣根越しに隣の家の庭が見えた。犬がいた。豹《ひょう》のように大型だが鎖に繋《つな》がれてはいなかった。犬は黙ったままのっそりと窓に近づいてきた。ヨネは犬に腐った肉を投げ与えた。犬は食べる気はなさそうだったが、肉をくわえ、離れていった。

「大きな犬ですね」と安岡は言った。

ヨネは薄笑いを浮かべながら台所に入った。

「ヨネおばあは人からもらった料理を冷蔵庫にも入れず何日も置いておくんだ。俺が来た時に食べさせるが、ほとんど傷んでいるよ。俺が食べないと、あの犬に食べさせるんだ」

「今日のは冷蔵庫に入っていたが……」

「俺が前もって電話しておいたから、冷蔵庫にしまったんだろう。常日頃から俺はヨネおばあに、食物は冷蔵庫に入れなければいけないよと口酸っぱく言っているからな」

「……」

「隣近所の人たちが一人暮らしのヨネおばあを哀れんで、よく手料理を持ってくるんだ。最初の頃はヨネおばあも、あの犬が物欲しげに垣根越しに見つめても、一人平気で食べていたんだが、いつのまにか食が細くなったんだ」

「今は煙草とお茶と漬物とレモンティーだけ?」

「レモンティーも一日がかりで一缶飲むんだ。ラッパ飲みで。空だと思って俺が捨てようとすると、まだ残っているよ、と捨てさせないんだ」

「料理は昔から作らなかったのかな?」

「調理がうまくて、味はよかった。俺は子供の頃、よく食べたよ。俺に出す時、必ず俺の目の前で皿や碗《わん》から一切れずつ手に取り、自分の口に入れるんだ。俺は嫌だったが、よくよく聞いたら、毒味らしいんだ。珍しいだろう?」

台所から出てきたヨネは先程の料理の代わりなのか、別の黄色い漬物を持っている。赤嶺が「今でも漬物は自分で漬けているんだ」と安岡に言った。

「食べなさい」とヨネが言った。ヨネはもう温《ぬる》くなっているはずだが、なぜか息を吹きかけながらお茶を飲んだ。

「金があるのに毎日お茶と漬物と煙草ばかりなんだよ。もったいないよな。ヨネおばあは財産持ちなんだよ」

赤嶺がヨネに不遠慮に言った。ヨネは後妻に入り、夫の分と息子(先妻の子)の援護金など使いきれないくらいの金が入ってくるという。

「毎年、中元と歳暮の頃は銀行の職員がウイスキーやら菓子詰めやらを置いていくよ。大口の預金をしているからな。ウイスキーはいつも俺がもらっているが」

「お年寄りが金をもっていると親戚縁者が蝿《はえ》のように集まるというが……」

「最初の頃はたしかに人が集まった。だが、ヨネおばあの強情さには歯がたたないとわかって、親戚連中の欲も薄まったようだ」

「ヨネさんは、ぜいたくをしてはいけないという考えではなく、必要最小限で人は生きていけると身をもって知っているんじゃないかな」

「小説家の推察だな。本題に入るが、安岡、ヨネおばあをモデルに脚本を書いてくれ」

「ヨネをモデルに脚本？　小説の疎隔された鶏を映画にするのでは？」

「あの小説に君の観察したヨネおばあを投影させるように、と言っているんだ」

「僕が投影するのか？　君があの小説を脚色するのでは？」

「まあ、手法は後々検討しよう。とにかくじっくりヨネおばあを見て、洞察してくれよ」

二人がヨネヨネするのを聞いていたヨネがキセルを煙草盆に置き、安岡に声をかけた。「おまえさんは宗教の人なのかね？」

「宗教の人？」

「知らない人がよく来るけどね、うちは宗教は嫌だよ。仏教もキリスト教もユタもサンジンソウも」

「仏壇にレモンティーがお供えされていますが、先祖崇拝ですか？」

「ただ置いているだけだよ。うちはシーミー（清明祭）でも墓には絶対行かないよ」

年寄りが長生きすると生きた者の血を吸い取ると苦悶《くもん》する老女も世の中にはいるというが、ヨネもこのように考えているのだろうか、とふと安岡は思った。もしかすると赤嶺の寿命を短くするとか。

赤嶺が口をはさんだ。

「俺は、年寄りには心の拠《よ》り所が必要だと思って、何年か前、俺は別に仏教徒ではないが、仏教を勧めたんだ。だが、自分が亡くなったら残された者に四十九日、小月命日、百日忌などと迷惑をかけるから絶対嫌だと言うんだ」

「本当に法事が多いよな。だが、多いから遺族はしだいに気持ちの整理もつくんじゃないのかな」と安岡は言いながらキリスト教ならどうだろう、と思った。結核療養専門病院に入院していた時、女性患者からキリスト教の洗礼を勧められた老人を安岡は知っている。この老人は家族にも勧められ、亡くなる一カ月前にキリスト教に入ったのだが……。

「キリスト教は?」

安岡は赤嶺に言った。

「キリスト教も勧めてみたが、告別式が終わったら終わりというのは、あっけなくて嫌だというんだ」

法事が多いのも少ないのも嫌ならヨネが新しい宗教を生み出すしかないじゃないか、と安岡は内心言った。

「位牌があるから旧盆には仏壇にも畳の上にも親戚が持ってきたお供え物がいっぱいあるが、ウークイもしないうちに『もう亡くなったからね』『天国行ったからね』と俺を呼んで全部持たせるんだよ」

と赤嶺が言った。

「親戚の家にもお供え物は持っていかないんだよな」

安岡はつい言ったが、すぐ、あたりまえだ、と思った。

「まあ、九十七歳だから持っていく立場ではないが、親戚の生年祝いも、誕生や入学の祝いも、結婚祝いも、香典も一切出さないよ」

「何か生死を超越しているな」

「宗教を嫌がると言ったが、仏壇の掃除は大好きだよ。水を代えたり。だから長生きしているかもしれないな。実はな」

ヨネが台所に立った隙に赤嶺は声をひそめ、言った。

「ヨネおばあは癌《がん》も持っているんだ」

「だから体が細いのかな」

煙草と漬物はやはり健康を害しているんだと安岡は思った。

「耳が遠いから親戚から補聴器をプレゼントされたが、音がうるさいと言って、ほったらかしている。人間の耳は機械とちがって、無意識に聞く音を取捨選択しているようだ」

「しかし、さっきからちゃんと聞けているようだが」

「聞ける時もあるし、聞けない時もある。目は抜群だよ。去年まで眼鏡なしで針に糸を通していたよ。浴衣なんかを近くの店におろしていたよ」

「……」

「とても清潔好きだよ。下着にもノリをきかせているよ」

たしかに身綺麗《みぎれい》だと安岡は思った。髪も櫛目《くしめ》が通り、芭蕉布の着物もパリッとしている。

「気も強いよ。足が痛い時は、ヤナ、ヒサグァーヤ、ヒッチッチトゥラサヤー（こしゃくな足め、ちぎって捨ててやろうね）と叱り飛ばすんだ」

「長生きの秘訣《ひけつ》かな」

「だがな、すでに自分が入る棺桶《かんおけ》も準備しているんだよ」

「棺桶？　いつ？」

「だいぶ前だ。俺が手頃の物を注文したんだが、ヨネおばあは高価すぎると言って、俺の母親にプレゼントしたよ。庭の倉庫にしまってあるのは一番やすい代物だ」

「死ぬ準備をしているんだな」

「いつ迎えが来てもいいように、毎日仏壇や部屋を掃除しているよ」

「……」

「風邪をひいたら、仏壇に頭を向けて、綺麗なかっこうで寝ているよ。高熱が出ると両足を紐《ひも》で縛って、裾が乱れないようにするんだ」

台所から出てきたヨネがゴーヤーの漬物を卓袱台《ちゃぶ》に置いた。

「よく観察しただろう。もう今日は帰ろうか?」と赤嶺が安岡に言った。

「ヨネおばあ、ごちそうさま。もう帰るよ」

「いろいろありがとうございました」

安岡は丁寧に頭を下げた。二人はヨネにいとまを告げ、外に出た。車を発進させながら赤嶺が「ヨネおばあがお寺に永代供養の料金は払ってあるという話はしたよな」と言った。安岡はうなずいた。

「さすがのヨネおばあも養子問題には頭をかかえている。仏壇をみるという親戚は何人もいるが、ヨネおばあは必ず直系を養子にと決めているんだ。まあ、養子候補の本心を探るために預金はないと嘘《うそ》をついているが、ほとんどの親戚が預金額を知っているよ」

十日後、赤嶺から電話がかかってきた。ヨネの家を訪問してから一週間後にヨネは入院したという。

「ヨネおばあは以前は病院に連れていってくれ。もう生きてはいけない、病院は死ぬ所だと言っていたが、今は生きる所だ思っている」

「悪いのか?」

「入院も映画の役に立つ。一緒に見舞いにいこう。二時間後に迎えにいくよ」

ヨネの入院先はメガネトンネルと呼ばれる、穴がふたつ開いたトンネルの近くにあり、トンネル病院とも呼ばれている。

五階の四人部屋の窓際のベッドにヨネは仰向《あおむ》けに寝ていた。安岡も赤嶺も驚いた。ヨネは入院着ではなく、綺麗な薄い紫色の着物を着ている。二人はまた驚いた。喪服を着た三人の老女が病室に入ってきた。ヨネ以外の患者は起き上がり、目を白黒させている。

老女たちはヨネのベッドにすがるように身を寄せ、泣き出した。「どちらさま?」と赤嶺が老女たちの顔を見回し、聞いた。本島中部から来たヨネの親戚だという。赤嶺はあからさまに首をかしげた。老女たちはヨネの手をとり、頬《ほお》をさすり、「長い間お世話になったね」「苦労もしたけど、楽しかったね」などと言っている。ヨネは赤嶺を枕元に呼び、「そろそろ死なないといけないのかね」とつぶやいた。老女たちは「ラジオの民謡かけようかね」「新聞読んであげようかね」「コーヒー買ってこようかね」などとヨネに呼びかける。老女たちの声は穏やかだが、あの世に行く覚悟をヨネに強く求めているように安岡は感じた。

「おまえたちの話はブチクン（気を失っても）なっても聞こえるよ」とヨネは老女たちに言った。

ヨネはまた赤嶺を呼んだ。赤嶺はかがみ、ヨネの目を見た。ヨネは「入院して、いい勉強になったよ」と言った。

「あんた、ヨネさんの親戚？」

少し背中の曲がった、一番年上に見える老女が赤嶺に言った。

「ヨネおばあが死んだら今度会えるのはいつなんですかね？　本当にもう二度と会えないんですかね」

老女たちは赤嶺の言葉の意味がわからず、キョトンとした。ヨネは赤嶺の手を握り、「あんたが養子になっておくれよ。きっとだよ」と言った。哀《かな》しげな表情を浮かべ、ヨネの足をさすっていた老女が手を止め、顔を上げた。赤嶺はヨネに手を振り「また来るから」とドアに向かった。老女たちは何か言いたげだったが、黙っていた。廊下を歩きながら「親戚の人たち？」と安岡は聞いた。

「遠い遠い親戚だ。ヨネおばあの財産狙いだよ」

二人は駐車場に降りた。

ヨネを見舞ってから一月過ぎたが、赤嶺から何の連絡もなかった。自宅のソファーに座り、ヨネは亡くなったのだろうか、とぼんやり思っていた時、赤嶺から電話がかかってきた。

「ヨネおばあを本土の映画村に連れていったよ」

「本土に？　あんなに遠くに？　九十七歳で？」

「ヨネおばあは背中がまっすぐだから、飛行機や電車も苦にならなかったよ」

「映画村に？」

赤嶺は「疎隔された鶏」の映画化の参考にしようとしているのだろうか、と安岡は思った。

「ヨネおばあは日頃からチャンバラが大好きなんだ」

チャンバラの時間になると、忘れずに必ずテレビの前に座った。「水戸黄門」「暴れん坊将軍」「大岡越前」などの勧善懲悪のチャンバラ以外はテレビを見ないという。チャンバラを見ている間は赤嶺からの無事かどうかを確かめる電話もとらず、赤嶺が訪ねていっても顔を見ようともしなかった。

「ヨネおばあの格好は映画村の観光客の注目を浴びたよ。人気者になったよ」

赤嶺の小さい笑い声が電話口から聞こえた。

おはしょりをせず、裾模様の部分をチョン切り、着丈分だけをしたてる、足首も見えるというのが沖縄の老女の着物の典型だというのは安岡も知っている。しかし、今はこの典型的な着付けをする老女は沖縄でもめったに見かけなくなっている。ヨネはこのような格好をし、しかも髪は頭のてっぺんに小さくマンジュウを結い、ジーファーをさしていた。また素足にアダン葉製のぞうりを履き、紅型模様の巾着を持っていたという。「どこからいらっしゃったんですか？」と全国から映画村に見学に来ていた人たちは、時代劇俳優よりヨネを珍しがり、口々に聞いた。キセルを口にくわえたヨネは多くの人と代わる代わる記念写真のモデルにおさまったという。

「八日後にヨネおばあのカジマヤー祝いをするから、君も出てくれ」と赤嶺が言った。

「入院したり、旅行に行ったり、お祝いをしたり、とヨネさんも忙しいな」

「祝宴というのはいつもカーニバルだ。鶏をカーニバル化する際、参考になる」

鶏をどうカーニバル化するのだろう？と安岡は思ったが、何も聞かなかった。当日出席したらわかるだろう。

「また連絡するよ」

赤嶺は電話を切った。

カジマヤー祝いの当日、安岡は赤嶺に指定された午前十一時に、那覇市内の三階建てのホテルに着いた。駐車場のあちらこちらにいる人たちが三線を弾いたり、歌を歌ったりしている。舞台に出る人たちが練習をしているんだと安岡は思った。

赤嶺がロビーのソファーから立ち上がり、安岡に近づいてきた。

「ヨネおばあは派手で、気恥ずかしいと言って、俺が買ってきた淡いピンクの着物をなかなか着ようとしなかったが、なだめて、ようやく着せたら、今度はニコニコ笑って、胸をはってるよ。オープンカーが来た。行こう」

二人は外に出た。ムンジュル笠《がさ》をかぶった二人の男の三線の音が鳴り響いた。オープンカーは花飾りや垂れ幕におおわれていた。中年の二人の女が両サイドから、両手に花のカジマヤー（風車）を握ったヨネを介添えしていた。先頭から三台目の車に赤嶺と安岡は乗った。

「本土に嫁いだ親戚の子供たちもかけつけてきたよ」と安岡が言った。

車は五台連なり字松川からくねった長い坂道を登り、首里のG町の通りを二周し、坂を降り、ホテルに戻った。

宴会場の畳の間に作った雛壇《ひなだん》の真ん中にヨネが座り、傍らに赤嶺が座った。残りの人たちはコの字形に席についた。親戚の子供たちが最近はやっている歌を歌い、大人たちは一人一人ヨネに祝いの挨拶《あいさつ》を述べた。幕開けの定番の踊りの後、まもなく会食が始まり、小さい舞台では頭に鉢巻きをし、絣《かすり》の着物を着た三人の老人が軽快な踊りを舞った。次々に老若男女が舞台に上がり、三線や歌や踊りを披露した。人々はヨネに電化製品や補聴器のプレゼントをした。ヨネの長寿にあやかろうと握手をしたり、肩をさすったり、顔を近づけ、一緒に写真を撮ったりした。ヨネは「今日はあやかりにきてくれてありがとう」といわんばかりに終始声を出さずに笑っていた。もうあの世に行っても悔いはないだろうとふと安岡は思った。

傍《そば》に来た赤嶺が、安岡のグラスにビールをつぎながら「ヨネおばあは映画に出資してくれるかもしれない」と言った。銀行員がヨネに持ってくるウイスキーをもらっていると赤嶺は言っていたが、酒に弱いのか、顔を赤らめ、すでに酔っている。

「安岡、老女役はヨネおばあに決定だな。何というか、近づいたらオーラを感じるよ。ヨネおばあは内部に生と死を併存しているよ。俺が思うに、死後の世界では全ての生物がいっしょくたになっている。つまりヨネおばあは鶏とも言える」

赤嶺の舌はもつれている。何を言っているのか、安岡はよくわからなかった。

「安岡、次は美女候補に会いに行こう。目星はつけてある」

「美女候補？」

「美女は老女に劣らず重要な役だ」

「演劇部かなんかの人？」

「俺の元愚妻といきつけのスナックのママを想定している」

「……もっと何というか、清純な女子学生とかは？」

「君は女子学生は清純で、人妻やホステスは不純だと考えているのか。小説家の頭というのは世間と同レベルなのか？」

「いや、ただイメージ的に」

「人間的に成長していないと、疎隔された鶏の高度な演技はできないよ」

安岡はわかるようでもあるが、やはりよくわからなかった。赤嶺は立ち上がり、ヨネの所に戻った。

第五章　希代登場

日中の庭の木陰、喫茶店などを執筆場所にする作家もいるが、安岡は何もかも寝静まった夜中に書斎にこもり、執筆している。ただ静かだというのとは違う。国道58号線に近い安岡の家の周辺は、暴走する車の往来が激しく騒音は日中よりひどいように思える。しかし、日中はいろいろな欲望にかられるというわけではないが、気が散る。おとなしく執筆に没頭するしかない夜中ならちゃんと書けそうな気がする。ただ、よく眠気に襲われる。

受賞後どこからも原稿の依頼がこないからでもないだろうが、次作のテーマが見つからず、日増しに焦燥感がつのった。とうとう習作の原稿がないか、書斎の引き出しや書棚やダンボール箱の中を探しはじめた。一作も見つからなかった。習作は「疎隔《そかく》された鶏《にわとり》」を応募した際に全て処分していた。みみっちい真似《まね》はよそう、必要なら新たに書くべきだ、受賞作にヒントがあるはずだと安岡は自分に言い聞かせた。

だが、「疎隔された鶏」の選評を何度も読み返したが、どうも次作のヒントは得られなかった。本当に選者はちゃんと読解できたのだろうか。あるいは俺が鶏の意味を熟考もしないまま選者にゲタをあずけたのだろうか。

人間ではなく鶏を書いたのが間違いだったのか。しかし、動物イコール人間だというようなシュールな設定はちまたにけっこうある。安岡はふいに、俺はどうも小説の真の主人公を動物にする傾向があるようだと思った。習作にもナマケモノを登場させた。

中学生の時のクラスメートに毎日、先生や同級生を動物に「仕立て上げ」楽しんでいる少年がいた。憎ったらしい同級生も河馬や七面鳥にしてしまうと愛くるしくなると彼は安岡に言った。もしかすると彼のあの趣味が俺の小説手法に影を落としたのかもしれないと安岡は思った。

いつの頃からか動物は人間の力の権化だと安岡は考えるようになっている。ラスコーの洞窟絵画の野獣に感じた強い力をしだいに人は「人自身」の中にも感じるようになり、たくましくなったのではないだろうか。原始的な力を現代人の中に蘇《よみがえ》らせたいと安岡は思っている。つまり、近代人の中に古代の人を投入したい、このような概念を小説化したいと願っている。天狗《てんぐ》の鼻も実際に鼻の高い、偉大な力を持つ大昔の人をデフォルメし、作り上げたと考えられる。人は年を重ねると「鬼」にも「仏」にも「蛇」にも似てくるといわれているから、もしかすると天狗のモデルは老人ではなかっただろうか。古代中国の三星堆《さんせいたい》遺跡から出土した、目が双眼鏡のように飛び出した青銅の仮面も、バセドー病に罹《かか》っていた支配者をデフォルメした可能性があると僕は考えている。とにかく人は不思議な体験、感覚から物を作り始める。

次作はなかなか書きだせないが、一つのアイディアがあるにはある。沖縄本島中部にある闘牛場から闘牛が町中に逃げ出したという雑誌の記事と、琉球王国時代ヤンバルかどこかの山中に二メートルの男がいたという伝説と、クロマニョン人の洞窟壁画の画集がないまぜになり、何かが生まれかけてはいる。

俺が受賞した時、文学部出身の赤嶺は騒いだが、あの「疎隔された鶏」の価値をちゃんとわかったのだろうか。彼なりにわかっている。ふと安岡は、自分の小説は後世に残らず、映画がどうにかこうにか残りそうな予感がした。なんなら預金から一千万円を映画に注ぎ込んでもいいと思った。

赤嶺からの連絡が待ち遠しくなった。二度の離婚歴のある赤嶺はある意味、現実不適合者だろうか。だから非日常、ロマンの映画製作にのめり込んでいるのだろうか。

気持ちが通じたのか、翌朝、書斎に寝そべっていた安岡に赤嶺から電話がかかってきた。「疎隔された鶏」の舞台は浜比嘉島に想定しているという。

「久高島と同じように神話の島だから超現実の物語を語るには最適だ。撮影隊が大挙来島するから島の人は度肝《どぎも》を抜かれるだろう」

赤嶺は島中の路地に数十羽の鶏を走り回らせ、鶏のオーディションを行なう。一番元気な、姿形のいい鶏を選び出し、人間に変身する重要な役を与えるという。

「監督は、二人想定しているが、今は名前をあかさないでおこう。監督がオーケーを出さなければ本番でも鶏を何回でも走らせる」

「オーディションでも本番でも走らせるのか? 鶏たちは不貞腐《ふてくさ》れないかな」

安岡は小さく笑った。

「近々、監督、プロデューサーの俺、君は脚本は書かないと言っていたから……俺が選んだ脚本家のある男と一緒に浜比嘉島をロケハンティングするが、君も一緒に行かないか?」

「できたら」

「できたらじゃないよ。行くべきだ。撮影の準備は生易しくないんだ。役者やスタッフの宿泊、物資の搬入搬出などの手配を君にやってもらいたい」

「僕が？　僕はただ原作の提供だけ、と思っていたが……」

「映画は総力戦だよ。一人三役だ」

「できるだけ協力はするが」

「映画撮影は緊張の連続だ。気絶するスタッフや役者が何人も出る。俺が救急車も待機させる」

「撮影現場に？　待機なんかするかな？」

「君も出演させるよ。大体の想定だが、酔い覚ましに近くの食堂を無理に開けさせ、モーニングラーメンを食べるシーンに起用を考えている。君はまだ結核の薬を服《の》んでいるようだから、動きの多い演技は無理だよ」

　モーニングラーメン？　動きはなくてもいいのだが、もっとましな役はないだろうかと安岡は思った。

「映画出演が近づいたら散髪もしろよ」

「少し話は変わるが、ヨネさんをモデルにしたのは、ヨネさんもスポンサーにするつもり？」

「君は金の話をするが、金は使ったら消えるだろう？　だが、映画は違う。俺の名前も後世に残る。いつ死んでも本望だ。安岡、君のおかげだ」

「まあ、いつ死んでもいいなどと縁起でもない話はよそう」

　安岡は笑ったが、感動のせいか、赤嶺の声はわずかだが涙声になっている。

「安岡、君は病気したから強くなっている。俺は何の苦労もなく育ったから金儲《もう》けしかできないんだよ」

「金儲けも一種の才能じゃないかな」

「映画のタイトルを『ヨネの白昼夢』にしようと考えているが、どうかな?」

「えっ、『疎隔された鶏』では?」

「うん、タイトルにするには、抽象的すぎる気がするんだ」

「僕はあのタイトルに愛着があるんだが」

「社会や時代を超越した妖怪風の映画にしたいんだ」

赤嶺はどういう映画を構想しているのか、安岡はわからなくなった。

「まだまだ時間はある。ゆっくり結論を出そう。また連絡するよ」

赤嶺は電話を切った。

一週間後、赤嶺の会社の事務員だという女性から安岡に電話がかかってきた。赤嶺が三日前に急死したという。

「事故? 自殺?」

驚いた安岡は思わず口走った。

「心筋梗塞です」

「ヨネさんが先に逝くと思ったのに」

「ヨネさん?」

「あ、いや。まあ、いい。告別式はいつ?」

安岡は狼狽《ろうばい》している。

「火葬も告別式も終わりました。明日、納骨をします。よろしかったら安岡さんもいらっしゃってください」

「『疎隔された鶏』の映画化に奔走していたのに……まさか興奮しすぎて心臓にきたのでは?」

「映画化の話は私も聞いていますが、心筋梗塞を起こすほどではなかったと思います。義治《よしじ》さん、私、小、中学校の同級生の希代《きよ》です。覚えている？」

「同級生の希代？　覚えているよ。たしか家は屋富祖の」

「そう。よく覚えていたわね。光栄です。それでは、明日。事務員は二人しかいないから、私、いろいろと動き回らなくちゃ」

希代は電話を切った。

赤嶺の笑い顔や少女時代の希代のあどけない顔がぼんやりした安岡の頭の中を駆け回った。

赤嶺よりも誰よりも絶対ヨネが先に天国に行くと思っていた。結核療養専門病院に入院していた時、僕は痩せ細り、死と隣り合わせだと実感した。だが、赤嶺のような全く健康体にみえる男も死と隣り合わせだったんだ。朝露のように儚《はかな》いのが人の命だ。安岡は深くため息をついた。

突然、小学生の時の元旦が思い浮かんだ。

希代は優秀だったが、美少女ではなかった。だが、どこか愛敬《あいきょう》があり、僕を、もしかすると僕だけをひきつけた。何か用があったのか、遊びの途中だったのか、よく思い出せないが――大通りの文房具店の店先だったが――日頃ほとんど口をきかなかったが、希代が僕を呼び止めた。

「義治、男はいいね」

訳がわからず、安岡は希代を見つめた。

「お年玉をもらいに行ったら、いつも優しい親戚のおじいさんが鬼になったの」

正月の朝一番に女の子が家の門をくぐると一年間の福が逃げてしまうと、おじいさんに言われたという。安岡は本当かどうかわからないが、とっさに「希代のおじいさんに限らず、どこの家のおじいさんたちも鬼になるよ」と言った。希代は納得したような表情を浮かべたが、何も言わずに自分の家の方向に帰っていった。希代はなぜ僕に打ち明けたのだろうと安岡は何度も思いかえし、数日胸が高鳴った。

またヨネが頭をよぎった。永代供養料も払った九十七歳のヨネより先に二十六歳の赤嶺があの世に行ってしまうとはどうしても信じられなかった。ヨネのように煙草《たばこ》も吸わなかったのに……ヨネは癌《がん》ももっていると赤嶺は哀れそうに言っていたのに……。

翌日、安岡はタクシーに乗り、普天間にある赤嶺の家に向かった。コンクリート二階建の家の周りには喪服姿の人たちがたたずんでいた。重厚な玄関から出てきた喪服姿の希代の顔や仕草《しぐさ》には、少女の頃のあどけない面影が残っていた。長めの髪はゆるやかにウェーブしていた。希代は赤嶺の親族に安岡を紹介した。赤嶺は生前大勢の人に自慢げに映画化の話をしていたという。安岡は親戚の人たちに推され、急遽《きゅうきょ》友人代表の一人になり、希代と同じ車に乗った。希代は二言三言小中学校の頃の思い出話をした。安岡は何度もうなずいたが、思い出話は場所を変え、じっくりしたいと思った。

「病気の兆候はなかったのか?」と安岡は聞いた。

「脳には何かあったみたいよ。CT検査をしたら米粒大の黒い影が見えますと以前医者に言われたそうよ」

「心臓だけじゃなかったんだな」

「夜も眠れなかったらしいわ。私にもいつだったか、言っていたわ。でもすぐ、大きな仕事をしている男は眠れなくなるもんだと笑ったわ」

「大きい仕事?　映画製作の?」

希代は細く白い首を振った。

「何年も前からよ。彼のブレスレット見たでしょう?　磁気が発生するらしいわ」

「健康に注意していたんだな」

「亡くなる前日虫のしらせがあったのか、社長室から一番目の元の奥さんに長い時間電話をしていたわ。私、お茶を運んだけど、社長の声があまりにもしんみりしていて、お茶を置いていいのか、迷ったわ」

「別れの電話だったのかな？　しかし、どうして元妻に？　未練があったのかな」

「夫婦の仲ってはたからはわからないわね」

「赤嶺は即死だったのか？」

「意識はなかったけど、何時間か息があったそうよ」

大型外車を運転中、心筋梗塞を起こした赤嶺は移転開院祝いを挙行したばかりの病院に運び込まれたという。

希代は話を続けた。

親戚が続々と集まり、赤嶺がもちなおすように集中治療室のドア越しにしきりに声をかけた。「先生がなんとかするよ」「先生ではだめよ。神様、仏様しかなんとかできないのよ」「中に入れてくれたら足をさすってあげるのに」。このような声も希代の耳に入った。赤嶺との思い出を語り、「赤嶺社長にお世話になった。励まされた」と別れの言葉をかけ、涙をぬぐう者もいた。

納骨に向かう車列は夕方の渋滞に巻き込まれ、いつのまにかほとんど動かなくなっている。

「一番不思議だったのは電話をした元の奥さんよ」

希代は安岡に言った。

「あなた、早く治らないと大変よ。墓に連れていかれるよ、と涙を流していたの」

「離婚しても心は一つだったのかな」

「集中治療室から出てきた看護師さんに元の奥さんが様子を聞いたの。看護師さん、深刻そうに、しかし冷静に話したわ。元の奥さんを実の奥さんだと思ったのね。赤嶺社長のご両親はショックで入院したから」

「………」

「どこか見習いのような看護師さんが『もう血圧が計れません。脈もとれません。耳元で、苦しいの？　と声をかけたけど、うんともすんともありません。手を強く握っても反応がありません』と言って元の奥さんと私を集中治療室に案内したの」

希代は赤嶺からすぐ目を逸《そ》らせたという。赤嶺の目は白っぽくなり、爪は紫色に変わっていた、と希代は感じたが、たしかかどうかわからなかった。じっと聴診器をあてていた若い医者がペンのようなライトを照らし、瞳孔を確認し、「ご臨終です」と告げた。元妻は泣き伏した。正確には十二時七分だったが、医者は「十二時五分にしましょうね」と希代に言った。

「お医者さんはもしかすると、私を赤嶺社長の妻と思ったのかもしれないわ」

希代は自分をふるいたたすように小さく微笑《ほほえ》んだ。

「私、人の臨終に初めて立ち合ったの。でも、赤嶺社長、ほとんど眠るように息をひきとったと思うわ。死ぬ時、人は苦しむものだと思っていたけど」

もしかすると赤嶺は死ぬ直前映画化の楽しい夢を見ていたのだろうか、と安岡は思った。

墓についた頃は薄暗くなっていた。この古い墓地には車上荒らしがいる。二、三人の青年が車番をした。人一人がやっと歩ける、舗装もされていない、石ころだらけの坂道を下りた。谷底のような場所に箱型の墓がぼんやり浮かび出ていた。谷底にも傾斜にも墓が密集していた。

バールを持った二人の筋肉質の男が重し代わりの香炉を除《の》け、墓蓋《ぶた》の石をはずし、赤嶺の肉親の若い、長髪の男が遺骨を安置するために墓に入った。

「順序よく今あるお骨を上に上げて、そうそう、そこに新しいお骨を置いて」

白髪の老女が墓の中を覗《のぞ》き込みながら長髪の男に言った。

まもなく後退《あとずさ》りしながら出てきた長髪の男の黒いズボンや上着には蜘蛛《くも》の巣がはりついていた。墓蓋の石を閉めた。線香の匂いと手向けた花の匂いが漂った。安岡たちは焼香を始めた。フラッシュが何度もたかれた。安岡は驚いた。焼香する姿を喪服を着た男が撮影していた。物知りの白髪の老女が取り仕切り、若い僧侶は少しどぎまぎしていた。ようやく老女は「あなた、やりなさい」と僧侶に任せた。

「あの人が赤嶺社長の一番目の奥さんよ。いつ来たのかしら?」

希代が安岡にささやいた。

肩につくほどのおかっぱ風の髪型をした、小太りの元妻は長い間赤嶺の遺影の前にたたずんでいた。まもなく元妻は「あなたの骨壺《こつつぼ》は何万円もする最高級品を買って、今のと取り替えてあげるからね」と妙にはっきりと言った。骨壺を取り替える? 元妻はまだ気が動転している。

離婚を申しわたしてもやはり心はまだ赤嶺にあるのだろうかと安岡は不思議な感慨に包まれた。

第六章　Ｋｒｉｓｈｎａ

希代《きよ》と俺を再会させたのは、つまるところ「鶏《にわとり》」だと安岡は思った。「鶏」を書いた。受賞した。赤嶺が映画化を進めた。希代から赤嶺の死去の電話があり、赤嶺の納骨の日に希代がいた。一つでも欠けていたら再会できなかったんだ。因果か？

因果はどこまでもさかのぼれる。僕は肺結核に罹《かか》った。療養先に老小説家がいた。彼から何らかの刺激を受け、二、三の習作に着手し、「疎隔《そかく》された鶏」を完成させた。

新春の闘牛大会も開催されているが、希代はたぶん関心がないだろう。次作は闘牛を題材にしよう、一度取材がてら見物に行こうと思っていた。だが、小説はゆっくりと気持ちが向いた時に書けばいいと思う。

小学生の時、希代が花飾りを作っていた遠い記憶がぼんやりと思い浮かび、一緒に北部の桜見物に行きたい衝動にかられた。１９９８年の大寒の頃、二十六歳の安岡は「案ずるより産むが易し」と自分に言い聞かせ、希代の職場——赤嶺に代わりすでに専務が社長になっているようだが——の昼休み時間に慣れない誘いの電話をかけた。希代はすぐ承諾した。

「お弁当作りたいけど、今回はなしね」

「うん、外食しよう」

希代は話題を変えた。成人式の帰り、着物姿と背広姿のまま私と義治《よしじ》はボーリングに行ったと希代は言う。

「二人だけじゃなかったけど。ＡとＢも一緒に。義治、覚えている？」

希代と一緒の出来事を忘れるはずはない、と安岡は思った。だが、懸命に六年前の記憶をたどったが、思い出せなかった。

「あの二人に聞いても覚えていないというのよ。不思議ね。本当に行ったんだけど。でも、考えてみたら私たち近くに住んでいながらほとんど顔を合わさなかったわね。中学校を卒業したら、みんな違った道を歩むのね。では、明日ね」

希代は電話を切った。

六年前、希代が僕（たち）と一緒にボーリングに行ったというのは不可思議な話だが、少年時代は思い出せた。小学二年生の時、校庭だったのか、道だったのか定かではないが、安岡の後を歩いていた希代がすっと安岡に並び、安岡の手を握った。安岡はどぎまぎしたのか、嬉《うれ》しかったのか覚えていないが、手をつないだまま歩いた。希代は同級生たちに出くわしても手を離さなかった。あの時、歩きながら僕たちは将来の結婚を約束したような気もする。

中学二年のあの日の出来事はわりと鮮明に覚えている。暗くなりかけた秋の日、安岡は文芸クラブの活動を終え、校門を出た。希代が空を見上げ、一心に絵筆を動かしていた。夕焼けの光が少しは残っていたが、安岡と希代の他には誰もいなかった。安岡は無性に声をかけたかったが、希代には誰も寄せつけない雰囲気が漂っていた。少し躊躇《ちゅうちょ》したが「綺麗《きれい》だね」と言いながら絵を覗《のぞ》き込んだ。希代は空を見ているようだったが、キャンバスには沢山《たくさん》のシークヮーサーの実が描かれていた。希代は返事をしたが、近づいてきた数人の生徒の騒がしい声にかき消された。安岡はなぜか気まずくなり、立ち去った。

この時の影響なのか、図画の教科書に載っている世界の名画ではセザンヌの静物画のとりこになった。丸い赤っぽい果物が大きな皿に盛られ、テーブルクロスの上にも何個もころがっていた。くっきりした写実ではなく、林檎《りんご》なのか梨なのかよくわからなかったが、色合《いろあい》とバランスに魅了された。絵の具にも関心を抱くようになった。黄緑は熟《う》れかかったオレンジを、紫色は秋の実りの葡萄《ぶどう》を連想した。地理の時間にはカリフォルニアのオレンジ畑やフランスの葡萄畑に妙に胸をはずませた。

安岡は絵は不得手だった、大人になった今も不得手だが。冬休みのある日、畑の風景を写生し、家に帰り、色を塗った。時間をかけたが、部分部分に目がいきすぎたのか、全体のバランスが悪く、つなぎ絵みたいになってしまった。安岡は少しやけになり畑も道も木も空も黄色に塗った。すると統一感が生じ、何か新鮮に見えてきた。

希代はかしこく、やさしい少女だった。小学校の先生になりそうな感じだったが、なぜ不動産屋の事務員になったのだろうか。

一瞬、希代を「疎隔された鶏」のモデルに、と考えた。希代に電話をかけ「祝・疎隔された鶏映画化決定」の色紙を赤嶺から貰《もら》わなかった？　と聞きたかったが、躊躇した。

映画化の話は頓挫した。安岡は方策を考えたが、後を引き継ぐ奇特な人は一人も思い浮かばなかった。映画化にはまだ未練があったが、小説を書く気はいくぶん失《う》せていた。むろん他の小説は読まなくなった。本当の恋をすると人は本どころではないだろうな、とぼんやり思った。

土曜日の正午に待ち合わせたコンビニの前を出発した。安岡は紺のジャケットを着けたが、セミロングの髪をふんわりと整えた希代も偶然紺のカジュアルな服を着ていた。

車は西原インターから高速道路に入った。安岡には毎年多額のキャンプ・キンザーの軍用地料が入る。無職の安岡に車は特に必要ないのだが、結核療養専門病院を退院後に免許を取り、車を購入した。

名護の市街地を抜けた。

「私、去年は夜桜を見にきたのよ」と希代が言った。

時間が遅かったせいか、提灯《ちょうちん》がぼんやり灯《とも》り、ほとんど人もいなかった。山を登るにつれ、提灯は暗くなり、ついに消えたという。

「一人で？」

「男二人と女三人。事務と営業の若い同僚よ。一人の男性の故郷が桜祭り会場の近くだったの」

夜桜見物の帰り、この男性の集落に希代たちは立ち寄った。「郷土芸能復活祭」という横断幕が掲げられていた。舞台の背景の壁にソテツの葉が飾られ、柱には紅白の布が巻かれていた。変わった衣《い》裳《しょう》を着け、白塗りの化粧をした男女が舞台に登場し、顔を上げ、高々と歌い上げた。組踊のふしまわしのようだが、何を言っているのか、希代にはわからなかったという。

「私たち、舞台の前のゴザに座らされてビニール袋に入ったお菓子や紅白饅頭《まんじゅう》をたくさん食べさせられたわ。夜の十一時前だったけど」

集落出身の男が「みんな泊まっていったらいいよ」と勧めた。この男は酔っているせいか日頃とは人相がガラリと変わっていた。希代は恐くなり、「私、帰る」と言った。Fが「俺も帰るよ」と言った。希代はFの車に乗り込んだ。残りの女は彼の家に向かった。

「正解だよ。若い女性がむやみに泊まったりするべきじゃないよ」

安岡は言ったが、希代は帰り道、Fと何かなかったか、少し気になった。

道の両側の桜の花が目に飛び込んできた。長くのびた桜の枝が車に迫ってくる。大きなポリバケツにつっこまれた花のついた桜の枝、一列に並んだ桜の苗、タンカン狩りの案内板が方々に目立ちはじめた。車道の脇を痩せた老人が耕運機を運転している。後ろのリアカーにはタンカンが積まれている。沿道の雑貨店の店先にもタンカンが並んでいる。土のついた取り立ての大根、キャベツ、パッションフルーツ、島バナナ等も販売されている。冬だけ開店しています、と看板を掲げた小さなそば屋の、板に書かれたメニューにはウコッケイそばもある。

祭り会場の入り口に入った。四キロ先に頂上がある。道の両脇に数千本の桜が生えている。道幅は狭く、降りてくる車も最徐行する。通行人もいる。除草されているが、桜の根を傷めないようにアスファルト舗装はされずに路肩には溝もある。運転に不慣れな安岡は緊張した。一方通行にできないだろうか、と思った。

希代はしきりに感嘆の声を上げている。晴れている。だが、寒風が枝を揺らしている。花をいっぱいつけた枝は激しく揺れるが、花が散る様子はなく、めじろも時々鳴きながら枝にしがみついている。坂道を上がるにつれ、冬枯れの桜や三分咲の桜や満開の桜や、はやくも葉桜の桜等いろいろある。安岡の目は満開の桜に注がれたが、冬枯れの桜もなぜかいとおしかった。何か人間社会のように孤独な一本だけの桜があり、群生の桜があり、古木があり、若木がある。

老若男女が桜の木の下にいる。写真を撮ったり、バードウオッチングしたりしている。この桜の幹は太く、老木のようだが、枝振《えだぶ》りはよく、何より満開の若々しい濃い桃色の花が幹や枝をおおいかくしている。

このようにゆっくりと心に染めるように桜を見たのは初めてのような気がする。かくも長い車の渋滞に安岡は感謝した。

何合目かに広場があり、屋台が立ち並んでいる。安岡は車を止め、二人は降りた。タンカン、ゴーヤー茶、山羊《やぎ》汁、ブルーやピンクのワタガシ、焼きイカ、焼きソバ、沖縄そば、五平餅等が売られている。昼間なのに裸電球が灯《とも》っている屋台もあり、桜祭りののぼりが風に揺れている。安岡と希代はタンカンを買った。冷蔵庫から取り出したように冷たかった。サービスのタンカンは袋の中のタンカンより甘く、美味《おい》しかった。安岡は自動販売機からホットコーヒーを二缶買った。

二人は屋台の裏側に回った。屋台から離れた草叢《くさむら》に一本の桜が生えている。大木だが、鳥が落とした種から生えたような、一人ぼっちの桜に思えた。希代は目をくっつけるように濃い桃色の花びらを見たが、後退《あとずさ》りした。

「離れて見たほうが花は見事ね。私、この桜、十数年前の十歳の時にも見たわ」

あの日に満開だった桜が今年もあの日と変わらない花を咲かせていると希代は言う。

「幹や枝の太さも高さも変わっていないような気がするわ」

この桜の木をバックに希代の母親が、小学三、四年生の希代の写真を撮ったのだが、インスタントカメラのせいか、素人のせいか、人物も桜もすっかり色褪《あ》せているという。

「毎年、花見期間の直前に『今年の桜の女王の木』が選ばれるようだけど、私の女王はこの木なのよ、ずっと」

「立派な木だね」

「いつまでも枯れないで欲しいわ」

「人間より長生きするよ」

「中腹に小さい広場があるわ。桜があまり成長していないから、ほとんど人はいないけど、行きましょう」

二人は車に乗り込んだ。

山の中腹の本道の脇道に入り、狭い坂を少し登った、左側の空き地に着いた。幹も枝も細い桜が十数本生えている。どの桜も一人前に花をつけている。桜の間から遠方に海が見え、白い波が陽《ひ》に輝いている。海洋博公園や伊江島も見える。

遠くの奥深い山々のあちらこちらから濃い桃色や淡い桃色の塊が顔を出している。人が近づけない桜はこの時期だけ存在を主張している。

希代は恩師や同期生の話を始めた。安岡はうなずいたり、相づちをうったりしたが、あまり関心はなかった。

「何年前だったかしら?　中学の同期会があったのよ。私、これまでほとんど出席しなかったけど、幹事担当クラスになってしまったから、はがきを出したり、ホテルを予約したり、なかなか忙しかったわ」

時々同期会の案内が来たが、安岡は出席しなかった。希代には会ってみたいとは思ったが、気がのらなかった。「おまえは働かなくてもいいから、羨《うらや》ましいよ」と同級生に皮肉られるのは目に見えていた。

「プロは呼ばないのよ。ユンタク（おしゃべり）が主流よ。琉球舞踊や三線を自主的に披露する人もいるけど」

「わきあいあいとして楽しそうだな」

「そうでもないのよ。お酒が入ると我先《われさき》に舞台に上がって、マイクを握って、『俺は妻と別れたいんだぁ』と叫んだり、『少女時代可愛《かわい》かったのは、今も変わらずいい女だ』『K子、ラブレター送ったからな』『N子は一言も言わない少女だったが、今では口パクパクだよ』等と大騒ぎよ」

「大人になったらいろいろと変わるんだな」

「三つ子の魂百までも、っていうけど、肝心なものは変わらないかもしれないわね。壇上で、Y子を名指しして、あの時の、あのプレゼントはどういう意味だ、と問いただす人もいたわ。名指しされたY子も、プレゼントに理屈があるの、と憤慨して、会場を出ていったわ」

中学時代の懐かしい曲を何曲もかけ、輪になり、列をつくりフォークダンスもしたという。

「私の隣の男性、女性の盛り上がった腰の肉をつかんでしまって、女性にここはつかまないで、って怒られていたわ」

希代は小さく笑った。

「小学生の時、私より背丈の高い生徒が何人もいたけど、私がみんなより高くなっていたわ」

希代は少し話題を変えたが、また人生の暗い話を始めた。

「元の妻と再婚した同年生もいるのよ。子供が二人いるからって。プライバシーの問題もあるから、誰とは言わないけど」

「すでに二回も結婚したのか」

赤嶺は確か二回離婚したとふと思った。

「中学で家族と本土に転校した女生徒がいるけど、何年か後、社宅かしら、彼女の一人暮らしのアパートかしら、そこに夫婦で転がり込んだ同期生もいるのよ」

「夫婦って、二人とも同期？」

「そうなのよ」

「新婚旅行？」

「新婚旅行じゃないわ。転居してきたのよ」

アパートならいくらでも探せるはずだが、どういうつもりだろうと安岡は首を傾《かし》げた。

「みんな、何というか、生命力にあふれているな」

「だけどね、亡くなった同期生もいるのよ」

同期会は始めに物故者のために全員立ち上がり、黙祷《もくとう》をするという。

「私たちはまだ二十六歳でしょう？　中学を出て、わずか十一、二年なのにね……音楽の先生、私たちにオールドブラックジョー歌わせたのよ。なぜ希望あふれる中学生に、我が友みな世をさりてあの世に淋《さび》く眠りかすかに我《われ》を呼ぶ、と歌わせるのか、腑《ふ》に落ちなかったけど、同期生が亡くなると、わかるような気がするわ」

「たしかH子が一番先に亡くなったんだよな、中学を卒業した年に」

「彼女ね、どうしてなのかわからないけど、小学校から学級の集合写真にほとんど写っていないのよ」

安岡も記憶がある。集合写真の上に丸いH子の写真が写っていた。

「希代と同じ集落のGも死んでしまったな、僕と同じクラスの」

安岡は中学生の時、何かの拍子にスポーツ万能の彼と、逆上がりとか大車輪とか何種類できるか、競争したが、予想どおりまったく歯がたたなかった。彼は数年前、大酒がたたったのか肝臓病になったが、医師の処方する薬を拒否した。運動をすれば病気は治ると信じ、毎日朝夕一時間半のジョギングを欠かさなかった。体重は数キロ落ちたが、心筋梗塞を発症し、亡くなった。

「赤嶺社長も小中高は別だけど、同い年の二十六でしょう?」

「夢にあふれていたのにな」

「本人も無念でしょうけど、親はもっと苦しいでしょうね」

華やかな桜の下の人々は笑っている。しかし、この同じ時間に死が迫った入院患者もいる。安岡は不思議な感覚におちいった。

二人は帰路についた。

フロントガラスに花が落ちた。緋寒《ひかん》桜は花びらがひとひらひとひらは落ちずに花ごと落ちる。一面の綺麗《きれい》な桜の花も数週間後には全て落ちてしまうんだ、と安岡はぼんやり思った。肺結核になった僕も、もし特効薬のない戦前に生まれていたら命を失っていたんだ。赤嶺は事務員の希代に、安岡は肺結核だったという話をしたのだろうか。家が近いから希代は知っていたのだろうか。

道は上りも下りも渋滞し、車はなかなか進まなかった。対向車の車窓から中年の女が手を振った。誰だろうと安岡は目をこらした。

希代が「ちょっとごめんなさい」と言いながら助手席から降り、中年の女に話かけた。対向車の四十前後の中年の男女は妙に照れ臭そうだったが、笑顔には何ともいえない幸福感がにじんでいた。

希代は安岡の車に戻り、まもなく車はすれ違った。彼らの車の後部座席の窓から満開の桜の枝が顔を出していた。「枝を折ってきたんだ」と勘繰り、冷たい視線を浴びせるドライバーもいた。

希代が「私の同僚よ。二人とも営業だけど、職場ではほとんど話らしい話もしないし、さほど親しそうでもなかったのに。二人は結婚するかもしれないわ」と言った。

日頃消極的なあの中年のカップルを夢見心地のまま新しい人生に踏み込ませるのは桜の花ではないだろうかと安岡は唐突に思った。

許田インターから高速道路に入った。安岡の頭の中をいろいろな思いが駆け巡った。

結核療養中の僕を同期生は誰一人見舞いに来なかった。知らなかったのだろうか。同期会は俺が受賞する前に催されたようだから、「疎隔された鶏」が話題に上るはずもないのだが、しかし、受賞がわかった後に祝電くらい打ちそうだが。希代もたぶん赤嶺から「疎隔された鶏」の話を聞いているはずだから話題にしてもよさそうだが……。

赤嶺の納骨には元妻が来ていた……中学の同期生もすでに再婚しているという。俺が結婚しても不思議な年令ではないんだ。

赤嶺は正真正銘ヨネの養子になったのか、希代に聞きたいと思ったが、映画化が消えた今、どうでもよくなった。

夕食はどこにしようか、高速ドライブインのレストランに希代を誘おうか？　ファミリーレストラン？　北谷町あたりの？　沖縄そば、ステーキ、フライドチキン……ピンとくるものがなかった。

「義治、カレー、好き？」

希代が安岡の顔を覗《のぞ》き込むように言った。

「大好きだよ」

安岡はとっさに言った。日頃よく近くのコンビニ弁当を食べているが、カレー類は全く買わなかった。

「インドの人のお店に行ってみる？　私、時々女友達と本場の豆カレーとナンを食べに行くのよ」

「美味《おい》しそうだな」

「沖縄南で下りてね。私、ナビゲートするから」

薄暗くなった高速道路を下り、園田《そんだ》から島袋方面に向かった。復帰前からある数階建てのビルの地下駐車場に車を止めた。一階は特に本土復帰前、賑《にぎ》わった百貨店だと希代は言う。

「あの頃の客はほとんどが米国人だったそうよ」

エレベーターに乗り、三階に上がった。インド情緒がただよう入り口に「Ｋｒｉｓｈｎａ」という店名が出ている。ガラス張りのキッチンにインド人らしき男性がいる。

「彼はナンを焼いているのよ」と希代が言った。

やはりインド人らしきウェイターが窓際の二人がけのテーブルに案内した。千年木の脇の竹製の椅子に座った。

数種類のメニューの中から安岡は希代と同じ、「豆カレー、辛《から》さはミディアム、ラッシーというヨーグルト、ナン、タンドリーチキン」を注文した。まもなく運ばれてきたカレーを二人はじっくり味わいながら食べた。

「どう？　味は」

「とても美味しいよ。この味が希代を誘惑するんだな」

安岡は小さく笑った。

天井から蓮《はす》の花のシャンデリアが吊《つる》されている。壁に掛けられた象の刺繍のタペストリーや、窓枠のタージマハールの置物やいろいろなインド人人形を小さいライトが照らしている。

「シバ神が踊っている姿よ」と希代が言った。「あそこ見て。多くの女性の中心に孔雀《くじゃく》の羽根を持った高貴な女性がいるでしょう？　ヒンズー教の愛の女神クリシュナよ。この店の名前にもなっているの」

「綺麗《きれい》だな。孔雀が多いね」

「インドの国鳥よ。王冠も孔雀の羽根らしいわ。孔雀の羽根は人を清めるんですって。この店のバクシさんが言っていたわ」

「バクシさんはオーナー？」

「オーナーはウチナーンチュの女の人らしいわ。私、よくわからないけど、バクシさんは共同出資者じゃないかしら？　それとも単なる常連客かも」

「希代はインドに詳しいな」

「そこの本棚にインド関係の本が数十冊あるわ。日本からジャイカで二年間インドに派遣された獣医の男性が大のインド好きになって、買い集めたらしいの」

「日本語の？」

「そう。私も二度ほど借りて読んだわ」

「その男性はまだ沖縄に？」

「本土に引っ越す際に、バクシさんに寄贈したらしいの」

安岡はまた周りを見た。

「ほとんど女性客だな」

「女性どうしのモアイや誕生会、食事会が多いんですって。外国人の家族の姿も見かけるわ」

希代が安岡の肩越しに誰かに会釈をした。安岡は振り返った。すぐ後ろに濃い口髭《くちひげ》をはやした、長身の外国人と坊主《ぼうず》頭の男が立っている。

「バクシさんよ」

希代が安岡に言った。

「こちら武島さんです。こちら希代さんとお友達。お友達ですよね」とバクシが言った。

安岡は「安岡義治です」と変に丁寧に姓も名も名乗った。

「この女性はここでたまに見かけるよ」と武島が言った。坊主頭の武島はトックリのセーターとジャケットを着ている。

バクシが「武島さん、先に車に行っていてください。私は希代さんにちょっと挨拶《あいさつ》してから行きます」と言った。

武島は店を出ていった。

「私、バクシ・プラモドです。沖縄ツーリストに勤めています」

「沖縄にいるインドの人はテーラーが多いと聞きますが、ツーリスト勤務というのは珍しいですね」と安岡が言った。

「安岡さん、私、インドやネパールやブータンやスリランカ旅行の添乗員をしています」

バクシは希代に笑いかけた。

「希代さん、素敵《すてき》な男性ですね。お二人の未来に光が輝きますように。食後のチャイはサービスします」

バクシはウェイターに合図をした。

「どうぞ」と安岡は座るようにジェスチャーをした。バクシは竹製の椅子を引き寄せ、座った。

「出会いというのはいつの世でも神が与えたご縁です。よく人は神はどこですか？　と聞きますが、返答はできません。力はあります。力が神です。神は以心伝心です」

バクシは一気に話した。

「ミルクは母の母乳です。祝福です。だから私たちはミルクを大事にします」

「私、インド料理、大好きよ」

「希代さんは痩せていますが、カレーを残さず食べてくれます。私はいつも喜んでいます。じゃあ、ごゆっくり」

バクシは立ち上がり、椅子を元の位置に戻し、店を出ていった。ウェイターがチャイを出した。

「ヒンズー教徒は肉を食べないそうだね」

「私もよくはわからないんだけど、厳密に言うと人は死んだ動物は食べないそうよ。殺して食べているらしいの。だから殺生を禁じるヒンズー教徒は肉を食べないらしいの」

何か深刻な話になりそうな気がし、安岡は話題を変えようと思った。チャイを一口飲み、言った。

「いつの時代も食物が人に力を与えているんだ、たぶん」

「でも、現代人は食べ過ぎよね。一品一品感謝しながら味わったら、食べ過ぎはなくなると思うわ」

「確かに。断食しろとまでは言えないが、感謝して食べろと現代人に、僕も現代人だが、言いたいな」

感謝という言葉から安岡はふとヘミングウェイの「老人と海」を思い浮べた。巨大なカジキと何日も格闘し、精魂尽き果てた老人は気絶しそうになりながら、小魚の肉を口に入れ「わしに力をくれ」「わしの力になってくれ」と小魚にか、或《ある》いは神になのか必死に願う。何年も前に読んだ小説だが、小魚の一片の肉が老人の血になり、肉になり、力になる。この時の老人の姿だけは頭に残っている。

今度は赤嶺の親戚のヨネと大きな犬を思い出してしまった。

ヨネは腐った肉を犬に投げ与えた。安岡はため息をついた。バクシはこの現実をどう思うだろうか。しかし、ヨネは毎日、煙草《たばこ》と漬物とお茶だけを口にしている。バクシ以上の「菜食主義者」とも思える。ヨネは宗教には無関心のようだが、バクシはヨネを称賛するのではないだろうか。

「そろそろ出ましょう」と希代が言った。

安岡は立ち上がりながら「坊主《ぼうず》頭の人によく会うの?」と聞いた。

「二、三回見たかしら」

「お坊さん?」

「どうかしら」

地下駐車場の車に乗り込んだ時、希代が「小説、頑張ってね」と言った。

希代は僕の小説に関心がある。安岡は胸が高鳴った。小説創作に精を出そうと思った。僕は動物をよく主人公にするが、インドの聖牛はどうだろうか。沖縄のように牛を闘わせたら罰が当たるだろうか。インドには聖なる猿もいるというが。

第七章　王舎城

二〇一〇年七月二十九日、「聖跡巡りツアー」一日目の午後。

インドの人々は日本人が珍しいのか、安岡たちが乗ったバスをじっと見る。安岡とよく目が合う。

女たちは赤や緑や黄色の民族衣裳《いしょう》のサリーからお腹《なか》を少し出し、畑仕事をしたり、篭《かご》を頭に乗せ、石や野菜を運んだりしている。男たちは腰巻きをしたり、ダボッとした白っぽいワンピースに似た長い上着を着ている。ターバンを巻いた人も、長い顎鬚《あごひげ》をたくわえた人も少なからずいる。安岡は一瞬夏なのか冬なのかわからなくなった。暑くても、たぶん寒くても人々は思い思いの格好をしている。茶色の毛布生地の服をまとった男たちは汗をかかないのか、変に清々《すがすが》しい顔をしている。誰一人帽子をかぶらず、日傘をささないが、たまに真っ黒い大きなこうもり傘を頭上高く広げた老人を見かける。

都会では見かけたゴミがここにはほとんどないと安岡が不思議に思っていたら、路肩のビニール袋やペットボトルを拾う子供たちが目に飛び込んできた。人々は誰もが何かに夢中になっている。安岡は妙な感慨を抱いた。毛布にくるまり物陰に寝ている人も寝るという修業でもしているかのように。

道路を縦横に歩く人々や牛や車や荷馬車に遮られ、バスは前にも後ろにも進めなくなった。バスの窓に近づいてきた物乞いの老女や子供たちが口に食物を入れるしぐさをし、片方の手を差し出した。物乞いの人の目は何かを見通すように澄み、来世さえ見ているかのように、何の迷いもなく生きていると安岡は思った。

「ルピーの小銭や小物をいくら持っていてもたりないね」と律子が希代に言った。

長い白い上着を着た二人の青年が交通整理を始め、ようやくバスは動いた。子供たちがバスを追いかけてきた。

ラージギール盆地は輪郭がぼんやりした、妙になだらかな山に囲まれている。

ここに紀元前六世紀頃、繁栄を極めたマガダ国の首都・王舎城があったとバクシはバスのマイクを握り、言った。ブッダは四十五年の布教のうち王舎城に八度とどまったという。

所々崩れたレンガ造りの古い城壁が巨大生物のようにくねりながら岩の丘にはい上っている。城壁の内側にも外側にも大小の石がころがり、まばらに草が生えている。城壁の端は清らかな泉の近くにのびている。サリーを着た数人の女性たちは足は隠しているが、背中やお腹《なか》は出している。赤や紫や白の洗濯物が城壁に干されている。

村外れにあるホテルの鉄の門を、ベージュの制服を着た二人の門番が開けた。

一行が口々に「やっと着いた」「とても長かったわね」と言いながらバスを降りた後、安岡は老運転手に千ルピーのチップを渡した。老運転手は合掌し、おじぎをした。

「ユア、ワイフ?」

老運転手は先に降りた希代を指差《ゆびさ》し、聞いた。安岡は「イエス」と言った。「アイ、ハブ、フォーワイブズ」と老運転手は四本の指を立てた。

エントランスを入った一行の首にサリーを着た三人の若い女性がキンセンカの花輪をかけた。希代の白いブラウスに花粉がついた。

ロビーのソファーに全員腰の力が抜けたように深々と座った。レンガ造りの天井は高く、壁面は広く、どこかがらんどうのように安岡は感じた。

色の浅黒い、堅肥《かたぶと》りのフロント係から受け取った部屋のキーをバクシが一人一人に手渡した。二階建ての、横長のホテルは内側の廊下も、庭に面した回廊も長かった。安岡たちはキャスターのついた大小のトランクを引っ張り、

各々《おのおの》の部屋に向《む》かった。

一行は午後六時にロビーの奥の大食堂に集まり、細長いテーブルに座った。天麩羅《てんぷら》、赤だしの味噌《みそ》汁、茶碗《ちゃわん》蒸し、干瓢《かんぴょう》の煮びたしなどがすぐ出てきた。食材がインド産なのか、インド人が調理したせいなのか、食べなれた味と微妙に違うと安岡は思った。バクシの隣に坐っている律子が不満気な顔をした。

「肉は出てこないのね。機内食、肉にすればよかった」

律子は沖縄ではジムのトレーニングを終えると決まったように馴染《なじ》みのステーキハウスの窓際の席に座り、口の両端に血を滲《にじ》ませながらレアのステーキを食べるという。

バクシが全員の顔を見回した。

「インド牛はヒンズー教のシヴァ神の乗り物です。尊敬を受けています。牛を食べたら大変です」

バクシは肉や卵を食べないベジタリアンだという。

「欲望に溺れないように精のつくニンニクや玉葱《たまねぎ》も食べない独身の男もいるそうだな、バクシ君」と武島が言った。バクシは話題を変えた。

「ウェイターたちもベジタリアンです。信条や戒律以前にお金がなくて、肉が食べられない人たちです。でも私は軽蔑しません。理由がどうであれ、肉を食べない人は偉いと思います」

真っ白い上着を着た数人のウェイターが給仕する食事を摂《と》りながら雑談をした。

ふと安岡は絶対肉を食べないという噂《うわさ》が流れていた小学校の同級生を思い出した。この同級生はなぜか昆虫捕りをしなかった。夏休みが終わりに近づいた頃、昆虫網を持ち、公園の木々の間を歩いていた僕に「昆虫を食べるのか?」と言った。日頃無口な彼の詰問に僕は戸惑った。

「……昆虫は食べないよ」

「食べないのに殺すのか？」

「殺しているんじゃないよ。捕っているんだよ。昆虫を捕りにいこうとは言っても、昆虫を殺しにいこうとは言わないだろう？」

「捕ったら死ぬから、捕るのも殺すのも違わないよ」

「君の肉嫌いと昆虫捕りが嫌いなのは関係があるのか？」

翌年の春、彼は遠くの中学校に進学した。

お坊さんは精進料理を食べるという。彼の坊ちゃん刈りの頭は小さいがとても形が良かった。今頃、どこかのお寺にいるのだろうかと考えていたら、武島の坊主《ぼうず》頭が目に入った。菜穂子が言った。

「私、毎日、鉢や花壇の植物に水をやり、成長記録をつけているの。部屋に置いたグラスの人参《にんじん》やヒヤシンスの葉はとても生き生きしているわ」

「今時珍しいな。水耕栽培はわしが子供の頃にも流行《はや》ったよ」と老小説家が言った。

安岡は紹興酒が生まれた中国の春秋時代に、ビールが生まれた古代オリエント時代に、泡盛が生まれた琉球王国時代によく思いを馳《は》せる。釈迦《しゃか》が飲んでいた（或《ある》いは釈迦は飲まなかったかもしれないが）酒を急に味わいたくなった。

「バクシさん、釈迦の時代に飲まれていた、伝統の酒もある？」

「あいにくインドの地酒は置いていません。ワインがありますから、今持ってきます」

バクシは立ち上がった。

「肉好きはうちだけじゃないよ。沖縄の人はみんなポーク缶に目がないよ」と律子が言った。

たしかに沖縄は養豚業が盛んだし、ポーク缶詰は本土復帰前から大量に輸入されていると安岡は思う。世界でも有数のポーク消費の沖縄は時々（今はどうか知らないが）デンマーク政府から感謝状をもらったという。

「ポーク缶は何の料理にも使えるから、とても便利よ」と律子が言った。

ウェイターたちがビールやワインを運んできた。

「人は生きている命を食べている。野菜にしろ肉にしろ魚にしろ、死んでいた物を食べたら病気になる。生きていた新鮮な物を食べている」

武島が妙にわかりにくい論を述べた。

「今の時代、飼育も栽培も遺伝子操作されているんですよね」と菜穂子が言った。

「わしは食べた物を知能に還元している。人はいっぱい食べて、何にも使わないから病気になるんだ」

いくつもの病気を持っている老小説家が言った。どこか矛盾しているようだが、安岡は何も言わなかった。女たちはほとんど料理を残したが、ビールやワインは飲んでいる。

「希代さん、整形って幾らするんですか？」と菜穂子がふいに聞いた。

「よく覚えていないのよ」

「いろいろあるけど、鼻十五万、目十五万くらいじゃないかな」と律子が言った。

律子の友人は妹と美容整形に行った。先に施術した妹の鼻は真っ赤にはれあがっていた。友人は逃げ帰り、十五万円分の洋服と指輪とネックレスを買ったという。

武島が「僕の知り合いの男も目の整形をしたが、ひどく膨れ上がっていたな。あと片方は一重のままだよ」と言った。

「男の人も整形をするんですか？」と菜穂子が武島に聞いた。

「美への渇望に男も女もないよ」

「今度は成功した女の子の話だけど」と律子が言った。「目も鼻も綺麗《きれい》になったら、急に恋人によそよそしくなってね、ある日、新しい男とどこかに逃げたのよ」

絹子の四十九日に武島の助言を受けた希代は何日もたたないうちに美容整形外科に行った。希代は顔のたるみを取ったと安岡に言ったが、安岡にはほとんど整形したようには見えなかった。

「飛行機の中で希代さんは、私、整形美人なのよと冗談ぽく笑っていらしたけど。私、女の美が崩れないうちに、結婚しなければいけないという強迫観念があるんです。あと五、六年したら、もう取り返しがつかないような」

菜穂子が向かいにいる希代の顔をじっと見つめ、言った。

「お部屋が別々でも結婚している人はまだいいですよ。独身女の年齢への恐怖を、私は恥をしのんで告白しているんです」

グラス一杯の赤ワインを飲んだだけだが、菜穂子の顔は真っ赤になっている。

「君はまだ二十一、二歳だろう？　若さの真っ盛りに思えるのだが」と希代の横の安岡が言った。

「男の人が誉《ほ》めてくれなくなったんです。人生のかせなのね。今、言い寄られたら、どんな人にでもコロッといってしまいそうで、それもまた恐いんです」

「若さの絶頂だから怯《おび》えているんだよ。あとは崩れるだけだから。美というのは死に向かうのと同じで、どうしようもないものなんだよ」と言った後、少し言い過ぎたかなと安岡は思った。

「菜穂子君と言ったかな。逆に二十四、五歳になったら落ち着くよ」と武島が言った。

「バンドはゆるくしめたほうがいいよ。腰が細く見えるから。昔はきつくしめて細く見せていたけど、逆よ」と律子が深刻な話題をそらすつもりか、変に軽々しく言った。

夢、旅路、希望。この言葉ほど君に似合う言葉はないよ、と安岡は菜穂子を励ましたかったが、希代の心情を考え、躊躇《ちゅうちょ》した。

「菜穂子君、君が美の崩れを気にするのは、年取った時の自分と若い人を比較しているからだよ。何事も未来を考えたり、比較をしたりしたらだめだよ」と武島が言った。

律子が「わかるようだけど、よくわからないわね」と言った。

「明日のために今日を犠牲にしてはいけないな、菜穂子君。三十代のために二十代を犠牲にしてはいけないんだ」と武島が言った。

「私、犠牲にするつもりはないですけど」

「若いうちは迷いに迷うべきだよ。絶望的な迷いから世界的な発見や発明はなされたんだからね」と武島が言った。

「お釈迦様は迷いの中から悟りを開いたんですよね」

菜穂子はバクシに聞いたが、すぐ希代が言った。

「お釈迦様は諸行無常を受け入れなさいとおっしゃっているけど、私はまだ少しも……」

老小説家が「わしも処女作『海と女子大生』のヒロインに、早く歳をとりたい、と言わせている」と言った。

「海と女子大生？　変わったタイトルね」と律子が言った。

「モデルはわしの初恋の人だ。だが、この女は高校卒業後、外国船の女船乗りになって、行く先々の港で男女問題を起こしたんだ。こんな女を、わしは処女作のモデルにしてしまった。だが、後悔はしていないよ」

「悲恋と言っていいのか、どうか」

律子がつぶやくように言った。

女船乗りなど本当にいるだろうかと安岡は思った。老小説家の創作では？

「その女の人、妊娠とかしなかったんですか」と二十一、二歳の菜穂子があからさまに言った。

「わしは十代だけは二度繰り返したい。小説にも恋にも一生分うちこみたい」

「うちもあと十年若かったら」と律子が言った。

「わしは一九四七年生まれだが、百年前の一八四七年に『嵐が丘』が出版されている。何かえにしを感じる。君」

老小説家は菜穂子に向いた。

「作者のエミリー・ブロンテは二十九歳か三十歳で死んだ。君のように美がどうのこうのなど、少しも考えなかった」

「私は彼女のように文才はないから」

「美だけはあるというのね？」

太った律子が揚げ茄子をつつきながら言った。

「一九四七年生まれのわしの四百年前、一五四七年にセルバンテスが生まれている。なぜか知らないが、胸が躍るよ」

古典的大小説家の生年をよく覚えているものだと安岡は感心した。

ブロンテやセルバンテスの人生は悲惨だが、作品は栄光に輝いている。作品には作者の喜びがつまっている。実人生の何十倍も強烈だし、長く残り続ける。

「老小説家さんはいつまでもお元気ですね」と律子が言った。小さい笑いが起きた。

「政治家が当選するためにどんな手でも使うように、どんな手を使ってでもわしはわしの小説を完成させる」

「永遠にあせぬ、という歌詞が、たしかクラシックの『野ばら』にありましたね。老小説家さんの小説家人生に終わりはありませんよ」と安岡が言った。

バクシが「インドでは作家も学校の先生と同じ先生です。先生は生徒のアイドルです」と言った。

「親は命とお金を与えます。しかし、命とお金は死んだらなくなります。葬儀が終わると、まれに遺産に夢中になって、親を忘れる子供がいないともかぎりません。先生の教育はちがいます。受けるほど増えます。文学に生きてきた老小説家先生は、御自身に誇りを持つべきです。それでは、みなさん、私は明朝の霊鷲山《りょうじゅせん》登山の手配をしてきます。会話を楽しまれたら、お部屋に戻ってください」

バクシは立ち上がり、レンガ張りの廊下の奥に消えた。菜穂子がテーブルを回り、希代の耳元に顔を近づけ、聞いた。

「安岡と身も心も別居中ってバスの中で話されましたが、本当ですか？」

「どうかしら」

老小説家の隣の武島が口を拭いた緑色のナプキンをたたみ、妙に厳かに言った。

「みなさん、煩悩のないところに悟りはありません。みなさんは幸いです。それぞれ煩悩がおありですから」

武島は坊主頭を撫《な》でながら女たちの顔を見回した。

「今世、あなたたちが人間なのは、前世で誰かを幸せにしたからです」

「私たち、前世も人間だったの？」と菜穂子が聞いた。

「そうとは限りません。魚だったかも、家畜だったかもしれません」

武島は先程とはうってかわり、変に丁寧語を使い始めた。

「魚や家畜で、どのように人を幸せにしたの？」

「体を食べさせたのよ、ね、武島さん」と律子が言った。

「それは僕にはわかりません。とにかく今世で悪行を重ねたら、来世は毛虫や蛇になるでしょう」

「毛虫や蛇から人間になるのは難しいんでしょう?」と菜穂子が言った。

「せっかく善行がつみやすい人間に生まれたのです。今世を無駄にしてはいけません。人間に生まれる確率は無限分の一ですから」

「前世の面影って、どこかに残っているものなの?」

「よく見ると狸《たぬき》とか馬に似ている人がいるでしょう。前世の名残です」

「私は年齢とは無縁な男に生まれたかったわ。それなら狸や馬から人間に生まれ変わった価値があるわ。今のままだと狸や馬のほうがまだましよ」

菜穂子が泣きだしそうな声を出した。情緒が不安定な子だと安岡は感じ、「毛虫や狸の話はもうこれくらいで」と武島に言った。

「女として幸せになれるから女に生まれてきたのです。あとはあなたの修行しだいです」と武島が言った。「何さんでした? そう菜穂子さん? 菜穂子さんに限らず、このメンバーは行者です」

武島は先程までは菜穂子君と言っていたが、菜穂子さんと言い出した。人の名前くらいすぐに覚えられそうだがと安岡は思った。

「武島さんは本物のお坊さんだったんじゃないですか?」と希代が聞いた。

「葬儀屋に勤めていたのよね、ね、武島さん。飛行機の中で言っていたよね。のほほんとした若いうちに人生の終末を見るのは大きな意義があるんだって」と律子が言った。

「夫婦の真実の姿は臨終の時に現れます」と武島が全員を見回し、言った。

「全身全霊で夫の看病をしていた妻が看病疲れで死んだとたん、元気になった夫に僕が、病人より看病した妻が先に死ぬとは皮肉ですね、と言ったら、妻より先にどうして死ねますかとぬかすんですよ」

「もう退散していいかな」

老小説家が二本の指を開き、煙草を吸うジェスチャーをした。安岡が立ち上がり、言った。

「みなさんの忌憚《きたん》のないお話を聞いて、人の命や人との関わりの大切さや大変さと言いますか、いろいろ感じさせられました。この旅がみなさんの身の上に一つでも奇跡を起こして欲しいものです。モーニングコールは明け方の四時なので、今日は早くお休み下さいとバクシさんからの伝言です。それでは解散しましょう」

全員部屋に向かった。菜穂子は武島に何やら質問しながら歩いている。

「希代さん、これからあんたの部屋に行って話をしていい?」と律子が手に持っているワインボトルを高くかかげた。

「バスで洗いざらい告白しようと思ったけど、自分を抑えたよ」

「私でよければ……」

「安岡さんも聞いてちょうだい」と律子がどういうわけか親しげに言った。

律子は歩きながら、希代との出会いを安岡に話した。

希代は那覇市のジムに通い始めた。律子は、なぜ脂肪が減らないのよと独り言を言いながら体を動かしていた。「あんた、痩せているのに、なんで通っているの」と律子が希代に声をかけた。ほどなく二人は親しくなったという。

三人は重厚な、焦《こげ》茶色の木製のドアを開け、部屋に入った。

小さいドアストッパーの横に毒々しいほどの赤い花が生けられ、蚊取り線香から一筋の煙がたちのぼっている。和室の畳の隅に煎餅布団と浴衣が丁寧に置かれている。衝立《ついた》てのような衣紋掛けもある。安岡は外を見た。一幅の掛け軸のようにはめこまれたガラス窓から外灯に照らされた三本のユーカリの木が見える。三人は畳に座った。

「あんた、身も心も別居中なの？　インドに来てまでなぜ旦那さんと部屋が別なの？　話して。うちの胸だけにしまっておくから」

「律子さんの告白って、何？」

「希代さんの告白が聞きたいの」

「私の？」

希代は躊躇《ちゅうちょ》したが、安岡の顔色をうかがう様子もなく、なぜかよどみなく子供の不慮の事故死や夫の浮気を打ち明けた。

「……君の胸だけにしまっておいてくれよ」と安岡は律子に言った。

律子はうなずきもせずに話題を変え、「ジムに通い始めたのは整形後だったんだね。元々綺麗な顔立ちだったでしょうに、なぜ整形なんか？　まだ若かったんでしょう？」と目尻の表皮がこめかみに引っ張られた希代の顔を見つめた。

「武島さんに外見を変えたら内面も変わるからとアドバイスされたの」

「彼はどこか胡散臭《うさんくさ》いよ。話に変な説得力はあるが」と安岡が言った。

「でも、あんた、入院もしたんでしょう？　入院までして整形しても夫の浮気を許せない自分に気づいているんでしょう？」

「……」

「古い自分を捨てたいよね。浮気相手より綺麗《きれい》になりたいよね。夫を絶対振り向かせてやりたいよね」

　たたみかけるように言う律子の目には俺の姿が映っていないのだろうか、どこかシャーマンのようにわけのわからない女だと安岡は思った。

「よくわからないわ」

「あんた、旦那さんは、あんたに色々吹き込んだ武島さんを恨んでいないの？　武島さんと一線こえた？」

「律子君」と安岡は少し声を荒げた。希代は安岡を見つめ、首を強く横に振った。

「あんた、インドでも武島さんにカウンセリングを受けているの？　はたから見たら、あんたと武島さんはお互い無関心のようだけど。旦那さんが一緒だから？」

「もう僕の言葉は不要ですって武島さんは言うの。インド自体が希代さんをカウンセリングしますって」

　律子は希代の首にかかったロケットを見つめた。

「いつも身につけているロケットね。誰の写真が入っているの？」

「……」

「旦那さんのプレゼント？」と律子は安岡に聞いた。希代はロケットを握り締め、「今は内緒ね」と言った。

「あんた、旦那さんが好きだったの？　何かで落ち込んでいる時に出会って結婚したタイプ？」と律子が聞いた。

　希代は力なく首を横に振った。

「だったら旦那さんの浮気に目をつぶって。何人目？　一人や二人はしかたないよ」

「浮気って、軽いものじゃないんじゃないかしら」

希代が律子を強く見つめた。

「旦那さんは同級生が遊んでいる時、夢を叶《かな》えるために猛勉強したんでしょう? 夢が叶って、今を遊ぶ。夢追い人のパターンよ」

俺は夢を叶えたのだろうか? 琉球大学に入っただけなのだが。安岡はぼんやり思った。

「あんた、結婚生活が続けられるかどうかを知るためにインドに来たの? 違うよね。正直、夫のことは眼中にないんでしょう?」

律子の言葉は酔っているとはいえ、無礼千万ではないだろうか。律子に擁護されているのか、批判されているのか、安岡はよくわからなかった。

「夫は何の欲もないのよ。まるで乞食《こじき》行をしているような、仏のような人なの。軍用地料があるから人に恵んでもらったりはしないけど」と希代が律子に言った。浮気は欲ではないのだろうかと安岡は他人事のように思った。

「素晴らしいじゃない。理想像よ」

「私、死んだら夫の先祖の墓に入るのかしら?」

「結婚したんだから、あたりまえでしょう」

希代は安岡に向いた。

「私、誰も知らないから恐いわ。あなた、必ず先に入ってよ」

絹子ちゃんが入っているじゃないかと安岡は言いかけたが、すぐ希代の思考は混乱していると思った。安岡はうなずいた。

「うちの友人、離婚したんだけど、心がなかなか落ち着かないから、気を紛らわすためにジムに通ったのよ。うちがあんたと出会ったジムよ」

律子は離婚した友人の話を始めた。友人はほとんど何も考えずにジムのインストラクターの男と再婚した。まもなく目が覚め、体形だけを気にするつまらない男だとわかった。前の夫の良さが絶えず彷彿《ほうふつ》し、毎日悔やんでいる。「離婚してちょうだい」と懇願するが、今の夫は「絶対嫌だ」と承知せず、友人は心の休まる時がなく、毎日が生き地獄だという。

「最初の結婚だけが本当の結婚よ、再婚なんて考えちゃだめよと、この友人はいつもうちに言うよ」

「律子さん、あなた、結婚したいの？」

「うち、一人暮らしだから、体の調子が悪いとすぐ病院に行くのよ。希代さんは優しい旦那さんがいるから安心だけど」

「……」

「親戚に、男なら誰でもいいから早く結婚しなさいって言われているよ。あんたは相手の顔がどうの、背がどうの、とうるさすぎるって」

「どんな相手でも、というのは、どうかしらね」

「うちは母親に美しくないと言われて育ってきたから、相手に何も求めていないんだけど」

「……」

「うちの近所に、焦って離島の六十近い人に嫁いだ女の人がいるよ。この男には先妻との子が何人かいて、またお年寄りや孫や赤ん坊もいて、位牌《いはい》もたくさんあって、毎日が表現できないくらい大変らしいよ。うちでさえ嫁がないと思うけど」

「……」

「さっきの話に戻るけど、あんたは何しにインドに来たの？」

「聖跡の聖なる石が欲しくて」と希代は呟《つぶや》いた。

「平和祈念公園に埋めて、鎮魂したいとバスの中で言っていたね。違うんじゃない？　石拾いじゃなくて、子供のために来たんじゃない？」

妻は絹子のために聖跡の石を求めているのだと安岡は言いかけたが、律子に薄くふさがった傷を大きく開かれそうな気がし、口をつぐんだ。

「うちは赤ちゃんを生んでいないけど、保母をしているから、可愛《かわい》い盛りに突然子供を亡くした苦しみは想像できるよ。悔やんでも悔やんでも戻ってこない子供だけど、でも、あんたの心にずっと生き続けるはずよ。だから一緒に歳《とし》を重ねていけばいいと思うよ」

律子のこの言葉に安岡は一瞬救われた思いがした。

「絹子と同じ年頃の女の子がみんな絹子に見えるの」

「そう」

「ツアーの出発の何日か前、夜八時過ぎだったかしら、近くの商店に飲み物を買いに行ったら、絹子がアイスクリームを買っていたの。絹子ではなかったわ。五歳くらいの女の子は百円玉を店主に渡したの。少し足りないけど、いいよと店主はにこやかな笑みを浮かべたわ。私は消費税の分を店主に渡したの」

希代はメモを棒読みするかのように淡々と話した。

「アイスクリームを買った女の子が絹子ちゃんに見えたんだね」

「絹子の御霊《みたま》はどこをさ迷っているのかしら？」

希代がぽつんと言った。

「さ迷っているなんて言わないでよ。あんた、絹子ちゃんのために小石を拾いに来たんでしょう？」

「私が死んだら、絹子が受け入れてくれるように、いつも祈っているの」

「小石を拾ったら、きっと気持ちも落ち着くよ」

「何年前かしら、夫の『産まなくてもいいよ』という一言が不妊治療に苦しんでいた私を救ったの。何でも悪いように考えていたのに、全てをいい方に考えるようになったわ。……なのに、なぜこんな私になってしまったのかしらね」

安岡は息がつまった。

「インドの子供たちの私を直視するような目の輝きに、ふと心が洗われるわ。でも、仕草《しぐさ》が絹子と重なって……」

「受け入れるのが一番よ。受け入れないといつまでも忘れられないからね。また明日ね」

律子は立ち上がった。安岡と希代は部屋のドアを開け、律子を見送った。律子の足音が遠退いた。

「今日は長かったな。疲れなかった？」

「少し」

「明日は朝が早いから、もう休もうか」

希代はうなずいた。

「じゃあ、明日」

「お休みなさい」

「お休み」

安岡は外からドアを閉めた。午後九時だが、フロント係や警備員はいなくなり、回廊や庭の外灯も消えている。安岡は自分の部屋に入り、電灯をつけた。蚊取り線香が焚《た》かれている。冷房をかけ、電灯を消した。部屋も窓の外も真っ暗になり、耳を澄ましたが、虫の声も何も聞こえなかった。

第八章　双子の巨人

一九九八年四月、ツツジ祭りも終わり、街路沿いには早咲きのユウナが大きな葉の間から黄色い花をのぞかしている。

安岡の書斎の窓から青々とした柿の葉が見える。

赤嶺の納骨の時、初恋の相手の希代と成人式以来、偶然再会した。偶然ではなく必然だろうか。運命を感じるし、ドラマ、小説にもなる。安岡は希代とのデートにうつつをぬかしている時にもふいに小説を書きたいという衝動にかられたりした。

赤嶺を主人公に設定したらどうだろうか。二十六歳なのに二度の離婚をし、文学部出身なのに不動産屋を立ち上げ、ようやく文学的香りのする「疎隔《そかく》された鶏《にわとり》」を映画にしようと張り切っていたやさきに急死した。赤嶺に文才があったなら、もしかしたら赤嶺は自分自身ではなくヨネを主人公に小説を書いた可能性がある。高齢になったらどうかよくわからないが……若い時分は自分自身より他人がはっきり見える。数奇な運命に翻弄《ほんろう》されながらも平然と日々を送り、変わった生死観をもつヨネを僕もいつかは小説にしたいと思う。

書斎の電話が鳴った。

老小説家が開口一番「君は女とイチャついているようだが、もう小説は書かないのか」と言った。

「……どこから」

老小説家は発表直後の「疎隔された鶏」を読んだようだと、なぜか安岡は思った。

「わしは地獄耳だよ。心がうわついても小説くらい書けると考えているのか？」

希代と再会する前から二作目の小説は書けませんでした、と口に出しかけたが、唇をむすんだ。書けない、書けないと自虐的に老小説家に告白する必要はないだろう。

結核療養専門病院の庭のベンチが思い出された。いろいろ持病があり、めまいなどもひどいと言う老小説家の顔を思い浮かべた。

「ご無沙汰していますが……体はもう大丈夫ですか」と安岡は聞いた。老小説家は返事をしなかった。

「僕はまだ結核の薬を服《の》んでいますが、老小説家さんはすっかり元気に？」

「わしの体や頭は薬で動いている」

全く剛健にみえた赤嶺は急死したが、昔からいくつもの病気を抱えているはずの、電話口の老小説家は血気盛んに思える。

「ひとの健康は外見からはまったくわかりませんよね」

「わしは常に病気や死なんかより老いが頭をよぎるよ」

「老いの恐さですか？　確か結核療養専門病院でもおっしゃっていましたよね。あの頃まださほどお年ではなかったんじゃないですか？　たしか五十代半ばでしたよね。老後を気になさっているんですか」

「わしには老後はないよ。小説しかないよ」

今日はどういうご用件ですか、と安岡は口を開きかけたが、「若い頃はどのような」と聞いた。

「若い頃？　若い頃は公務員、政治家、会社員、教員を馬鹿《ばか》にした。今も馬鹿にしている。小説家だけが世界を変える。わしは身を削るように小説修業に励んだ。だが、世の中は小説家に冷淡だ」

安岡も小説を書く人生を送りたいが、「小説家だけが世界を変える」とは言えないと思う。

「今はもう小説から足を?」

「足なんか洗わないよ。わしは創作依存症だ。一日でも書かないと体や頭が震える」

「……頭も震えるんですか」

「創作依存症に比べると、アル中など軽いもんだよ」

「軽くは……僕も今はうまく小説を書けませんが、きれいさっぱり捨てたわけでもありません。胸の片隅に常に引っかかっています。まだ一作しか評価されていませんが」

「よし、わかった。わしの小説の原風景を特別に君に見せよう」

「原風景?　舞台ですか?」

「舞台のようだが舞台ではない。小説の基、種、原点でもない。感性の源でもない。人生の軌跡に唯一宝玉のように光るのが原風景だ。君にはあるか?　ないだろうな」

「ないとすると僕にはもう小説が書けないというのですか」

「頭の中でただこねまわして小説を書く者はちまたには大勢いる」

安岡は「疎隔された鶏」は観念小説だと言われたような気がした。

「君は二作目が書けないようだから、わしが強い刺激を与えよう」

老小説家は小説の原風景を明日十時に案内すると言った後、「原風景」論を述べた。少年期の遊びが自分の人生および小説のオモシになっている。人生の途上、生活や気持ちが大きく揺らぐ時も元に戻す作用がある。つまりモノの考え方、感じ方が包含されている。原風景がないと、人からどのような意義深い話を聞いても、思想、信条を社会に訴えなければならないと切実に思っても小説には結実しないという。

安岡は「明日行く原風景の場所は、いつ頃書いた小説の?」と聞いた。

「原風景はいつでも小説を生み出すよ。今も過去も未来も」

安岡はよく意味がわからず「人物のモデルも原風景の中にいるんですか？」と少し話題を変えた。

「モデルはわし自身だ。わしイコール原風景だ。結核療養中の時、たしか君に、わしは昔書いた小説を読み返して男泣きしたと言っただろう？」

「覚えています。看護婦さんにも見られたんですよね」

「あの男泣きした小説の原風景に君を案内するよ、特別に」

老小説家は、特別に、を強調した。

「じゃあ、屋富祖大通りの天麩羅《てんぷら》屋の前で落ち合おう。車を忘れるなよ」

老小説家は電話を切った。安岡は書斎の「王様の椅子」と名付けた革製の黒い大きな椅子に身をしずめた。

老小説家がどのような小説を書いているのか、安岡は皆目わからなかった。哲学的な難解な小説のようにも思えるし、逆に非常に素直な私小説のようにも思える。特に調べたわけではないが、発表した小説は一作もないのではないだろうか。

翌日、約束の十分前に着いた。待つのはプライドが許さないのか、天麩羅屋の物陰に隠れていた老小説家がゆっくりと現れた。ハリセンボンのような硬い髪に白髪が増えているようだが、風貌は以前とほとんど変わっていなかった。

助手席に乗り込んだ老小説家は「浦添グスク（城）に」と言った。

安岡は車を発進させ、ユーターンした。

「お久しぶりですね」と安岡は言った。

「埋葬がテーマの原風景を二ヶ所、特別に君に見せるよ」

「埋葬？　埋葬がテーマですか？　何か暗いイメージですね」

老小説家は少し気を悪くしたのか、だしぬけに「君のあのような鶏の小説では現実にインパクトは与えられないよ。読後に人間が何も変わらないよ」と言った。

安岡はムッとし、あの小説は映画化の話もあったんですと言いかけたが「失礼ですが、『疎隔された鶏』を読んだんですか」と聞いた。

「あれはまだ小説になっていないよ」

「文学賞受賞作が、小説になっていないとは具体的にはどこが、どのように？」

「具体的にもなにも小説は人間を書くものだ。鶏を書くものではない」

「鶏に仮託して人間を書いたんです」

「それは作者の言い訳だ」

安岡は頭にきたが、言い合いを続けても埒《らち》が明かない気がし、まあ読んでくれただけでもいいか、と自分を納得させた。

「小説は喜びからは生まれないよ。苦しみから生まれるんだ。君が、疎隔された鶏という変なタイトルの小説を書いたのも病気という苦の中から生まれたんだ。そこが評価されたんだ」

「でしたら疎隔された鶏の原風景は結核療養専門病院ですか？」

「原風景は作者本人しかわからないよ」

安岡はなぜか老小説家が「疎隔された鶏」を評価しているような気がし、「ありがとうございます」と言った。

「原風景がないと、人から何を聞いても、訴えられても書く気はしないよ」

「取材とかはするんですか？」

「しないよ。書く時は原風景をいわば加工している」

老小説家は自分が体験し、感得した出来事や考えしか書かないし、書けないという。

「わしの小説は沖縄のある場所が原風景だから沖縄文学と呼ばれてもいいとも思うが、若い頃から世界文学しか頭になかったわしには正直狭い気もする」

「個人の原風景が世界文学になるというのはすごいですね」

「君は何か皮肉を言っているのか？」

「文学の偉大さを実感しているんです」

「仮に原風景が形も変わらずに今も残っていたら、わしは小説を書かなかっただろう。わしは失われた原風景、原風景の中の失われた人々を自分の魂の中に、いわばファイルしたいんだ」

「ファイル？　つまり写真のように……」

「写真？　君は軽く言うが、簡単にファイルはできないんだよ。しごくたいへんな仕事なんだよ」

老小説家は君とは話はできないとでもいうように窓の外を見た。

もし「疎隔された鶏」の原風景が結核療養専門病院ではないとしたら、どこなんだろうかと安岡は思った。

疎隔されずに自分らしく生きるというのが疎隔された鶏のモチーフだし、自分のために生き、人の言説に従わなければ、支配者も登場できないというテーマだし、人に自分のために何かをやってもらおうとするから、結局自分が人に首を絞められる、このようなプロットだと思う。

「どのような人生を歩んで来られたんですか？」

安岡は老小説家に聞いた。老小説家は安岡に顔を向けた。

「わしの歩んできた人生はわしの小説に現れる。いちいち君に口頭で述べても何も始まらないよ」

大通りからこじんまりとした集落に入った。民家の石垣の短い影が石畳道に黒く落ちている。陰に大きな犬が寝転んでいる。犬は身動きしなかったが、目だけを動かし、じろりと運転席の安岡を見た。まだ真っ昼間ではなく、午前十時二十分だが、人の気配はなかった。

浦添城跡の入り口の駐車場には一台の車もなかった。駐車場の周りには安岡が名前を知らない大小の雑木が生えている。二人は車を降りた。老小説家は煙草《たばこ》に火をつけた。

「わしは戦争体験がないから、想像力が豊かになったともいえる。子供の頃は防空壕、不発弾、鉄兜、頭蓋骨に囲まれていたともいえる。戦争を書くために生まれたと思っている」

「老小説家さんの小説のテーマは戦争ですか?」

「君はすぐテーマ、テーマと言う悪いくせがある。ここに設営されたテントの中がわしの生誕地だ。時は終戦二年目の1947年だ」

老小説家はテント幕舎の説明を始めた。戦前、老小説家の家族が住んでいた東シナ海沿岸の集落は戦火をあび、焼け野原になった。終戦直後、北部や島外に避難していた集落の人たちは、米軍がこの場所に設営したテント幕舎に収容された。老小説家は真夏に生まれた。豪雨も通さない野戦用の分厚いテントの中は蒸し風呂のようになり、老小説家は顔を真っ赤にし、汗疹《あせも》が全身にふきでた。

老小説家はなぜか空を見上げ、言った。

「ここは琉球王国発祥の聖地でもあり、沖縄戦の敗北、米軍支配という屈辱の地でもある。米軍にふみにじられたような思いもあるし、偉大な先祖に見守られているような思いもある」

老小説家は上着のポケットから折り畳んだ紙を取り出し、安岡に渡した。安岡は紙を開いた。

「『双子の巨人』の粗筋だ。テント幕舎、わしは集落と呼んでいるが、テント集落が一つ目の原風景だ」

「読んでいいですか？」

「読みなさい」

老小説家は妙に丁寧に言った。

終戦直後、避難民は米軍が設営したテント幕舎に収容された。十六歳の絶世の美女「はるみ」もいる。双子のような二人の巨人――身長が二メートル五十センチもある男――が毎日のように姿を現し、鉄条網の外から「はるみ」に豪華な装身具をはじめ、ありとあらゆる品物を与えた。巨人たちは「はるみ」以外の老若男女がどんなに懇願しても必死に手を差し出しても完全に無視した。しだいに「はるみ」はテント集落の人たちの嫉妬の的になり、羨望《せんぼう》の的になり、殺意の的になり、あらゆる感情の的になった。テント集落の松葉杖《づえ》をついた班長に「テント集落に亀裂が入るから、どこか遠くに姿を消すように」と土下座された。この頃には「はるみ」も巨人たちと同様にテント集落の人たちを全く相手にしなくなっていた。泣き叫ぶ飢餓状態の幼児にも、身も心も病んだ人たちにも、精いっぱいの化粧や身だしなみを渇望する若い女たちにも「はるみ」は微塵《みじん》も心をいためなかった。ある日、「はるみ」がテントから外に出たとたん、何者かの手が「はるみ」の頭に斧《おの》を振り下ろした。「はるみ」の無残な死体を前にテント集落の人は誰一人合掌も黙祷《もくとう》もしなかった。巨人たちはテント集落に大量のガソリンをまき、人々を一人残らず焼き殺した。

読み終えた安岡は「恐《こわ》い物語ですね」と言った。老小説家は煙草をくわえ、安岡の次の言葉を待っている。

「なぜ二人の巨人なんですか？」

「一人は色が白い。もう一人は黒いんだ」

「巨人は米軍の象徴ですね。沖縄の人たちを二つに引き裂こうとしているんですね」と安岡は言った。

「軍隊は巨大な悪だが、うごめいているのはまさに小さな人間だ。弱さも強さも悪も善もある。小説はこのような人間の言い分を代わりに言うべきだ」

「……」

「個々の米兵に白黒はつけられないよ。善とか悪とか割り切れないよ」

「つまり軍隊は糾弾するが、兵隊は擁護するという考えですね」

「擁護なんかしないよ」

「……」

「沖縄の人間にも本土の人間にもアメリカや朝鮮半島の人間にも喜怒哀楽があるし、ものや人に対する感情、また感動……すなわち心は全く変わらなく存在していると、わしは言っているんだ」

安岡は頭がこんがらがった。ありふれた、ごくあたりまえの考えのような気もするが……。

「巨人というイメージはユーモアがありますよね」と安岡は言った。

「ユーモア？　どこに？　沖縄問題を喜劇にするつもりか？　絶対に喜劇は書くな。ふざけになって、馬鹿《ばか》笑いを強いて、人々のガス抜きになって、それでおしまいだ。沖縄問題は破裂するまで膨らませろ」

「戦争が彷彿《ほうふつ》する原風景が老小説家さんの胸をしめつけているんですね」

「わしは昔からいつも現実の生活に足をひっぱられている。戦争を書ける情況《じょうきょう》ではなかったよ」

「足をひっぱられるって、どのように……」

「戦争の足音はすぐ目の前に迫った時にしか聞こえないよ、安岡君」

「……」

「自分が生きている間に戦争が起きると思っていたが…わしは戦争を体験しないで死ぬよ」

「幸せじゃありませんか」

「安岡君、君が戦争を小説に書こうが書くまいが、数十年前の沖縄戦を忘れてはいけないよ。たえず思い起こせ。次の原風景に行こう」

老小説家はくわえ煙草のまま歩きだした。

ふと安岡は考えた。戦争体験者の老女を主人公にしたらどうだろうか？　多くの沖縄文学のように戦死者の悲痛な叫びを分析したり、反戦思想をあからさまにしたりせず、ストレートに、深く戦死者と向き合うだけの、死が間近に迫った、天涯孤独の主人公は強烈な何かを読者に与えるのでは？

安岡の脳裏にヨネの不思議な笑いが思い浮かんだ。ヨネは生死や宗教に無頓着のようだが、毎朝、仏壇を掃除し、お茶を供え、「もう二度と戦争はしません。成仏してください」と祈念し、戦没者と自分の魂をひそかに鎮めていたのではないだろうか。

二人はところどころに岩盤が露出した坂道を登った。

「この辺りは子供の頃、よく遊んだが、あの頃とは風景がまったく違う」と老小説家は言った。

集中砲火を浴び、徹底的に焼かれた丘には長い間、ススキやギンネムや丈の短い雑木しか生えず、日差しも強かったが、なぜかどことなく荒涼とし、この世のものではないような雰囲気が漂っていたという。

丘の頂上に着いた。ここには琉球王国時代の城跡もある。安岡はたまに散策し、武将たちの天下とりの過激なドラマや、男たちが戦う前、敵を呪《のろ》い殺す祈り合戦を始めるノロたちに思いを馳《は》せている。

「知らないだろうが、ここには日本軍の陣地壕があり、数千人の人が犠牲になったよ」と老小説家が言った。

「知っていますよ。僕も時々、昔を偲《しの》びに来ますから」

「昔を偲ぶ？　のんきだな」

「栄光の琉球王国時代を偲ぶんです。……沖縄は風土も人物もわりとあっけらかんとしているが、歴史にはどろどろした闇の部分もありますね」

老小説家は琉球王国には興味がないのか、黙ったままライターをすり、新しい煙草に火をつけた。

「戦没者の遺骨はガマの中に納められていたんですよね」と安岡が言った。

「ここに限らず生き残った沖縄の人たちは飲まず食わずの中、何をさておいても戦没者の慰霊に精魂をこめたんだ」

丘の下に長い歴史を誇る小中学校があるが、終戦まもない頃、遺骨収集の授業もあったと老小説家は言う。

「今でも黒い平線香やウチカビを燃やして拝みをしますよね」

「いつだったか、わしはここで誰かがちらかしたごみを集めて火をつけたんだが、あわや山火事にするところだったよ」

「老小説家さんも拝みによくここに？」

「一時期、わしの母親は毎日来たよ」

「お母さんがですか？」

「当時三、四歳だったわしはここで遺骨を見て、ひどく怯《おび》えたらしい。母親はわしをおちつかせるために一ヵ月間毎日ここに来て、鎮魂の祈りを捧《ささ》げたんだ」

「なぜ三、四歳だった老小説家さんがここで遺骨を見たんですか」

「経緯はわからないが、とにかく見たようだ。たぶん親がわしの手を引いて慰霊か収骨に参加したんだ、とわしは推察している。いいか、この話が第一点」

安岡はうなずいた。

「戦死した長女を何日も抱き締めていたというわしの親戚の話が第二点」

何点まであるのだろうかと安岡は思った。

「『人身御供の乙女』にしようか、『謎の屈葬死体』にしようか、タイトルはまだ決めてないが、粗筋はできている。だが、長い粗筋だから話すのはよすが。ここら辺りから、たぶんノロと考えられる屈葬人骨が発見されたんだ」

老小説家はデイゴの脇の少し窪《くぼ》んだ場所を指さした。

「わしは役所の発掘の様子を見たが、戦時中の骨とも見慣れている骨とも違っていた。夏の盛りに発掘されたが、供養式は晩秋の午後に行われた。わしは供養式の様子も見たが、人身御供の乙女に届けるように哀《かな》しげな歌詠みのような読経だったよ。乙女が応えたように祭壇の白いシーツが風もないのに揺れ動いたよ」

「……」

「のどかな時代に一人泣きながら恐怖に震えながら死ななければならない健康な乙女に、君のセリフじゃないが、わしは思いを馳せるよ」

「この話が第三点ですね」

「わしはこの三点を練り上げて、次の小説を書こうと考えているよ」

「今から書くんですか?」

老小説家は手の内を見せている。俺をライバルとは思っていないんだと安岡は思った。

「だから書く前の原風景を君に見せたんだ」

「さっき粗筋を読ませてもらった『双子の巨人』という小説はすでに書き上がっているんですよね」

「書いたからタイトルもついているんだ」

「いけにえとか人身御供というのは、神を人間化しているんですか？　つまり神も人と同じような性的な欲望があるというふうに」

「わしの筆を削《そ》ぐような、卑猥《ひわい》な話はするな。この乙女は生前クガニ（黄金木）の実の香りにうっとりしながら一人静かに舞っていたとわしは想像している」

「……」

「あえて告白するが、わしは『双子の巨人』を書き上げた後いつしか、テント幕舎の原風景に関心や執着をなくした。原風景は小説を書くためだけに存在しているようだ」

丘の麓は現在は、子や孫がどうの、金儲《もう》けがどうのと日々にぎわっているが、丘の頂上に眠っている若い人身御供の女の周りは何百年も変わりなく、冷たい風がただ木の枝をゆらしているだけだ、と安岡は感じた。

第九章　三線男

数日前の四月中旬、老小説家の原風景を案内された時、つい「埋葬のテーマはどうも」というふうに言ってしまったが……。よく考えると埋葬は人間の根源に根ざしている。

俺は飼っていた子犬の死体を庭に埋葬した時、小枝を置いた。

ネアンデルタール人は死者に花をそえたという。たぶん死者の周りに大勢の人間が集まったと想像できる。葬儀の形、意義、指導する人なども生まれたと推測できる。埋葬、火葬、自然葬に最適な場所に各集落から人が集まり、町となり、町は葬儀を強化、拡大し、ますます人口が増加し、ついに都市になり、都市機能は葬儀を取り扱う人に特権を与え、国に発展したのではないだろうか。俺が置いたような小枝（小枝ではなく、亀の甲羅や死んだ甲虫や動物の骨などを置いたのかもしれないが）がしだいに石になり、石柱になり、死者に対する飛躍的な強固な観念（宗教）が生まれ、神殿になったと考えられる。

安岡はふと、僕の小説は死後、僕が生きていた証になると思った。

バクシとは一度会っただけだし、今日、クリシュナにいるかどうかも不明だが、インドの神話哲学でも聞きに行こうと思い立った。もしかすると沖縄のトートーメーと融合させ、短篇が書けるのではないだろうか。安岡は書斎の王様の椅子から立ち上がった。

車を運転しながら、埋葬など死んだ後の話は不要だ。僕は生きるために小説を書くんだ、とぼんやり思った。

午後三時少し前、エレベーターに乗り、三階のＫｒｉｓｈｎａに入った。ガラス張りのキッチンを見たが、この間ナンを焼いていたインド人は見当らなかった。ＣＤなのか、場違いの三線の音が聞こえたが、客はいなかった。

ウエイターがガラスのドアに内鍵をかけ、クローズのプレートを掲げた。安岡は知らなかったが、昼の部は三時に終了した。帰りしなに店内を見わたしたら、奥の窓際に一人の小柄な男が座り、三線をひいていた。黒ぶちの、レンズの分厚いメガネをかけた男は三線を弾く手を休め、「ここにどうぞ」とでも言うように安岡を手招いた。男と安岡が知人だと思ったのか、ウエイターが安岡を窓際の二人かけのテーブルに案内した。額は広いが、顎の細い、ユニークな顔の男は「どうぞ」と自分の向かいの竹製の椅子を指し示した。安岡は少し躊躇《ちゅうちょ》したが、座った。

「私はシバ神に三線を聞かせにここに来たんです」と男は言った。

安岡は、体つきも声も女のようにか細いこの男はどこかおかしいのではないかと思ったが、うなずいた。

「シバ神にですか？」

「三線を弾いて、愛の女神クリシュナを踊らせたいんです」

男は食事は済んだのか、缶ビールを飲んでいる。注文を取りにきたウェイターに安岡は「ラッシーを。すぐ出ます」と言った。

安岡は男に「なぜシバ神に三線を聞かせるんですか」と聞いた。

「インド音楽とカチャーシーはよく似ています。私は三線でインドと沖縄の懸け橋になりたいんです」

店内に、閉店中のせいか音量が絞られたインド音楽が流れているが、安岡にはカチャーシーと似ているようには思えなかった。ただ、踊りだしたくなる。この点は似ているといえば似ているが。

「あなた、身長は何センチですか？」と男は聞いた。

「１８０くらいです」

「芸術家に本名は不要です。私を三線男とでも呼んでください」

老小説家も本名は使いたがらないが、この男も三線男という名称を誇りにしているようだと安岡は思った。三線男は「あなたのお名前は？」と聞きそうだったが、聞かなかった。安岡は正体不明の男に自分から名乗る気はなかった。

「いつも三線を携えて、クリシュナに？」

「カレーを食べに入ったら、バックグラウンド・ミュージックのインド音楽に魅了されました。次から三線を持ってくるようになったんです」

「よく来るんですか?」

「三線を弾きたくなったらカレーを食べに来ます。だが、他の客があまり歓迎しないから、今日のように閉店時間後に弾きます」

まもなくラッシーが来た。ウェイターたちは後片付けや夜の開店の準備を始めた。

「三線はとても不思議だと思いませんか? わずかな弦だけで、喜劇も悲劇も表現できますから」と三線男は言った。どの弦楽器でも同じだと安岡は思ったが、何も言わなかった。

「三線は極言すれば、三線の音と共に沖縄の人は生まれ、亡くなる、そんなイメージを私は持っているんです」

「……」

「あるいは琉球の宮廷舞踊の静かな三線の音色と沖縄の雑踊りの快活な三線の音色の間に沖縄の人々の生のエネルギーが満ちているともいえます」

特に宮廷舞踊の三線を主とした音楽と踊りは、複雑な内容を見事に様式化し、美を与えている。だから観劇後、深い余韻が残ると三線男は言う。

「沖縄の踊りと歌は三線という土台に築かれているんですね」と安岡は言った。

「いい比喩ですね」

何百年も前から沖縄の人々は三線を弾き、冠婚葬祭の歌を歌ってきたと三線男は言う。だから三線の音色は荘厳な響きがあるという。

「私は亡くなった先祖や神々に聞かせているんです」

「……」

「もちろん、生きている人にも聞かせています。いつだったか、私は老女を生きかえらせました」

過疎の島に三線を弾きに行ったら、すべての老人が感激の涙を流した。杖《つえ》なしでは歩けなかった老女が立ち上がり、唐船ドーイを踊ったという。

「三線の力ですね」と安岡が言った。

「だが、三線の後継者が私の期待どおりには増えません」

「沖縄芝居は若い役者も出てきましたね」

「沖縄芝居の役者に若い人が少ないのは、方言が壁を作っているんです」

だから十六歳の美童《みやらび》を八十歳の女が演じるという。八十というのは少し大げさだと安岡は思ったが、たしかに多くは年配の女性が演じている。

「帰らないでください。チャイをとってきますから」

三線男は立ち上がった。安岡はラッシーを飲みながら、チャイは簡単には作れないのでは？　と思った。

沖縄の人は言葉ではなく体の動きを通し、表現している。言葉を内在化しているともいえる。舞踊も手首や指先や目線が多くを語っている。このような語り方は言葉のようにストレートではないが、観客が想像する分、意味が深く、忘れがたく心に残る。しかし、沖縄に限らず芸能芸術はすべからくこの形式をふんでいるのではないだろうか。本土の能は琉球古典舞踊と同じく少ない所作に万の心をこめているように思える。

安岡に近づいてきたウェイターが「ドアヂロックシマス」と言った。安岡は「アイムソーリー」と言いながら席を立った。チャイは注文できなかったのか、三線男は「お付き合いの印です」と会計を済ませた。

「あと少しお話しませんか?」

三線男が言った。安岡はうなずいた。バクシは夜は出てくるかもしれないが、話を聞くのは次の機会にしよう。

二人は複合ビルの一階にあるレストランに入り、ウエートレスにコーヒーを注文してから窓際の席に座った。窓の外に小さい花壇がある。四、五歳の女の子たちがしゃがみ、白いテッポウユリや、赤いグラジオラスを見ている。中学生のようなウエートレスが木目が浮き出たテーブルにコーヒーを置いた。

「さっきの話の続きですが、八十の女が平気で十六の美童になりきるというのは、つまり同化しているからです」と三線男が言った。

「魂が美童に憑依《ひょうい》するんですね」

「憑依とはちょっと違いますが、エイサーのおどけ役のチョンダラーも白粉《おしろい》を厚塗りすると別人になり、人目が気にならなくなります。私も日頃は恥ずかしがり屋ですが、三線を弾いたとたんに忘我状態になり、自分ではなくなります」

「覆面や仮面も人を別人にしますよね」

「私は三線で人を感動させるというより、自分の心を震わしたいんです」

「鼓舞ですか?」

「鼓舞ではありません。何というか、何もかもしんみりと心の奥にしみ込ませたいんです」

「世の中の出来事はほとんど人の表面をかすめていくだけだから、逆ですね」

「あなたの言葉はいいところをつきますね」

言葉遣いは丁寧だが、奇妙な三線男が目の前にいる、と思わず自分は小説家だ、「疎隔《そかく》された鶏《にわとり》」

が文学賞に当選したと言いたい衝動にかられた。しかし、ドゥーフミー（自我自讃）になるような気がし、口をつぐんだ。

今は夢と消えたが、「疎隔された鶏」――赤嶺はタイトルを「怪人ヨネ」にしたいと言っていたが――の映画に三線を使ったら、音色と鶏のトントントントンとした歩き方が絶妙に一致するように思える。特に鶏の集団脱走のシーンの迫力は圧巻だろう。赤嶺は映画化の際、監督、プロデューサー、出演者などを探していた。もし彼が生きていたら僕は「音楽監督」にこのどこか妙な三線男を紹介したのだが。

三線男が唐突に「いい時代になりました」と言った。

「今の時代ですか？」

「お互い本名も知らないし、初対面ですが、沖縄の人の共通の、何と言いますか、いわば根本問題ですから、お話しします」

「……」

「戦前、祖父はひどい目にあったんです」

三線男の祖父は戦前関西に渡り、港湾の仕事に従事したという。夜は郷愁の念にかられ、携えてきた三線を周りに聞こえないように弾いた。だが、「頭のおかしいのが、また奇妙な音を出している」と間借り先の隣近所の人に侮蔑《ぶべつ》された。頭にきた祖父は酒を飲み、最も強く抗議の声を張り上げた中年の女を抱きかかえ、近くのどぶ川に投げ落としたという。

「おおごとになりませんでしたか？」と安岡は聞いた。

「巡査に捕まって、何日も勾留されたそうです。だが、気骨のある祖父で、『琉球人の三線の弾き語り、今の人生が辛《つら》い人は聞きにいらっしゃい』などと紙に書いて、電柱に貼りつけたそうです」

「すごいですね」

「私にもあのような気骨があったら……私はどこのとは言いませんが、公務員です。月給もボーナスもあります。つぶれないから失業の心配もありませんが……心は空っぽです」

「公務員でしたか」

「しかし、三線だけでは食っていけません。例えば、聖と俗、美と醜に分けると、聖と美では食っていけないというわけです」

「三線男さんは公務員は醜だと……」

「例えです」

「三線を聖だと考えているんですね。しかし、三線が社会を動かすのは大変ですよね。公務員という か行政は介護とか生活保障とか差し押さえとか、直接、人々の人生を左右しますよね」

「人生を左右するのは三線です。生活を左右するのが公務員です。すみません。本当はこのような俗な話を私はしたくないんです」

「つまり生活以上に精神的に豊かになりたいという話ですね」

「私は人間存在の九割は精神で、残り一割が、いわゆる生活だと考えています。あなたは、失礼ながら少ししつこいようですから、私の公務員生活の一端を示すエピソードを紹介させてください」

三線男は一口コーヒーを飲んだ。

三線男は係長だが、ある日、部下の女子職員が課長に叱責《しっせき》された。

「公僕たるもの住民の目の前で私語はどうかね。喫茶店なんかでウエートレスたちが馬鹿《ばか》笑いをしたり、うるさくおしゃべりをしていたら、コーヒーはおいしいかね、おちついて飲めるかね、どうだね?」

三線男は課長に気づかれないように部下の女子職員に小さく首を横に振った。

離婚したり再婚したり認知したり、三角関係の調停裁判を起こしたり、土地や動産を自分のものにするために名義人の印鑑を虚偽に登録したり、クレジットやサラ金の業者に追われ何度も転出したり、死亡届の閲覧を何の関係もない葬儀業者が強引に請求したり。毎日窓口に来るこのような住民たちに課長も今、彼女をにらんでいる同じ目を向けるべきでは？　と三線男は考えた。

「三線男さんは部下の女子職員を課長から救おうとしたんですね」

「その場では救えませんでしたが、仕事が終わってから慰めました」

「三線男さん自身はスムーズに仕事を？」

「私自身も仕事に押しつぶされています」

三線男は職場のパソコンに向かうと軽い吐き気がする。マウスを動かしても小さい矢印が思う所に行かないが、周りの職員は楽しみながら容易に打ち込んでいる。彼らはめったに席も立たず、昼休み時間は省エネのために電灯を消すが、暗い中でもパソコンを使っている。青白い光が机の周りをぼうと浮かび上がらせ、職員の顔も幽霊のように青くなっているという。

「このような職員も昼休み、食事はするんですよね」と安岡は言った。

「弁当をかきこむように済ませたり、中には食べない職員もいます」

「食べない？　本当ですか」

「あなたとは今日会ったばかりですが、ことのついでに、今度は私の妻の話をさせてください」

三線男は何か懺悔《ざんげ》をしているようだと安岡はふと思った。

同僚たちの「新婚ホヤホヤでもないのに」という視線を背中に感じながら、午後五時の終業になったとたん庁舎を出るのは、妻が夕食の準備をし、自分の帰りを待っているからだという。五時半に家のドアを開けると、心の底から幸せを感じているような笑みを浮かべながら妻は三線男に「お帰りなさい。ごくろうさま」と言う。

「妻の声には温かい人柄がにじんで、人柄が自然に私を幸せにするような言葉を選んでいるんです」

三線男はすぐにはわからない言葉をつかった。

三線男は泡盛を飲みながら妻と毎晩とりとめのない話をする。三線男のろれつが回らなくなると、妻はささやきかけるように童謡、歌謡曲、民謡を何曲か歌うという。

「夢現《うつつ》の中、やさしい、やわらかい声が私の全身にしみいります」

三線男はしみじみと言った。

「奥さんと会いたいために五時にすぐ帰るんですか」

「私は公務員ではなく、三線弾きだという強い自覚があります」

「じゃあ、やはり三線を弾きたいために?」

「妻は一日中、家にいます。掃除をし、食事を作ります。だが、私が帰ってくるまではずっと一人です。ずっと黙っています」

三線が主なのか、妻が主なのか、どうもはっきりしないと安岡は思った。

「家事の合間にコーヒーを飲みにとか出かけたりはしないんですか?」と安岡は聞いた。

「コーヒーなんか頭にありません。私の帰りをひたすら待っているんです。私は妻が目を輝かせるような話を聞かせたくて、職場でも話題を探しています。だが、おもしろおかしい出来事は皆無です」

すごい愛妻家だと安岡は感心した。世の中には妻子がいながら「後家殺し」をする男もいるというのに。

「妻の寝顔を見ていると、死んでいるようで、いとおしくなります」と三線男が言った。

「死んでいるようなら、不安になるのでは？」

「詮索《せんさく》はしませんが、あなたは独身ではありませんか？　心理が、こう言っては大変失礼ですが、シンプルです」

少しムッときた安岡は「ずば抜けて幸せな結婚生活ですね」と言った。三線男は急に話題を変えた。

「しっかりした仕事や貯《たくわ》えがないと不安です。三線弾きには公務員のような将来の安定がありません」

三線男は、三線一筋に生きたいが、公務員をやめられないという。もし三線男に、あなたはどんな仕事を？　仕事に生きがいは？　私と同じようなジレンマにおちいっているのでは？　と聞かれたら、どう答えようか、と安岡は思案した。軍用地主と言うべきか、小説家と言うべきか。

「私は何年も前から不眠症になっています」と三線男は言った。

枕元に水の音が眠気を誘う熱帯魚の水槽を置いてあるという。

「一晩中、ラジオをかけています。アナウンサーは一線から退いた男女だから、心が落ち着きます」

ラジオをかけると水槽の水音が聞こえづらくなるのではと安岡は思ったが、何も言わなかった。

「何度も言うようですが、私は公務員ではなく、三線に生きる覚悟です」

三線男はきっぱりと言った。ふと安岡の脳裏に老小説家の「安岡君、力のある、若いうちに勝負をしかけろ」という言葉が思い浮かんだ。

「公務員をやめた暁には、いろいろな国をまわり、三線を弾くつもりです」

「素晴らしいですね。三線はいつ始めたんですか？」

「中学の時です」

音楽の教師が「各自、ハーモニカか笛を持ってくるように」と言ったが、三線男は父親の三線を持っていったという。

「家では毎晩、三線を弾いているんですか？」

「夜はスナックで。朝は家で弾いています」

「夜、スナックで三線を？　妻ととりとめのない話をするのでは？」

「琉装の似合う三線弾きの若い女性がいるんです」

「一緒に演奏を？」

「毎晩やっています。昔は女は三線を弾いてはいけなかったようですが、今は若い女性たちも三線教室に通っています。隔世の感があります」

今しがたクリシュナでは三線の後継者は増えないと三線男はなげいていたが……。

「スナックの女性とは三線教室で知り合ったんですか？」

「あなたは私のキャリアを軽く見ているようです。教室には初心者が通うのです」

「……すみません」

「偶然スナックに入ったら、若い女性が三線を弾きながら私に酒を勧める歌を歌ったんです。一曲終わるまでに飲み干すんです」

「慌ただしく？　軍艦マーチのような歌ですか？」

「三線で軍艦マーチ？」

三線男は一瞬あきれたような表情をし、「逆です。悲しい民謡です」と言った。

「悲しい民謡だと一気に飲み干せないのでは？」

「あなたはグブリー（無礼）ですが、いささか理屈っぽいと私は思います。若い女性は店先に出て私の後ろ姿が見えなくなるまで三線を弾いて、しみじみと歌ったんです。それから毎晩通うようになりました」

「奥さんと一緒に?」

「妻と?　どういうことですか?」

先程の愛妻家ぶりはどうなったんだろう?　愛妻家の三線男に感銘を受けた安岡は少し落胆した。

三線男はトイレに立った。戻ってきた三線男は席につくなり、「私の本当の職場はスナックゆうなです」と言った。

「ゆうなというんですか?　五時半に家に帰ったんじゃないですか?　奥さんが夕食を準備して待っているのでは?」

「五時半というのは大げさです。三線を存分に弾いてから家に帰るんです」

「三線男さんは愛妻家でしょう?」

「照れ臭いですが、愛妻家です。だが、正真正銘の妻は三線です」

「妻は三線?」

「私は毎朝、妻に起こされたら、すぐ三線を弾きます。洗顔や食事はその後でします」

「ニーブイ（眠気）カーブイしませんか?」

「私の朝の儀式です。一日の始まりです。三線は私の心に一日分のエネルギーをしみこませます。あなたの心証を害するかもしれませんが、ニーブイなど低次元の話じゃありません。もう私は帰ります」

「あ、ここのコーヒー代は僕が出します」

三線男は立ち上がった。

「では、ごちそうになります。縁があったらまた会いましょう。これはゆうなの電話番号です」

三線男は財布から取り出した名刺を安岡に渡した。

第十章　月夜の釣り

安岡は書斎の黒く柔らかい王様の椅子に深く座り込んだ。頭の中を夢想が駆け回った。

三線男は三線に一生を捧《ささ》げたいが、公務員を辞められず、非常に悩んでいる。僕は仕事もせずにのうのうと生活している。父母が残した多額の軍用地料がある。三線男は赤の他人だが、安岡はどういうわけか罪悪感を抱いた。

両親には申し訳ない気もするが、軍用地の恩恵を受けている僕は、恩恵などというべきではないかもしれないが、仕事に就く気が起きず、ひいては何らかのやりがいも、人生の生きがいも一生見いだせないだろう。

三線男が話したスナック「ゆうな」に行ってみようか。安岡は腰をあげかけた。だが、すぐ座り直した。大学卒業後、毎晩のように飲み歩いた挙げ句の果てに結核を発症し……。

安岡は不意にたち上がり、机に白紙を広げ、自虐的に大正期のある作家の職業遍歴をことごとく記述した。ポマード製造会社、弁護士事務所、新聞記者、貿易会社、造船所、屋台の志那《しな》そば屋、東京市社会局、印刷屋、代議士の機関誌編集、家庭教師……。

たった一つの職歴もない僕は本当に小説に命をかけられるだろうか。芽は出たが、大輪の花を咲かせ得るだろうか。受賞後何ヶ月にもなるのにいっこうに次作が書けずにいる。「なぜ疎隔《そかく》された鶏《にわとり》なんかを当選作にしたのか」と選考委員も主催者も後悔しているのではないだろうか。世間の目が冷たく感じられる。「疎隔された鶏」は盗作じゃないかという目にも思える。焦りが極度につのると被害妄想になってしまう予感がする。なんで受賞なんかしたんだろう。どんどん書ける人がこの上なく羨《うらや》ましくなる。僕も老小説家のように自分が書いた小説を読み、泣ける日がいつかはくるのだろうか。

台所にたち、湯を沸かし、テーブルの上のインスタント沖縄ソバに湯を注いだ。沖縄ソバには――にかぎらずインスタント麺には――袋詰めの具がはいっている。たぶん肉が嫌いな人は肉を残し、紅ショウガが嫌いな人は紅ショウガを残し、スープが嫌いな人はスープを残す。しかし、小説の場合は沖縄ソバとは違う。登場人物は好きだが、文体が嫌いだとか、筋は好きだが、風景描写が嫌いだとか、このような好き嫌いはたぶんないだろう。小説は何もかもが絡み合い、統一した印象を与える。僕の考えでは読者はすべてが好きか、すべてが嫌いかの、どちらかを選択する。安岡は沖縄ソバの具はネギと蒲鉾《かまぼこ》だけでもいいと思う。文章も書きすぎると焦点がぼやけるのと同様、具も入れすぎると味があいまいになる。極限状況をシチュエーションにした小説も悪くはないが、沖縄ソバのようにありふれた日常の中からいかに人生の味を出すかは、小説の根幹にも関わる。やはり多彩な職歴は必要不可欠だろう。

三線男の妻は夕食を準備し、三線男が職場から帰るのを待ちわびているという。もし希代《きよ》と結婚したら、一日中家にいる俺に希代は朝昼晩食事を作るだろうか。桜見物以来なぜなのかよくわからないが、多分生来の奥手が顔をのぞかせた安岡は希代に電話をかけなかったし、希代からもかかってこなかった。

人間には超能力があり、遠く離れた相手に何かが伝わるのだろうか。数分後、希代から電話がかかってきた。

「久しぶり」

「お久しぶりね」

「元気？」

「ええ、私、明日の午後二時に、亀岩に海亀の写生に行くけど、義治《よしじ》、一緒に行かない？」

亀岩の近くに小さな道ができたため、潮だまりが池になり、一匹の年老いた亀が取り残されているという。

「誰も捕らないのか」

「捕らないわ。罰が当たるから」

「罰が」

「罰というか……保護しなければ」

増えた野良猫が亀岩周辺に限らず沖縄の方々の砂浜に降り、亀の卵を食べているという。

「中学生の時、希代が写生していたのを覚えているけど、ずっと絵を」

「描いたり描かなかったりよ。高校、大学でも美術を専攻したわけでもないし、社会人になっても絵画教室などと無縁だし」

「たしかあの時はシークワァサー（ヒラミレモン）を描いていたよな」

「私、忘れたけど、義治よく覚えているわね」

「僕はあの頃よくバンシルーを描いたからかな」

安岡の家の庭に鳥が運んできた種が落ち、成長し、バンシルーの濃緑の堅い実がついた。父がもいだバンシルーを食べたが、おいしくなかった。父もかじりながら「おいしくないな」と笑ったが、きれいに平らげた。バンシルーは、形がごつごつし、つやも鮮やかさもなく、絵に描くには難しいような気がした。店頭に並んだ柿の引き締まった重量感とつるつるした橙色《だいだいいろ》がかった朱色は長く目に焼き付いた。

「義治は中学の美術の時間によく果物を描いていたわね。あれはバンシルーだったのね」

「僕はバナナやイチゴが好物だが、バナナやイチゴではなく、丸い果物の特にバンシルーに惹《ひ》かれたよ」

「丸い実って比較的描きやすいしね」

「優れた画家の絵は塗り重ねれば塗り重ねるほどテーマがくっきりしてくるのだが、僕の絵は塗り重ねれば塗り重ねるほど色が濁り、形がスイカのようになったんだ。タイトルをスイカに変えて、先生に提出しようかとも思ったが、意地もあり、最初のバンシルーのままにしたよ」と一気に言った。

「もしかすると鳥が種を？　だから義治はこだわるんじゃないかしら。考えたら、鳥が運んでくるなんて神秘的よね」

「今はなくなったが、中学生の頃、庭に生えていたバンシルーを思い出すたびに胸がときめくよ」

「ときめくものがある人は幸せよね」

安岡はバンシルーの実を食べたいわけではないが、なぜか特に熟し、落下しそうなバンシルーの実に美しさを感じる。人の潜在意識と何かがつながっているのだろうか。熟している果物は壊れやすいから人は哀れみを感じるのだろうか。

「何年前だったか、人類が最初に栽培したのは麦ではなく、イチジクの可能性が出てきたという新聞記事を見たわ」

「……」

「また三内丸山遺跡の古代人は栗《くり》を植林し、常食にしていたらしいわ」

よく知っているなと安岡は感心した。

「戦前、私のおじいさんの家は亀岩の近くの湾岸にあったそうよ」

希代が話題を変えた。今は埋め立てられているが、戦前は広い湾になっていたという。

「あの頃は集落と海浜の間に境らしい境はなかったらしいわ」

縁側に座ったままゲッキッの生け垣の間から白い砂浜や鮮やかな七色の海が見渡せ、細かい砂がうっすらと覆っている庭にはヤドカリが這《は》っていたという。

「赤い運命の糸で結ばれているって本当にあるよね」

希代は唐突に言った。

「運命の糸」

一瞬、僕と希代が結ばれていると思った。

「私の父は船の模型作りが得意だったの。サバニに帆をつけるのよ」

几帳面《きちょうめん》な父親は一つ作るのに何週間もかかったという。

「義治のお父さんは釣りが好きで、私の父は船の模型作りが好きで、赤い糸で結ばれているよね」

父親同士の糸なのか……安岡は小さくため息をついた。

「私、これから行くところがあるから、電話を切るわ。明日の待ち合わせ、大通りの薬局の前でいいかしら」

「オーケー」

「じゃあ、明日二時に」

希代は電話を切った。安岡は王様の椅子に座った。

老小説家は海を舞台に処女作「海と女子大生」を書いたという。僕は美しい珊瑚《さんご》礁の海をバックに色白の希代が女神のように振る舞う小説が書けないだろうか。

うだるような真っ昼間の海岸には幽霊が出る、と安岡は誰かから聞いた。目を閉じ、希代と砂浜沿いの道をそぞろ歩く自分を想像した。小さい岬に陸側から砂浜が、海側から珊瑚礁が迫っている。ゆるやかにウェーブした希代の長い髪が海風にそよいでいる。小学生の時は希代と手をつないだ覚えがあるが、今は変に気恥ずかしい気がする。

ギリシャ神話は海を形象化し、ポセイドンなどの神を作ったが、僕は希代の中に沖縄の神を仮託できないだろうか。希代の年齢は時間とともに流れ去るが、僕が文字に定着させ、時間を止めさせる。しかし、時間は力や美をむなしく失わせるだけではなく、人にくっついている様々な重荷を取り去り、人を新たに出発もさせる。人は何かを失いながら何かを得ていくともいえる。「別れる者」への苦しみと背中合わせに「今ある者」への希望とでもいえるのだろうか。

僕が中学三年生の時、両親は水死した。

去ったものは日々遠くになるのが世の常だが、去った愛《いと》おしい者は、いい意味でだが、なんとか忘れなければ前に進めないのではないだろうか。

父は三線男と同じ公務員だったが、海釣りに没入し、車を飛ばし、遠く北部の離島にもよく出かけた。中学一年の時、一度安岡もついていった。車が四、五台しか搭載できないような小さいフェリーが毎日出ていた。源為朝伝説がある本島の港からこの島は見えないが、出航一、二分後小さい岬を回った途端、すぐお椀《わん》を伏せたような島が目に飛び込んできた。十数分後には到着した。父と比べものにならないくらい「重装備」をした釣り人たちもフェリーを降りた。クーラーボックスはびっくりするくらい大きく、立派な竿《さお》を何本も持っていた。彼らは船着き場からさらに小さい船に荷物を積み替え、近くの無人島に向かった。

父は「長年釣りをしているが、釣り方はずっと変わらない」と言った。どのようなポイントにもただおもりをつけ、打ち込んでいる。沖縄の磯は砂地だけではなく、珊瑚や石、岩も多いからよく根掛かりする。根掛かりを外すのにいつも難儀している。「しかし、この釣り方がやめられない」と父は言った。父は魚がいるのかいないのかわからないまま竿を出し、偶然のように釣れた時に醍醐味《だいごみ》を感じるという。

父は、小学生の頃はチンブクという、よくしなる竹を山から切り出し、先端にナイロンの糸を結び、おもりと針とヤドカリをつけ、珊瑚礁に開いた穴に垂らしたという。リールはあの当時なかなか手に入らなかったから遠くに打ち込むわけにはいかなかったのだろう。リールの有無を別にすれば、父の釣り方は小学生の頃から「首尾一貫」しているといえる。

父一人だと日帰りするが、この時は民宿を予約した。夕食をすませ、近くの防波堤に出かけた。島は暗くなるのが早く、月の光が際立った。月夜は釣れないというのが常識だという。安岡は魚を期待せず、月と夜の海に妙にうっとりした。

勝手のわからない防波堤だし、しかもテトラポッドもあるが、父は的確にポイントに餌を打ち込んだ。入れ食いだった。魚は宙にはね、月の光に輝いた。サンマの切り身の餌も底をつき、父は釣り上げた魚を細く短冊に切り分け、暗い海面に投げ入れた。父は一刻も無駄にできないというふうにテキパキと動いた。

釣りに不なれの安岡のミチイトがひどく複雑にもつれてしまった。父はコンクリートの割れ目に竿を固定し、懐中電灯をつけ、安岡のミチイトのもつれをはずしにかかった。魚はひっきりなしに父の竿をたわませるし、父は焦っていると安岡は思った。しかし、忍耐強い父は「逆をたどればちゃんとはずせる」とミチイトに顔を近づけ、少しずつ外した。

ようやくミチイトのもつれを外し終えた父は、懐中電灯を消し、自分の竿を握った。安岡はまたミチイトをからませる気がし、竿をおいた。魚の引きは急にとまった。少し様子を見たが、父は諦め、竿をたたみ、安岡に「次は装備を大がかりにして来ような」と微笑《ほほえ》んだ。しかし、父と母は水死し、永遠に実現できなくなった。

父は水死する数日前にマヤーされたという。

マヤーされた時、どのような状態になるのか、わからないが、安岡自身一度どうやらマヤーされた。駐車場が広く、車がどうしても探せなかった。柱の番号も、四階という階数も、スペースを区切るブルーの色もすべて覚えているのだが、駐車したはずの車がなかった。両脇の白と黒の車は移動せずにちゃんと止まっていた。躊躇《ちゅうちょ》したが、盗難に遭ったとガードマンに訴えた。警察に通報する前に念のためにガードマンと安岡は五階に上がった。安岡の車は黒と白の車の間にちゃんと停《と》まっていた。

父は何かの祝いの帰りにマヤーされた。酒は少ししか飲んでいなかったし、家までの距離は二キロ足らずだが、どんなに歩いてもどうしても家にたどり着かなかった。この夜はなぜか車も通らなかった。父は歩かずにじっとした方がいいと考え、道ばたにしゃがみ込んだ。ようやく遠くから一台の車が来た。父は立ち上がり、手を振った。運転手は偶然にもすぐ隣の家の中年の女だった。

前兆だったのか、父母の水死の十数日前に安岡は子犬を失った。安岡は親戚からもらった生まれてまもない子犬をずっと育てていた。学校から家に帰るのが、待ち遠しかった。何時間も子犬と遊んだ。目を離す時は交通事故にあわないように首輪に鎖をかけ、木の幹や電柱にくくりつけた。ある日、安岡は何かの用事を思い立った。子犬がいつになく尻尾を振りとてもはしゃいだ。連れて行こうかどうしようか迷ったが、連れていけない用事だった。かわいそうになり、鎖を外した。安岡はついてきた子犬を家に追いかえした。安岡は慌ただしく用事を済ませ、懸命に走り、戻ったが、子犬はいなくなっていた。何時間も探したが、見つからなかった。翌日も早朝から探し、学校から飛ぶように帰り、探したが、やはりいなかった。翌々日、近所の小学生の兄妹が「五十八号線の陸橋の下に横たわって、死んでいた」と言った。安岡は陸橋に走って行ったが、子犬はいなかった。引き返し、二人に念を押したら「確かに見たよ。死んでいたからきっと片付けられたんだよ」と言った。安岡は絶対に生きているとずっと信じたが、子犬は二度と安岡の前に現れなかった。

春のある日曜日、父と母は——めったに釣りに行かない母だったが——一緒に珊瑚礁の縁に貸しボートを浮かべ——前に釣り糸をからませた安岡は乗らなかった——面白いように大小の熱帯魚を釣った。

船着き場に立ち尽くした中学三年の安岡に、海を見たがっていた病気がちの叔父が釣りの魅力を話し聞かせた。

ところが急に風が強くなり、波が高くなり、父は必死に二本のオールを握り、船着き場の方向にこいだが、ボートは沖に沖に流された。何時間もかけ、アンカーを下ろし、流れに逆らったり、風や波の様子を見計らい、アンカーを素早くあげ、強くこいだりした。非常に難儀な思いをしたが、無情にもボートは船着き場には向かわなかった。

叔父と安岡は昼下がりの寝しずまったような近くの集落に救助を求めに走った。走りながら「体が風船のように膨らんでいた」「溺死体のおなかの柔らかいところは小魚に食べられていた」といういつか読んだ何かの物語を思い出し、安岡は何度も身震いした。

警察や漁船、ボートなどの夜を徹した捜索にもかかわらず、父母は発見されなかった。後年、「朝を告げる鶏から人は力を得た」というモチーフから「疎隔された鶏」を書いたが……数日後の早朝の光の中に父母の水死体が浮いていた。

結核療養専門病院にいた時、僕は死が変に恐ろしくなかったのは、父母の水死から何か強い影響を受けていたからなのだろうか。安岡は父母の死後、毎晩のように夢を見た。二つの夢は今でもよく覚えている。

中学生の安岡が歩いている。道ばたに鈍く光っている雑草も、浜から飛んできた砂が薄く覆っている白い道も、安岡が生まれる前と、いや千年前と何も変わっていなかった。黒い短い影が足の先に落ちている。自分は前に進むのだが、影は後ろに進んでいるような錯覚が生じた。父母は千年の間、僕の後ろを足音もなくついてくる。安岡は試しにゆっくりと歩いた。案の定両親は安岡を追い抜く気配はなく、距離も縮まらなかった。僕についてきたってもうどうしようもないよ、父さん、母さん、と安岡はつぶやいた。汗が湧き出ている。しっかりと一歩一歩足もとを踏みしめながら歩かなければ道に迷うと感じた。額から流れる汗が目に入り、目覚めた。

二つ目の夢。

貸しボートに乗っていた時は船着き場を見失わなかったが、ボートを下り、少し歩いたら、山道に迷った。迷わないように木、岩、川の目印を覚えすぎたために肝心の足もとの道が全く頭に入っていなかった。この道は昨日通ったばかりだ、父母の待つ自分の家に向かう道だと自分に言い聞かせた。十字路にもなり三叉路《さんさろ》にもなり、東西南北どの方向にも行ける。いつのまにか両親がついてきている。父母は僕が曲がると同じように曲がる。まっすぐ行くとまっすぐついてくる。僕が振り向き、来た道を引き返したらどうなるのだろう。父母は何かを言いたいために執拗《しつよう》についてくるのだろうか。だが、振り向けなかった。父母がいなくなるのが怖かった。あの角を曲がり、なだらかな坂を下ると船着き場に出る、と頭の中では道順がわかる。だが、父母が後ろにいなくなり、一人になると道に迷いそうな気がする。夜じゃないんだから迷うはずはないだろう。いくつも目印が見えるじゃないか。あの一つ一つを、亀の頭のような岩や、二つの乳房のような丘の形を追えば、間違いなく船着き場に着くんだ。ゆっくりと首を回した。両親がいた。ほっとため息をついた途端目覚めた。

両親も今生きていたら老小説家に近い年齢になっている。老小説家は埋葬がテーマの原風景に僕を案内した。僕の両親は……残酷すぎるが……一種の水葬といえる。水葬と割り切るのはとても苦しいが……僕は両親の水死を小説に書くべきではないだろうか。書けば、僕の中から両親の水死という残酷な現実が消え去り、僕は救われる。広大な真っ青な空と一体となったような珊瑚礁の海はすべてを浄化する。水死した僕の両親も苦しそうな形相をしていたかどうかわからないが、魂はちゃんと天国に昇ったに違いない、天国から一人息子の小説賞受賞を喜んでいると安岡は自分に言い聞かせた。

夕方、希代から電話がかかってきた。

「私、イメージを作るために亀岩に行ってきたわ」

「今日?」

「今さっき帰ってきたの」

亀が取り残された池は直径五メートルの大きさだと希代は言う。

「元々潮だまりだったのよ。小道が新しくできて、海と分断されたの」

「それは昼間の電話で聞いたが」

「私、池の縁にしゃがみこんで、茶色く濁った水の中をのぞき込むように身を乗り出したけど、亀はいなかったわ」

「這い出して海に帰っていったのかな」

「あんな所では生きていけないわ」

「……」

「死んで剥製にでもされたんじゃないかしら。池に取り残されなければ天寿を全うしたでしょうに」

「ショックだよな」

「私、腰の力が抜けてしまって」

「明日の写生は……」

「亀がいないから……悪いけど明日はキャンセルしましょうね」

「亀がいないからキャンセル……」

「誘っておきながらごめんなさいね」

「いいよ」

「また電話していいかしら」

「いいよ」

安岡は受話器を握ったまま大きくうなずいた。

第十一章　喜捨

希代と一緒に僕も亀の写生をするつもりだったのに――写生をキャンセルされただけだし、また電話すると希代は言っていたが――なぜか失恋したような気がする。どうも僕は自意識過剰のようだと思った。海岸の池に亀がいなければ、喫茶店にでも行けばいいじゃないかと独り言を言った。

父母の水死もなかなか頭から離れなくなった。結核療養専門病院に入院中、海岸を逍遥《しょうよう》した時、自殺しないかと看護婦がついてきた。僕は笑みを浮かべた。だが、何度か忘我状態になった。もしかすると水死した父母に会いに行こうとしたのではないだろうか。

老小説家は原風景を小説に書いているという。両親の水死が僕の小説の原風景だと考えると胸が締め付けられる。「疎隔《そかく》された鶏《にわとり》」を原風景が覆っているともいえないし、原風景にこだわる必然性はないだろう。

原風景ではないが、インドの風土や哲学が書けないだろうか。世界の共通性というか、小説的な何かがあるように思える。インド哲学はほとんど何もわからないが、クリシュナという女神のせいか、どこか詩的なイメージがある。能は少ない所作、ほとんど「静」の中に例えば激しい女の情念が内在しているようだが、インド哲学にも動きは少ないが、ダイナミックなエネルギーが内在しているのではないだろうか。

突然、人間の存在は「信じる」と「信じない」の二つから成り立っていると安岡は考えた。希代は俺を「愛している」「愛していない」、俺の小説は「大成する」「大成しない」、うまく言い表せないのだが、人間はこのような二つの間を揺れ動いている。

しかし、世の中には哲学や宗教を超越した人もいる。宗教嫌いのヨネだが、ひょうひょうと長生きしている。いつ死んでもいいように仏壇の掃除はしているそうだが、どこか死を超越している。

バクシの話を小説にできないだろうか。小説化を意図するなら、失恋、父母の水死を乗り越え、小説の題材やテーマを探すべきだと思う。要するに広大なインドに生まれ育った、聡明《そうめい》そうなバクシがたぶん持っている小さな沖縄という島を切り開く何かを僕が発見すべきだろう。戦争体験のない人が新しい戦争小説を書けるように、インド体験がないから新しいインドが書けそうな気がする。

しかし、僕はなぜインドを書こうとするのだろうか。沖縄文学がアジア文学、世界文学に飛翔《ひしょう》する何かヒントがインドにはあると考えている……。ヒンズー教の聖なる牛に人の心を内在化する……。小説の方法もふと思い浮かんだ。僕がバスガイドになり、読者をインドの観光バスにずっと乗せ続けるというのは奇抜だが、有効な方法だ。読者は観光バスのツアー客になり、登場人物になる。僕の観光案内がいつの間にか深刻な人生案内になる。インドと重ね合わせ、沖縄の歴史や状況も案内する。物静かなツアー客たち、つまり登場人物も僕の毒気、あるいは生命力に当てられ、次第に多弁になり、自己主張するようになる。沖縄の重層的な時間と空間を小説化するのはややもするとあざとくなったり表面的になったりする。しかし、インドの観光バスの案内というウまい仕掛けなら、違和感もなく、時間を行き来できる。ありふれた観光バスがいつの間にか、タイムマシンに変わり、乗っている人を面食らわせ、ショックを与える。このインドのバスに乗ると時空を悠々と超越できる。

「疎隔された鶏」の撮影現場をインドにしたらどうなるだろうか。安岡の空想は際限なく広がる。

クリシュナを僕に教えた希代を誘ってみようかと一瞬思ったが、電話機に手は伸びなかった。

あの坊主頭の武島という男が今日クリシュナに座っていそうな気がする。公務員を続けるか三線弾きになるか、自分自身に二者択一を強いた三線男はもしかすると三線を弾くだけでなく、バクシからインド哲学を聞くためにクリシュナに通っているのではないだろうか。確か前に会った時、「人間存在の九割は精神だ」とか言っていた。三線男の、妻とのおのろけばなしには辟易《へきえき》したが。

日曜日の昼間、閉店時間三時少し前にクリシュナについた。

バクシと三線男が窓際の席に座っていた。安岡はバクシに会釈をした。バクシが立ち上がり、「安岡さんでしたね」と声をかけ近くの竹製の椅子を引き寄せ、安岡に勧めた。黒縁の分厚いレンズのめがねをかけた三線男が「あなたたち二人とも背が高いですね」と言った。

安岡は一通り挨拶《あいさつ》を済ませた後、単刀直入に「バクシさん、少しインド哲学の話を聞かせてくれませんか」と言った。バクシはすぐ「わかりました」と言った。

「インドの哲学ですか」と三線男が言った。バクシは微笑《ほほえ》みながら「三線男さん、今日は三線でクリシュナを踊らさないでもいいですよ。三人でお話ししましょう」と言った。

三線男は鉢植えの千年木に立てかけた三線に目をやり、「残念ですが、いいでしょう」と言った。

バクシはインド人のウェイターに三人分のチャイを持ってくるよう合図をした。

時々希代もカレーを食べに来ますか、と安岡は聞きかけたが、口をつぐんだ。今は希代を忘れ、インド哲学、ひいては僕の小説に集中しよう。

三線男が「バクシさんの説法はあまり聞きませんが、私は何度か一緒にインド旅行をしました」と言った。

ウェイターがチャイを運んできた。ウェイターはバクシに黙礼をし、すぐクローズのプラスチックの板をドアにかけ、出て行った。

バクシは日常生活に宗教の入った暮らしをしていますと言った。

「ヒンズー教はいろいろな神がいます。宗派の争いはありません。毎日が違う神の日です」

新月と満月は聖なる月だという。日曜日は太陽の色、水曜日の緑色は縁起がいいという。

「朝日が昇る時は聖なる時間です。一日のスタートです。シャワーを浴び、体を清めます。神に感謝し、神のところ、つまり仕事に行きます」

バクシは両手を伸ばし、指輪を見せた。三、四本の指に指輪をしている。

「宇宙のエネルギーを指輪の中にいただくのです。生まれた惑星の色です。私はエメラルドです。これはインドの文化で、多くのインド人が指輪をしています」

安岡は頭がこんがらがった。

「誕生石のことですよ」と三線男が安岡に言った。

「指輪を通し、太陽が体に吸収されます」とバクシが言った。

バクシはまた安岡の前に腕を伸ばした。手首に紐《ひも》状の腕輪が巻かれている。

「お寺でいただいて、神の祝福を受けます。人間の中に入ってくる悪いものを取り除きます。みんな何十年も同じものを持っています」

「何十年も?」と安岡が聞いた。

「私も小学校に入った時のお守りをずっと持っています。お守りがすべてのスタートになるのです」

おじいさんからもらった金の首飾りをバクシは今でもずっとしているという。

水は健康のために重要ですとバクシは言った。

「蓮《はす》は知識です。泥の中からいい水を吸い上げます。つまり汚れた世界からいいものを取り出します。バナナの木は一本植えるとどんどんわきから増えます。バナナの木のように子孫が増え、家庭の喜びや幸せも増えていきます。結婚式やお祝いには会場にバナナの木を置きます。太陽の色と同じ、黄色の衣装を身にまとうと体中の悪がとりのぞかれます。黄色は聖なる色です。黄色のマリーゴールドの花をお寺にお供えします」

安岡の質問を待つようにバクシは少し呼吸を整えた。

「……生きている動物は人間に素晴らしいものを与えています」とバクシが言った。

「例えば、牛のふんですが煮炊きする時に使います。畑に使います。レンガとレンガの間に使います。私たちは乳を飲みます。代理の母は牛です。クリシュナ神の使いのものです。根は優しく、可愛《かわい》い動物です」

アダムとイブのリンゴや、孫悟空《そんごくう》の桃は日常のありふれた食べ物が神的なものに昇華されている。菜食主義だというヒンズー教にも禁断の実はあるのだろうか。

「ヒンズー教徒の人はなぜ菜食主義なんですか」と安岡は聞いた。

バクシの知人のシーク教徒は肉を食べているという。ある日曜日、バクシが彼の店に行った時、彼は生きている鶏を処理していた。バクシは衝撃を受けた。

三線男が「なぜ肉を食べるのか、私も考えるようになりました。生物を殺すと人は優しさを失うような気がします。私はスペインの闘牛を見ました。ショックを受け、いつの間にか肉を食べなくなりました」と言った。

「バクシさんも菜食主義ですか」と安岡が聞いた。

「菜食主義はサラダだけだと皆さん思っていますが、豆や野菜の種類はとても多いんです。またミルクはこの上なく素晴らしい食べ物です」

インドから帰沖後、肉を食べなくなったツアー客もいる。このツアー客は表情も心も優しくなったと本人が話していたという。

安岡はチャイを飲んだ。ふとマリーゴールドからオレンジを思い浮かべた。中学生の時だったか、広大な美しいオレンジ畑の写真が教科書に載っていた。安岡はいろいろと思いをはせた。数日後、この一大産地の国だったかどうか定かではないが、トラックの何十台、何百台分のオレンジが捨てられたという新聞記事を大人たちが話題にしていた。「市場に出すと値が崩れるから」というのが理由だという。どうしても信じられなかった。

今バクシにこの話をしたらどういう反応を示すだろうか。だいたい想像はついた。安岡は話題を変え、インドでは酒は飲めるんですか、と聞いた。

「家で飲む人はいますが、外ではだめです」

古代のヴェーダの時代、バラモン以外の人々は飲酒をしていた。しかし、人々はいつしかバラモンの生き方をしたら自分たちの心や体も浄化されると考えるようになり、禁酒を決断した。この習慣が数千年後の今も続いているという。

「乞食《こつじき》の習慣というか、修行も何千年も残っていますよ」と三線男が言った。

出家し、乞食行……日本では托鉢《たくはつ》とも言っていますが……をするという修行の仕方は、ヒンズー教から仏教に伝わったとバクシは言う。

「私の祖母はモアイをしていました。インドの農民は一般的に現金がなく、モアイをして、誕生や結婚を祝い、家の新築などに役立てます」

沖縄のモアイもインドから伝わったとバクシは言う。

「人力車や馬車の御者は大抵月収一万円です。家も小さいです。他に乞食をする人たちもいます」とバクシは言った。「しかし、一人残らず輝く目をしています。物はないのに不満がありません。神から与えられた喜びです。体があります。神の祝福です。多くの現代人は何でもあるのに、不満がいっぱいです。目が死んでいます。土地が十坪あると百坪欲しがります。欲望にきりがありません」

インドでは大金持ちでも奉仕をし、寄付をする。病院を造ったり、学校を造ったり、動物に餌を与えたりする。金持ち以外の人は自分の仕事を済ませた後、十人分食事を作り、病院に入院中の家族のいない人に持って行くという。また近くのレストランから安く買ったカレーを差し入れする人もいる。

「自分では食べられない人にはスプーンで口に運んであげます」とバクシは言った。

またある人は家々を回り、余った薬を頂戴し、ゆとりのない人に与えるという。

軍用地料という不労所得を得ている安岡は何か責められているような気がした。バクシは僕が仕事をしているのか、いないのか、何の仕事をしているのか、わからないはずだし、聞く気配もなかった。

「自分の残った人生をいかに人に与えられるか、と常に考えているのです」

「……」

「私は琉球大学の博士課程の学生から、私が講演をするチャンスを与えられました。このこと自体が神に祝福されたもので、お金に換えられないと話しました。新聞にも何度か書きました」

「講演が?」

「講演料や原稿料は神の祝福です。お金では買えません。お金はなくなります。講演録や新聞に載った原稿はいつまでも残ります。大金を持っていてもできません。なんと言いますか、個性、特徴、才能、才能というと大げさですが、このようなものがあるから依頼もされるのです。ですからお金まで自分のものにするより、貧しい人に喜捨すればいいのです。感謝の気持ちなんです」

「……」

「私は講演料や原稿料は家の箱に入れておきます」

このお金をバクシはインドのお寺や孤児院や貧しい人に寄付するという。

「講演の内容に意味がなければ、たとえこちらからお金を出しても講演はできません」

バクシはインドツアーに添乗する時はいつも百ルピー、約二百円を準備し、貧しい人に配るという。たくさん配るが、せいぜい一万円だという。

「使っていない古着、太って着られない服をインド旅行の際には持って行ってください。インドの人たちが喜びます。家では必要ないのに、なぜか捨てられません。目的があると捨てられます。捨てたら幸せにつながるのです。ね、バクシさん」と三線男が言った。どこかバクシの口調に似ている。三線男はバクシがいるせいか、ビールが入っていないからか以前に会った時と別人になっている。

バクシは朝早く黒砂糖を六箱くらい何カ所かの寺院の神に捧《ささ》げ、「沖縄をお願いします」「ツアーもうまくいきますように」とお祈りをするという。

「たまにはツアー客も一緒に行きます」

「私も一度バクシさんと一緒に行きましたよ」と三線男が言った。「今はお坊さんも黒砂糖はおいしいと喜んでいるそうですよ」

「世界には二十歳のミスと結婚したと喜ぶお金持ちもいます」とバクシが言った。

「……」

「奥さんを何人持っているか、何人と再婚したか、が最高の価値だと思っている人もいます」

インドは違う。どれくらい奉仕しているかが、価値の基準だという。千年前から収入の十パーセントを奉仕している。昔は畑を奉仕したという。

「幸せはどうやって増やしますか」と安岡は聞いた。

「自分の喜びは大きいです。奥さんと家族との喜びはもっと大きいです。友人や知り合いやより多くの人との喜びはもっともっと大きいです。どうですか、安岡さん」

安岡は何も言えなかった。

「洋服が欲しい、車が買いたいなどという自分の喜びはいつまでも続きません。与えられた人の喜びは長続きします。与えた自分の喜びも長続きします」

「……」

「五名に与えると五名の喜びが自分に返ってきます。千人に与えると千人の喜びが自分に返ってきます。このチャイも」

バクシはチャイの入ったカップを持ち上げた。

「カップの十分の一を入れると、十分の一しか飲めません。しかし、満杯にすると満杯が飲めます。人の喜びは自分の喜びなのです」

「人を幸せにした喜びを考えるんですよね、バクシさん」と三線男が言った。

肉体的なものは長生きではないとバクシは言う。生きている人の心にいつまでもいる。これが長生きだという。

「これが寿命というものです。お釈迦《しゃか》様は八十歳で亡くなりましたが、寿命は八十歳ではありません。二千五百歳です」

「二千五百歳？」

安岡は息を詰めた。

「そういう人が生きていた、と死後も人の心に残ります。困った時に助けてもらったことは一生忘れられないものです。中には恩知らずもいるかもしれませんが、本当にわずかだと私は信じます」

安岡はうなずいた。

「沖縄市の動物園に子供の象が来ました。私がサポートしました。インド人の飼育員は日本語がわからないので、通訳して、食事はクリシュナから私が運びました。飼育員は二カ月いました。朝から晩まで私がサポートしました。私の勤務先の沖縄ツーリストも地域貢献していいよと応援してくれました」

バクシは市から感謝状とともにもらった十万円をインドの三カ所の孤児院に寄付したという。

「あのような象さんです」

三線男が壁に掛けられた象の刺繍のタペストリーを指さした。

「神は見えませんが、エネルギーはあります……神に感謝して、人々のお世話をします。寄付、肉体的な手助けなどいろいろありますが、奉仕します。自分に与えられたものに感謝して、困った人のお世話をする。これが基本です。どんな宗教も一緒です」

「さしあげたお金で酒を飲んだり、麻薬をやったりする人はいませんか」と安岡は聞いた。

「全くいないとはいえません。しかし、その人がお金をどう使うのか、どういう満足をするのか、その人の問題です。私は関与できません。その人は確かに困っているから、私は喜捨するのです。しかし、麻薬をやったりする人は本当にまれだと私は信じます」

「……」

「場合によっては、子供にお金を渡さずに食事に連れて行きます」

「マングース、ゴーヤー、サトウキビも本を正せばインドから沖縄に伝わったんですよね、バクシさん」と三線男が言った。インドの風景がイメージできず、安岡は「どんな樹木が生えているんですか、バクシさん」と聞いた。

「北インドにはネムノキ、菩提樹《ぼだいじゅ》、ユーカリなどが生い茂っています。多宗教で、民族もたくさんいます。しかし、まとまっています。落ち着いています」

「みんなガンジス川に集まりますよ」と三線男が言った。

ガンジス川はガンガーという女神の名前ですとバクシは言う。インドにある七つの聖なる川はガンガーの姉妹だという。インド人はガンガーと呼ぶが、植民地時代にイギリス人が、ガンジィス、ガンジィスと発音し、ガンジスになり、日本でも使われだしたという。

「骨を流すと天国に行く。この道がガンジス川ですよ。ね、バクシさん」と三線男が言った。

三線男はだいぶインドに詳しいと安岡は思った。

「天にいる女神ガンガーが川の形になって地上に流れています。水には土の力が含まれるのです。インドの大地と人の魂が響き合うのです。人々は自分のアクを流します。体を洗うのではありません。身を清めるのです」

「水は温かいので、冬もやってきますよね、バクシさん」と三線男が言った。

「三線男さん、詳しいですね」と安岡は言った。

「私は人種の象徴の五種類か六種類の色の花束をしっかり握って、小舟に乗って、ガンジス川に投じました」

バクシが「あの時、三線男さんは目を赤く腫らし、静かに泣いていましたね」と言った。

「ガンジス川に人は救いを求めるのですよ」と三線男が安岡に言った。「ね、バクシさん」

「死産した若い女性がいました。死産したせいか、なかなか懐妊できませんでした。インドツアーに参加して、死産した子の写真を小花の刺繍を施したハンカチに包み、ガンジスに流しました。あれから二年になりますが、私はきっと丈夫な赤ちゃんが生まれたと信じています」

三線男が「私も沐浴《もくよく》しましたよ」と言った。

ガートは階段状になっている。水垢《みずあか》が張り、滑る。そろりそろりと二段くらい降りていくと、胸までの水位になる。水は温かく、柔らかく、心地いいという。身を沈め、周囲を見渡した。沐浴する人々の姿が神々しく見えた。

「私は朝、ガンジスを見て、朝食をとり、夜、ガンジスを見に行きました。ガンジス河岸で、母娘のインド舞踊を堪能しました。空には北斗七星、ガンジスには灯籠の光に虫も集まりましたが、追い払う気にはなれませんでした。観客は私たちツアーメンバー数人だけでした」と三線男が情景を思い出すかのように半眼のまま言った。

「企画はすべてバクシさんがやっています。インドには女性の現地ガイドはほとんどいません。ツアー客の荷物をおろしたり、行動を素早くしないといけませんから。サリーを着ている現地ガイドに逆にツアー客が気を遣います。ね、バクシさん」

三線男があたかも添乗員のように言った。

「どういう人がインドツアーに」と安岡はバクシに聞いた。

「女性が多いですね、心の旅ツアーのような感じです。ね、バクシさん」と三線男が答えた。

「インドに憧れたり、夢を叶《かな》えようとしたり、何か抱えている問題を解決しようとします。いろいろな動機があります」

「カレーの香辛料を何十種類も買う女性もいますよ、ね、バクシさん」

「父親の遺髪をガンジス川に流した後、すっかり元気になった男性もいます」

「私は相部屋は性に合わないので、インドではいつもシングルをバクシさんにお願いしています」と三線男が言った。

「年配の人が多いツアーはゆったりしたスケジュールを組みます。昼間ホテルに戻って休憩を取って、それから次の観光に移ります」

「八十歳の人が、僕はインドに行って大人になりました、と言っていました、ね、バクシさん」

「自分が優れている姿を、自分自身で考えて、反省して、行動して、何かを得るのです。例えば、何のために体を持っているのかと、考えさせる何かがインドにはあります」

安岡は少し頭が混乱した。

「心が元気に戻った感じがする、と泣き出したツアーメンバーもいましたよ」と三線男が言った。

「確かにいました。女性でした」とバクシが言った。

「インドの人々の何かに感じ入り、ある女医さんがインドにはまるようになりました。ね、バクシさん」

「添乗した私もうれしくなりました」

「この女医さんはこれまでに七、八回もインドに行っているようなんです、ね、バクシさん」

ね、バクシさん、という三線男の口癖が安岡は少し耳障りになった。やはり前回会った時とは別人に思える。

「年に一回必ず一人で参加してくださる女性もいます。添乗員冥利《みょうり》に尽きます」

「このような女性は大げさに言えば、自分の原点、すなわち魂の元、すなわち神に帰っているんですよ」と三線男が言った。

「一種の輪廻《りんね》ですか」と安岡が三線男に聞いた。

「輪廻でしょう……私は夏のツアーで、暑さのせいか、体調を崩し、その女医さんにお世話になりました」

女医は携帯用の点滴を三線男にうったあと、疲れです、しばらく休んだら元気になりますと優しい声をかけたという。

「バクシさん、あの時、あんなに暑かったのに、女医さんに熱いチャイを出してよかったんですか」

「暑い時は熱い飲み物の方がいいんですよ。それにチャイは単なるミルクティーじゃありません。一種の生命力の元です」

三線男が窓枠のタージマハールの置物を指さし、話題を変えた。

夫婦愛のシンボルのタージマハールを前に女は感動し、男は反省するという。

「私はあの時、反省しました。バクシさんやツアーメンバーに多大なる迷惑をかけました」

三線男はタージマハール観光の時、迷子になった。

十二月のタージマハールは朝靄《あさもや》が発生し、全貌《ぜんぼう》は見られないが、バクシが臨機応変に靄の晴れ具合を見計らい、入場した。バクシは出口を指し示し、逆方向だからここからは外に出ないように、と注意したが、三線男一人どうしたわけか外に出てしまったという。

「探すのは大変でしたが、二時間後にようやく見つけました。待っていたツアーメンバーがどこかに行ってしまわないか、気が気でなかったんですが」

「バクシさんはこれから予定があるようですから、今日はこれでお開きにしましょう」と三線男が安岡に言った。安岡は財布をズボンの後ろポケットから取り出しかけた。バクシが微笑《ほほえ》みながら首を振り、「私のサービスです」と言った。

第十二章　底なし池

バクシの、日常的だが深遠なインド哲学はわかったような気もするが、わからないような気もする。僕があの概念をかみ砕き、登場人物の血肉にするには時間がかかる。以前はインドに関心はなかったが、とにかく一度インドに行かなければ、小説にするのは到底無理だろう。

書斎の王様の椅子に座り、長い間ぼんやりした。ふと老小説家を思い出した。彼なら僕に何か示唆を与えてくれそうな気がする。安岡は机の上の受話器を取り、プッシュボタンを押した。留守かも知れないと思っていたが、「もしもし」という弱々しい声が聞こえた。安岡は挨拶《あいさつ》もせず、開口一番「僕が書けるような小説の題材はないでしょうか」と聞いた。

「あるよ」

「ありますか?」

「君は何が書きたい」

「……僕が書ける題材を教えてください」

「君は他人任せだな。小説家というのは自分の内なる声にしか耳を傾けないものだが」

老小説家の声は変に力強くなっている。

「何かを書きたいんです。しかし、思い浮かびません。もしかすると受賞すべきではなかったのでしょうか」

「受賞という文学の魔にとりつかれてしまったようだな。しかし君に限らず、モノを書く者は一人残らず文学の魔に身も心も食い破られている」

「……」

「だがな、安岡君、文学の魔を逆に力にするんだ」

「魔を力に？」

老小説家は、地球の地と血液の血から醸し出されるパワーを真っ正面から素朴に力強く表現したまえ、と言う。

「地とか血というのは具体的には」

「収骨だよ」

「しゅうこつ……あの骨を拾う、収骨？」

「わしが連れて行ってやるよ」

「どこにですか」

「当日ナビゲートする」

「カメラを持って行ってもいいですか」

安岡は思わずとんちんかんの質問をした。

「写真はだめだ。頭に残るモノだけを描くのが小説家だ」

戦争の体験集や証言集に人はなかなか深い感情移入ができないのは、悲惨さや残酷さを無意識に遠ざけようとしているからだと老小説家は言う。

「わしは違う。戦争の残酷さを少年期に頭ではなく、体にしみこんだ体験を通し、表現している。いかに読者に伝えるか、悪戦苦闘している。悪戦苦闘はある意味では創作の醍醐味《だいごみ》でもある」

「僕は十分感情移入できると思います。悲惨さや残酷さも、頭でですが、わかります」

「君は少し青い匂いがするな。だが、まあいいだろう」

「老小説家さんは戦後生まれでは？」

「少年の頃はあちらこちらに戦争の痕跡が生々しく残っていた。いわば戦時中と同じだ」

「収骨も老小説家さんの原風景ですか」

「骨はわしが生まれる前の人たちだ。原風景ではないよ」

「……」

「しかし、子供の頃見た戦死者の骨が小説のイメージを喚起するから原風景ともいえる」

老小説家はいろいろなテーマを持っている。本当に活字になった小説はないのだろうか、と安岡はふと思った。

「骨を拾う男というタイトルはどうだ」

「こんなに早くタイトルを？」

「初心者にはタイトルイコールテーマともいえる。書きやすくなる」

書きやすくなるかどうかはわからないが、どうも収骨という重いテーマを表現するには軽いように思えるし、戦死した人をどこか冒瀆《ぼうとく》している。この老小説家は何だったか、確か処女作が「海と女子大生」と言っていた。タイトルをつけるのは苦手のようだと安岡は思った。

「安岡君、骨から見える現代人を書いたらどうかな」

「骨を視点人物にするんですか」

「それは君の中に必然性があるかどうかの問題だ」

「主人公を骨にしなさいと言うんですね」

「だから君の心に必然性があるかを自問自答すべきだよ」

「骨の目には戦争が見えるはずですね」

「見えるなら書いたらいいじゃないか」

老小説家は少し突き放すように言った。

「つまり戦争小説ですか」

「戦争じゃない。骨を書くんだ」

老小説家は前に人身御供の人骨を発想したとか、書いたとか言っていた。妙に骨にこだわる人だと安岡は思った。

老小説家は収骨に行く日時と落ち合う場所を指定し、電話を切った。安岡は革製の黒い王様の椅子に深々と座った。

なぜ老小説家は収骨を僕に書かそうとするのだろうか。他には何か、僕の年相応な題材はないだろうか。収骨の話は老小説家の年齢にふさわしいように思えるが。老小説家はまだ発表はしていないかもしれないが、骨を通し、戦争を小説に書いたようにもなぜか安岡には思えた。

今の季節と同じ四月に結核療養専門病院に入院した。あれから何年になるだろうか、とぼんやり思った。病院では死亡した人が運ばれるワゴンの音を聞いたが、今度は老小説家と戦死した人の遺骨を探しに行く……。

頭蓋骨という頭蓋骨が宙に浮き、漂い、収骨をしている僕と老小説家を次第次第にどこか一定方向に導くという設定はどうだろうか。しかし頭蓋骨は丁寧に埋葬すべきだ。宙に浮かべるのは不謹慎この上ないと思う。僕は「疎隔《そかく》された鶏《にわとり》」では鶏を主人公にしたが、今度は骨を主人公にするのだろうか。

最近は死んだ人が生きかえり、生きている人と愛を育んだり、復讐《ふくしゅう》を遂げたり、改心させたりする小説がはやっている。なぜ生きている人が生きている人を愛し、憎み、改心できないんだ――生きている人が死んだ人を改心させるという設定なら斬新だが――。しだいに自分でも訳がわからなくなってきた。

なぜか急に頭蓋骨から希代の長めの、緩やかにウェーブした髪を連想した。髪は女に限らず、人間の命の象徴のような気がする。

連日少し蒸し暑い日が続いていたが、三日後は涼しい風が吹いた。午後二時、屋富祖大通りの天麩羅屋の前に車を止め、老小説家を待った。数分後、老小説家は姿を現した。安岡は少し驚いた。老小説家は布製のつばの広い帽子を深くかぶり、軍手をし、白いゴムの長靴を履いている。地形が大変なところに行くのだろうと思いながら「何か買う物はありませんか」と聞いた。

「いや、ない」

老小説家は、キャンプ・キンザーの城間ゲート近くに行くが、他にも見せたい場所があるから、市内を大回りするように、と言った。安岡は車を発進させた。

「ずっとこの近くにお住まいですか」

「城跡近くのテント集落で生まれて、各地を転々としていた。今は君の家からさほど遠くないところにいるよ」

「僕の住所を?」

「大体知っているよ」

安岡は老小説家に言われるとおり、旧道に入った。まもなく老小説家は車を徐行させ、突然小説論を述べた。

「沖縄の言葉でウチアタイすると言うが、普通、人は人の言うことを聞かない。大抵反発する。それで作者は主張せずに読者本人に自覚させようとする。すなわちウチアタイさせるんだ」

「ウチアタイですか」

ウチアタイさせるためには作者は自分自身を読者の内部に入り込まさなければならないという。作者の魂やメッセージを表面や細部では言わずに深部と全体からじわじわとにじませるべきだという。この場合、作者は自分の切実な体験に強力な想像力を加えなければならないという。

「安岡君、被害者意識はだめだ。誰かに救ってもらおうという精神につながる。結局独裁者を産んでしまう」

安岡はウチアタイと被害者意識がどうつながるのか、わからなかったが、「しかし、被害者は弱い立場にいます。見殺しにはできません。小説を書く者は被害者の立場にも立つべきじゃないですか」と言った。

「ウチナーンチュの誇大妄想は未《いま》だに書かれていないよ。安岡君、君が挑戦したらどうかね」

マンションや商店に囲まれた高さ三十メートルほどの小高い公園には赤いグラジオラスがほぼ終わり、白いテッポウユリが咲いている。このあたりは家からさほど遠くはないが、安岡はほとんど通らなかった。十数本のクワディーサーの新緑の葉が茂っている。よく墓地に植えられると言うが、周りに墓はなかった。しかし、安岡の気のせいか、クワディーサーの葉音が厳粛に響いているように聞こえた。

「昔遊んだ仲間がクワディーサーの下に見えるようだ。少し止めたまえ」と老小説家が言った。

安岡は停車した。

「ここで遊んだんですか」

「戦争の跡が生々しく残っていたよ」

昭和二十年代後半から三十年代前半、老小説家が少年の頃、このあたりには戦争中の防空壕が方々にあり、防空壕の周りの丘や山には軍靴や薬品の瓶や人骨が残っていた。鉄兜《てつかぶと》や銃や砲弾はフルガニコーヤー（古金属売買人）が買い集め、老小説家たちの手には入らなかったが、老小説家たちの戦争遊びは真に迫っていた。敵と味方に分かれ、一方が壕の入り口を包囲し、投降を呼びかけ、中にいるもう一方が両手を高くあげ、壕を出てきたという。

「わしはよくあの頃、眠りにつく前、防空壕を舞台に物語を作ったよ」

壕は海の底を通り、大陸につながっている。いや、地底の王国に突き当たる。頭がいくつもあるハブがとぐろを巻いている。敵に追われた戦国の世の武将が女装のまま住み着いている。

「素晴らしい想像力ですね。少年の頃から想像する資質があったんですね」

「あったようだ」

「壕の中は危険じゃなかったんですか」

「トゥビインカジという、多分ムカデの一種が怖かったな」

「ムカデに刺されたんですか」

「刺されはしなかったが、防空壕の天井が崩れて、危うく生き埋めになりかけたよ。あの頃真夏の真昼はよく不発弾の爆発音がしたから振動が壕の土にひびを入れたんだ」

「落盤が恐怖だったんですね」

「少年の頃、いつだったか、ここにものすごい靄《もや》が出たよ」

老小説家はあのような深い靄に出会った体験は未だにないという。煙の匂いのようなモノとともに靄は地を這《は》い、クワディーサーの大木を隠した。靄は空にも満ちていた。

「あの時、遊びの途中に拾った何体かの骨を大人に届けようと歩いていたんだ」

軍靴のような音が聞こえた。音は道に吸い取られているようにも響き渡るようにも思えた。ガッチガッチという音が聞こえたり、聞こえなかったりした。耳を澄ませた。カシガー（麻）袋の中の骨と骨がこすれ合っている音だと気づいた。体が重く、歩くのがすごくきつくなった。所々に見える民家の石垣はまだ黒っぽかったが、ようやく光を含んだ風がゆっくりと闇を消し、空がしらんできた。

「夜明け前だったんですか」

「いや、昼間だよ」

「昼？」

マヤーされたんだと安岡は思った。

「助かったと思ったわしは急に腰の力が抜けたよ」

まもなく老小説家の集落――あの頃伊祖に住んでいた――に向かう一本道に出た。ずっと先に松並木が見えた。なぜか盆栽のように小さく見え、ずっと遠くに見え、長い道程に思えた。

「小鳥の鳴き声が聞こえたが、わしの耳には恐ろしい呪《のろ》いの声に聞こえたよ」と老小説家は言った。

尊い収骨をしたのだから天使の声に聞こえるはずではと安岡はふと思ったが、「骨を持ち歩いて怖くはなかったですか」と聞いた。

「わしら小学校の生徒は授業中か、放課後、先生と一緒に近くの山に戦没者の遺骨を拾いに行ったよ」

「え、授業で」

「放課後だったような気もする」

「……」

「あの頃は自分の土地だけをお祓《はら》いしても効果がなかったよ。周りから遺骨の霊が入ってくるからな」

遺骨の霊というのは、戦没者に不謹慎だと安岡は思った。老小説家が車の窓の外を指さした。公園の丘の麓にソテツが群生している。

「下に戦時中の砲弾が埋まっているんだ」

「どうしてわかるんですか」

「ソテツは鉄が好きなんだ。鉄で蘇生する。庭に植えるときは釘《くぎ》を打ち込むよ」

「釘を」

「安岡君、このような話は他人事《ひとごと》とは思えないだろう。わしの少年の頃の驚くべき体験や感覚がよみがえり、今君に聞かせている話に説得力を与えているからだ」

自分の生まれる二、三十年前、自分の家の近くがこのような風景だったとは……安岡は信じがたかった。

「わしは自分なりの少年期を過ごした。自分だけの……疑似だが……沖縄戦を体験している。思考も感情も心理も独自のモノだ。わしの場合、取材などをし、いろいろな人の体験や話を一つにしたら四角四面になってしまう」

取材は否定するというのが老小説家の立ち位置のようだと、安岡は思った。

老小説家はキャンプ・キンザーに向かうように言った。安岡は車を発進させた。

「わしが大人になってからも、家が密集したところでも戦没者の遺骨は出てきたよ」

アパートの地鎮祭に老小説家が出席した。しっかりお祓《はら》いをしたが、工事中骨が出てきた。サーダカの人、霊感の強い人は完成したアパートに絶対長居をしなかったという。アパートの主は霊を鎮めるために、効力があるかどうか定かではないが、門の近くや庭にクワディーサーを植えたという。キャンプ・キンザーの金網の脇にキョウチクトウのピンクの花が咲き乱れている。

「わしは四歳の時、ここで泣いていたら米兵に銃を突きつけられたよ」

「四歳の時のことも覚えているんですか」

「ここが違うんだ」

老小説家は自分の頭を指さした。沖縄人の多くは米兵にある種の何らかの恨みがあると思っている安岡は、四歳の時の恨みを未だに持っているんですかと口に出しかけたが、「なぜ泣いたんですか」と聞いた。聞いた後、体が大きく、彫りの深い赤い顔と青い目の米兵に銃を突きつけられたら四歳でなくてもおびえるだろうと思った。

「なぜ泣いたかは覚えていないが、多分米兵の形相を見たからだろう」

「どのような形相を」

「あの時の米兵だったのか、少年の頃に体験したのか、あるいはわしの想像なのか、よくわからないが、とにかく米兵は神出鬼没だ」

結局よく覚えていないのだろうと安岡は思った。老小説家は何年か前に体験した「神出鬼没」を話した。

老小説家はコンクリートの敷かれた山道を海に向かっていた。すると藪《やぶ》をかき分け米兵が出てきた。

老小説家は驚いた。米兵たちは迷彩服を着け、顔にも首にも厚くメイクをしていた。老小説家が持てないような大きなライフル銃やリュックサックを担いでいた。疲れからなのか、訓練を実戦と錯覚したのか、米兵たちの目は一人残らず老小説家におびえ、老小説家を非常に警戒し、憎悪をむき出しにした。藪の中から百人近い米兵が不気味な金属音や軍靴の音を立てながら次々と出てきた。老小説家は関わらないように足早に山道を下った。

本当に米兵たちは老小説家におびえたのか、安岡は疑ったが、何も聞かなかった。

車を路肩に止め、安岡と老小説家は金網ごしにキャンプ・キンザーを見ながら歩いた。整列した十人ほどの大柄な米兵が上官の命令に合わせ、一斉に顔を右に向け、足を高く上げた。集落の中ではやりたい放題だと老小説家の言う米兵がこのように素直になるというのは安岡には信じがたかった。

「ベトナム戦争の頃は老小説家さんは青年だったんですよね」

「ベトナムの土のついた軍用大型トラックや戦車も見たよ」

戦争の恐怖からか、狂気じみた目をした米兵たちには色の浅黒い老小説家がベトナム兵に見えたのか、老小説家は今にも首を絞められそうな気配をひしひしと感じたという。

「米兵の話は別の日に詳しく聞かせるよ」と老小説家は言った。

安岡は老小説家の後からキャンプ・キンザーのゲートの脇を抜け、谷間への小道を降りながらヒカン桜を想起した。

もしヒカン桜を「平和のシンボルの木」に県が認定し、県民の心に浸透させ、米軍基地を包囲するように植えたらどうだろうか。何度も沖縄の人たちは手と手をつなぎ、人間の鎖を作り、米軍基地を金網の周りを包囲したが。しかし、見方によっては、平和の桜が米軍基地の本質をカムフラージュしてしまう恐れもありうる。終戦直後、破壊され尽くされ、焦土と化した沖縄をカムフラージュするために米軍機が大量のギンネムの種をまいたという噂が昔あったように。

二人はうっそうと茂った木と木の間の道を注意深くさらに下った。安岡は家からさほど遠くないところにこのような谷間があるとは思いもよらなかった。

「収骨が済んでいない米兵の骨もまだあるんですか」

「わしは少なからずあると思う」

「米軍は戦争中、戦死した仲間を背負いながら進軍したんですかね」

「多分そうだろう。ゆとりがあったはずだから」

「沖縄人の骨の側に米兵の骨が埋まっている可能性もあるんじゃないですか。何か考えさせられますね」

「小学生の頃、わしの友人が鉄兜、軍服、軍靴がそろった状態の米兵の全身の骨を実際に見たと言っていた」

「……」

「白骨化していたが、骨がとても大きかったらしい。鎖のついた銀色の認識票も首にしていたようだ」

米兵の戦死者の写真はなぜかほとんど僕たちの目に触れないようだ、と安岡は思った。

「わしが考えるに、米兵の遺体は沖の軍艦に運んだが、激戦地ではゆとりがないからすぐ火葬にしたんじゃないかな。動物に食い荒らされたり、日本軍に侮辱されないように……あくまでもわしの考えだが」

「日本軍はゆとりがなかったと思いますが」

「まあ、事実は神のみぞ知るだ」

坂道を下った先に雑草に囲まれた直径十メートルほどの池が現れた。池には赤茶けた水がたまっている。周りにさびた鉄条網が張り巡らされているが、隙間が大きく、大人でもなんなく入り込める。

「目をこらしたら底も見えるが、わしはずっと底なし池と呼んでいる」

「底なし池ですか。沼じゃなく」

「この池の側というか、奥というか、ガマになっていて、遠く海につながっているよ」

「海に?」

「沖縄戦の避難壕の可能性もあるよ」

プラスチックの筆箱、ランプのほや、ガラス製の小瓶、はさみが見つかったという。

「遺骨はなかったようだ」

「きっと中は真っ暗なんですよね」

戦時中、人々は暗闇に安心を見いだしたのではないだろうか、と安岡は思った。無惨《むざん》な死体も、焼けただれた砲弾の破片や弾丸も遮断する暗闇はどんなに避難している人々の心を救っただろうか。

「年寄りの話では、ずっと昔はガマの奥に死者を葬ったようだ」

「……」

「いわば死者の国への長いトンネルだ」

「だから人々は中に避難したんですね。先祖が守ってくれる、先祖と対話ができるという感情が生じたんでしょうね。万が一、ガマが崩れても先祖と一緒に死ぬんだという安心感があったんでしょうね」

「わしは昔、おかしな女というか、直感の鋭い女というか、と一緒にこのガマに入ったよ」

「おかしな女とですか」

「女はガマの中の鍾乳石をなで回しながら、これは一番古い神です。上を米軍基地にするとは何事ですか。このガマが神を生んだのです。肝にしっかり銘じなさいなどと言っていた」

「何か言い当てているような気もしますね。ガマの上はキャンプ・キンザーになっているんですか」

「可能性はある。キンザーは広大だからな。安岡君、ガマから見える人間社会も一つの小説にならないかね」

「……」

「ガマの中や池の縁を通り、無事地上に出たが、あいにく雨が降り、地盤が緩くなって、女は池に落ちたよ。わしが救いだしたが……この池とガマは雨が降ると非常に危険だよ」

ある年、急激に鉄砲水が押し寄せ、池が氾濫し、浮かべた板にのり、遊んでいた二人の少年をガマの中に押し流した。一キロ離れた海に浮かんでいる二人の死体を漁師が見つけたという。

「わしはこのような作品を書き上げたよ」

老小説家が書き上げたという小説は、この池に落ちた二人の少年が一キロ先の珊瑚《さんご》礁の海に浮かんだという原風景と、戦争の痕跡と、現代の社会情勢がぶつかり、できあがった。具体的にどれが何のイメージか、シンボルか、戯画化か、というのは書く前は考えたが、書いている最中どんどん変形し、書き上げた時には自分でもよくわからなくなったという。

安岡は池に目をやった。水面に色あせた数十数百という木の葉が浮いている。池には小さい川の水が流れ込んでいる。池にたまった水は豪雨や台風の時にあふれ出し、奥のガマの中に流れ込み、つまり川から池に流れ込んだモノはガマの中を通り、海に出る。池の水は赤茶けているせいか、どことなく油が浮いているようにも見える。

「底のあたりをウナギやクサジュウという闘魚がうごめいているよ。捕る気にはなれなかったな。ましてや食べる気は全くなかったよ。水遊びはよくしたが」

「クサジュウですか」

「もう絶滅したんじゃないかな」

二人はツタが幹に絡んだり、ツルが枝から垂れ下がったりしている木々や長い草に覆われた獣道を進んだ。小枝が安岡の顔にかかったりする。二人は枝や草をかき分けながら曲がりくねった坂を上った。安岡はあたかも今思い出したように「池に落ちた少年たちを書いた小説を読ませてくれませんか」と言った。

「君にはまだ早い」

「僕は文学的にまだ未熟だと……」

安岡は少し憤慨した。

「文学的はともかく、君はこのような原風景とは無縁だろう」

小説は原風景がなくても書けるはずだと思ったが、老小説家が原風景という伝家の宝刀をかざすと何も言えなくなる。

「見えないモノが沖縄文学と言えるのではないかな。誰にもまねのできない一人一人が背負っているモノが沖縄文学だよ」

老小説家は少し話をずらせた。

「見えないモノが沖縄文学?」

「理性や医学からできる限り離れなければならない。これが小説創作の秘訣《ひけつ》だ」

「離れる」

「まもなく出会えるかもしれないが、わしは少年の頃、野や山に転がっている頭蓋骨をよく見つけた。

しかし、あのような頭蓋骨は初めて見た」

老小説家は一人山イチゴをとりに出かけたとき、突如目の前に現れた頭蓋骨に胸を締め付けられ、身動きできなくなったという。顔は少し斜めに向いていたが、目、実際には目のあったくぼみだが、目は老小説家を見ていた。自分を見ている、この目は、死んだ場所を絶対動かないぞ、と言うかのようにじっとし、納骨堂のたくさんの頭蓋骨より多くを語っているように老小説家には思えた。

「この体験は自分だけの秘密だったが、数十年ぶりに君に話した」

「本当ですか」

「わしは年を重ねた。秘密を明かす潮時なんだ。胸は高鳴り、躊躇《ちゅうちょ》や優柔不断はすでになくなっている」

まだまだお若いですよと安岡は声に出しかけたが、「生きている人の世の中は時間とともに変わってきていますが、死者も変わるんでしょうか」と自分でもわからない、妙な質問をした。

「死者は変わらないよ。目に見える頭蓋骨はもろくなり、しだいに朽ちていくが」

「……」

「納骨したという事実だけで、戦後は終わったというのは戦死者に対して冒瀆だ。死んだ人の魂に伺いを立てるべきだ。小説の形で」

「死んだ人に伺いを立てるんですか」

「わしは子供の頃よく頭蓋骨を見つけたと言った。しかしあの時、何か骨の声が聞こえた気がしたが、将来小説家になるなどとは夢にも思わなかったから、注意深く声を聞こうとはしなかったよ」

「以前、確か幼少の頃、遺骨を見て、おびえたと話されましたよね」

「三、四歳の頃だ。ここではない。テント集落の近くで、だ」

「なぜ骨なんですか」

安岡はまたちぐはぐな質問をした。

「人間は黙っている者ほど多くを語る。饒舌《じょうぜつ》な者ほど何も語ってはいない。骨はおしなべて沈黙だ。ものすごく多くを語っている」

「……」

「戦死者は死んだ後も……形は骨だが……しっかり残っている。なぜか。生きている者に何かを伝えるためだ」

安岡は何も言えなかった。

「何度も言うが、骨は声が出せない。小説家の口を借りて語るんだ」

「小説家が、重要なんですね」

「だからいいか、安岡君、君が必死になって、命をかけて、骨を見つめて、抱きしめて、懇ろに声をかけてあげるんだ。すると、骨はきっと君に何かを語る」

「……」

「絶対、すでに戦死しているからと軽く向き合ってはいけないよ」

「僕は何を」

「だから君が、骨が目に見えるように、骨の声が聞こえるように表現したまえ」

「僕が……」

「君は鶏にものをしゃべらせたんだから、きっと骨にも語らせることができるよ。自信を持ちたまえ」

「自信は僕には」

「いいか、骨を面白おかしくユーモラスに書いてはいけないよ。真摯《しんし》に魂を込めて、書くんだ」

二人は獣道を歩きながらずっと周辺の藪《やぶ》や木立の下に目をこらしたが、骨は小さな断片さえ見つからなかった。

「何十年も風雨にさらされた後、土に埋まってしまったようだ」と老小説家が言った。

二人はようやく小さい崖の上に出た。老小説家は岩にしがみつくように生えた灌木《かんぼく》の脇に座り、煙草を吸い出した。安岡は崖っぷちに歩み寄り、海を見た。昼間の干潮時、珊瑚《さんご》礁の縁に三、四人の男が立ち、釣りをしている。珊瑚礁の外側は急に数メートル、あるいは十数メートルのドン深になっている、と昔父から聞いた。珊瑚礁の外側は外洋とも呼ばれている。珊瑚礁の縁から船釣りと同じように鰹《かつお》が釣れたりする。老小説家が安岡の脇に立ち、煙草をくわえたまま言った。

「珊瑚礁の割れ目に食い込んだ頭蓋骨もあったよ」

少年時代、友人と泳ぎ回っていた時、透き通った水深数メートルの底に石のように固定された頭蓋骨を見つけた。友人は「深い海の底にはたくさん眠っている」と言ったという。

「わしも海底の頭蓋骨に触れたが、拾えなかった。しばらく休んでから帰ろう」

老小説家はアダンの木陰に腰を下ろした。老小説家は最初から遺骨を見つけ、収骨する気はなかったのではないだろうかと安岡は思った。

第十三章　白昼夢

相変わらず小説の依頼はどこからもないが、ぜがひでも発表するとしたら自費出版という手もある。

ただ自費出版するにしても新しく小説を書き上げなければならないと思いながら安岡は王様の椅子に身を沈めるように座った。

父は公務員の給料の他に軍用地の不労所得があり、安岡は生まれた時から金銭的に恵まれた、ある種悠々自適の日々をすごした。両親の夫婦仲もよく、一度も口げんかさえしなかった。父母に大事に育てられた一人っ子の安岡は自由奔放に幼少年期を送った。現実に疎かったから空想癖がついたのだろうか。つらく苦しい現実から逃れるために人はよく空想の世界に遊ぶと言うが……。父母が水死した後、急に空想癖がついたようにも思える。あの頃は何日も何十日も現実を直視したくなかった。現実から逃れたかった。

ふと、どうしたわけか「ゆうな」という店に琉装の似合う三線弾きの娘がいると言っていた三線男の話を思い出した。どのような娘なのだろうか。

ゆうなの花言葉は？　あるようにもないようにも思える。花は朝にみずみずしいつぼみが膨らみ、昼前に鮮やかな黄色い花が開き、夕方に茶色っぽい色に変わり、ポタポタと落ちた。

黄色い花は、顔を花弁に近づけた時にかすかに若々しい匂いがするのだが、確か小学四年生の時、南風が止まっていたのか、家の庭に非常にかすかな香りが漂っていた。安岡は木に登った。枝にまたがり、生まれたばかりの張り詰めた黄色い花を丁寧に摘み、下に落とした。木を降り、針金を花の芯からがくに通した。直径が数十センチもある大きな首飾りができた。偶然希代が近くを通りかかった。安岡は首飾りを両手に持ち、高く掲げた。希代は微笑《ほほえ》んだ。安岡は首飾りを希代の首にかけた。希代は恥ずかしそうに笑いながら走り去った。あの時、偶然希代が通りかかったのではなく、僕が希代を辛抱強く待っていたのではないだろうか。また僕が希代の首にかけたのではなく、希代が、ちょうだいと手を差し出したような気もする。

希代と一緒にゆうなの花を摘み、木陰に座り、何かを話す。筋は思い浮かばないが、ゆうなの下の初恋を小説に書けないだろうか。なぜなのかこの間、桜を一緒に見に行った時の希代を書きたいとは思わなかった。現実的すぎるのか、小説に漂うなんともいえない香りがないように思う。小学二年の時、希代が僕の手を握りに来た。あの時の希代の小さい柔らかい手の感触は何かを生み出す。小説になる。

安岡は王様の椅子から立ち上がり、玄関の郵便受けに向かった。健康食品やリフォームのチラシに混じり、希代から手紙が来ていた。安岡は息を詰め、開封した。亀の写生をキャンセルされた時、なんとなく失恋したような気がしたが、便箋に細かく書かれた達筆の文字に安岡はなぜかはっとし、何度も読み返した。

一郎さんと花子さんは（二人とも仮名にしました）私がある芝居に出演した時、真っ先に花束を届けてくれました。最近では珍しい心細やかなお二人です。かぐわしい花の香る時節の今宵《こよい》、披露宴にお招きいただき、本当にありがとうございます。心からお祝いの言葉を述べさせていただきます。一郎さん、花子さん、ご結婚おめでとうございます。先輩の一郎さんとは、もちろん花子さんもご一緒でしたが、よくヤンバルの磯にバーベキューに行きました。テキパキと食材やバーベキューセットの準備をし、立ち上る炎や煙をものともせずに次々と肉を焼く一郎さんの姿は目に焼き付いています。他の人が飲んだり食べたりしている間も肉から目を離しませんでした。帰りは酔っ払った同僚の代わりに運転もしました。私も同乗しましたが、一郎さんの持ち前の陽気さが顔を出し、車の中はずっと明るさが満ちあふれていました。また花子さんは根気のいるかつ地味な不動産の仕事にも決して音を上げず、いつも笑顔を絶やさずに、着実に自分の仕事をこなし、時には同僚の仕事を手伝ったりしました。印象深い笑顔は男性社員の注目の的にもなりました。一郎さんの力強い笑顔、花子さんの優しい笑顔、笑顔の形は違うのですが、お二人が一緒になると笑顔はますます輝きを増します。笑顔の絶えない家庭が築かれるのは間違いありません。お二人に限らず、いつも笑みを忘れない人を私は日頃からとても素晴らしいと思っています。咲き誇った地上の花とともにお二人の新しい人生の旅が始まります。人生には自然と同じように春夏秋冬があります。暗い冬には力を合わせ、楽天的に春の訪れを待ってください。本日のような暖かい春の陽光をぞんぶんに満喫してください。お二人と、ご両家の皆様のご健勝、ご繁栄を祈念いたします。本日は本当におめでとうございます。追伸　義治《よしじ》君と桜見物をした時に偶然会った職場の同僚が結婚しました。この文章は私が述べた祝辞です。義治君の小説の参考になるかもしれないと思い、郵送しました。またお会いしましょうね。

肉を焼くエピソードなど不要ではないかと安岡は思った。いつも次々と肉を焼くなどと言われても本人は褒められたとは思わないのでは？　他に一郎の美点はなかったのか、褒めようはなかったのか。披露宴会場の人たちはこの祝辞に違和感を抱かなかっただろうか。

満開の桜に包まれていたせいか、この中年カップルはどこかはかなく、わびしいように、あの時は感じた。もしかすると希代は僕に対し、「私が結婚したら笑顔の絶えない家庭を作ります」と暗に表明しているのでは。小説の参考にと書いてあるが、希代の真意は他にあるのでは？　とても地味だが、一種の愛の告白だろうか。一心にバーベキューの肉を焼く一郎の姿に、必死に、希代は僕が必死だと思っているはずだ、小説に没頭している僕の姿を重ねたのでは。希代は芝居に出演もしたのか……人見知りする少女だったように覚えているが。

すぐお礼の電話をかけるか、手紙を書いた方がいいだろうか。安岡は王様の椅子に戻り、深く座り込んだ。

希代は僕に気があると思った途端、安岡は忘れていた……何年生だったのか……小学生の頃の出来事を思い出した。放課後、安岡は遊んでいた鉄棒から落ちた。グラウンドにいた希代が駆け寄ってきた。安岡にけがはなく、二人は校庭の二つのブランコにのり、同時に漕《こ》いだ。希代と一緒にいた女生徒たちは寒さのせいか、翌日のテストの準備のためなのか帰路についた。広いグラウンドの隅のブランコを漕《こ》ぎながら二人は一言二言話し、黙り、思い出したように口を開いた。黙っているとブランコのきしむ音がやけに大きく響いた。風はほとんどなかったが、寒かった。雲間からたまにのぞく太陽が希代の横顔を光り輝かせた。二人はブランコを降り、ゆっくりとグラウンドを横切った。グラウンドを取り囲むように植えられた冬枯れの樹木が冬空を突き刺していた。校舎の裏に回り、軒下に座った。コンクリートの冷気と恋の予感が二人を身震いさせ、自然に肩を寄せ合った。二人は言葉を失い、夢見心地になったが、まもなく立ち上がり、家路についた。

ああ懐かしい、と安岡は深いため息をついた。「疎隔された鶏」は実のところ作者の自分でもよくわからない小説だが、希代とのメルヘンのような恋物語ならしっかり書けそうな気がする。老小説家の言う遺骨も戦争も米軍基地も考えずに、ただ少女の希代をひとすじにひたむきに書けばいいのでは？　希代がスカートの裾をたくし上げ、白い細い足を見せながら砂浜の波打ち際を走ると、珊瑚《さんご》礁の割れ目に食い込んでいたと老小説家の言う頭蓋骨も昇天し、成仏する。このような訳のよくわからない論理も頭に浮かんだ。

三線男は、心が空っぽだなどと言っていたが、少女の希代の心にははち切れんばかりの、新鮮な果実のように喜びや美や理想が詰まっている。生の苦しみ、病の苦しみ、老いの苦しみ、死の苦しみを超越、あるいは捨象し、純粋な、歓喜に満ちた希代と僕が一緒にすごす世界を作れそうな気がする。何も恐れない天衣無縫の、少年少女の希代と僕を小説に閉じ込め、永遠に残したいと思った。

老小説家は、骨から見える現実を書けと言っていたが、生々しい現実ではなく、希代とのほのぼのとした夢のような小説を書こう。老小説家に感化されずに自分の深い内面から自然に湧き出てくるものを書くべきだと強く思った。

僕は動物を主人公にする癖もあるようだが、主人公は少女に限る。少女の希代を主人公にすると、宗教も先祖崇拝も政治も金銭欲も性愛も出てこないプラトニックな純粋な世界を作れるのではないだろうか。

老小説家は以前「女に浮ついていては小説は書けない」云々《うんぬん》と言っていたが、希代を見つめ、希代の中に真摯《しんし》に没入したら傑作が書ける。老小説家があくまでも「小説の力は原風景の力だ」と言うなら僕の原風景は「少年時代の希代との思い出だ」と安岡は力み、声に出した。希代は本当はどういう感情、気質、性格を持っているのか、わからないが、愛情を深く注ぎ込み、僕の理想の希代像を作り上げたいと安岡は思った。このような像が「僕の本当の希代だ」と考えた。

丸い果物を描いている中学生の希代、亀岩の潮だまりに取り残された亀を描いている社会人の希代──亀を実際には描かなかったようだが──どのような亀だったのだろう。亀、亀と口に出したら突然、どこか顔が亀に似た男が思い浮かんだ。中年の男は若い女を追いかけている。

僕と希代の少年少女時代は詩情に満ちていると信じていたが、大変な出来事を思い出してしまった。桜を見に行ったとき、希代は「成人式の帰り、僕を含め三人の男性とボーリングに行った」と言ったが、僕は覚えていないし、他の二人も覚えていなかったという。何か不思議な話だが……中学一年生の夏休みの夕暮れ時、希代の姉が夫に追われていた出来事も白昼夢のようにも思える。

夕日の照りかえしが続いていた。不動のまま浮かぶ様々な形の雲を赤や黄金色や紫や小豆色に染め、なんともいえない柔らかい藤色の光がどこからともなく静かに降り注いでいた。不思議な光景に安岡はうっとりした。どこまでも一直線に続いているような米軍基地の金網も、金網の中の直方体の軍施設も、少しひび割れたアスファルト道路も、金網の向かいの雑木林や畑もぼんやりとかすんでいた。車とは違う音が近づいてきた。裸足《はだし》のまま希代の姉——あの頃二十三、四歳だったと思う——が走っていた。希代と年の離れた姉は着古したワンピースにエプロンをしていた。不規則な足音だと思ったら、二十数メートル後ろから亀に似た顔の男が追いかけてきた。神秘的な光景にいささか忘我状態になっていた安岡の耳に大きな足音が迫り、激しい息づかいがはっきりと聞こえた。安岡は動悸《どうき》がし、身構えた。

前にも一度、同じ場所だと覚えているが、安岡は夫に追われている希代の姉を見た。あの時は金網の中から軍用犬のシェパードが吠《ほ》えずに、しかし形相をゆがめ、希代の姉と平行に走っていた。鎖を握った神妙な顔の若い米兵は犬に引きずられるように走っていたが、面白半分に犬をけしかけているようにも見えた。あの時は希代の姉は夫に羽交い締めにされ、引きずられるように連れ去られた。希代の姉の夫は背丈や体重は人並みだが、腹部が大きくふくらみ、足がひどく短く見えた。赤あざのような日焼けした顔には獰猛《どうもう》な目がぎらついていた。

今の夕焼けの美しく柔らかい空気の中でもあの目は少しも和らいではいなかった。またランニングシャツにだぶだぶの半ズボンを着た姿がすごくだらしなく、安岡はむかついた。濃いすね毛にも腹が立った。しかし、足がすくみ、救助の手をさし出せなかった。一瞬、希代の姉の以前恋人だった米兵の車が通りかかり、半ズボンの男に車ごと突っ込めばいいのにと安岡は思った。行き交う車はほとんどなかった。二、三台通りかかり、スピードを落としたが、一台も停《と》まらなかった。希代の姉はわざと車にぶつかるように車道を走ればいいのにと安岡は思った。運転手は車を停め、男を制止するだろう。

安岡は希代の姉の恋人だった中年の米兵をこの出来事のずっと前、何度か見た。暑い日も常にネクタイを締め、アイロンのきれいにかかった服を着け、金髪にきれいに櫛を入れ、革靴もよく磨かれていた。中年の米兵の端整な顔立ちも姿勢も立ち居振る舞いも気の利いたスマートな仕草《しぐさ》も沖縄の男にはなく、まねもできないと思った。たしか安岡が小学五年生の夏休みの昼下がり、安岡も希代も声を立てずに笑いながら希代の家の生け垣のハイビスカスを少しかき分け、庭を覗《のぞ》いた。木陰には白いテーブルがあり、フライドチキンや真っ赤なリンゴや、庭から摘んだ赤いハイビスカスの何輪かの花が置かれ、白い椅子に座った希代の姉と中年の米兵はアイスクリームを食べていた。希代の姉は耳の脇の色つやのいい黒髪に一輪の赤いハイビスカスの花を差していた。

今逃げている希代の姉の髪は何か邪悪な巨大なものにわしづかみにされ、振り回されたように乱れていた。

「姉さんの夫は遠縁の人なのよ」

「……」

「住まいもずっと前から百メートルも離れてないのよ」

希代は急にしゃくり上げるように泣き出し、安岡の前から走り去った。安岡は追う気力がなかった。このような残酷な話を僕は無意識のうちに忘れようとしていたのだろうか。潜在意識が封印したのだろうか。

サバニの模型作りが好きだったという希代の父親は性格がおとなしく、希代の姉の夫に文句一つ言えなかったのだろうか。希代のおじいさんは気丈な性格だったが、わりと早くに――孫の希代の顔は見たが――病死した。

僕の父の話では、希代のおじいさんは戦前集落のエイサー隊のメンバーだった。しかし、希代のおじいさん以外のエイサー仲間は全員戦死したという。希代のおじいさんは徴兵検査の数日前、崖から落ち、足を失い、招集されなかった。安岡は子供の頃、よく片足がなく、松葉杖《づえ》をついた希代のおじいさんを見た。安岡はどこか不気味さを感じたが、希代のおじいさんは毅然《きぜん》としていた。

希代のおばあさんは今も健在だ。若い頃、とても容姿が美しく、よその集落からも男たちが見に来たという。「オープンカーに乗り、集落内をカジマヤーのパレードしましょう」と自治会が計画を立てたのだが、おばあさんは「人前には出られないよ。こんなにしわが深くなっているのに」と嫌がったという。

希代はあの姉夫婦の日常から逃れるために中学時代、絵に没頭したのだろうか。

安岡ははっとした。希代の姉の恋人も尋常ではなかった。あの中年の米兵は実は乱暴者だったと誰かが確か言っていた。いつだったのかも覚えていないが、紳士でも暴力を振るうんだと衝撃を受けた記憶がある。

見るからに乱暴そうな沖縄人から暴力を振るわれる。見た目には紳士のアメリカ人からも暴力を振るわれる。希代の姉の運命なのだろうか。

「苦をくぐり抜け、光へ」という言葉もあるが、僕は結核という「苦」があったから「疎隔された鶏」という「光」が当たったのだろうか。傑作が生まれるためには新たな「苦」が必要なのだろうか。

第十四章　キミテズリの神託

希代からの手紙にどう返事しようか、迷っているうちに数日が過ぎた。

日曜日の夕食を済ませ、ソファーに横たわり、テレビのサスペンスドラマを見ていると、希代から電話がかかってきた。

「手紙ありがとう」と安岡はすぐに言った。「感想をどう書こうか迷って……」

「義治《よしじ》、来週の日曜の夜、時間あるかしら」

デートの誘いだろうか。安岡は一瞬間を置いたが、「あるよ」と少しうわずった声を出した。

「芝居があるのよ」

これ以上誘いの言葉を女性に言わせるのもどうかと思い、安岡は「一緒に見に行きたいな」と言った。

「見るのは義治。私、出演するの」

希代は小さく笑った。

「希代が？　どんな芝居」

「当日のお楽しみ。招待券、送るから。楽しみにしていてね」

希代は余韻を残すように電話を切った。

安岡は書斎の王様の椅子に座り、いろいろと考えた。

喜劇か、悲劇か。祈りの芝居か、呪いの芝居か。何かを暴露する芝居か。結末は破滅か成就か。少女の頃性格がおとなしかった希代が出演するんだから日常生活を淡々と描いた、胸が暖かくなるホームドラマだろう。最近よく扱われている沖縄問題をテーマにしたドラマではないだろう。赤嶺も「疎《そ》隔《かく》された鶏《にわとり》」の映画には観光、ユタ、戦争、米軍基地は排除すると確か言っていた。僕の想像も及ばないような実験的な芝居でもないだろう。

希代は中学生の時、絵を描いていたから画家になったというのならわからないでもないが、芝居の役者になったというのはどこか不自然に思える。突飛《とっぴ》すぎる。静かに絵を描く希代。たぶん激しく役を演じる希代。二人の希代が安岡の頭の中ではうまくつながらないが、しかしどこかつながっているようにも思える。

あの少し不思議な結婚披露宴の祝辞の文言、どこか的外れの、しかし変に堂々とした文言は、やはり演劇の女優めいている。

希代はおとなしい庶民的な役ではなく、日常の中のセクハラとか虐待などの問題劇を担っているようにも思えてきた。しかし、まさか「疎隔された鶏」のような不条理な劇ではないだろう。以前老小説家に収骨に誘われた時、頭蓋骨のイメージから希代のつややかな黒髪を連想したが、遺骨が登場するようなシュールな芝居でもないだろう。希代はクリシュナに時々行くようだが、インド舞踊を取り入れたインターナショナルな歌舞劇でもたぶんないだろう。

亀の写生に行こうとしたのも芝居の何かに役立てようとしたのだろうか。浦島太郎の芝居ならあり得るが、いくら何でも小学生の発表会じゃあるまいし、亀の背中に乗った男の話なんか誰が。

どんな劇団だろうか。希代は方言がうまく使えないから、沖縄芝居ではないだろう。

赤嶺の親戚のヨネのように煙草を吸う老女はよく見かけるが、数日前、民家の軒下に座り、昼間から泡盛を飲んでいる老女を見かけた。薄墨色の喪服を着ていたから法事かなんかだったのだろうか。

希代の舞台も老女が主人公だろうか。沖縄の神々しい風景や過酷な歴史が魂にしみこんだ老女は、沖縄では絵画や写真にも彫刻にもよく取り上げられている。芸術に不動の地位を占めている。老女たちの話はどこかとんちんかんだが、最後にはうまく収まるところに治まる。ヨネのように沖縄の老女は沖縄の活力、エネルギーをしっかり包み込んでいる。老女なら若者の行動や思考や感性に面食らいながらも時には叱り、諭し、時には慰めるという複雑な役をちゃんとこなすだろう。老女の根底には過酷な体験に裏打ちされた豊かさ、おおらかさがある。舞台いっぱいにじわじわとにじみ出るものは若者が太刀打ちできない、人生の重さだと思う。

希代は新米なのか、ベテランなのか。主役なのか、脇役なのか。台詞《せりふ》はあるのか、ないのか。安岡はいろいろ考えた末、やはり老女が主人公に違いないと決めつけた。老女が二十代の女性を演じるのはどこか不自然だが、二十代の女性が老女を演じるのはまあ自然だ。希代が老女を演じ、主役を張る可能性もある。しかし、やはり、希代はたぶん素人に近い役者だろうから、等身大の二十代の女性の役しか与えられないだろう。

翌日の午前に、電話が鳴った。

「お昼一緒にしないかしら」

希代が言った。安岡はすぐ応じた。

十一時半、安岡は希代の職場の近くにあるハンバーガーショップに向かった。十二時少しすぎに希代が木製のドアを開け、微笑《ほほえ》みながら入ってきた。二人は窓際に座り、同じハンバーガーセットを注文した。

「稽古、大変だろう」

「毎晩、猛稽古よ」

「頑張ってね」

「電話でも言ったけど、来る日曜日の夜、リハーサルなの。見に来てね」

「リハーサル？　本番では」

「本番は来月東京でするの」

僕はリハーサルを見に行くのかと安岡は思った。

「何もかも本番と同じだから」と希代が言った。

希代は電話では「送るから」と言っていたが、招待券をバッグから取り出し、安岡に渡した。

エロール鈴木という男がオーナー、制作、演出、主役の四役を兼ねている。本土の人の名字が三分の一、沖縄の人の名字が三分の二連なっている。希代の名は末尾にある。

「マスコミや批評家も来るの。地図は券の裏に書いてあるわ」

那覇市内のスーパーマーケットの二階にある稽古場がリハーサル会場だという。

「稽古場にマスコミも招待するのか」

「宣伝効果を狙っているのよ」

希代は小さく笑った。

「尚宣威《しょうせんい》、知っているかしら」

安岡は首を横に振った。

「第二尚氏王統二代目の王よ。彼の即位式の時に太陽の神キミテズリが登場するの。国王が新しく誕生した時に一回きり出現し、国王を称《たた》え奉る女神よ」

「史劇なんだな」

「私が演じるの。私は栄光の絶頂にある国王を奈落の底に突き落とすのよ。世子《せいし》・尚真を主君とするように、と発するの。だから私の一言一言が一人の男の運命を歪《ゆが》めるの。ちょうど詩のように」

安岡は何か急には信じられず、希代を見つめたり、招待券をひっくり返したりした。

「希代がキミテズリという神に？　覚えにくい名前だな」

ハンバーガーセットが来た。希代はコーヒーを二口三口飲み、言った。

「キミテズリの神になりきるには青白く痩せなければならないのに、でも食べなければ力強い演技ができないの。尚宣威の力を失わせる役なのに、滋養が足りなくてキミテズリの神が気を失ったら喜劇よね」

希代はハンバーガーを頬張った。希代の顔は稽古やつれなのか青白い気もするが、笑うと恥じらいや自信のようなものを含んだ赤みがかった色に見えてくる。着ている白いワンピースと妙な史劇の内容がどこか似合っているようにも思える。

「尚宣威というのは誰が演じるの」と安岡は聞いた。なぜか女が男装するような気がした。

「エロール鈴木さん」

「四役の？　変な名前だな。芸名？」

「ハーフよ。お父さんが東京の人で、お母さんがアメリカ人なの」

「ハーフ……」

「ええ、切れ長の目、細面の白い顔、華奢《きゃしゃ》な体つき。尚宣威像に深く重なるの」

「琉球の悲劇を……悲劇だろう……アメリカと本土のハーフが演じるというのは説得力がないんじゃないかな」

安岡は言った後、僕もやはり沖縄はアメリカや本土に抑圧されていると考えているのだろうかと、ふと思った。

「普遍的なものを表現しているから私はいいと思うわ。ロミオとジュリエットを黒人が演じても何の違和感もないわ」

「ウチナーンチュの君がアメリカと本土のハーフの運命を左右するというのは少し引っかかるな。まあ逆ならいいけど」

話の流れからか、あるいは希代とエロール鈴木が一緒に登場するからか、自分でもよくわからないが、安岡は少しむきになった。

「小説家の発想ね。沖縄はアメリカや本土から差別されてきたと言いたいのよね。アメリカや本土が上で、沖縄が下だと言いたいのよね」

「沖縄が下とまでは」

「本当の恋人が適役に回ったり、本当の恋敵が円満な夫婦を演じたりするのよ。義治《よしじ》の論理はおかしいわ」

安岡はアイスコーヒーを飲んだ。

「人間の深いところの葛藤を演じるのよ」

「誰が脚本や配役を」

「エロール鈴木さんよ。最初台本にはキミテズリが神託を下す日の早朝、裸になり身を清めるシーンがあったけど、私、削ってもらったわ。演出家でもあるエロール鈴木さんは劇的効果を狙ったらしいけど、琉球の風習にはたぶんないはずだからリアリティーが希薄になると思うの」

「変な男だな。むやみに裸になるもんじゃないよ」

希代はポテトフライを口に運んだ。

「ごく最近、私、首里城を歩いたの。石畳道も石の門も城壁も望楼のような所も激しく雨にうたれて、下界が雨に煙るように隠れたわ。十五世紀の幻が見える気がしたわ」

「幻が……」

「傘をさしていたけど、髪も胸もびしょ濡《ぬ》れになっていたわ」

希代はいつもとどこか違うような物言いをすると安岡は思った。

「赤嶺社長が亡くなった頃、義治を劇団に誘うつもりだったけど」

「僕には芝居は無理だよ。台詞《せりふ》を言いながら吹き出してしまいそうだ」

「私、舞台で別の自分になると心が落ち着くの」

「……」

「日曜日に私は神になるのよ。義治、成功するように祈っていてね」

安岡は大きくうなずいた。

「私の台詞が終わった瞬間、舞台は暗くなり、スポットライトが苦悩する尚宣威を浮かび上がらせるの。苦悩したまま石のように固まり、幕が下りるのよ」

安岡の耳には希代が劇の台詞をしゃべっているように聞こえた。希代が演じる沖縄の神女が、アメリカと本土のハーフが演じる尚宣威を苦悩させる……安岡はぼんやり思った。

希代と別れた後、すぐに家に帰る気になれず、安岡は浦添グスク近くの高台に車を走らせた。少し靄《もや》った大気の中に東シナ海の水平線も、水平線の上の慶良間諸島も、島々の上に浮かぶ雲もどこか微妙に揺らいでいるような気がした。

家に帰った安岡は居間のテレビをつけた。中年の男がにやけた笑いを振りまきながらゲストの若い女性タレントをからかっている。女性タレントは憤慨する、と安岡は思ったが、口を大きく開け、男に合わせるように笑った。安岡はテレビのスイッチを切り、王様の椅子に座った。

希代は芝居をしていると大っぴらに言えない何かがあるのか。単に言わなかっただけなのか。一緒に桜見物をした時にも芝居の話題は出なかった。社員の希代が芝居をしているという噂は社長の赤嶺の耳にどこからか入るはずだが……知っていたら間違いなく僕に希代の芝居の話を誇らしげにしただろう。希代が初出演なら噂《うわさ》に上らなかったともいえるが、しかし、希代は、劇のタイトル名にもなっている尚宣威を奈落の底に突き落とす重要な役だという。

安岡は少し躊躇《ちゅうちょ》したが、希代の職場に電話をかけた。

「今、電話いいかな」

「いいけど手短にね」

「希代はいつから芝居を」

「高校の演劇部に入っていたの」

「今の劇団には」

なぜ僕はこのような質問をしているのだろうと安岡はふと思った。

「この劇団は一年前にできたのよ」

答えになっていないような気もしたが、安岡は「みんなプロかな」と聞いた。

「ほとんどが社会人よ。二足のわらじなの。だから稽古は夜よ。公演が近づくと徹夜の場合もあるの」

「芝居は金がかかるようだが、赤嶺もスポンサーの一人に名を連ねていたのかな」

「赤嶺社長は何も知らなかったわ。私も別に話さなかったし」

「赤嶺は僕の疎隔された鶏の美女役にスナックのママを考えていたんだ。希代が芝居をしていると知っていたら、希代が間違いなく副主役になったと思うな。主役はヨネというおばあさんの予定だったが」

「でも映画化は頓挫したんでしょう」

「赤嶺は文学部出身だと自慢していたから、社員に演劇人がいるとわかっていたらとても喜んだはずだ」

「以前何度か舞台に立ったけど、いつも台詞《せりふ》のない端役だったの。今回が初めての大役よ」

「赤嶺が疎隔された鶏を映画にすると驚喜した時、希代も大いに関心を抱いたんじゃ……」

「義治の文学賞受賞は同級生の私の誇りよ。でもあの頃は私、芝居に頭を支配されていたの。時間を見つけて義治と桜見物に行ったけど。でもほんとに小説、頑張ってね」

「希代は芝居を生きた証しにしようとしているんだね。僕が小説を生きた証しにしているように」

「一緒よね。同僚がチラチラ見るから、またね。ごめんなさい」

希代は電話を切った。希代は手短にと言ったが、けっこう長く話した。

夕方、ソファーに座り、テレビを見ていると、希代から電話がかかってきた。

「これから稽古に行くから、簡潔に話すわ」

「芝居の話?」

「私の役に大いに関係があるから、勉強したの」

希代は一気に話した。

琉球王国時代、どこのクニの神女たちも兵士が出陣する前に戦勝を祈り、兵士の士気を鼓舞した数十人、数百人の神女が迫ってくる敵の軍団や軍船にありとあらゆる呪いの言葉を浴びせ、戦意を喪失させようとしたという。安岡は数百人の神女というのは多すぎる気もしたが、「相手は強大な軍隊だろう。呪いの言葉の効果はあったのかな」と言った。

「神女たちは鉦《かね》やパーランクーを乱打するのよ。また乱舞しながら叫ぶの。いかに強大な軍隊でもひるむと思うわ。だけど、あまり効果はなかったみたいね」

「呪いは信じない人にはほとんど効果がないと言われているからな」

「神女は敵の神女とも戦うのよ。呪いの言葉をいかに多く発するか。敵の神女の威勢を砕くか。本当に命がけなのよ」

「効力はあったのかな」

「決定的な役には立たなかったみたいね。やはり神の力より、武力よね」

「昔から最後は武力だな」

「神女たちはついに槍《やり》や刀を振りかざしながら呪ったり祈ったりしだしたらしいの」

「神女たちも武力に頼るようになったんだな」

「敵には効力がなくてもどこのムラでも神は大いに祀《まつ》られたようね。あるムラでは奇妙な習俗もあったらしいわ。殺した敵の英雄の死体を神にしたらしいの。英雄のたたりを恐れたのね」

「いろいろな神がいるんだな」

「別のムラでは浜に漂着した死体をムラビトが沖に押し流したんだけど何時間か後、同じ浜に戻ってきたらしいの。ムラビトはこの死体は神様だと考えて、盛大に祀ったらしいわ」

「四谷怪談の映画の撮影に入る前、スタッフが四谷怪談にゆかりのある寺に詣でると記憶しているが、琉球国の王と神女の芝居を作る前に希代たちも浦添グスクを詣でた？」

「浦添グスクには行かなかったけど、スタッフの何人かと一緒に首里城を見学したわ。怪談物じゃないから手は合わさなかったけど。……じゃあ、日曜日にね。昼間電話ありがとう」

希代は電話を切った。希代は簡潔に話すと言ったが、かなり熱くしゃべった。

希代は感受性が豊かだから芝居の登場人物にもなりきれるんだと、安岡は今更のように思った。希代の姉は沖縄人の夫や恋人の米兵にたぶん日常的に暴行された。このような現場に少女の希代は居合わせた。このトラウマを克服するために希代は芝居の世界に入ったとも考えられる。

僕は結核にかかったから「疎隔された鶏」を書いたが、姉の過酷な現実に直面した希代は生身の人間に多かれ少なかれ距離を置くようになり、反比例するように架空の人物に自己を投入した。芝居の中の人物になりきると生身の自分の存在が維持できるんだ。不動産屋の事務員は仮の姿なんだ。主体的な道を進んでいたんだ。希代に自分の道を発見させたのは姉の悲劇、夫婦や人生の理不尽だ。

僕はなかなか小説が書けないのに、断念もせず、なおも書こうと自分に言い聞かせているのはなぜか。父母の水死から逃れよう、とらわれている精神を解き放とうとしているからなのか。

ベイグマンの確か奔放な姉と貞淑な妹の物語や、うろ覚えだが、「焼けたトタン屋根の猫」の姉妹と一人の男のドロドロとした物語のほうが希代の役に合うような気がする。琉球の史劇ではなく……。

安岡の思考は突然飛躍した。

希代の祖父のように徴兵拒否——意図的ではなく、検査前の事故だから拒否とはいえないが——を通し、軍隊の本質に迫るような芝居が史劇よりはまだましなようにも思える。もしかすると希代は自分の祖父が徴兵を逃れるために意図的に足を失ったと考えているのではないだろうか。

日曜日の夜。早めに来たわけではないが、板張りのフロアに置かれた五十席ばかりの簡易椅子の三分の一は空席になっている。多くの人を招待しなかったのかな、人気がなく招待はされたが応じなかったのかな、などと思いながら安岡は中程の左隅に座った。新聞記者のような若い男や、アナウンサーのようなボーイッシュな髪型の女性が受付の学生風の女性から手渡されたパンフレットを読んでいる。舞台の袖から髷《まげ》を結った男が顔をのぞかせ、客の入りを確かめている。

午後七時、客席の明かりが消え、閉じたままの幕の奥から女性のモノローグが聞こえてきた。劇の時代状況や背景、物語の概略を説明している。

幕が開き、首里城の王の居室を照明が照らし、第二尚氏の建国者・尚円の臨終の場面を浮かび上がらせた。やけに大きな白い布を顔にかぶせられた尚円が舞台の真ん中に横たわり、両脇に未亡人のウカヤカ、世子《せいし》・樽金、尚円の弟・尚宣威が身動きせずに座っている。安岡はあの頃、琉球には死者の顔に白い布を覆う習慣はなかったのではないだろうかとふと思った。しかし、自信はなかった。

ようやく尚宣威が口を開いた。

「国の方々の按司《あじ》が虎視眈々《たんたん》と首里王朝の転覆を狙っている。立派な父親を見習い、偉大な国王にならねばならぬ」と樽金を激励し、「力を落とさず、一日も早く悲しみを忘れ、樽金殿を立派に育てねばならぬ」とウカヤカを慰めている。

ウカヤカはどうか助けてくださいと着物の袖を目に当て、泣き出した。ハーフのエロール鈴木が演じる尚宣威は早口の流ちょうな標準語のせいか、違和感があると安岡は思った。希代が言っていたように華奢《きゃしゃ》な体の色白なエロール鈴木は自分が主役になりたいためにこの芝居を構想し、公演を企画したのだろうか。

今の沖縄はアメリカや本土の政治に対し、賛成派、条件付き賛成派、反対派がマスコミを通し、発言している。琉球国独立派、米国一州派などの思想や運動も時々安岡の目に触れる。希代は琉球国の美徳の再発見をめざし、この史劇の神女役にちゃんと挺身《ていしん》しようとしているだろうか。

次の幕に移り、五人の重臣が、後継者の選定と危急の治世の策をテーマに論議を交わし始めた。今風すぎる観念的な論議に終始したが、ようやく衆知一致し、尚宣威を次期国王に内定する。

三幕目は舞台の照明が消え、尚宣威の部屋にろうそくがともっている。一、二本では舞台が暗すぎるのか、あるいは人物の内面を表現する演出なのか、舞台の方々に十数本のろうそくが立っている。最高位の重臣が、国王に即位するように尚宣威を説得するが、「世子が王位を継ぐのは古《いにしえ》からの習わし、逆らうと天罰が下る」と尚宣威は固辞する。重臣はろうそくを持ち、尚宣威の顔を照らし、「樽金殿が未熟なのは誰の目にも歴然としている。因習にとらわれ、国家を滅ぼす愚かさを犯してもいいのか」と追及する。客席の正面に向いた尚宣威は唇をかんだり、眉をひそめたり、目玉を歌舞伎役者のように動かしたりする。結局、このような演技を繰り返しながら幕が閉まる。

四幕目は尚宣威と重臣たちの押したり引いたりの駆け引きが多少面白かったが、直後の、妻に説得され、尚宣威が国王になる決意をする場面は箸にも棒にもかからないと安岡は思った。なぜ尚宣威が仰々しく決意したのか、どう考えてもわからなかった。この妻は先鋭の女性社会運動家でも言わないような攻撃的、かつ観念的な台詞《せりふ》を自分の夫に吐くのに、尚宣威は何の迷いも、あるいは男としての屈辱もなく、妻のいいなりになるというのは安岡には茶番劇にしか思えなかった。

もう帰ろうと思ったが、肝心の神女役の希代の登場を見なければ何のためにここに足を運んだのか、わからなくなる。希代が副主人公だと安岡は思っていたが、四幕になってもまだ登場しないのはどういうわけだろうか。

五幕目は信頼していた尚宣威が樽金擁立派の壊滅と懐柔工作に動いていると知ったウカヤカの苦悩だが、身もだえ、首に短刀を突き刺そうとしたり、長い髪を振り乱したり、頭を抱え床に伏せたり、方々の壁により掛かったり、などの所作や表情や仕草は本土の歌舞伎や大正時代のアメリカの無声のアクション映画に似ている。ウチナーンチュの女ではないと安岡は思った。

六幕目。五幕目の表情とがらりと変わったウカヤカは松の木の下に尚宣威を誘い出し、尚宣威の手を取り、自分の懐に入れようとするが、尚宣威はウカヤカの色仕掛けを拒む。ウカヤカは隙を見計らい、尚宣威に短刀を突きさす。短刀は危機一髪尚宣威の胸をかするが、尚宣威にたたき落とされる。ウカヤカは座り込み、打ち掛けを開き、「殺してください。樽金に将来や夢がないのなら母親の私は生きてはいけない」などと絶叫する。尚宣威は何も言わずに舞台の袖に退場した。

組んだ足を組み替える音、ギシギシと椅子のきしむ音がする。安岡のすぐ後ろの誰かが椅子を引き、静かに立ち上がる気配がした。出口のドアに向かった靴音が次第に小さくなり、消えた。

七幕目。ウカヤカは多数派工作に奔走するが、失敗に終わり、客席に向かい正座し、モノローグを始める。信頼していた者に裏切られた恨み辛《つら》みを言ったり、幼い子の運命に胸が締め付けられると泣いたり、夫というこの世の後ろ盾を失った女の嘆きを吐露したりした。

幕が多すぎると安岡は感じたが、八幕目が始まった。尚宣威は玉座に着き、すぐ脇に樽金とウカヤカが立ち、重臣たち、つまり登場人物全員が周りに半円を描くように座り、何かを観客に伝えようとしているのか、無言の間がしばらく続いた。

ようやく安岡が待ち望んだキミテズリの神、白い装束をまとった希代が舞台の上手から厳かに出てきた。希代は天を仰ぎ、ゆっくりと登場人物たちを見回し、尚宣威に背を向け、樽金に近寄り、正座した。希代の目や仕草《しぐさ》は落ち着き、迫真の演技のように安岡は感じた。だが、唱《とな》えだした神のお告げのおもろはひどくギクシャクし、むしろ即興の今風の台詞の方がよかったのではないかと思った。

希代は黙った。たったこれだけの役かと安岡は落胆した。

舞台の照明が消え、スポットライトが尚宣威を浮かび上がらせた。玉座から立ち上がった尚宣威は顔面に苦渋の表情を浮かべ、二、三歩客席に歩み寄り、腰が砕けるように床にしゃがみ込み、天を仰ぎ見た。幕が下り、客席の明かりがついた。

出口付近に出演者たちが並ぶ前に安岡は会場を出た。

安岡は居間のソファーに仰向《あおむ》けに寝そべった。いつのまにか眠りにおちた。

耳を澄ませた。声はふすまの向こう側の王家の居室から聞こえた。安岡は体を起こし、ふすまを開け、中をのぞいた。白い着物を着た希代がきれいにひざまずき、合掌し、しきりに何かを唱《とな》えている。透き通るような声だが、意味は不明だ。希代は長い髪をアップにし、ゴム製のツル草の冠をかぶっている。額には大粒の汗が吹き出し、白い首筋にはほつれ毛がくっついている。

安岡は目を覚ましたが、耳の奥からまだ呪文が聞こえる。

安岡はイチゴジャムを塗ったトーストとミルクコーヒーの朝食をとり、王様の椅子に座った。パンフレットを開いた。希代が唱えた「おもろ」が抜粋されている。

首里おはるてだこが　　おもい子のあそび　　みもの遊び

なよればのみもの　　ぐすくおわるてだこが

わしの羽さしよわちへ

わが世子　　真加戸樽金の　　欣喜雀躍《きんきじゃくやく》したまう

美しさよ　　鷲《わし》の羽をかざし給える　　我が王なれ

というのが大意になっている。

符合したかのように希代から電話がかかってきた。「昨日はお疲れ様」と安岡は言った。

「舞台の上から義治《よしじ》が見えたわ」

「反省会か何かなかった」

「明日なの。昨日今日は招待した人たちの批評をエロール鈴木さんたちがまとめているの。……私、どうだった」

「悪くはなかったが……問題は演技云々《うんぬん》じゃなくて、劇自体じゃないかな」

「劇自体?」

「劇に必然性がないんじゃないかな」

「必然性?」

「アメリカと本土のハーフの人が琉球国王になりかけるという必然性だが」

どうしても主人公クラスになりたいのなら琉球に侵攻した島津藩主とか、琉球処分官の松田、あるいはペリー提督——ペリーは琉球にどういう影響を与えたのか、今、急には思い出せないが——琉球高等弁務官の方がよかったんだと安岡は内心言った。

希代の声が微妙に変わった。

「じゃあ、沖縄の人がシェークスピアを演じちゃいけないの」

「沖縄の人は米国政府や日本政府に対し、いろいろと運動をしている。このような時に琉球国王にエロール鈴木がなろうとするのはいかがなものかと思うんだが」

「いかがなものかなんて政治家の陳腐な台詞よ。じゃあ、アメリカや本土の人が沖縄で平和運動をしてはいけないの」

安岡はそういえばそうではないと思ったが、「僕は単純に尚宣威の芝居の感想を言っているんだ」と言った。

「今日の義治はどこかおかしいわ」

「僕はまだゴドーの不条理やアンネの反戦がましだと思うが。二つとも不完全ではあったが」

安岡は高校生の時、沖縄の教職員が主体の劇団の公演を観《み》た。

「ゴドーを待ちながら」は絶妙な対話がセールスポイントのはずだが、沖縄出身の役者は標準語を流暢《りゅうちょう》に話せず、ぼけ役のぼけも浮かび上がらなかった。同じ頃見た「アンネの日記」はアンネ役が三十過ぎの女性だったせいか、風貌と台詞と仕草《しぐさ》が遊離していた。

「尚宣威はベケットやアンネ・フランクのような原作の焼き直しじゃないのよ。エロール鈴木さんのオリジナルよ」

「僕には史実をなぞったようにしか思えなかったが」

どこがオリジナルなんだと安岡は内心言った。エロール鈴木は沖縄人を凝視せずにただ自分が思う「琉球国」を演出しているにすぎないと思った。

「エロール鈴木さんは優れたライターでもあるのよ」

君はあのハーフに惚《ほ》れ込んでいるのかと安岡は言いかけたが、ハーフを侮蔑《ぶじょく》しているような気がし、「尊敬しているのか」と聞いた。

「尊敬？　しているかもしれないわ」

安岡は動悸《どうき》がした。このように言い合ってはいるが、希代はエロール鈴木が好きではない、尊敬と愛は別物だと安岡は自分に言い聞かせた。エロール鈴木の尚宣威が琉球国王にならなかったのが、せめてもの救いだ。神女の希代のお告げのおかげだ。

「また連絡するわ」

希代は電話を切った。

芝居役者の希代を小説に書けないだろうか。希代がエロール鈴木を尊敬していても、僕が希代を自分の小説のモデルにしてはいけないというわけではないだろう。安岡は妙な理屈を考えた。

役者が役柄と恋のはざまに悩んだ末、酒と薬に溺れる。このような破滅のプロットの小説も世の中には結構ある。もし僕が次作を書き上げ、脚色したら――脚色の体験はないが、さほど小説創作と変わらないだろう――希代は演じてくれるだろうか。遺骨に何かを語らせると言う老小説家のアイディアより、生きている希代をモデルにした方がリアリティーがある。希代をモデルにしたら、ゆうなの花飾りの思い出、真冬にブランコを漕《こ》いだ思い出をバックに美しい乙女像が造形できる。

第十五章　山上の死者たち

明治三十六年三月、学術人類館という見世物《みせもの》小屋を勧業博覧会会場の外に民間の興行主が設営した。いつだったかこのような話を安岡は今は歴史研究者になっている、高校の先輩から聞いた。

本土との行き来がほとんどなかった当時の沖縄人は日本語になじめなかっただろう。風貌や習慣が日本人離れしていても非常に巧みに、正しい日本語を流暢《りゅうちょう》に話す沖縄人を「人類館」に展示できただろうか。むしろこのような沖縄の人には本土の人も一目置いたのではないだろうか。何年か前までは沖縄県内の議員たちの日本語がとてもおかしいとあきれ果てる本土出身の人も少なくなく、学校の教師のアクセントやイントネーションがでたらめだとクレームをつけ、子供を本土の学校に転校させた本土出身の父母もいた、と安岡は覚えている。

小説家や演劇人は……には限らないが……沖縄人のアイデンティティーを確立すべきだと思う。何を書くか、何を演じるか、究極のキーワードは沖縄人の主体性だ。主体性とは精神的なルーツというか、自分が心底落ち着ける何ものかだ。哲学ではなく、おのずから得られるものだ。

尚宣威は全編沖縄方言にすべきではなかっただろうか。エロール鈴木のような流暢な日本語では、どこがどう違うと今はっきり言えないが、とにかく齟齬《そご》感がある。

米兵が登場する芝居ならどうだっただろうか。暴力的な米兵と凶暴な沖縄人の夫に狂気に追い込まれる役なら、希代の演技に、少し残酷だが、リアリティーが出たのではないだろうか。希代の姉の狂気は——実際に狂気に陥ったとは聞いていないが——希代のトラウマになっているはずだから。希代の姉は信頼していた夫とアメリカ人の恋人にうらぎられ、罵《ののし》られ、暴力をふるわれた。もしかすると戦争体験にも、少しおおげさだが、匹敵する過酷な体験を希代の姉はしたといえるのではないだろうか。

希代の姉の夫のような沖縄人は特殊なのだろうか。沖縄人はできるだけ物事をいいように考え、事を荒らげない性向がある、という風聞がどこからともなく流れていたが、最近は沖縄人には活力があると言われている。しかし本当の活力なのか、誰かに踊らされた空騒ぎなのか、一応見極めるべきだろう。とにかく自分以外の誰かに踊らされないように自分の「目で、足で、口で、心で」人生を歩めるよう、沖縄の小説家や演劇人は読者や観客に何か指標のようなものを与えられるなら与えるべきだと安岡は思う。

結核療養専門病院を退院してから一年後だったか、安岡はヤンバルのいくつかの集落を散策した。集落がこじんまりと、しかし毅然《きぜん》と存在し、隣の集落との間には山や川や野があり、世の中がとても広大だという錯覚に陥った。しかし、去年同じ場所に行ったときには地形がすっかり変わり、集落と集落の境がわからなくなっていた。くぼ地は埋め立てられ、突起は削られ、川には蓋《ふた》がされ、曲がりくねっていた道は直線になっていた。複雑な地形が僕に空間を広く感じさせていたんだと安岡は気づいた。

市町村合併も進行している。目に見えない境界が消え、すべてが一緒くたになり、人々は窮屈な思いをしていると安岡は思う。チャンプルー文化という言葉を最初に使った人は独創的だったかもしれないが、最近は洗濯機の中に何の必然性もなく、放り込まれた種々雑多な物が高速回転している感じがし、訳がわからなくなっている。

沖縄の人の目や感性が鈍麻している、このような中、本土から移り住んだ人たちが、かけがえのない沖縄の自然や人情や歴史の目を見張るような長所を発見し、しっかり残そうとしているようにも安岡には思える。

書斎の王様の椅子に座っていた安岡に希代から電話がかかってきた。

「エロール鈴木さん、ハワイに行って戻ってこないの」とすぐ言った。

「ハワイに?」

安岡は変に声を弾ませた。

「東京公演の打ち合わせに行ったんだと劇団員はみんな思っていたのに」

「ハワイなら打ち合わせではないな」

「本土大手の興行主がスポンサーになるって、東京で二週間公演するって、一月前から私たち劇団員をずっと驚喜させていたのに」

「興行主は沖縄問題に目をつけていたのかな」

「劇そのものに注目したんだと思うわ」

「本土の大手興行主が琉球の史実に則《のっと》った劇に金やエネルギーをつぎ込むはずはないんじゃないかな」

「芝居は無期限に延期になったわ」

「エロール鈴木から連絡が?」

「エロール鈴木さんははっきり言わなかったけど、批評家の酷評に耐えられなかったのもハワイ行きの一因らしいの」

「一因と言うより決定的な理由じゃないかな。僕もあの劇は独創性に欠けると感じたよ」

「……」

「リハーサルを批評家たちに見せたのはまずかったんじゃないかな。どうしても本番より完成度が落ちるはずだから」

「本番では全員厚化粧をする予定だったのよ」

希代の言葉は少しとんちんかんのように安岡には思えた。尚宣威の劇はいわゆる沖縄問題の戯画になっているか、沖縄問題を深化させる、あるいは何かを告発するメッセージが力強く含まれているか、と安岡は口に出しかけたが、よした。先ほどから希代の声は意気消沈している。

「アメリカと本土のハーフのエロール鈴木の体や感性には琉球の芝居の奥にある、頭では理解や模倣のできないものがしみこんでいなかったんだと思う」

「でも沖縄の劇団員でもハムレットやドン・キホーテを演じるわ。独自の感性を研ぎ澄まし、咀嚼《そしゃく》すればいいと思うけど」

赤嶺の急死が「疎隔された鶏」を中止に追い込み、「尚宣威」は酷評に耐えられなくなった……にわかには信じられないが……エロール鈴木のハワイへの逃避行により無期限の延期になった……。映画や劇や小説はいかに成就しがたいか、身につまされる。

「尚宣威が成功していたら必ず沖縄の現状に影響を与えたはずだわ。絶対無駄にならないはずだったのに」

「……」

「私、劇中、祈りを捧《ささ》げていたら、体の中に小さい玉が宿ったような気がしたわ」

「体の中に小さな玉が」

何か今日の希代は尋常ではないと安岡は思った。しかし、沖縄人の希代が、王になろうとする野望を抱いたハーフのエロール鈴木を言葉――神話とか民族の力とか伝統とか――を駆使し、奈落の底に突き落とした。暗喩というか、象徴というか、この表現が今後の対アメリカ、対本土の沖縄人に何か示唆を与える気もする。少し大げさにも思えるが。安岡は口に出した。

「アメリカと本土のハーフのエロール鈴木が琉球王になろうとするのを沖縄人の神女の希代が神託を下し、エロール鈴木ではなく、沖縄人の尚真を王にしたのは、今風に言えば、沖縄人の独立独歩をメッセージしていると思う。意味があるよ」

「義治の言う、なんと言うかしら、アメリカと本土のハーフのエロール鈴木云々《うんぬん》と、しつこく言う、いわば図式は劇団員の誰の頭にもなかったわ。新しい発見のようにも思えるし、このような詮索《せんさく》は一切不要な気もするわ」

役者が史実から人間の何を見るか、が芝居にする価値があるか否かの別れ道になる。歴史の中の人間に手を加えなければ演劇にする意味はないし、手を加えすぎると史実がゆがみ、間違った歴史が後世に伝えられてしまう。

「他の劇団員はどう考えている?」

「みんな日常の仕事に戻ったわ」

「エロール鈴木に損害賠償を要求する劇団員はいないのか。時間を浪費し、体を酷使したんだから」

「芝居が中止になったり、打ち切られたりするのは珍しくないのよ。世の中にはよくあるわ。劇団の人たちもこれまでの稽古が無駄になったとは思っていないわ。絶対次にいきると考えているわ。借金もなくて、劇団員の誰にも迷惑をかけていないわ」

「……」

「私、将来自分の劇を作りたいな。題材はいくつかあるのよ。大抵夢がヒントになっているけど。……広い道を私は何者かに追われているの。道の左側には沖縄人が、右側にはアメリカ人が群れているの。何者かが私に乱暴すると、沖縄人は無口になるし、アメリカ人ははやし立てるの。後の展開はまだ思いつかないけど」

「シュールな設定だね」

安岡は言ったが、希代は姉が若い頃、沖縄人の夫とアメリカ人の恋人に乱暴された事実を演じようとしているんだと思った。

「もしかすると昔のお姉さんを思い出したんだね」

「私ね、昨日の夜中、姉の幽霊を見たの。夢でしょうけど、とても生々しかったわ」

「幽霊?」

「枕元に姉が座っているの。カリフォルニアオレンジを二つに分けようとするんだけど、皮が固くてなかなか割れないのよ。私は手伝ってあげたかったけど、どうしても手が届かないのね。すぐ近くだけど。見ている時は怖くなかったけど、さめてから身震いしたの」

「姉さん、亡くなったの?」

「子どもが生まれなかったの。毎月ある時期が来ると夫にひどく罵倒されたわ。でも姉は辛抱して、いつも明るく振る舞っていたわ」

「……」

「でも夫が死んだら、姉が」

「あの乱暴者の夫は死んだのか」

「朝から晩まで怒っていたから、頭の血管が切れたの」

希代は断定した。

「崖っぷちにある家に鯉《こい》のぼりがはためいていたの。姉は子どもがまもなく生まれる、来年は鯉を泳がせるなどと独り言をつぶやきながら崖から滑り落ちたの。クッションになる草や小さい木が生えていて、急な坂でもなかったけど……それに姉は見た目にはどこもけがしていなかったけど」

「亡くなったの?」

「あの時には亡くならなかったけど……姉はあの後、よく頭痛がしたの。痛さが治まった後はしばらく夢見心地になって、亡くなった先祖と話をしたのよ。近所の評判になったわ」

「今は」

「義治が結核で入院していた頃に亡くなったわ。ごめんね、身内の話ばかりして。一緒に行った桜見物、楽しかったわね」

希代は話題を変えた。

「あの時の希代の同僚も結婚したというし……中年になって、満開の桜の下で、本当の愛に目覚めて、結婚する、何か人のわびしさとか健気《けなげ》さとかたくましさとか、最近いろいろ考えるよ」

「ほんとね。若いカップルならさほど感慨深くはないけどね。あの二人も前々から職場でも愛に目覚めてはいたけど、多分桜の花に決心させられたのね」

「花の力だな」

「桜は花の盛りを過ぎて、実も葉も終えて、枝だけになっても、また次の年には満開の花を咲かせるわ。毎年毎年……でも人の満開の時って一回きりよね」

安岡は一回きりとは言えないと思ったが、「満開の時を思う存分満喫しないといけないよな」と言った。

「だから満開の花は人生のわびしさも感じさせるのね」

わびしさか……あの桜見物の時、同期会の話が出たが、すでに亡くなった何人かの同年生に黙祷《もくとう》をしてから開会すると希代は言っていた。

「義治、今度一緒に祭りに行ってくれないかしら。夜だから一人では怖いの」

「祭り？　どこの」

「謝敷島よ。秘密の祭りなのよ。その日、よそ者は集落にさえ入れないのよ。この集落出身の劇団員の彼女から二人分の紹介状をもらったから」

「紹介状」

「一種の入場許可証よ」

「秘密の祭りだが、毎年やっているようだね。新聞記事や民俗学者のエッセイを読んだ覚えはあるが」

「彼女と二人で行く予定だったけど、彼女が入院していけなくなったの」

「公演の中止がショックだったのかな。彼女が入院したのは」

「ええ、だけど、元々持病があったの。私、友達と行くからって紹介状をもらったの。義治、一緒に行ってくれるかしら」

「行くよ。秘密の祭りと……劇は……」

「尚宣威と直接関係はないけど、古い祭りだから、遠い昔の琉球人の血が脈々と流れているはずよ。私たち、きっと何かを感じるわ」

「本当に奇祭なのか」

「私も知らないけど、劇団員の彼女が言うには、死者たちが山から集落に下りてきて、集落の人たちの歌や三線に合わせて、踊って、また山に帰っていくらしいの」

「死んだ人たちが集落に現れて、踊って、山上の死の世界に戻っていくんだな」

安岡はオウム返しのように言った。

「エイサーとどこか似ているような気もするけど、エイサーは生きている人が死んだ人のために踊るのよね」

「エイサーのバリエーションの一つかな」

「エイサーはたしかチョンダラーだけが厚く白塗りをしているけど、この祭りでは山から降りてくる人全員が仮面をかぶっているらしいわ」

「……」

「仮面の下の顔は誰が誰なのか、集落の人もわからないらしいのよ」

水死した両親や、病死した赤嶺も仮面をかぶり、紛れ込んでいないだろうか。一瞬安岡は背筋が震えた。

「私のおじいさんの戦前のエイサー仲間は全員戦死したって、私、義治に話したかしら」

少年の頃、近所の大人から話を聞いたのだが、安岡は「うん、希代から聞いた」と言った。

「私、仮面の人の中におじいさんのエイサー仲間がいるような気がするの」

「……」

希代は僕と同じような感慨を抱いているんだと安岡は思った。

「おじいさん、戦後はエイサーを見なくなったの。見られなくなったのね。旧盆のウークイのエイサーの日には家に閉じこもり、太鼓や三線の音を聞かないように耳を塞《ふさ》いでいたらしいの」

「ウークイなのに」

「おばあさんはおじいさんに、あんたは変な人だね、あんたが手を下したわけでもないのに。あの人たちは戦争に殺されたのに、何であんたがエイサーを怖がるかね、とよく言ったらしいの」

希代のおじいさんは戦死したエイサー仲間になぜ負い目を感じるのだろうか。もしかすると自分だけ徴兵を拒否しようとわざと足を切ったからではないだろうかと安岡は思った。

「義治、六月十日と十一日スケジュールを空けていてね。また連絡するわ」

希代は電話を切った。安岡は王様の椅子に深々と座り込んだ。

何年か前から死者がよみがえる小説や映画や芝居や漫画がはやっている。しかし、僕は賛成できないと安岡は自分に言った。死んだ人ではなく、生きている人に向き合うべきだ。仮面……死者……蘇《よみがえ》り……とつぶやいているうちに少年の頃の安岡の集落内を練り歩いていた――数年前から中止になっているが――エイサーを想起した。

あの年の旧盆のエイサーは九月に行われた。エイサー隊や観衆は亡くなった先祖を深く敬い、供養し、喜ばせながら自分たちも喜んだ。夜、魂を打ち振るわすような太鼓の音が反響し、四方から聞こえてきた。

「亡くなった人たちは太鼓の音を頼りに生まれた集落に降り立ち、それぞれの家に向かう」「雷のように夜空に響くエイサーの音には胸が躍るのだが、反面なぜか集落の人には子守歌のようにも聞こえ、赤ん坊も病人も快く眠る」と中学生は私たちに教えた。

最初僕にはエイサーの太鼓の音と歌がどこから聞こえてくるのか、わからなかった。まもなく路地からエイサー隊が勢いよく踊りながら出現した。先導の軽トラックに設置された強いサーチライトがエイサー隊の一人一人の顔を照らしていた。時々見かける同じ集落の青年たちだが、いつもの色黒の顔が照明の関係か、紫色に変わり、妙に取り澄まし、僕の目には別人に見えた。先輩の中学生が――

僕たちの遊びに必ず顔を出すこの中学生を僕たちはうさんくさく思っていたが、僕は彼の話に時々興味を持った——「エイサーには亡くなった人が必ず一人は参加している」と言った。僕たち小学生は半信半疑のまま「亡くなった人」は誰だろうと目をこらし、探した。痩せた太鼓打ちの青年、春男が怪しいと中学生は言った。「春男はついこの間まで生きていたのに、いつ亡くなったんだ」と中学生は体を震わし、急に堅く合掌した。この春男はエイサーの三日ほど前、下校中の僕たちの前を横切ったはずだが、中学生に「亡くなった」と言われてみると、どこがどうとは言えないが、間違いなく何かが違っているように見えてきた。僕たちは目をこらし、エイサー隊の顔を見ているのだが、誰もがすぐ近くにいる僕たちを無視し、目を見張り、顔を紅潮させ、太鼓を打ち鳴らしている。中学生は目を見開いたまま僕たちを見回し、「太鼓をたたいている痩せた春男自身は死んではないよ。生きている」と言った。僕たちは「何だ、生きているのか」と残念そうに言ったが、ほっとため息をついた。

「だが、あの太鼓をたたいている青年は死んでいる」

中学生は言った。僕たちは訳がわからなかった。

「太鼓をたたいているのは生きている春男では？」と僕は言った。

「春男でもあるが、春男ではない」

「……」

「わからんのか。二十五歳で戦死した春男の祖父が太鼓をたたいているんだ。顔や姿が春男にそっくりだ。俺も写真で見たんだが」

「春男の祖父が、春男の体を借りて？」と僕は中学生に聞いた。

「いくら話しても、おまえたちにはわからん」

太鼓を打ち鳴らし、歌い、踊り、変に大騒ぎしているエイサー隊は全員あの世の人ではないだろうか。この世の人たちがあの世の人たちを楽しませているのではなく、あの世の人たちがこの世の人たちを楽しませている。この世もあの世も神秘と不気味に満ちている。僕は身震いした。エイサー隊は坂を上り、下り、路地や中通りや広場を練り歩いた。街灯の明かりに照らされたり、木の下の暗がりに入ったりしながら何かを愛《いと》おしむように存分に歩き回った。日頃僕が小学校に通うこの道は、今夜年に一度だけ、遙《はる》かなるあの世に伸びていると漠然と思った。いつもと違う大きな空気が流れているのは、エイサー隊の後ろに亡くなった人が陸続とついてきているからではないだろうか。先輩の中学生は、「あの世に帰ろうとしない人をこの世の人が太鼓を打ち鳴らしてせかしている」と言うが、この世に未練を残さないように自分自身を叱り飛ばしながら亡くなった人が太鼓や三線を鳴らし、踊っているように僕には思えた。

六月十日。入道雲の後ろ側にはムラのない青色が広がり、吹く風も強くはないが、潮の流れは速く、方々に白い波頭が立ち、小さい定期船は激しく揺れた。

デッキから海を見ていた希代は安岡に振り向いた。希代の少しウエーブした豊かな髪は白い首筋に伸び、悲惨な目に遭っていた姉の影響か、少女の頃あまり笑いを含んでいなかった二重まぶたの目が今は涼しげに潤んでいる。細めだが、形のよい唇には艶《あで》やかな紅をさしている。

安岡は仮面の秘祭の謝敷島に近づくにつれ、体が変にこわばってきた。謝敷島は本島の近くにあるのだが、船は水平線に向かっているように安岡は錯覚した。空が水平線に落ち込んでいる、船が宙に浮いていると感じた。船の舷側をたたく水の音が安岡の心臓の鼓動と合わず、息苦しくなり、吐き気が生じた。安岡は持参した酔い止めの薬を飲んだ。希代を見た。希代は甲板から水面にリンゴのかすのような物をはいた。安岡は希代の脇により、背中をさすり、ポケットから酔い止めの薬を取り出した。

　船は一文字の波よけとテトラポッドの間から小さな港に入った。十数名の、多分この集落出身の人たちと一緒に安岡と希代は少しふらつきながら船を下りた。島は港の近くに十数軒の赤瓦葺《ぶ》きの家や、コンクリート二階建ての家が寄り集まり、家々の周りには防風林のフクギやガジュマルが生えている。人の頭くらいの海石を無造作に積んだ垣根も何件かある。観光客用のバスやタクシー、レンタカーはなかった。レンタルの自転車はあったが、船酔いがまだ少し残っている二人はゆっくり歩いた。

　日頃から海風が強いのか集落の少し外れにある、祭り会場の小中学校に続く道を砂が白くおおっている。黒いTシャツの上に多くのポケットのついたサファリ・ジャケットを着た安岡は希代の大きなバッグを持ち、歩いた。歩いているうちにようやく二人とも船酔いが治まった。希代のフードのついた夏用の薄いグレーのジャンパーから、安岡の気のせいか、かすかに若い女の肌の香りが漂った。サツマイモやネギの畑の表土を割るように隆起珊瑚《さんご》礁の古い焦げ茶色の岩がのぞいている。ひどく痩せた土地だと安岡は思った。小さい畑の周りには焦げ茶色の石や雑草、灌木《かんぼく》が広がっている。

　小中学校の近くの道の両側には老木の松、フクギ、クワディーサーが生えている。フクギの幹には小さい葉のツルが巻き付いている。クワディーサーのわくらばが落ちている。真昼だが、どこかうっそうとしている。小中学校の低いブロック塀の上にはこの祭りのためなのか、いろいろな花の咲いた鉢がずらっと並べられている。

「学校の裏山に城跡があるそうよ。でも、石垣や石畳道が残っていないから、城跡には見えないんですって。劇団の彼女が言っていたわ」

　二人は校門を入った。三人の中年の女がブロック塀がかすかに落とした小さい影に身を寄せ合い、高笑いをしながら話し込んでいた。安岡は厳粛な祭りの前に不謹慎だとなぜか思った。安岡たちに気づいた途端、三人の女はすぐ黙った。二人の女は目をそらせたが、一人の女は安岡たちが通り過ぎるのをじっと見つめた。紹介状とか入場許可証とかをチェックする人はいなかった。

「劇団員の彼女ね、昔この集落の班長に任命されたらしいの。拝所の清掃を定期的にしたり、お祝いの時はテントの設営をしたり、大変だったんですって」

「女性なのに？　適任だったのかな」

「一年交代ですって。給料はなしの」

「大変だな」

「この島は土地をよその人に売らない決まりがあるそうよ。ホテルや観光ビーチの話も何度ももちこまれたんだけど、一切拒否したんだって。時代に逆行した不思議な島よね」

小さいグラウンドの方々に百人くらいの老若男女がいる。レスラーのような大男が大事そうに子犬を抱いている。黒いこうもり傘を差した老人が何人もいる。車椅子に座っている老女もいる。ズボンの後ろポケットから泡盛の一合瓶を取り出し、二口三口のみ、またポケットにしまう中年の男もいる。

小柄な老人が安岡たちに近づいてきた。たぶんガジュマルの気根を加工したハブの頭のような杖《つえ》を持っている。

「どうかね、祭りは」

老人は安岡に聞いた。

「楽しみにしています」

「意味はわかるかね」

安岡はとまどったが、「わかると思います」と言った。

「亡くなった人たちがやってくるんだよ」

「……」

「わしは戦争の時は陸軍少尉だったよ。沖縄人ではまれだったよ」

老人は杖をつきながら二人の前から立ち去った。

「いろいろ聞けばよかったかしら」

希代が安岡の顔を見た。

「何を聞いていいのか、とっさには思い浮かばなかったな」

「エロール鈴木さんはおしゃべりが好きなの。見ず知らずの人にもすぐ話しかけるのよ。初対面の人にも丁寧語を使わないの。十年来の友人のように。エロール鈴木さんなら今のお年寄りからもたくさんの話を引き出せたと思うわ」

だったらエロール鈴木と一緒に来たらよかったじゃないかと安岡は内心言った。口に出すのは大人げなかった。

「山の上が死者の国らしいわ」と希代が言った。

安岡は小中学校の裏山を見た。頂上付近に小さい墓が連なるように並んでいる。希代と桜見物をしたあの山も昼間は生者たちが何の憂いもないように笑いさんざめいていたが、真夜中には静まりかえり、死者たちが厳粛に花見をしたのではと安岡は唐突に思った。

夕方、小中学校の裏門から、前を歩く人の肩に右手をおいた仮面の者——集落の人は死者だと言うが——たちが一列になり、グラウンドに姿を現した。裏門が狭いせいか、幾分死者——安岡にも死者に思えてきた——たちは押し合いへし合いしている。こんな薄暮の中を死者たちは一体どこに行くつもりなんだろう。安岡はぼんやり思った。

死者たちは目と鼻の部分に穴の開いた、真っ白な仮面をかぶっている。男女とも白い質素な着物を着ている。仮面や着物とどこかちぐはぐなゴム草履を履いている。死者をこの世に迎え入れたかのように太鼓や三線の音が大きく鳴り出した。仮面をかぶった二十数人の男女はこの世の者にもあの世の者にも、現実にも非現実にも変幻し、見ている僕たちを摩訶《まか》不思議な世界に誘うと安岡は思った。

まもなく太鼓や三線の音は消え、普段着を着け、化粧もしていないような顔の、やはり二十数名の若い女たちが一斉に何かを唱《とな》えだした。おもろのように同じ言葉を繰り返しているが、歌のような節回しがある。何度も繰り返される言葉に安岡はどこか酔いしれ、暗示にかかるような気がした。

女たちは明らかに仮面の死者たちに語りかけているが、何を言っているのだろうか。祈願なのか、慰霊なのか……。見守っている集落の人々は仮面の死者に声をかけず、黙り込んだまま、仮面の死者たちが手をこね回すような、静かな厳粛な踊りに見入っている。この踊りは女たちの語りかけに呼応していると安岡は思った。

入り日の残光がグラウンドを浮かび上がらせている。

この世の人たちと一緒になろうとするかのように仮面の死者たちは両手を合わせ、足踏みをしながら少しずつ前に進み、円を作った。

単純な繰り返しの群舞だが、夕日に微妙に照り映えた白い仮面の目の穴から見開いた目が必死に何かを語っているように安岡は感じた。一人一人の形相が仮面から透けて見えるような気がした。

一方、生者の若い女たちの連呼はウンジュー、ウンジューと聞こえる。ウンジューとは「あなた」の方言だろうか。生者の若い女たちは、悲しんでいるのか、笑っているのか何もわからない仮面の死者たちに歌うように語りかけている。

いつしか安岡の耳には女たちの声がどこから聞こえるのか、わからなくなった。じっと聞けば聞くほど声の出る方向がわからなくなる。仮面の死者たちはただ合掌し、ただ足踏みをし、ただ前に進んでいる。安岡にはこのような動きが永遠に繰り返されるように思える。

生者の女たちは体を上下に小刻みに揺らし始めた。ウンジューとも聞こえる読経に似たかけ声が高まった。安岡の耳には直接聞こえるのか、残響なのかわからなくなった。ふと隣を見ると、希代も体を上下に揺らしている。

以前収骨に行った時、老小説家は僕に「骨たちは生者に語ったとき、ようやく生きた証しを得る」と確か言っていたが、この仮面の死者たちは踊りを通し、何かを生者に語っているんだ。何だろう。何を語っているんだ。老小説家は「戦争を忘れた人に語りかける」と言っていたが、この仮面の死者たちが語っているのは戦争だけではないだろう。何百年も何千年も前から変わらず語りたいものがあるはずだ。

なぜ仮面をかぶっているのか。……死者は自分の苦しい表情や悲しい表情、憎悪や嫉妬の表情を生きている人たちに見せたくないからだ。なんとも表現のしようもない生きている肉親の顔を見ると、仮面の死者たちは自分の顔を見せたくないだろう。

安岡は今自分の頭はどうかしているんじゃないかと一瞬思った。しかし、どこがどうというわけではないが、仮面の死者たちは神々しい感じがした。

今の人の心の中にあるから釈迦《しゃか》の年齢は二千五百歳だとバクシが言っていたが、この仮面の死者たちは何歳だろうか。今の人の心の中に残っているだろうか。

希代以外は見知らぬ人だ。ふと集落の人全員があの世の人に思えた。いつだったかリバイバルの幽霊映画を見た。主役の侍が有名な俳優だったから安岡は恐ろしさから逃れられた。ああ、これは映画なんだと胸をなで下ろした。もし全く知らない俳優だけが演じていたら非常に恐ろしい思いをしただろう。

小さな集落だが、ここに生まれ、生き、亡くなった人は無数にいる。この仮面の死者たちは来年も山から下りてくると言うが……今年よりも人数が増えているのではないだろうか。集落にも人は増えるが、山上にも人が増える。毎年毎年…何百年も……。

どのような人がいかなる人生を送ったのだろうか。安岡はぼんやり考えながら仮面の死者たちを見た。老小説家は前に「わしは死より老いが怖い」と確か言っていたが、この仮面の死者たちを目前にすると呵責《かしやく》ない死の厳しさが胸に迫ってくる。

いつの間にかともったグラウンドの周りのライトが希代のこわばった横顔を浮かび上がらせている。若い女たちの声ではないような不気味な音調の声は人間の恐怖や法悦をにじませ、群衆の中にたたずんでいる希代の目には忘我の色が揺曳《ようえい》している。希代を見た途端、安岡の忘我状態は消えた。

群衆が静まりかえった中、生者の若い女たちの低い、しかし妙に響く声と、仮面の死者たちのすり足がグラウンドの土をこする音だけが聞こえる。仮面の死者たちの隊列はみじんも乱れなかった。希代は体を上下に揺らしながら仮面の死者たちに何歩か近づいた。

希代の上半身の動きが不意に止まり、ふわっと前に倒れかけた。希代は安岡が出した手をすり抜け、仮面の死者たちの輪に接近した。安岡は希代の手をつかみ、衆人の中に戻した。希代の体は変にこわばり、重たかった。目はキラキラ輝いているようにもうつろのようにも見えた。安岡は希代の肩を強く揺り動かした。急に希代の体から力が抜けた。

仮面の死者たちは小中学校の裏門から出て行った。裏門に立ち、生者の若い女たちは何かを唱《とな》え続けている。生者の若い女たちの顔や声がいつもの母親の顔や声とあまりにも違っているせいか、安岡の脇の男と女の幼児が同時に泣き出した。

生まれる時は例外なく母親のおなかから生まれるが、死ぬ時は千差万別だと安岡は思った。何が違うのだろうか。

裏門では太鼓や三線が鳴り出した。この音に送られるように仮面の死者たちは一列になり、山に登っていった。迷子にならずにどうか山上に全員たどり着きますように、と安岡は静かに祈った。

第十六章　奇妙な講演

六月も末になったが、まだ空梅雨が続いている。安岡の書斎はクーラーがよく効いている。

一年間の療養生活から解放された時、何かの力が湧き上がり、いわば熱狂したから「疎隔された鶏」が書けたと安岡は思う。老小説家も退院した時、熱狂しただろうか。王様の椅子に座り、ぼんやり思っていたら思いがつうじたのか——思っていたら電話がかかってきたりする——老小説家から手紙が来た。

老小説家の講演会の案内状が入っていた。この間は希代から「義治の小説の参考に」と少し妙な手紙を受け取ったが、みんなが、みんなと言っても二人だが、立派な小説を書くように僕の背中を押してくれている。

「なぜ若い黒人兵は沖縄のマングースを焼き殺したか」という演題が大書されている。収骨の時、「米兵の話は別の日に詳しく聞かせる」と確か言っていたが、別の日というのが、今回の講演会なのだろうか。

高校の同期のR大学副学長の尽力により老小説家の講演会が実現したという。老小説家は副学長と親密だと記しているが、慇懃《いんぎん》なイメージのある大学の副学長とどこかひょうひょうとしている老小説家は結びつかないように思える。

老小説家の処女作は「海と女子大生」だというが、今回分析する短編小説のタイトルは「黒人兵とマングース」になっている。タイトルをあと一工夫できないだろうか。タイトルも重要な要素だ。熟考すべきだと安岡は思った。

老小説家は僕を前田高地のテント集落の原風景に案内したとき、「モデルはわしだ」と確か言っていた。とすると今回は「黒人」が老小説家なのだろうか。「マングース」が老小説家なのだろうか。終戦直後、米軍が造ったテント集落が老小説家の生誕地だという。必然的に老小説家の内面深く米軍や戦争が詰まっているのだろうか。原風景のテント集落を基に書いた小説のタイトルは「双子の巨人」だった。双子の巨人とは白人兵と黒人兵を指していた。老小説家は米兵を追求しようとしている。

老小説家と一緒に収骨に行ったとき、老小説家は藪から突然出てきた米兵に首を絞められそうになったとか、絞められる予感がしたとか言っていたが、この体験も「黒人兵とマングース」の下地になっているのだろうか。

原風景を基に小説を書いている老小説家の、今回の「黒人兵とマングース」の原風景はどのようなものなのか、安岡は興味を抱いた。黒人兵の奥底から奴隷制度の時代が立ち上り、今の時代に厚みを与えるだろうか。僕は鶏をデフォルメし、「疎隔《そかく》された鶏《にわとり》」を書いたが、老小説家もマングースに重要な役割を与えている。小説に動物を登場させる傾向のある安岡は「黒人兵」より「マングース」に関心がある。

追伸に「大いに君の創作意欲を駆り立てるだろう。君は大切な何かを発見するだろう」と記されている。

七月十日、安岡は、講師の老小説家に敬意を表し、蒸し暑いが、白いワイシャツにネクタイを締め、西原町にあるR大学に車のクーラーを強冷にし、走らせた。安岡が在籍していた頃より樹木は見違えるくらい大きくなり、数も種類も大分《だいぶ》増している。

情報サービスセンター一階ホールが講演会場になっている。クーラーがよく効いている。老小説家が無名のせいか、さほど大学側が広報をしなかったのか、学生は十数人、社会人は数人しか着席していなかった。批評家やマスコミらしき人はいなかった。よく見ると男も女も学生も社会人も、ピンク、ブルー、グリーン、紺などのアロハシャツによく似たかりゆしウエアを着ている。ここはハワイの大学か、と錯覚した。安岡は正面の中程の席に着いた。

「本日司会を務めさせていただきます付属図書館の安慶名です。よろしくお願いいたします。副学長も出席する予定でしたが、急に本土出張が繰り込まれ、本日は欠席しますが、学生諸君はしっかり傾聴してくださいと申しておりました」

小さなホールだが、天井が高いせいか、事務職員だという若い小柄な女性の声は妙に響いた。学生がざわめいた。

「副学長の代わりに図書館館長が出席します。なお手元に本日の講演の資料を準備しました。目を通してください。予定通り、十五時に開始いたします」

図書館主催の講演会なのだから代理云々《うんぬん》せず図書館長が出席するのは当然ではないだろうかと安岡は思った。

十数枚はあろうかというA4の紙が綴《つづ》られている。安岡はパラパラとめくった。1ページから4ページはタイトルはついていないが、短編小説のようだと思った。20字かける40行の2段組の文章は、400字詰めの原稿用紙に換算すると約15枚になる。

安岡は一気に読み、要約してみた。

軍隊でも米兵相手の店でも米軍基地の外の集落でも侮辱され、差別され、抑圧されている気の弱い、戦争不適合者の黒人兵がついに狂気に陥り、戦死した息子の遺骨を求め米軍基地のフェンス沿いを探し回っている沖縄の老女に「マングース、マングース」と叫びながらガソリンをかけ、焼き殺してしまう。

残酷な筋だが、15枚全部が小説と言うより筋書きにすぎず、小説的な膨らみは何もなく、つまり感動は全くないと安岡は思った。再読した。やはり短編小説というより長編小説のあらすじだ。肉付けが足りず、説明とか思想とかを凌駕《りようが》し、ストレートに読者の胸に迫るものがないように思う。着想はいいが、着想からテーマを明確化し、具象的に表現する力が老小説家には不足している。

年賀状の短い文面のゲラを何度も直す文筆家が世の中にはいる。印刷屋は閉口するが、当人は全く無頓着だという。老小説家の「黒人兵とマングース」も枚数を十倍くらいに増やしたら見違えるのに……安岡は未《いま》だに二作目が書けないのだが、なかなかの分析力を有している。

黒人兵が視点人物というのは確かに風変わりだといえる。小説に限らず物事は誰も思いも寄らない角度から切り開くと新しいものが立ち現れる。「黒人兵とマングース」は素晴らしい着想の作品だと安岡は思う。しかし、この十五枚の小説のままでは表現の域には達せず、着想倒れになっている。

沖縄の老女が米軍基地のフェンス沿いをさまよいながら戦死した息子の遺骨を探すという設定は少し強引にも思えるが、もし実際に米軍基地のアスファルトや芝生の下に戦死者の遺骨が埋まっているとしたら軍用地料をもらっている僕は罪悪感を抱くべきだろうか。安岡は他人事《ひとごと》のように考えた。

「黒人兵とマングース」はどこかの文芸誌に発表した小説――安岡は小説になっていないと思うが――なのだろうか。黒人兵は花やペットを愛するようなナイーブな青年なのか。

黒人兵は沖縄の小説にはあまり登場しないと安岡は思う。少年の頃、安岡は黒人兵をあまり見かけなかった。希代の姉の恋人も白人兵だったし、黒人兵と歩いている沖縄の女性はほとんどいなかった。「黒人兵とマングース」では結末に炎が立ち上る。炎の色。赤。白でも黒でもない赤。黒人兵はカタルシスを得る、などと安岡はとりとめもなく思った。突然、ある小説を思い浮かべた。タイトルは……ジャック……ワシントン……ジョージ。ジョージだ。ジョージと猪《いのしし》。射殺。ジョージが射殺した猪だ。確か昭和五十年代の初め、又吉栄喜という人が「ジョージが射殺した猪」という小説を発表した。文学賞受賞作品だから安岡も「疎隔された鶏」を書き始めた頃、浦添市立図書館から掲載誌を借り、一読した。どうも老小説家の「黒人兵とマングース」のプロットはあの作品によく似ている。「ジョージが射殺した猪」は実際にあった事件に触発された、と作者は掲載誌の後書きかなにかに記していた。安岡が療養した結核療養専門病院の一、二キロ先にも米軍基地がある。ある日、フェンスの近くの畑にいた女性を「猪だ」と勘違いした米兵が射殺したという。あの事件は昭和三十年代に起きた、という新聞記事を安岡は覚えている。

この「猪誤射事件」や「ジョージが射殺した猪」の小説に老小説家は衝撃を受け、小説的興味を抱いたのではないだろうか。「ジョージが射殺した猪」の主人公はベトナム帰還兵だったかベトナムに派兵される新兵だったか忘れたが、米兵の視点から小説世界を見ている作風が珍しかったのか、大方の筋は安岡の記憶に残っている。

小太りの中年男性と老小説家が会場に現れ、壇上の指定席に座った。老小説家はだぶだぶの、中年の男は窮屈そうなかりゆしウエアを着ている。図書館長だという、この中年男性が型どおりの挨拶《あいさつ》をし、老小説家がマイクを握った。

「昔、わしが大学生の時、新聞に老人たちと大学生たちの座談会が載っていた。老人たちは口々に大学生に、きみたちがわしらのようになるのはすぐだよ、と言った。大学生だったわしは信じられなかった。しかし、いつの間になのか、本当にわからないのだが、老人になっている」

老小説家は自己紹介もせず、一見講演と無関係な話を始めた。会場は静まりかえった。

「わしは締め切りが迫ると何を食べても味覚が小説に奪われてしまう。おいしいものを食べている間くらい味覚に集中したいものだと思うようになったせいか、最近は早食いになっている」

大学生たちはじっとしている。

「わしは若い君たちを前に自分も若返ると思ったりはしないし、君たちの将来を悲観も嘱望もしないよ。ただ黒人兵とマングースを熱く話す」

会場の後方から「小説論の話ですか」という質問が飛んだ。

「わしがこの小説を書いたのは、わしの世界認識や心情や人間観に黒人兵が影響を与えているからに他ならない。わしの文学歴や一般的な小説論は話さない。君らも黒人兵とマングースだけに集中するように」

前列の痩せた、長髪の男子学生が手を上げ、「いつ書いた小説ですか」と聞いた。

「作品自体から推察するように」

老小説家は大学生たちを見回した。

「そこの、君。読んで」

老小説家は最前列の女子学生を指さし、何かプリントされた紙を差し出した。司会の女性が受け取り、女子学生に渡した。色の白い、小太りの女子学生は戸惑ったが、立ち上がり、プリントを読み始めた。

「黒人兵とマング……」

「もっと大きな声で。みんなにはっきり聞こえるように」と老小説家が言った。

司会の女性が小走りに近寄り、女子学生にハンドマイクを手渡した。マイクを握った手が少し震え、緊張からか、声を張り上げた。

「黒人兵とマングース」という小説を通し、わしの小説観の一端を述べたいと思います。本来小説作品というのは完結していますから、作者の声も受け付けません。作者が自分の作品を補足したり解説したり分析したりするのはフェアじゃない、邪道だと常々思っていますが、もしかすると沖縄という小さい島の何かが見えてくるかもしれません。一人の読者の立場から自作の解析をしてみます。

手元の十数枚綴《つづ》りのプリントと同じ内容だと安岡は気づいた。読み終えた女子学生はマイクを司会に返し、着席した。「一の粗筋まで読んで」と老小説家が言った。司会が同じ女子学生にマイクを渡した。女子学生は今度は少し落ち着いた声を出した。

一、粗筋

ベトナム戦争の時代。舞台は沖縄の米軍基地の周辺。気の弱い小柄な黒人兵のリッキーが主人公。リッキーは白人兵にも黒人兵にも沖縄の女にも罵倒され、暴力を振るわれ、差別され、戦争の意味もわからなくなり、精神の均衡を崩す。米軍基地の内外をさまよい歩くようになったリッキーはある日、米軍を毛嫌いしながら戦死した息子の遺骨を捜し歩いている沖縄の老女の目が「グレーな黒人」と言っていると思い込み、「この女は人間ではない。マングースだ」と自分に言い聞かせ、ガソリンをかけ、焼き殺す。

朗読を終えた女子学生は深くため息をついた。

「リッキーはわしの命名だ。中学生の頃、テレビの人気者だったプロレスラーがリッキーだ。リッキー・ワイルドだったかリッキー・ワールドだったかよく覚えていないが、とにかくあのプロレスラーから思いついた。先ほどの君、もう一度読んで」

「もう一度？　どこを読むんですか」

「一、粗筋だよ」

「またですか」

女子学生は奇妙な講演会だという顔をしたが、言われたとおりに読み始めた。

女子学生が読み終え、着席するやいなや、老小説家は言った。

「今度は隣の君、二を読んで」

老小説家から受け取ったプリントを司会の女性は目がくりくりした女子学生に渡した。この女子学生は覚悟していたかのようにすぐ立ち上がり、司会からマイクを受け取った。
二、リッキーが生まれた背景
わしの原風景が小説の根になりました。ベトナム戦争の時代、わしの家の近くでは酔った凶暴な米兵が民家を壊したり、集落の人に襲いかかったりしました。戦争に行きたくないと泣き叫んだり、沖縄人のハーニー、恋人に怒られたりしました。また一日中、集落内を徘徊《はいかい》したり、白人兵と黒人兵が乱闘したり、という出来事が日常茶飯事にありました。また小学二年の時に「少女暴行殺人事件」、小学六年の時は多くの児童生徒が犠牲になった「宮森小学校ジェット戦闘機墜落事故」という「現実」に強い衝撃を受けました。昭和三十年代の沖縄の状況に精神や感性を揺さぶられ、強いモチーフになり、リッキーが生まれたといえます。さて、いよいよ書き出す時には「言葉には金やムチ」以上の力があると信じ、作者も主人公も自分自身の欠点や、目をおおいたくなる「現実」を白日の下にさらす覚悟をしなければなりません。リッキーは自分の弱さ、愚鈍さ、非情さ、――このような属性はほとんどの人が持っています――をさらけ出し、またリッキー自身を押しつぶす鉄の壁のような「現実」も公表しました。わしは、今何を書いているのか、わからない時は、自分に最も迫っている現実を一言一句内面に刻むようにしています。恋に例えますと、恋が成就したら「歓喜」を、失恋したら「悲しさや苦しさ」を、あるいは逆に成就した時の「悲しみ」、失恋した時の「歓喜」を人目をはばからず、自分が洞察した人間性、人生観に立脚し、書くようにしています。

「質問です」

めがねをかけた、小柄な男子学生が手を上げ、立ち上がった。女子学生は朗読を中断した。

「恋を成就した時の悲しみ、失恋した時の歓喜など、人間にはあり得ません」

男子学生は一気に老小説家に言った。

「小説的パラドックスだよ」

男子学生は首をかしげながら着席した。

「続けて」と老小説家が言った。女子学生は再び読み出した。

失恋は隠したい、忘れたいというのが人情ですが、小説が完結すると主人公や作者が、読者とともに救われる場合があります。リッキーも非情な行為をしたためにカタルシスを得たとも言えます。これは小説を書く意味の一つだと考えられます。偏見と言われようが、こだわりすぎると言われようが、主人公は徹底的に主体的人間になるべきです。リッキーも悩みや問題を軍医にでも相談したら軌道を修正できたはずだ、と思う読者もいるでしょうが、リッキーはすべてに疑心暗鬼になり、自分自身に凝り固まっています。常識は通用しません。

ようやく読み終えた女子学生は着席した。「再読」と老小説家は言った。女子学生は立ち上がり「朗読は一回でいいんじゃないですか」とむくれたが、少し間を置いてから読み始めた。老小説家は講演になれているのか、いないのか、安岡はよくわからなかった。しかし、このような講演の仕方はどこか手慣れているような気もした。

「次は三だな。君」

老小説家は前列の壁際に座っているストレートの髪の長い女子学生にプリントを渡すよう司会を促した。女子学生は司会の女性からプリントを受け取ったが、「たまには男子も指名してください」と老小説家に言った。

「怒ることはないだろう。女性蔑視ではないんだから」

女子学生は「別に怒ってはいませんが」と言いながらしぶしぶ立ち上がり、朗読を始めた。
三、リッキーは新しい現実にいる
小説は現実のコピーではなく、新しい現実世界だといえます。わしらは現実をはっきり見ているようですが、実は曖昧模糊《もこ》とした、虚実入り交じった世界を見ているに過ぎません。現実には夾雑物《きょうざつぶつ》が多すぎ、わしらの思索、洞察、観察を曇らせています。小説は完結した世界です。狭いが深く、研ぎ澄まされている。だから正体の把握が可能なのです。訳のわからない、無秩序の、弛緩《しかん》した現実に秩序、緊張、必然性、因果関係、本質を与え、新しい現実を作り出すのが小説だと言えます。リッキーのような米兵は現実にはいないかもしれません。しかし、新しい現実にはちゃんといます。ドン・キホーテもハムレットも現実のスペイン人、イギリス人らしくないようですが、リッキーももしかするとアメリカ人らしくないのかもしれません。

読み終えた女子学生は少し頭にきているのか老小説家が何も言わないうちに再び読み始めた。

女子学生は先ほどよりスピードを上げ、読み終えた。何か安易な講演の仕方だが、老小説家の「黒人兵とマングース」の解説というか、分析は見事だと安岡は素直にかぶとを脱いだ。

「君、四を読んで」

老小説家は目のくりくりした女子学生に言った。

「私、ついさっき読まされました」

「いいから読みたまえ」

老小説家は司会の女性を通し、プリントを押しつけた。女子学生はしょうがないという風に立ち上がり、朗読を始めた。
四、リッキーは何を言おうとしているのか
素材、あるいは自分の感覚、感性に深い何かが包含されているという予感、直感。これがテーマになります。深さというのは感動と軌を一にしますから自分が感動しなければいくら文を詳述しても読者は感動しません。作者はテーマをしっかりと把握し、プロットや登場人物の中から醸しだし、展開すべきだと思われます。新人の頃、わしはテーマを前によく足がすくみました。テーマにがんじがらめにされているような気がしたのです。テーマを見つけてから書き出すタイプと、書きながらテーマを見つけるタイプがあります。大まかに言うと前者は短編、後者は長編を書く場合でしょうか。「黒人兵とマングース」の場合は、異国の小さい島に投げ込まれたナイーブな黒人兵の運命を書こう、というくらいのテーマ設定でした。米兵にも被害者の側面がある、沖縄人にも加害者の側面があるという思想を、最初から大上段に構えたわけではありません。セルバンテスも、当時大流行していた騎士道物語を笑い飛ばしてやろうと、ドン・キホーテを書き始めたのです。小説の意味というのは書いているうちに、作者の体験や感性や思想が入り込み、必然的に出てきます。作者自身が知らない人間性や人生の深淵《しんえん》がふっと出てくる可能性もあります。ですから書き始めの新人の頃は、また恋に例えますが、失恋の苦しさを書こう、あるいは失恋の法悦を書こうというくらいにおおらかに設定してもいいのではないかと考えます。

「あと一回読みましょうか」

目のくりくりした女子学生が言った。

「読んで」

老小説家が言った。女子学生は読み始めた。

批評精神が旺盛な作家はあまり迫力のある小説は書けないという話を安岡は以前誰かから聞いた。この人は、何をどう書くかを考えすぎると、ちょうどムカデがどの足から先に出そうかと迷いに迷い、結局一歩も前に進めないのと同じだと言っていた。

老小説家は「じゃあ、次の五は、君」と髪を後ろに一つに束ねたふくよかな顔だちの女子学生に言った。マイクを握った司会の女性が走り寄ってきた。女子学生は起立し、朗読した。

五、リッキーは何を見ているのか

ドン・キホーテには、風車が敵の軍隊に見えます。これほど極端でなくても、人は自分のめがねに映る世界しか見ていません。同じ海を見ても、漁師はどのような魚がいるかすぐ察するし、画家はどんな色が似合うかと考えるし、ヨットの選手は波やうねりを注視します。作者は誰に、小説世界を見させたら最もテーマがにじみ出るか、浮かび上がるか、を考えなければなりません。リッキーが見た世界も、白人の将校に見させたら作品ががらりと変わったかもしれません。しかし、どうしてもリッキーに見させなければなりませんでした。リッキーの目には沖縄の珊瑚《さんご》礁の海も、奥深い文化も一切見えません。見えてもムンクの絵のようにゆがんで映ります。ですからリッキーの視点にテーマを表す、顕現すると無駄が取り除かれ、世界がくっきりし、読者に多くが伝わります。このようなリッキーの視点は、コペルニクス的転回だとわしは考えています。

老小説家はふくよかな顔だちの女子学生に再読させた。

女子学生は読み終え、一つ大きく息をつき、着席した。

「次の六、なぜリッキーが主人公なのか、は長いから読むのは一回でいい。耳をそばだててよく聞くように」と老小説家は言いながらボーイッシュの髪の、細い顎の線がくっきりした、知的な女子学生を指名した。司会の女性がプリントとマイクを渡した。女子学生はマイクを握り、朗読を始めた。

六、なぜリッキーが主人公か

リッキーには主体性がありません。リッキーは人と直《じか》に接しようとせず、自閉しています。なぜリッキーは声を発しないのでしょうか。もしかするとリッキーが声を発し、戦争を糾弾しても巨大な軍事機構の中では意味がなかったのでしょうか。リッキーには恋人はもちろん友人もいません。非社交的です。孤独です。孤立しています。戦友という言葉はリッキーには成り立ちません。リッキーにはアメリカ人も沖縄人も男も女も若者も老人も自分を地獄に落とす者にしか見えません。たとえ善人がリッキーに助言しても全く耳を貸さなかったでしょう。リッキーの視野は非常に狭く、元々《もともと》は理性や哲学を持ち合わせていたかもしれませんが……偏見に満ちています。神、牧師、神父、医者なども全く信用していません。両親が最後の砦《とりで》だったかもしれませんが、両親はリッキーの世界の圏外にいます。元来リッキーはアメリカでは素朴な農業をしていた青年かもしれないし、何か理想を抱き勉学にいそしんでいた青年かもしれません。何がリッキーをこうも変えたのでしょうか。変えたと言ってもリッキーはまだ戦場に行っていません。沖縄の米軍勤務です。実戦の体験もありません。ただ軍事訓練は過激だし、人の殺し方を頭や体にたたき込まれています。軍隊と夜の世界がリッキーのすべてです。戦場や死を想像する恐怖は実戦以上かもしれません。どうあがいてもベトナム行きから逃れられず、ついには沖縄人が完全にベトナム人に見えてきます。リッキーは戦場に行く前に狂気に陥っています。戦場でもないのに狂気にしてしまうのが軍隊の恐ろしさです。ではリッキーを救済できないのでしょうか。リッキーを救いたいのが人情ですが、救う人物、例えば神父とか心理カウンセラーを出してしまうとテーマが壊れる。この小説は救うプロットではないとリッキー……ここではテーマと置き換えてもいいが……のために作者も読者も非情にならざるを得ません。神父を出してもやはり救えなかった、にしなければなりません。作者は登場人物の行動や心理を制御してはいけないし、またできません。強引に友人や神父や医者を登場させ、リッキーを救っても、中途半端な救いにしかなりません。禅問答のようだが、リッキーのようにならなければリッキーは救われます。繰り返しますが、リッキーは善人だとか悪人だとか、被害者だとか加害者だとか作者は決定できません。決定すると作者一人の価値判断に過ぎなくなります。小説は作者の思想からではなく、主人公の生き様《ざま》から読者がすべてを判断するしかありません。一方、主人公を客観視する冷徹な目が作者には必要です。必要だが、わしがこの小説を書いたときはただひたむきに主人公リッキーの目になり、頭になり、いわゆる小説らしくしようなどとは考えずにがむしゃらに突っ走りました。支離滅裂でも主人公が作品世界を支配するような書き方でした。作者が登場人物を将棋の駒のように動かし、優位に立ち、見下ろすようなゆとりはありませんでした。さて、作品に戻りますが、軍人は少なからずリッキーのように破滅、もしくは人間性を失ってしまうかもしれません。しかし、先ほども述べましたが、作者はリッキーを支援できません。リッキーの運命は作者ではなくリッキー本人が決めるのです。リッキーは、現実の世界では受動的だが、小説的主体性があります。世界文学には人間的魅力、存在感、偉大、象徴性がある主人公が登場します。このような主人公は現実の人間を超えています。何でも迷いなくやってのけます。しかし、いつも激しくいらだっているヒースクリフや、イケメンではなく、しかも好色の猪八戒《ちょはっかい》などとは友人や家族にはなりたくありません。友人や家族になりたくない主人公は世界文学に結構たくさんいます。リッキーにはなりたくないと読者は思うでしょう。ならないためにはどうしたらいいのか。読者自身が考える。ここに作品の意味が生じます。

「いい声だね」

老小説家が言った。

「褒めるなら今まで朗読した全員を褒めてください」

ストレートの髪が長い女子学生が言った。女子学生は深いため息を一つつき、着席した。

「一気に行こう。次、七、リッキーはどのように動いたのか。君」

老小説家は背筋を伸ばし座っている、めがねをかけた女子学生を指さした。少しくつろいでいた司会があわただしくプリントとマイクを女子学生に渡した。女子学生はめがねが合わないのか、目をプリントに近づけ、ゆっくり読んだ。
七、リッキーはどのように動いたのか
米兵の生態と作者のわしは直接関係はありませんでしたが、いつしかリッキーが雪だるまのように膨らみ、作者に迫り、作者がリッキーに絡み捕られ、逃げられなくなってしまいました。作者はリッキーが、どうなるんだろう、どうするんだろうと考えず、リッキーの目に映る風景、リッキーの身に降りかかる出来事を丹念に記述するようになりました。リッキーは破滅の道を突き進みますが、作者はリッキーが影響を受ける何か、影響を及ぼす何かを深く書くしかありません。ただリッキーの最期には、つまり結末には作者も立ち会わなくてはなりません。なんだかんだ言ってもリッキーを生み出した者の責任です。リッキーが沖縄の老女を焼き殺す必然性があるかどうか、が最後に作者に問われます。必然性があれば作者は何を書いてもかまいません。カフカの主人公は虫にならざるを得ない、中島敦の主人公は虎にならざるを得ない、のと同じようにリッキーは老女を焼き殺さざるを得ないと読者が心底納得するなら小説は成功したといえます。

プリントから目を離した女子学生は老小説家に「再読するんですか」と聞いた。

「一回でいい。熱を帯びてきたようだから。次、八、希望者はいるかな」

老小説家は右手を挙げ、うながしたが、大学生も一般の人も誰も挙手しなかった。

「八は短いからわしが読もう」

老小説家は、生徒を前に校長が式辞を読むように両手を伸ばし、プリントを読んだ。
八、リッキーの鼓動
ある小説家が「黒人兵とマングース」の文体は連発銃のようだと言っていましたが、文体は主人公と渾然《こんぜん》一体になるべきだと思います。リッキーの鼓動のようなリズム。軍隊の打楽器のようなリズム。破滅への行進曲のようなリズム。リッキーは心臓が早鐘を打ち鳴らしているように、常識や理性を蹴散らし、熱狂のまま運命の縁に突き進みます。

短い文章だが、読み終えた老小説家は大きく息を継いだ。「次は九。まだ九か、長いな」と老小説家は他人事のように言いながら安岡を指さした。

「安岡君、君、読みたまえ」

司会が安岡にプリントとマイクを手渡した。安岡は少し戸惑ったが、立ち上がった。
九、リッキーの内的告白
リッキーは内的告白、モノローグをしています。心が誰にも通じず、自分の世界に凝り固まっているリッキーを追い詰めるためにモノローグの形が必要です。もしリッキーがちゃんと声を発し、周りの人に自分を語れたら、客観視できたら、リッキーは救われていたかもしれません。しかし、軍隊機構の中では、個人の声が一切封じられています。自己主張、自己表現できません。声を失うのは軍隊の中だけではなく、わしらの日常の中にも潜んでいます。悪いと知りながら保身のため、臆病のために言葉にできず、本音を封印し、人を破滅に追いやるケースもあります。リッキーの運命は普通の人の運命と重なります。さて表現の方法ですが、小説は整いすぎてはいけないと思います。ピカソの人物像は目は前を向いているが、口は横にあります。セザンヌのリンゴの絵も実際ならリンゴはテーブルから絶対転がり落ちるはずです。方法意識が常識を凌駕《りょうが》しています。小説はアンバランスでもいいから徹底的に書くべきです。冷徹に、しかし熱狂的に書く、相反していますが、創作する上では欠かせません。文体も筋も、現実にはないように、独創的に作り、読者に一種の魔法をかけ、覚めるような言葉は一行たりと書いてはいけないと思います。

安岡は着席し、マイクを司会の女性に返した。

「声が明瞭じゃないな。やはり女子学生に限る」

老小説家は学生たちを見回した。

「私、読みます」

ボーイッシュな髪の知的な女子学生が手を挙げた。司会の女性がプリントを渡した。

「読むのは二度目ですが、いいですか」

「何度でもいいよ。けっこう長いな」

老小説家は司会にマイクも渡すように顎をしゃくった。女子学生は読み始めた。

十、リッキーの目に映ったマングースとは何者なのか

世の中に救いを求めない人間はいません。リッキーも、潜在的にしろ、救われたくてあがいています。しかし、理性、人間性を失っています。老女を焼き殺し、カタルシスを得る。これがリッキーの救いになってしまいました。加害者、例えば軍隊仲間、を殺すという手もありますが、この手を使うと「仕返し」という現実的モチーフになってしまいます。現実を超越できません。被害者のリッキーが、戦争被害、高齢という時間による被害、貧乏という社会的被害を双肩に背負った老女を焼き殺し

た時に作品は意味を帯びます。重層性を持ち、加害者ではない読者も何かを突きつけられ、新しい体験を余儀なくされます。沖縄人はアメリカ人にどう見られているのか？　リッキーはマングースとみている。マングースは敏捷《びんしょう》、正直、ユーモラス、素朴、単純明快のイメージがあります。ライオンなどの猛獣ではなく、リッキーに危害を加えるわけではありません。リッキーに「マングースだ」と焼き殺されるいわれはありません。リッキーが獰猛《どうもう》な軍人を殺したら読者も一種のカタルシスを得るかもしれませんが、先ほど述べた復讐《ふくしゅう》という別の意味が出てしまいます。弱い者の矛先はより弱い者に向けられる、この点がこの小説では徹底的に強調されています。タイトルからするとマングースにアクセントが置かれています。マングースがリッキーをあぶり出しているともいえます。何々の動物と間違えて人間を撃ったという話はちまたによくあります。しかし、リッキーは老女をマングースと決めつけ、信じ込み、焼き殺します。リッキーが焼き殺す相手はマングースでなくてはなりません。牛、馬、鶏、狐《きつね》、狸《たぬき》ではいけないのです。「黒人兵と狸」などはピンときません。どこがどうというわけではなく、これは作者の直感でもありますが、マングースは沖縄の人の何かと、ユーモラスや正直などと符合しているように思えます。リッキーに「マングース」と断定された老女自身は、米軍の犠牲になった多くの沖縄人と同じように、なぜ自分が焼き殺されなければならないのか、全くわからないはずです。もしかするとリッキーに一言発していれば老女は死なずに済んだかもしれません。敵つまり米軍基地や軍隊には抗議の声を発せよというメッセージともとれます。なんとか日々の生計を立てている老女は無言にならざるを得なかったのでしょうか。しかし、口には出さないが、戦死した息子の骨をさがしている老女の目には反米的な、反戦の光が充満していました。このような光を見たリッキーの目には弱者の中でもさらに最低限の弱者の老女さえ加害者に見えたのではないでしょうか。自分より完全に弱いと信じていた者が自分を真っ正面からにらんでいる。自分が最も弱い存在に陥り、自もはや生きていけなくなる。マングースが自分に突進してくる恐ろしい存在に見え、ガソリンをかけたと考えられます。いずれにしてもリッキーは赤の他人を焼き殺し、カタルシスを得ている。狂気を作った国家とか巨大な軍事機構とか軍人などにリッキーの攻撃の刃は向かずに、慎《つつ》ましく日々の命を懸命につないでいる沖縄の老女を焼き殺すという恐ろしい話です。

　読み終えたボーイッシュの髪の女子学生は座りかけたが、何を思ったのか、「私、十一も読んでいいですか」と老小説家に言った。

「読みなさい。あ、いや、これが最後だから作者のわしが読む」

　老小説家はマイクを握り、読み始めた。

　十一、リッキーと作者

　読後もやはり、なぜリッキーは軍人仲間や加害者を殺さなかったかという疑問がわきます。沖縄生まれの作者が、自分自身の問題にし、アメリカ人がアメリカ人を殺す意味以上の意味を、沖縄人の中に見いだしたかったのでしょうか。でしょうか、などと作者は他人事のように言っていますが、なぜ自分を殺人者にするんだ、とリッキーに文句を言われたとき、「君はコンナコトをしたから、コンナ性格だから」と堂々と答えなければなりません。作者は主人公をどんな目に遭わせてもいいが、全責任を持たなければならないのです。軍隊の本質の中ではリッキーが老女を焼き殺しても小さい問題にすぎないのかもしれません。リッキーがこのような事件を起こしても何事もなく軍隊は存続していきます。しかし、リッキーという人間が読者の中に残ったら何かが現実的に動き出す可能性があります。読後、いつもの世界、現実が妙に変容し、「コンナ世界、現実が足下にあるなら何か手を打たなければならない」と読者が揺さぶられたとすれば、作品は成功したといえます。以上は作者個人の読み方です。これとは全く違う読み方もあると思います。いろいろに読まれるというのは作者の「無意識」

とか「潜在意識」が表現された証《あかし》でもあるわけですから作者冥利《みょうり》につきます。リッキーを通し、「現実」を秩序立てたつもりですが、これがまた煩雑になった感は否めません。

老小説家はマイクを目の前の小さい演壇の上に置いた。

締めの言葉は老小説家にしては珍しく謙遜していると安岡は思った。老小説家はグラスの水を飲んだ。

司会の女性が「講師の先生、お疲れ様でした。ユニークな講演だったと思います。では、これから十分ほど質問を受け付けます」と言った。すぐ、長髪を額に垂らした、少し病的な青白い顔の男子学生が手を上げ、発言した。

「米軍基地のフェンスの近くを嗅ぎ回るのは普通マングースではなく野良犬ではないですか」

「君は何を聞いていたんだ。マングースの意味を何人もが読み聞かせただろう」と老小説家が憤慨したように言った。

「では質問を変えますが、老女は息子の遺骨を探し回っていたんですよね。テレビのサスペンスドラマでも埋められた遺体を最初に掘り起こすのは野良犬に決まっています」

「数十年前の戦時中に埋まった遺体は野良犬の嗅覚でも発見できないわ」

ボーイッシュな髪型の女子学生が言った。

「老女が遺骨を探し歩いていたとするより、軍事演習の砲弾の破片を拾い集めていた、にした方がいいのではないですか」と顔も体も固太りの男子学生が言った。

「戦死者の息子の遺骨は、戦争と今の米軍基地が直結しているという暗喩だよ」

老小説家の語気はそれくらいもわからないのかというニュアンスを帯びていた。

「黒人兵はガソリンをまき、おまえはマングースだと叫びながらライターの火をつけたという設定でしたね」

　固太りの男子学生が老小説家に言った。

「ライターの火をつけたとは書かなかったはずだが」

「黒人兵はいつもガソリンを持ち歩いているんですか」

「あの日はたまたま車に積んであった」

「老女がガソリンをかけられたのに、無言のままというのはおかしいですよ」

「女はすぐ叫ぶ者だと、君は言いたいのか」

「女に限らずガソリンをかけられたら、火をつけられる前に悲鳴を発するか逃げるはずです」

「でも、私、最近、沖縄や本土に蔓延《まんえん》している、元気な沖縄のおばあというキャッチコピーを壊しているから、ここのシーンは残酷だけどいいと思うわ」とボーイッシュな髪型の女子学生が言った。

「最後は黒人兵が焼き殺した老女を埋葬して、十字架を立てて、人間性を取り戻すという設定にしたらどうですか」

　長髪の男子学生が老小説家に言った。

「君はまだ青いな。黒人兵が狂気に陥るからこの小説は意味があるんだ。救ってどうする」

「黒人兵が引き上げた後、死んだはずの老女が実はかすり傷を負っただけで、後日黒人兵を裁判に訴えるという設定の方が私はいいと思いますが」と目のくりくりした女子学生が言った。

「口を封じるために一部始終を見ていた別の米兵が……今度は白人兵が改めて老女を射殺する、完全に息の根を止めるという結末にしたらどうですか」と固太りの男子学生が言った。

「沖縄人のガードに黒人兵を射殺させて、小説を締めくくったらどうかしら」とボーイッシュな髪型の女子学生が言った。

「君らはわしの小説の結末をよくもあれやこれや考えるもんだな。君らの言うようにするとテーマが全く意味をなさなくなる。わしは狂った黒人兵に罪はあるか否かを世に問うているんだ」

会場は少し静まった。

「官憲に追われたり、家に火をつけられたりするような本物の作家にわしはなりたいんだ」

老小説家は頭にきたのか、唐突に言った。

「何も官憲に追われなくてもいいんじゃないですか」と長髪の男子学生が言った。

「わしは本質を言っているんだ。わしがいなくなってもリッキーのように生き残る人物を書きたいのだ。読めば読むほど発見があるような登場人物だ。わしらの肉体はずっと残る必要はない。わしらがいなくなっても世界にちゃんと生きる人物を書きたいんだ」

「マングースは先生の思いつきですか。何かの象徴ですか」と目のくりくりした女子学生が聞いた。

「君は今まで一体何を聞いていたんだ」

「すみません。あまりにたくさんの項目だったので……」

「これはあれの象徴だとわかる表現は象徴じゃないよ。象徴は読者一人一人にとって違うべきだ。誰もが抱えている問題は違うのだから」

「マングースはハブ退治にインドから連れてきたが、ハブは食わないで、作物を食い荒らした。米兵も沖縄を守るために入ってきたが、敵にではなく沖縄人に危害を加える、つまりマングースと米兵は同じだと考えているんですか」と長髪の男子学生が言った。

「沖縄人は差別されている自分と同じ存在だと黒人兵は思っていたが、今の沖縄人は白人にこびるようになっている。つまりマングースのように変節したというか、裏切った、このような意味を表現したかったんですか」と固太りの男子学生が言った。

「君らの観念はおもしろいといえばおもしろい。しかし、小説の本質とは無縁だ」と老小説家が言った。

「すばしこいマングースとよぼよぼの老女はイメージが重なりません。黒人兵が老女をマングースだと決めつける感覚が読者にはどうしても理解できません」とボーイッシュな髪型の女子学生が言った。

「老女がよぼよぼだというのは差別用語だよ」と長髪の男子学生が言った。

「今は差別用語の話はしていないわ」

ボーイッシュな髪型の女子学生が長髪の男子学生をにらんだ。

「黒人兵が軍隊で抑圧されるのはありきたりのパターンじゃないですか。主人公は一見抑圧する側の白人兵の方がいいんじゃないですか」

目がくりくりした女子学生が老小説家に言った。

「自分も同意見だ。黒人が差別されるのはリンカーン以前の時代からルーティンだ」

固太りの男子学生が同調した。

「差別された者がより下の者を差別するという構図を先生は意図されたんですよね」

ボーイッシュな髪型の女子学生が老小説家に言った。

「君は黒人兵とマングースを理解しているようだな。メルヴィルの白鯨のホワイトがすべてを象徴しているように、黒人兵のブラックがすべてを象徴しているんだ」

「象徴とは何か、具体的に一つでも教えてください」と長髪の男子学生が言った。

「口に出せるなら象徴ではないよ」

「老女を焼き殺した後、米軍の憲兵や沖縄の警察に追われた黒人兵が亀甲墓に隠れるという設定にしたら面白くなりませんか」と目のくりくりした女子学生が言った。

「読者には好みがある。最近は沖縄そばも客の舌に合わせようと種類を増やしている。しかし、小説は作者本人が好きなように書けば事が済む。読者がどう思うか、などと考えると世界が限定されてしまうんだ」

安岡は挙手し、立ち上がり、司会の女性が指名する前にマイクも使わずに声を張り上げ、自説を述べた。

「僕は作家は基本的に何にでもなれると思う。一つを十に膨らませる。マングースにも殺人者にも黒人にもなれる。この作品は黒人兵やマングースという個人を書いている。読者の感じ方は様々だろうが、僕にはこの個人の背後から戦争否定のメッセージが立ち上がっているように思える」

安岡は反論がないか、一呼吸置いたが、学生たちは黙っている。

「マングースは山道に飛び出してくる、ただのマングースではない。いつの間にか作者がマングースになっている。マングースは沖縄に生きる僕でもあり、君たちでもある。マングースは少し極端に言えば、僕たちの魂を揺り動かし、僕たちを変革する。すると僕たちは主体的に行動するようになる。つまり社会が変わる」

安岡は少し息を荒げながら着席した。

学生たちはしばらく黙っていたが、ボーイッシュな髪型の女子学生が老小説家に手を上げ、「この作品の原作を読みたいんですが」と言った。老小説家は驚いたように「君らの手元にあるプリントが原作だ」と言った。

「原作……たったこれだけですか。自分たちが朗読した解析文の方が何倍も分量がありますが」

安岡が立ち上がり、言った。

「原作は短いが、多くの意味を含んでいる。いろいろ解釈ができる。名編といえるんじゃないかな。

中島敦の山月記も確か十四、五枚だが、解説書は何冊も出ている」

「時間になりました。講演会を終わりたいと思います。最後に私が締めくくりの質問をします」

司会の女性がマイクを握り、言った。

「先生、沖縄文学は可能ですか」

最後にしては抽象的な質問だと安岡は思った。老小説家は「わしの小説の基になっている原風景は、沖縄を重層的に包含している。沖縄文学は可能だ」と言った。

「とてもユニークな講演会でした。みなさん、講師の先生に拍手を」

司会の女性は手をたたいたが、大学生たちはまばらな、気抜けしたような拍手しかしなかった。安岡は強く手をたたいた。

第十七章　ハワイアンバー

安岡は書斎の王様の椅子に深々と座った。

老小説家ははっきりとは言わないが、どうも家族もなく、正式には小説を一作も発表していないように思える。動悸《どうき》やめまいがするとも言っていた。しかし、僕が会うたびに妙に生命力がみなぎっている。もしかすると発表のめどが立たないにもかかわらず小説に精魂を傾けているからだろうか。

老小説家のR大での講演に刺激を受けた安岡は是が非でも一作書き上げようと思った。しかし、老小説家に案内された収骨場所などの原風景を繰り返し想起したが、また希代をイメージしたが、安岡の頭に新しい小説の構想はどうしても浮かばなかった。目を閉じた。

「人妻と若い女に愛される男の物語はどうだ」と安岡は自分に言った。「男というのは君か」「人妻は大金持ちのマダム、若い娘は希代に設定する」「ありふれている」「どこが」「設定自体が退屈極まりない」「何が退屈だ。三角関係にはドラマがある。読者が引きずり込まれる」「読者はすぐページを伏せるよ」「なぜ」「人物やシチュエーションに全く魅力がない」

安岡は自問自答したが、妙に馬鹿《ばか》らしくなり、目を開けた。

老小説家のように米兵を書いてみようかとも思ったが、自分には米兵との体験がなく、日本政府が出している軍用地料はもらっているが、米軍基地との接点もなく、内的必然性が感じられなかった。

とにかく夜中構想を練り、題材やテーマを探そう。少し昼寝をしよう。安岡は立ち上がった。何かの予兆のように希代から電話がかかってきた。

「お久しぶり」

「仮面の祭り以来だね」

「ね、義治《よしじ》、外国人も来るハワイアンバーに一緒に行けないかしら」

「ハワイアンバー？」

「突然、男性の霊能者から電話がかかってきたの」

「霊能者から？」

「あんたの姉さんは成仏していないと言うのよ。常套句《じょうとうく》かしら？　はったりかしら？　とても堂々と自信たっぷりに言うのよ」

「姉さん、亡くなったの？　知らなかった。新聞の告別式案内に載せた？」

「義治が肺結核で入院していた頃、亡くなったの」

「あ、思い出した。山上の死者たちを見に行く前に希代が言っていたね」

「霊能者通いをしている親戚のおばさんが、最近この男性霊能者に私の姉の話をしたらしいの」

「……お節介だな」

「暴力夫や、暴力的なアメリカ人の元恋人の話もしたらしいの」

「だったらたいていお姉さんは成仏していないと言われるよ」

「姉がかわいそうだわ」

「罪深い親戚のおばさんだな」

「おばさんの話では姉も生前、二、三度この男性霊能者の所に通っていたらしいの」

「信心深かったの?」

「姉は体調を崩して通院していたの。何度か私が車を出したけど。私が一緒だと気持ちが落ち着くと言っていたの。でも姉が男性霊能者の所に通っていたなんて全く知らなかったわ」

「きっと親戚のおばさんが紹介したんだよ」

「おばさんは元々は神がかった話を馬鹿にしていたようだけど、ある出来事が彼女を変えたらしいの」

「ある出来事って」

「おばさんの知人の母親の体験なの」

希代は「体験」を話した。

母親は赤ん坊にお乳を含ませたまま午睡《ひるね》をした。目覚めたら豊満な乳房が赤ん坊を窒息死させていた。母親は半狂乱になった。母親は沖縄一レベルの高い病院や東京の大学病院にも行ったが、精神状態はますます悪化した。しかし、男性霊能者の口から出てくる赤ん坊の言葉が母親を完全に救った。

「私はこの世に生まれる運命にはありませんでしたが、お母さんの強い願いを受け、この世にめでたく生を受けました。お母さんのお顔を見ましたし、お乳も飲みました。感謝の言葉もありません。本当にありがとうございます。お母さんが笑うと私は二倍笑います。お母さんが喜ぶと私は十倍喜びます。どうか毎日笑ってください。毎日喜んでください」

「男性霊能者はどこにいるの？」と安岡は聞いた。

「高級ホテルを転々としているらしいわ」

「ホテルを転々？　本土の人？」

「ウチナーンチュよ。那覇に立派な家もあるそうよ」

「なぜ高級ホテルを泊まり歩いているのかな」

「予言、占い、判示、霊能者の言葉は豪華な場所で発せられなければならないらしいの」

贅沢《ぜいたく》な霊能者だと安岡は思った。高級感や威厳を示そうとしているのだろうか。

「ホテル代は見料というかなんというか、希代のおばさんのような、つまり訪れた人が負担するんだろう？」

「全額ではないでしょうけど、見料に上乗せはするでしょうね」

「大丈夫かな」

「見事に当たるって、おばさんは絶対的な信頼を寄せているの」

「成仏していないというお姉さんを一体どうしろと言っているんだ」

「男性霊能者とおばさんと私が姉のゆかりの地を巡って、ウガンをしなければならないんですって」

「このあたりはユタのとる行動とよく似ているな」

「私が姉さんを背負っているんですって」

「ええっ」

「おばさんの話だと、姉さんのおばあさんが、私のおばあさんでもあるけど、ハワイのアメリカ人と結婚したがっていたんですって」

「おばあさんがアメリカ人と？　おばあさんはハワイにいたの？」

「ずっと沖縄よ」

「おばあさんが若い頃は鬼畜米英の戦時体制の時代だろう。アメリカ人の魅力はわかるはずはないんじゃないかな。出会う機会もなかっただろうし」

「男性霊能者にはおばあさんの声が聞こえるんですって。亡くなった人は正直な気持ちを話すんですって」

「おばあさんがアメリカ人と結婚しなかったからって、なぜお姉さんが成仏できないんだ？」

「おばあさんが姉に乗り移っているんですって」

ですって、という希代の語尾が少し気になりながら安岡は「お姉さんがアメリカ人と結婚すればよかったという話なのかな」と言った。

「姉さんは死にたくなかったと、霊能者は言うのよ」

「人はたいてい死にたくないはずだが……アメリカ人と結婚したいために？　元恋人のアメリカ人は暴力的だったのに、矛盾しているのでは」

安岡は訳がわからなくなってきた。

「とにかく私の背中から姉をおろしに行こうとおばさんは強く言うのよ」

「姉さんを希代の背中からおろしたら、姉さんは成仏できるのか」

「背中からおろすおろさないというより、ウガンが重要みたい」

このような話に感化されたのか、ふと安岡は、希代がアメリカ人と結婚すると姉の霊が希代の背中から離れていくのでは、と思った。希代をアメリカ人なんかと一瞬たりともつきあわせたくないのだが。

「姉さんを成仏させたいとおばさんは言うの。死んだ人が欲を持つと苦しむらしいの。苦しませたらかわいそうだというのよ」

「欲とはアメリカ人と結婚したいという……アメリカ人の元恋人は暴力的だったのに」

安岡は頭がこんがらがってきた。

「私がアメリカ人と結婚したら、姉さんはどうなるの？　望みが叶《かな》うの？　苦しまなくて済むの？と私はおばさんに聞いたわ」

「……」

「結婚したら、希代、あんたが苦しむよ、とおばさんは言うの。結婚したがっているのは姉さんだからね。希代じゃないからねと言うのよ。私、霊能者やおばさんの言うとおりにはしたくないけど、生前姉が行ったハワイアンバーを見てみたいの」

ハワイアンバーがどういう所か知らないが、ハワイアンバーに行ったら、なぜ姉が成仏していないのか、あるいはちゃんと成仏しているのか、わかるのだろうか、と安岡は思った。

「ハワイアンバーに姉はよくアメリカ人の恋人と行ったらしいの」

「あの本当は乱暴者だったアメリカ人と?」

「私、一度だけだけど、姉にハワイアンバーに誘われたの。何かとても重要な話をしたかったらしいの。だけれど私、むげに断ったのよ」

「……」

「姉の生きた意味は何なのかしら。生きた証しはあるに違いないわ。私がわからないだけね。私、あの時アメリカ人なんか大嫌いって、突っぱねてしまったの」

希代は姉の生きた証しを見にハワイアンバーに行きたいのだろうか。希代たちと希代の姉のゆかりの地を巡るのもいささか興味はあるが、どこかまやかしに便乗するようにも思える。だが、ハワイアンバーなら行ってみたいと安岡は思った。

「いつ、行く?」

「姉にはハワイアンバーは天国だったかもしれないわ。義治、明日、いいかしら?」

「いいよ」

「夕方の六時に大通りの薬局の前に迎えに来てくれる?」

「了解」

希代は電話を切った。

電話から希代はハワイアンバーに行こうか行くまいか少し迷っているように聞こえた。「亀岩の写生」をキャンセルしたように、この話もキャンセルの電話が入るような気がした。

安岡は王様の椅子に座り込んだ。

希代の姉は夫にもアメリカ人の元恋人にも酷な仕打ちを受け、ふたりを恨み、亡くなったから成仏していないのだろうか。

元恋人のアメリカ人の風貌は知っているが、どんな気質だったのか、と考えたら、老小説家が遭遇したという米兵たちを連想した。藪《やぶ》の中から急に老小説家の前に現れた迷彩服の米兵たちの目はきっと——訓練なのに戦闘中のような——恐怖と憎悪にギラついていたはずだ。あのような米兵と希代の姉は付き合っていたのだろうか。

いつだったか希代は、米軍基地の金網の内側から知らない若い米兵が姉に軍用犬をけしかけた、と言ったが、今、安岡の頭の中では事実と想像が入り混じり、恋人のアメリカ人が薄笑いを浮かべながら希代の姉の太ももを軍用犬にかみつかせている。

安岡の頭にとりとめなく様々な思いが浮かんだ。

結核療養中、僕の後から看護婦が、僕が自殺しないかと海岸の岩陰に隠れながらついてきた。あの頃、確かに生命力が落ちていたが、希代の姉のように他人に虐待されたわけではなかった。むしろ多くの人の善意に胸が熱くなった。

老小説家と収骨に行ったときには見つからなかったが、未だに沖縄には正確な数がわからないくらい多くの遺骨が収骨されずに眠っている。納骨された希代の姉の魂が成仏しないのだから、このような遺骨は、遺族は胸をかきむしるに違いないが、中有《ちゅうう》の闇をさまよっているだろう。

しかし、希代の姉は死後何年もたっているというのに、今頃成仏していないなどと言うのは……あの不思議な仮面の祭り行列の後、何かが希代に憑依《ひょうい》したのでは?

三線男は三線を弾きならし、「クリシュナを踊らす」「亡くなった人や神に聞かせる」と言っていたが、三線の音色は希代の姉の魂を慰霊できるだろうか。

しかし、希代の姉には悪いが、希代の姉ではなく、何も知らないような天衣無縫の希代と僕を小説の中に封印し、永遠に残したいと安岡は思う。だが、ゆうなの首飾りをした少女時代の希代の背後に「悲惨な姉」が常に立っていたんだ。

希代は姉を成仏させるために男性霊能者に会いに行く気はないと言うが、やはり希代の姉をモデルにしたほうが小説が書けそうだ。沖縄人の夫からもアメリカ人の恋人からも暴力を受けたあげく、捨てられ、男性霊能者に救いを求めたが、結局死んでしまった。しかも成仏できずに、妹の希代を悩ましている。

しかし、赤嶺の親戚の老女のヨネがモデルなら沖縄人の生命力を表現できるのだが、希代の姉の中から僕は何を表現するというのだろうか。男という異性に対する女の恨みか？　沖縄とアメリカの両方のコンクリートのような厚い壁に押しつぶされる女の運命か？

希代の姉は幸せな時期があっただろうか。少女期は？　恋とか愛を知った頃にはすでに地獄が始まったのだろうか。老小説家は小説は苦の中から生まれると言っていた。しかし、小説が生まれる云々《うんぬん》を霧散させるようなおぞましい希代の姉の人生だ。会いたい人に会えない苦しみと、会いたくない人と離れられない苦しみは確か仏教かなんかが説いている。希代の姉が夫から離れられない苦しみは想像を絶する。

ふと安岡は両親を思い浮かべた。

希代の姉の人生は過酷だが、僕の両親の水死も過酷だ。両親が長い間待ち望んでいた赤ん坊、つまり僕が生まれた。両親は驚喜した。弟や妹はついに生まれず、両親は目に入れても痛くないくらいに僕をかわいがった。丈夫に育ち、立派な人生を送るように日々願っていた。物事の道理が安らかに定まるというような意味が命名にこめられているのでは。しかし、僕が中学三年の時、両親は水死した。僕を一人残し、遠くに行かざるを得ない無念さはいかほどのものだろうか。希代の姉が成仏していないなら僕の両親も成仏していないはずだ。安岡は強く頭を振った。違う。僕をこの世に残したが、未練を断ち切り、心安らかにあの世に昇り、ちゃんと成仏しているはずだ……。両親の死後、僕は毎晩、悲しい、苦しい、さみしい、恐ろしい、いたたまれない夢を見たが、姉を失った時、希代も悪夢にうなされただろうか。ああ、僕が両親や希代の姉を小説に書けたら、書いたら、両親にまとわりついている残酷なすべてが消え、希代も姉の呪縛から解き放たれるかもしれないのだ。

翌日。助手席の希代は赤いワンピースを着ている。半袖から白い肌が出ている。ふと安岡は墓地に植えられている魔除けの赤い唐辛子を連想した。

「私、昔、珍しく早起きしたら姉が庭にしゃがんで、昇りはじめた朝日に手を合わせていたの。あの頃もう姉は結婚していたはずだから、理由はわからないけど、実家に泊まっていたのね」

「朝日を浴びたんだから、きっと今頃天国に行っているよ」

安岡はよく訳がわからないまま言った。

「だったらいいけど」

ふたりはしばらく黙った。運転中の安岡の頭に父が思い浮かんだ。いつだったか、何かをきっかけに、父は安岡に少年の頃の話をした。

今は人の死は病院や老人ホームに密《ひそ》やかに忍び込むが、父が少年の頃は野良犬や猫のように突如目の前に現れたという。隣の家のお年寄りが息を引き取る瞬間を見たり、かくれんぼをしていたら急に大人たちが一軒の家に集まりだし、父たち少年がのぞいたら、まもなく老人が亡くなったりしたという。死が身近にあり、魚と同じように人も死ぬ時が来ると死ぬものだという認識を子供なりに抱いたという。

希代が口を開いた。

「姉を思い浮かべると必ずアメリカの香りがするの。香ばしい色鮮やかなドロップとか、皮をむいたカリフォルニアオレンジとか」

「お姉さんが結婚する前?」

希代はうなずいた。

「アメリカ人の恋人がいたわ」

「うん、知っているよ」

「オレンジやクッキーやクルミなどの入った紙袋を大きな腕に抱え、姉と笑い合っていたわ」

クーラーの風が当たり、希代の緩やかにウェーブした髪の毛先がかすかに揺れている。

希代は小学四年生の時、母と桜祭りに行ったと言っていたが、あの時姉は一緒に出かけなかったのだろうか。もうアメリカ人の恋人がいたのだろうか。

「希代は、大人になった姉さんとも遊んだ？」

「遊んだわ。北部のビーチにも行ったわ」

「ビーチに？」

「おとなしい姉がアメリカ人の恋人になったというのも不思議だけど……セパレーツの水着姿になるのは珍しかったわ」

アダンの木陰から水着姿の姉が現れた。顔は化粧しなくてもいいくらいに白かったが、おなかや太股も希代がびっくりするくらい白かった。姉のセパレーツの水着姿はとても艶《あで》やかだったという。希代は日頃は着ない派手なワンピースの下にかわいい水着を着ていた。潮が満ち始めた波打ち際は少し深くなったが、足がついた。希代は泳ごうと足をばたつかせた。すぐ体が水に沈んだ。黒い髪をかき上げながら姉は希代に笑いかけた。希代は水をかき分け、姉の方にゆっくりと歩いた。姉は希代の両手を取り、「足をバタバタさせなさい。いい？　手を離すからすぐ蛙《かえる》のように水をかくのよ」と言った。姉が手を離すと希代の頭は水に沈んだ。姉は希代を水面に抱え上げた。姉の柔らかい胸が希代の顔に密着した。何度も水に沈んだが、姉は懲りずに教えた。希代は姉がなぜかかわいそうになり、必死になった。ようやく水に浮き、少し前に進んだ。姉は「希代ちゃんは覚えが早いね」ととても喜んだ。

「恋人のアメリカ人が本性を現す前だったけど、姉は、太平洋の向こうにあるアメリカから私たちはこの同じ月を見るのよ。心を一つにできるのよ、などと言っていたわ」

「恋人とアメリカに行く予定だったんだ」

「姉は恋人のアメリカ人の瞳はブルーだけど、私は黒いわ。もし赤ちゃんが生まれたらどんな色になるかしらとも言っていたわ」

「……」

米軍基地の金網が続いている。巨大な箱のような建造物は静謐《せいひつ》にたたずみ、日が暮れかけた広場の方々に橙色《だいだいいろ》の明かりがぼんやりとともっている。

「私、幼ない頃、高校生の姉と野原に行ったの」

「野原に」

「春のすがすがしい昼下がり、雑草だけど、きれいな小さい白い花がいっぱい咲いていたの。私たちは天下を取ったように胸が膨らんだわ。あの時の私が写した姉の写真を私は今でも……今日は持っていないけど……いつも手帳に挟んで持ち歩いているの」

「……」

「高校生の、顎の線の細い姉は目を輝かせ……写真よ」

安岡はうなずいた。

「目を輝かせて、笑っていたわ。何十年も何百年も昔から一緒にいるようななんともいえない妙な懐かしさが漂っていたわ」

「何百年も昔から？」

「私は姉の手を握っているの」

「写真は誰が？　希代が写したのでは？」

「写真の話ではないの。イメージよ。どのような血筋を引いたのか、私と違って、姉の透き通るような白い頬には自然な紅が浮かんでいるの。風に吹かれてもすぐ元に戻るなめらかな色艶のある姉の黒髪に私はよくつげの櫛を入れたわ」

暗唱しているような口調に変わっている、と安岡は思った。

「姉の髪の感触が長く残り、私は寝入る間際、どうしたわけか不意に、姉が何十メートルもの谷底に落ちるような想像をして、身動きしないで神様に祈ったわ。変な少女だったのね」

車は高速自動車道の沖縄南を下り、ゴヤ十字路に進んだ。ビリヤード、レストラン、スナック、カフェ、クラブなどの横文字の看板が、どこか西部劇に出てくるような広い車道の両側に立ち並んでいる。「美女募集」というスナックの立て看板もある。ハワイアンバーも見つかった。安岡は近くの駐車場に車を止めた。ハワイアンバーは入り口のドアにクローズの大きなプレートがかかっている。顔を近づけると午後八時のオープンと書かれている。

「時間を潰《つぶ》そうか」と安岡は言った。

喫茶店を探したが、なかなか見つからなかった。数分歩いた。どこかアメリカ風の変わったスナックがある。分厚い木製のドアの両脇に門番のように、ほぼ等身大の、アメリカインディアン人形が立っている。ふたりは中に入った。バナナの鉢植えがある。店内にバナナの木というのは珍しいと思ったら、ふとバクシの「バナナの木のように子孫が増える」という言葉が思い浮かんだ。

カウンターの前に椅子が数脚しかない小さな店は、天井や壁に白いイミテーションの石を貼り付けてある。カウンターの中からちりちりの茶髪の老女が安岡たちを見ている。奥のシートに小太りの頭のはげた老人が一人座っている。安岡と希代はカウンターに座った。老女はおしぼりを出し、「あんたたち、島人の顔をしているね」と言った。

サイドボードの後ろ壁にメニューが張られている。

「何にする?」

安岡は希代に聞いた。

「じゃあ、ジンジャーエール」

安岡はジンジャーエールとコーラを注文した。老女は冷蔵庫から二本取り出し、ふたりのコップについだ。

「ママさんですか」と安岡が聞いた。

「ママだけど、ホステスはいないよ。ひとりでやっているんだよ。つまみ、食べる?」

「あ、結構です」

安岡はコップのコーラを飲み干した。ふと赤いワンピースの半袖から出た希代の白い肌が……運転中もはっとしたが……安岡の目に入った。

「アメリカ人も来るんですか」と安岡は聞いた。

「来るよ。だけどお金を落とさないんだよねぇ」

ママは安岡のコップにコーラをついだ。

「あと一本ください」と安岡は言った。

「たまに入ってくる米兵は一本ビールを飲み干すのに何時間もかけるんだよ。うちは胸が締め付けられるよ。コップに自分でついで、口に含み、ゆっくり喉に落とすんだよ。泡も立たなくなって、瓶にくっついていた水滴もなくなっているんだよ」

「お金を持っていないんですね」と安岡が言った。

「ドルをただの紙のように使っていた米兵たちを思い出して、うちはかわいそうになるんだよ」

シートの老人の前のテーブルにビールの空き瓶が数本置かれている。ママは新しいコーラを安岡のコップについだ。

「あの島人にみえるおじいさんはよく飲みに来るみたいですね」

初めての客があのような飲み方はしないと感じた安岡は半ば当てずっぽうに言った。

「五十年連れ添った妻を病気で亡くして、去年再婚して、こんなに楽しい日々はないって、手放しで喜んでいるよ」

「五十年連れ添った妻は一体何だったんですか」

少し憤慨したように希代が言った。

「あの人、前の妻が病気の時はたまに店に来ても一滴も飲まないから、うちが飲んだけど。今はもううちも飲まないでいいよ。あの人があんなに飲むから。店は誰かが飲まないとお金が落ちないからね」

「ただ飲んでいるわけじゃなくて、前の奥さんを忘れるためにあんなに飲んでいるんじゃないですか」と希代が言った。

「うちには再婚して楽しくて飲んでいると言っているけど、飲む事情はいろいろあるからね。うちも考えがあって飲むんだから」

「いつ頃からお店を？」と安岡が聞いた。

「若いときは米兵オンリーのバーをやっていたんだよ。クリスマスシーズンになると米兵がバケツのような箱いっぱいのアイスクリームを持ってきたよ」

「平らげたんですか」

「米兵の体力はとにかくすごかったよ。島人の若い体力自慢のバーテンとカウンターで腕相撲をしたんだけど、米兵の筋肉質の腕はバーテンの二本の腕でもびくともしなかったよ。あの体力。若い女を一晩に五、六人は相手にできるんだよ」

「軍事訓練のせいですかね」と安岡は言った。

「どうかね。生まれつきじゃないかね。うちはあの頃、女の子を七、八人使っていたよ。もうけてレストランも造ったよ。あの頃、うちといい仲になりたかったのか、お金をあげるという島人もいたよ。だけど、儲《もう》かっていたから、いらないって言ったんだよ。今頃後悔しているけどね」

「レストランは？」

「とっくに人手に渡ったよ」

さらにいろいろと雑談をし、安岡は腕時計を見た。八時をまわっている。安岡は希代に合図をし、「ごちそうさま」とママに言った。

「また二人できてね」

安岡は三千円をカウンターに置いた。

黒い夏背広に赤い蝶《ちょう》ネクタイを締めた若い男が若い女たちを呼び止めている。生花教室の帰りなのか、布袋の花を抱えた女が逃げるように通り過ぎた。よく磨かれたガラスごしのテーブルに落ち着いた男女が座り、小さく笑いながら静かに食事をしている。レストランの隣のショーウインドーには下着姿のマネキンが立っている。別の店内には葡萄《ぶどう》の形をした薄い赤や紫の電灯がともり、大きく引き延ばされた女の写真を照らしている。テーラーやジャンパーの刺繍店、薬局、質屋が並んでいる。電線をかき分けるように街路樹のアデカヤシがのびている。沖縄人の女の手を握っている白い鳥打ち帽をかぶった黒人が安岡と希代をじろりと見た。ハンバーガー店の入り口にたむろしている白人たちが安岡と希代を見つめた。希代は少し恐れをなしたのか、安岡の腕をつかんだ。

「復帰前、このあたりはアメリカ人の天国だったようだが、未《いま》だにアメリカ人が多いな」

安岡は希代に言った。

「多いわね」

ワイルドストア、クラブミシシッピ、クラブムーンライトなどの英字のネオンが点滅している。電化製品店の入り口のショーウインドーに五十センチくらいの七人のこびとが並び、口をパクパクさせている。口の動きとは合わない「白雪姫に恋をした。冷蔵庫に恋をした。クーラーに恋をした」という歌が流れている。車道の向こう側の歩道にミニスカートのユニフォームを着け、サービス料金を表示したプラカードを掲げた若い女性が観光客に笑いをふりまき、店の中に招き入れている。車のボンネットに座った外国人の男たちが安岡たちに声をかけた。何を言っているのか、と安岡は耳を澄ませた。男たちはボンネットから飛び降り、ロック調の音が流れている店に踊りながら入っていった。

「義治《よしじ》、どこに行く？　ハワイのパーティー？　モスクワのパーティー？」

希代が笑いながら冗談を言った。

僕はハワイアンバーに誘われたんだと思いながら「ハワイで泳いで、それから直行便でモスクワに行こうよ」と安岡は言った。

「姉の話ではハワイとモスクワは同じ店らしいの」

店の入り口の上に椰子《やし》の木やダイヤモンドヘッドが描かれた大きな看板が設置されている。

「今日はどこですか？」

希代は呼び込みの若い沖縄人ボーイに聞いた。

ボーイは両手を広げ、アロハシャツを見せた。

「歌と恋のハワイを満喫させていただきますよ」

二人は階段を下りた。内側からドアが開いた。黄色の花柄のムームーを着た、身長が百八十センチを超すような白人の女が出迎えた。女は「ユーアーウエルカム」と言いながら素早く希代の頰を挟み、額に軽くキスをした。

安岡は「男っぽいね」と希代にささやいた。大柄な白人の女は「ワー、ソンナコトナイヨ」と一言一言はっきりと言い、肩をすくめた。大柄な白人の女は安岡の首に造花のレイをかけ、希代の髪にハイビスカスの花を刺した。アロハシャツ姿の中年のボーイが薄暗い中をシートに案内した。周りの男の客は沖縄人も外国人も一人残らず首からレイをかけている。

「よろしかったら、アロハとムームーを準備しますが」

ボーイが言った。安岡は希代を見た。

「このままでいいです」と希代は言った。

「では、しばらくお待ちください。メニューをお持ちします」

「あ、すみません。来週はどこ?」と希代が聞いた。

「イタリアンパーティーです。ナポリです」

「再来週は?」

「パリです。シャンソンです」

「ありがとう」

毎週国が違うんだと安岡は思った。

ステージのバックの、数メートル四方のかたい布に椰子《やし》、白い砂浜、青い海、ダイヤモンドヘッド、海水浴をしている女たちのペンキ画が描かれている。ムームーを着た三人の女が小さいステージに横一列に並び、ハワイアンダンスを踊り出したが、どこかぎこちなく、手足の動きもまちまちだった。

バックのアロハシャツを着た男たちもウクレレを弾くまねをしているに過ぎなかった。ウクレレの音はスピーカーから流れている。

先ほどドアを開けた大柄な白人の女が安岡たちに近づいてきた。大柄な白人の女は安岡にメニューを渡した。トロピカルドリンク、ハワイ特産の果物の盛り合わせ、牛の焼肉などがある。二人は有頭エビのフライ、ルートビア、トロピカルドリンク、チーズを注文した。大柄な白人の女は「シバラク、オマチクダサイ」と言い、安岡のそばを風を切り、通り過ぎた。

「ハーフの人かな」と安岡は希代に言った。

「少し調べてみたけど、アメリカ軍人の婦人らしいの。フラダンスが得意で、舞台で踊りたがっているけど、今踊っている沖縄の人たちが譲らないそうよ」

「ウエートレスなんかさせられて、頭にこないかな」

「でも、アメリカ人の女性が料理を運んだら沖縄の人は喜ぶわ。本人も知っているらしいわ」

まもなく注文した品が運ばれてきた。

安岡と希代は乾杯をした。有頭エビを食べながらステージを見た。薄暗い天井にぶら下がった丸い玉を横から黄色いライトが照らしている。満月に似ている。安岡の喉にルートビアがなめらかに落ちた。

まもなく、姉がよく口ずさんでいたと希代がいう「南国の夜」が流れてきた。髪をオールバックにした初老の男がウクレレを弾きながら歌っている。男を挟むようにふたりの若い女が静かに踊っている。初老の男の声はクチパクではなく、女たちの踊りも見事に合っている。

「……希代、踊ろうか」

安岡は立ち上がり、希代の手を取った。希代は手を引かれながら、じっと安岡を見つめた。この目を安岡はずっと昔にも見たような気がした。安岡は踊りながら次第に希代を軽く抱きしめた。安岡はただ足踏みをするように足を動かし、体を揺らしているだけだが、希代も体をほとんど動かさず、ただ安岡に抱きついている。ふたりが知らない曲に変わったが、安岡と希代は踊り続けた。三曲が終わり、安岡と希代は席に戻った。

珍しくムードに酔った安岡は手を上げ、ドアの脇に立っている大柄な白人の女を呼んだ。

「僕もこの人もおかわりをお願いします。お嬢さん」

「マア、オジョウサンダナンテ」

大柄な白人の女は安岡の肩をたたいた。粘着力のある、柔らかく、厚い手だった。

ボーイが飲み物を運んできた。安岡は希代を促し、何度も乾杯をした。

「白い半袖シャツなんか沖縄には不向きだ」

安岡は自分でも何を言っているのか、よくわからなかった。安岡はまた手を振り、ドアの近くにいる大柄な白人の女を呼んだ。

「アロハシャツを持ってきてください」

「オー！　ワンダフル」

「希代は？」

「私はこのままで」

安岡は白い半袖シャツの前ボタンを外した。

「着替えたら？」

「今日はちょっと」

「僕だけハワイか？　君はどこにいるんだ」

「……そうね、着替えようかしら」

希代はゆっくりと立ち上がり、大柄な白人の女に一言言い、一緒に奥に消えた。

ボーイが青い花柄のアロハシャツを持ってきた。安岡は立ち上がった。酒を飲んだわけでもないが、なぜかふらついた。足を踏ん張り、着替えた。ボーイがビューティフルと言った。

赤い花柄のムームーに着替えた希代が現れた。痩せているが、どことなく丸みを帯びている。安岡は大柄な白人の女を呼び止めた。

「この人にトロピカルフルーツの盛り合わせをお願いします」

「ハイ、ワカリマシタ。ショウショウオマチクダサイ」

大柄な白人の女は微笑《ほほえ》んだ。

「ハワイはハワイ州じゃない。ハワイ島だ。沖縄と兄弟だ」

安岡はグラスを掲げ、希代のグラスに合わせた。

大きなガラスの器に盛り付けられた何種類かの南国産の果物が希代の前に置かれた。

「すみません。このパイナップルは沖縄産？　ハワイ産？」と安岡は聞いた。

「ソウデスネ。ショウショウオマチクダサイ。チーフニキイテキマスカラ」

白人の女は首をかしげながら言った。

彼女はすぐ戻ってきた。

「オキナワサンデスガ、コノミセデハハワイサンダソウデス」

「この店はいい店だが、パイナップルは沖縄産にはかないませんよ。どうもありがとう」

「ドウイタシマシテ」

大柄な白人の女は立ち去った。

「バナナも僕たちは外国産を食べさせられているが、沖縄の島バナナよりおいしいものはどこにもないよ」

「ほんとにおいしいよね」

希代はマンゴーにフォークを刺し、口に運んだ。希代の薄い唇は小さく上品に動いている。

安岡は希代を誘い、また踊った。琉球民謡をアレンジした曲がウクレレに乗っている。

「ハワイは天国だ。沖縄も天国だ」

安岡はひどくムードに酔っているふりをし、言った。だが、ふと沖縄は希代の姉には地獄ではなかっただろうかと思った。しかし、この考えを打ち消すように「沖縄はヤマトやアメリカに席巻されたが、このハワイのように楽園だ」と言った。

「……」

「希代や僕を生んだ沖縄は素晴らしいよ。希代、お姉さんは天国に行ったんだよ」

「私の今の頭は真っ白になっているわ。何も考えられないの。どうしてかしらね」

「お姉さんは成仏しているよ。絶対間違いない。僕が保証するよ」

「……ありがとう」

希代の体の小さな震えが安岡に伝わった。

「冷たいわ。クーラーが効き過ぎるのね」と希代が言った。「義治、もう帰りましょう」

音楽が終わり、ふたりは席に戻った。

安岡の目の先にマッチの明かりがともった。一見黒人のような、ひどく日焼けした沖縄人の男が大柄な白人の女を呼んだ。男の標準語はぎこちなく、大柄な白人の女は何度も聞き返し、ようやく注文を受けた。

「私、着替えてくるね」

希代は出口近くのカーテンの陰に隠れた。

安岡はしばらく目を閉じ、このハワイアンバーにいる希代の姉に思いをはせた。大柄な白人の女やウクレレ奏者などは浮かび出てくるが、希代の姉の像はなかなか思い浮かばなかった。

安岡は立ち上がり、キャッシャーも任されている大柄な白人の女に財布を取り出しながら言った。

「いくらですか」

「オツレサマカライタダキマシタ」

「ハワイが気に入ったから、このアロハを買ってもいいですか。いくら?」

「ジャア、シイレネノサンゼンエンデオユズリシマス」

安岡は代金にチップを上乗せした。

第十八章　霊鷲山

希代とハワイアンバーに行ってから十一年後の二〇一〇年七月三十日金曜日。「聖跡巡りツアー」二日目。早朝四時に鶏の鳴き声に似たモーニングコールが鳴った。安岡は手を伸ばし、板床に直《じか》に置かれた受話器を耳に当てた。英語の女性の声が流れた。四時四十五分の集合時間にはまだ間がある。あと少しまどろもうと思った。

ドアをたたく音がした。寝ぼけ眼の安岡はふらつきながら電気をつけ、ドアを開けた。坊主頭の武島が立っている。

「どうした？」

希代に何かあったのだろうか、とふと思った。

「起床時間」

早朝は少し寒いが、武島は清潔そうな白い半袖の上着を着け、すがすがしい顔をしている。

「ちゃんとモーニングコールが鳴ったよ。武島さんの部屋は鳴らなかった？」

「僕がバクシたちを起こしてきた」

武島は妙にきっぱりと言った。

「各部屋をたたき起こしているのか？」

「まだ残っているので、失礼」

武島は隣の希代の部屋をノックした。

武島のノックのせいか、全員時間前にロビーに集まり、まもなく暗い庭を横切り、足下に気をつけながらバスに乗り込んだ。薄暗い車内灯の下、陽気なインドの歌が勢いよく流れ、お香の匂いが漂っている。

「バクシさん、まだ頭が半分眠っているから、音楽とクーラーを消して」と律子が言った。

バクシに言われた老運転手はクーラーを切り、カセットのボリュームを絞った。

「老運転手さんは自分も眠たいから、軽快な音楽をかけないと居眠り運転になってしまうと、冗談を言っていますよ」

バクシは口髭の下の白い歯を見せながら、大きなバッグから紙コップを取り出した。

「一個ずつ取って、後ろに回してください」

安岡は紙コップを二個取り、残りを後ろの菜穂子に渡した。まもなくバクシが魔法瓶を持ち、一人一人の紙コップに何かをついだ。

「皆さん、おはようございます。お目覚めはいかがですか。今お注ぎしましたのはチャイです」

バクシはマイクを口に近づけ、言った。

「バクシさん、マイクはいらないよ。朝っぱらから耳が痛い」と律子が言った。どうもわがままな女だと安岡は思った。バクシはマイクを置いた。

バスはベージュの制服を着たふたりの男性が開けた門を出た。ホテル周辺の外灯以外に明かりはなく、バスは弱いヘッドライトをつけ、暗闇の中に進んだ。

「私はチャイを目覚めに一杯、朝食に一杯、職場に出勤したときに一杯、昼食後に一杯、三時に一杯、寝る前に一杯飲んでいます」

バクシはチャイを顔の前に掲げ、飲んだ。安岡もすぐ飲んだ。

「濃厚で、甘いミルクティーなのに、そんなに飲んで大丈夫なの？」

太った律子がバクシに聞いた。

「菜食主義の私には貴重なタンパク源ですから。しかし、少しオーバーに言いました」

「じゃあ、肉大好き人間には必要ないかもね」

律子は通路の向こう側の希代に言った。

「チャイ、おいしいわ。私、好きだわ」

「必要です。チャイはリフレッシュ効果も抜群です。クローブ、ナツメグ、カルダモン、シナモンなどが入っています。訳のわからない疲労も取り除きます。おかわりご希望の方は挙手をお願いします」とバクシが言った。

安岡と希代と菜穂子は手を上げた。他のメンバーは口に合わないのか、まだ眠いのか、手が上がらなかった。

「職場でもチャイを作って飲んでいるんですか」と菜穂子がバクシに聞いた。

「職場ではインスタントチャイを飲んでいます」

バスのライトにカーキ色の軍服を着た大柄な男たちが浮かび上がった。男たちは道を塞《ふさ》いでいる。バスが止まった。安岡は入国の不手際があり、パスポートのチェックをするんだと思った。だが、すぐ、なぜなのか自分でもわからないが、反政府ゲリラだと決めつけ、希代をかばうように腰を浮かした。ライフル銃や棍棒《こんぼう》を持った男たちはニコニコしながらバスに乗り込んできた。八人全員ベレー帽をかぶり、口髭を蓄え、腰のガンベルトには拳銃が差し込まれている。

「警官隊の皆さんです。山は暗いので、警護に就きます」

バクシが言い、長身の屈強な隊長を紹介した。隊長はぎこちなく深く頭を下げた。ほっとしたのか、メンバーたちは大きな拍手を送った。バスは走りだした。

安岡はバスのヘッドライトがなければ、まさに一寸先も見えないだろうと思いながらライトに照らされた先ではなく、窓の外の暗闇を見つめた。車内の音楽と呼応するかのようにインドの楽天的な歌が暗闇の中から聞こえてくるような気がした。律子が希代に向いた。

「ホテル、怖くなかった？　うちらだけの貸し切り状態だったでしょう？　うち、停電したら大変だと思って、懐中電灯をつけっぱなしにして寝たのよ」

「なんとなく電気が消えそうな予感がしたわ。電気を消したら、ほんとに真っ暗になったわね」と希代が言った。「でも武島さん、夜中に中庭の外れにある大浴場に入ったんですって」

「考えただけでもぞっとするね」

後部座席の武島は腕を組み、顎をあげている。たくさんのゴーヤーがプリントされた上着を着た老小説家は蛸のようにグニャとなり、いびきをかいている。

「老小説家さん、遅くまで一人で飲んでいたそうよ。沖縄から泡盛を持ってきたみたいよ」と律子が希代に言った。

夜が少し明けてきた。山の頂には白い朝靄《あさもや》がかかっている。

登山口の、土がむき出しになった小さい広場にバスは止まった。何か小動物が草むらに逃げ込んだ。マングースだ、となぜか安岡は思った。バクシがいつだったか、マングースはインドから沖縄に持ち込まれたと言っていた。老小説家は以前大学生たちに「黒人兵とマングース」の講演をした……。

一行はバスから降りた。一人の少女が手に提げた竹かごにはたくさんの熟したバンシルー（グアバ）が入っている。くりくりした目の少女と安岡の目が合った。少女は白い歯を見せ、にっこり笑った。安岡は父の好物のバンシルーを一個だけ買い、おつりは取らなかった。しばらく感触を楽しみ、父を偲《しの》び、ポケットに入れた。今夜は父の夢を見そうだとぼんやり思った。

希代は目をこらし、地面の小石を探した。「奥さん、石は頂上付近でいただきましょう」とバクシが言った。「誰からいただくの？　拾うんでしょう？」と律子が言った。

一行は警官隊に前後左右を守られ、古い石の階段を上がった。大きなかごを吊《つ》り下げた棒の両端を担ぐ痩せたふたりの青年や、ズックの鞄《かばん》や手提げかごを持った物売りの少年や少女たちがついてきた。

安岡は周りを見回した。朝靄《あさもや》は大分《だいぶ》薄らいでいる。右側は絶壁になり、遠くの山は岩と岩の間に木々が密生している。雄大な詩情の世界が広がっている、と安岡は思った。宗教の言葉は詩だという学者もいるが、今ならうなずける。

長い石の階段が曲がりくねりながら山の上に続いている。老小説家は寝不足のようだし、関節も心臓も悪く、いろいろな病状が出ていると何年か前に言っていたが、大丈夫だろうか。

安岡は老小説家に「かごに乗りませんか」と言った。

「わしは五体投地の気持ちだ」

「五体投地ですか？」

「自分の足で歩いて、前に進む」

前方の武島は背負っていたリュックサックを、白っぽいだぶだぶの服を着たふたりの青年のかごに乗せ、運ばせた。老小説家は愛煙家だが、息苦しいのか、あまりにも清浄な空気に何か感じ入るものがあるのか、立ち止まった時にも一服する気配はなかった。

「ね、希代さん、旦那さんからどんなプロポーズの言葉をもらったの？」

白いサマーセーターを腰に巻いた律子が安岡の二、三段後ろを歩いている希代に近づきながら聞いた。

「プロポーズの時にも、新婚の頃にも、神がこんな美しい人を老女にしてしまうなら、僕は神を信じないと言ったわ」

希代は変に平然と言った。

「旦那さんは詩人だったんだね」

「人生で何もしなかったという罪にあらがうために詩人は詩を書くんだよ、多分」

安岡は振り返り、律子に言った。

「なにか難しいね」

「人を老人にしたり、死を与えたりする時間への攻撃が詩だよ。俺は詩人ではないよ。俺の中に時間はないから」

「すごいお言葉。うちには到底真似《まね》できない」

「家ではこんなじゃなかったのよ。まだ二日目なのにインドが変えたのね」と希代が断定するように言った。

「最近また太ったみたい。恋人ができたら痩せるって、みんなに言われるんだけど」

赤いTシャツから太い二の腕を出した律子は石段の脇に立ち止まり、息を荒げながら希代に言った。

二人の数段先の石段に安岡も立ち止まり、深呼吸をした。ゆっくり近づいてきた老小説家は「煙草がわしの肺の力をすっかり弱めてしまった。もう歩けない」と希代たちに言ったが、立ち止まらずに大きく背中を曲げ、石段を一歩一歩上がっていった。希代も律子も安岡も歩きだした。まもなく最後尾を歩いていたバクシと二人の警官が安岡たちに並んだ。

「菜食なのに、よく体が持つね。うちは息フーフーよ」と律子がバクシに言った。

「力持ちの象さんも菜食です」

「でも人間は雑食でしょう？　レアのステーキを食べてないから、もう登れない。バクシさん、おぶって」

「……おぶるんですか」

「いいえ、冗談よ、冗談。おぶられて、一緒に転げ落ちたら、たいへん」

脇から菜穂子が近づいてきた。律子は菜穂子に言った。

「菜穂子さん、肉を食べるうちは俗人で、霞《かすみ》を食べる人は聖人なのかね。どう？」

「聖人だって霞を食べないわ」

石段の端に立ち、眼下の小さい森を見ていた安岡が律子に言った。

「俺は子供の頃、先輩におぶってあげると言われて、おぶられたのはいいが、墓地に置き去りにされた。今でも夢に出てくる」

「お二人の写真を撮ってあげます」

菜穂子は安岡と希代にカメラを向け、シャッターを切った。「おぶられるんじゃなくて自分の足で歩かないとだめなのよね」と希代が言い、急に勢いをつけ、一人先に行った。

「安岡さん、奥さんは、息絶え絶えの旦那さんを尻目にどんどん石段を上がっていくよ。歯を食いしばって追いかけていったら?」と律子が言った。

「俺は息絶え絶えじゃないよ。妻は君とジムに通って、家では、何というのか、車輪のない自転車を漕《こ》いでいるから足腰は丈夫なんだ。お先に」

安岡とバクシは足を速めた。

ついさっき菜穂子が撮った俺と希代の写真を数十年後に俺と希代は一緒に懐かしがりながら見る……。安岡は妙な感慨を抱いた。菜穂子はバスの中の自己紹介の時だったか、昨日の夕食の時だったか、美が崩れないうちに顔云々《うんぬん》と真剣に言っていたが、高級カメラを持っているのだから、若さが真っ盛りの今の自分の顔を写したらどうだろうか。写した写真を生涯保存し、時の流れから「美の崩れていない顔」を守り通す気はないのだろうか。

石段が切れ、岩盤の坂道になった。

「バクシさん、このメンバーはそれぞれ何かを抱えていて、真摯《しんし》と言えば真摯と言える。バクシさんがいろいろ知識を教えるより、釈迦《しゃか》やインドの大地の力を自然に悟らせたら?」と安岡が言った。

「頭にたたき込むより魂にしみこませた方がお釈迦様の本意に合致しますからね。安岡先生、賛成です」

安岡は小さいメモ帳を持っているが、メモをとるのをためらった。なぜか文字にするのが……何というか浅はかなように思えた。この風景を、この時間をしっかりと目に焼き付けよう、深く胸におさめよう。しかし、小説家を目指す者の習性か、最も普段はほとんどメモをとらないが、思わずポケットからメモ帳を取り出した。先ほど追い越した老小説家を見た。息を切らし、足を前に精一杯運んでいる。安岡は立ち止まり、老小説家を待った。安岡のメモ帳を見た律子が「お釈迦様をモデルにして、小説を書いたら?」と言った。老小説家が安岡のすぐ後ろから「釈迦はわしの原風景ではない」と言った。いつの間にか安岡たちの近くにいた菜穂子が「お釈迦様を小説のモデルだなんて不謹慎極まります」と憤慨したように言った。

「不謹慎ではないが……」

老小説家は珍しく口ごもった。

「安岡君、小説なんか小さく思えてくるよ」と老小説家が言った。

「何十年も書いてこられたのに、今断念なさるのはあまりにも、何というか。空虚な人生ですよ」

ついさっき釈迦を小説のモデルにするのは不謹慎だと憤慨した菜穂子が「お釈迦様は無意味ではありません。お釈迦様にはすべて深い意味があります」と言った。

「たった一日の体験が数十年の人生を変えるというのは不条理ですよ」と安岡は老小説家に言った。

「お釈迦様も長年修行を続けられたけど、悟りを開かれたのは一瞬よ」と菜穂子が言った。

安岡たちは無言になり、歩き出した。この山は小説のテーマになるだろうかと安岡は考えた。セザンヌは山をテーマに世界的名画を何枚も何十枚も描いたようだが、俺は動物を主人公というか、主人公を動物に仮託する癖がある。鷲《わし》は?

インドの大きさや深さを考えると、何千枚もの大河小説にしなければならないように思う。大河小説は俺の腕では無理だ。今はただ身や心を偉大な何ものかに委ねよう。あまりにも偉大な場所は小説ではなく、宗教でしか表現できないのではないだろうか。宗教とはどういうものなのか、わからないが、直感的には。小説は小さなものを深く書くに限る。処女作は鶏などではなく、希代を書くべきだったと安岡は今更のように思った。しかし、鶏を書いたから赤嶺と会えたし、赤嶺と会えたから、希代とも会えた。因果は逆にはできないんだ。「疎隔された鶏」の映画化を企画した赤嶺は志を遂げないまま死んだ。しかし、あの時から十一年ほどしか年月はたっていないのだが、いろいろあったせいか、数十年も過ぎ去ったような錯覚を覚える。今、目の前を歩いている希代が、俺の後ろからすっと現れ、俺の手をつないだ小学二年の時の希代のような気がし、安岡は胸が締め付けられた。

太陽が山の稜線《りょうせん》から現れた。薄茶色の岩肌が白と黒のまだら模様に変わった。左側の岸壁に沿う石段を登り切った。ようやく眼前に二十メートル四方ほどの平地が広がった。古く平たい石が敷き詰められた頂上の広場に大きな影が薄く落ちている。

「後ろを見てください」とバクシが言った。

一行は振り向いた。広場に覆い被《かぶ》さるように岩が立っている。

「この岩は何に似ていますか」

バクシが黒ずんだ岩を指さし、一人一人の顔を見た。「鷲?」と菜穂子が言った。

「正解です。あれがくちばし、あそこが顔、羽は下の方。ここは大昔から霊鷲山《りょうじゅせん》と呼ばれています」

家の近くの珊瑚《さんご》礁の海にせり出した亀岩は亀の形をしている。岩というのはなぜこうも動物の形をしているのだろうか。この聖なる山に鷲の名がついたのは奇跡だと安岡は思う。岩が豚や河馬に似ていたらどうなったんだろう? 霊豚山《りょうとんせん》、霊河馬山《りょうかばせん》とかの名がついたら、人はここから天上に昇るような崇高な気持ちにはなれないのではないだろうか。鶏は群れた方が見栄えがするが、鷲は一羽の方が存在感も迫力もある。

「では、入りましょう」とバクシが言った。バクシの真似《まね》をし、全員靴を脱いだ。

広場の奥に香の焚《た》かれた四角い香炉が置かれている。香炉を保護するように後ろと両脇に五十センチほどの苔《こけ》むしたレンガが積まれている。香炉の両側にマリーゴールドの花が手向けられている。

希代はレンガ囲いの脇の赤黒い、こぶし大の石を拾い、バッグにしまった。

武島は香炉の前に座り、リュックサックから取り出した小瓶の酒をおちょこにつぎ、恭しく供えた。たちまち一行の女たちが物珍しげに武島のまわりに集まってきた。

「武島さん、お釈迦様はお酒が好きだったの?」と菜穂子が聞いた。

武島は黙ったまま、何種類かの焼き菓子も供え、合掌した。立ち上がった武島に、香炉の先に座っている怪しげなインド人の男が武島の足下《あしもと》を指さした。五百ルピーの入った皿が置かれている。武島は財布から十ルピーを取り出した。

「インドデハお布施ハ五百ルピー、モシクハ二千円ト決マッテオリマス」

顎や口の周りにモジャモジャの白い髭を蓄えた、腹部が丸く膨らんだ高齢の男は言った。大きな数珠のようなものを首にかけ、座禅を組み、僧侶のようにも見える。

「日本語、上手だな」と言いながら武島は五百ルピーを皿に入れた。次に菜穂子が五百ルピーを入れ、手を合わせた。安岡たち残りのメンバーも続いた。

老小説家は怪しげなインド人にお布施もせず、鷲《わし》の形をした岩を見上げ、息苦しいのか、口を大きく開けている。安岡は老小説家に近づいた。

「霊鷲山の名前のいわれですが、岩が鷲に似ているというより、お釈迦様が瞑想《めいそう》している姿を近くから鷲が見ていたから、ではないでしょうかね」

「釈迦と一緒に修行をしていた者が亡くなったとする。いいか。遺体は平たい岩の上に置かれる。飛んできた鷲が遺体をつかみ、どこか遠くに飛んでいく。だから霊鷲山という名がついたと、わしは考えている」

「チベットあたりにあるとか、あったとかいう一種の鳥葬ですか？　お釈迦様の偉大な思想に比べると少し陳腐に思えますが」

「安岡君、君はわしの思想を陳腐だというのか」

「いいや、どこか鳥葬に似ていると……」

謝敷島は山上から仮面の死者が下りてきたが、霊鷲山の頂上は生者の世界だ。安岡は目の前が開け、一瞬光が差してきたような不思議な感覚に包まれた。ここは成仏を祈る場というより成仏した人がやってくる場だ。しかし、安岡は岩の鷲の頭の方向に向かい、目を閉じ、娘の絹子ちゃんと父母の成仏を祈った。希代の姉や赤嶺の成仏も祈りたくなり、手を合わせた。

崖っぷちに立ち、雲の中に淡い明かりをためた太陽に合掌している武島に菜穂子が「武島さん、集合写真を撮るそうですよ」と声をかけた。「朝日と夕日は神の時間だ」とつぶやきながら安岡は鷲の形の岩に近づいた。

一行が記念撮影をしている間、得体《えたい》の知れないインド人の男は警官隊の目からお布施の入った皿をそっとかくし、五百ルピーだけ入っている別の皿を置いた。

ああ眼下に広がるのはラージギールの大地ではなく、アメリカや日本本土や沖縄だ。否《いな》、世界中の国だ、と安岡は叫びたくなるような妙な感慨を抱いた。

「ほんとに天国にいる気分だわ。俗世がずっと下界にあるようだわ」

安岡の側に立っている菜穂子が誰にともなく言った。

「菜穂子君、わしは過去は見ないよ。つまり足下は見ないよ。未来を見るんだ。つまり頂上だけを見るんだ」と老小説家が言った。

「ここにいると結婚とか離婚とか、病気になるとか病気が治るとか、すべて馬鹿《ばか》らしくなる」と武島が言った。

「結婚や病気の治癒は馬鹿らしくないのではないですか」と菜穂子が武島に言った。

「つまり、すべてを超越していると、僕は言いたいんだ」

「私、ここでは心が空っぽになるわ」と菜穂子が律子に言った。

「心が空っぽに？」

「悪い考えや体の中の悪いものがすっと出て行く気がするの。赤ちゃんと同じになるの」

「何を言っているのか、わかるようだけど、わからないよ。武島さんや老小説家さんに感化されたのかね」

赤ちゃんに？　ここには戦争も米軍基地もない、失恋も年をとるわびしさも、人の憎悪も、暴力も欲望もない……しかし、絹子ちゃんの死は……安岡は二、三度首を横に振った。

「どうしたの？」と希代がきいた。

「あ、いや」

安岡は、あの頃整形なんかしなくても夜を徹し、腹を割り、じっくり話し合っていたのなら浮気も何もかも解決に向かったはずだ、と言いたかったが、唇をかんだ。

霊鷲山《りょうじゅせん》を下りる途中、バクシが巨石にあいたいくつかの薄暗い洞窟を指し示し、お釈迦《しゃか》様が阿難《あなん》、迦葉《かしょう》、舎利弗《しゃりほつ》などの弟子たちとここにこもり修行しましたと説明した。

「では、皆さん、安岡先生ご夫婦のように、よろしかったら聖なる石をいただきましょう。ご自身の心と波長の合う石を探してください」とバクシが言った。

「波長の合う石って何？」と律子が聞いた。

「見た瞬間、何かがひらめいた石です」

「ひらめくかしらね」

「石は二個にしてください。次の場所でもいただきますから。どこの石かしっかり覚えていてください。沖縄の平和祈念公園に埋める場合に必要ですから」

バクシが全員に言った。一行は周りをキョロキョロ見ながら歩き回った。安岡は、絹子が好みそうな、形も色もできるだけきれいな石を探した。白と茶色の模様の入った、赤ん坊のこぶし大の石を見つけ、ポケットに入れた。

石を探し終えた一行はおのおの洞窟を覗《のぞ》いたり、写真を撮ったりした。

沖縄のマスコミによく出る戦争体験者や生前の父（父は戦後生まれだが）の話から安岡はガマを思い起こし、閉じこもっていた沖縄の住民の恐怖におびえた表情を連想した。しかし、この洞窟では釈迦が日々人類を救済するための修行に明け暮れていた。

沖縄では、外国にも似たケースがあるようだが、昔は死者を洞窟に葬った。老小説家は埋葬がテーマの小説を二つ書いたという。しかし、この場所は埋葬地でもなく……。

「ブッダガヤでの悟り、サールナートでの初説法の後、お釈迦様は王舎城のビンビサーラ王と再会しました。午後はこのいわれの地を辿《たど》ります」とバクシが言った。

第十九章　竹林精舎

「聖跡巡りツアー」二日目。二〇一〇年七月三十日の午後。

日をいっぱいに浴びた霊鷲山からホテルに戻り、部屋に入った後、一階の大食堂に集合し、遅い朝食を済ませ、程なくバスに乗り、竹林精舎跡《ちくりんしょうじゃ》に向かった。

バクシが「竹林精舎は中インド・マガダ国の王舎城の北方にあった、仏教最初の僧院です」と言った。迦蘭陀《からんだ》長者が竹林を、ビンビサーラ王が伽藍《がらん》を釈尊に献じたという。

集落の土壁の家々は、竹を縦横に編んだ柵に囲まれている。庭にも竹が生え、幹が細く、葉が異様にこんもりと茂った竹林が方々にある。野良仕事や家畜の世話をしている痩せた子供たちが手を休め、バスを見た。

まもなく竹林精舎の入り口にある小さな広場にバスは止まった。褐色の細い手を差し出した小学生くらいの女の子に希代がバスの窓ガラスを開け、二ダースほどの三色ボールペンを手渡した。すぐさま裸足《はだし》の少年たちが牛の糞《ふん》をものともせずバスに駆け寄り、懸命に希代に手を伸ばした。希代はあの少女から分けてもらってと声に出し、ゼスチャーを繰り返した。希代はいつボールペンを準備したんだろうと思いながらバスを降りた安岡は、ほこりっぽい道端に座り込んでいる老女と目が合った。老女は安岡に必死にいざり寄ってきた。両の膝から下を失ったこの老女に、安岡の脇から菜穂子が小袋に入れたお菓子を手渡した。両手を差し出しながら集まってきた子供たちが菜穂子を取り囲んだ。菜穂子は表情は明るいが、ひどく汚れた、だぶだぶの袋のような白っぽい服をまとった少女に「あめ玉を買って、みんなで分けてね」と言いながら五ルピーを渡した。周りの子供たちが悲鳴のような歓声を上げた。

入り口に制服を着た、肌の色が褐色の警備員が立っている。中に入れない子供たちは囲いの外からニコニコしながら菜穂子や希代に手を振り、合掌した。少女はもらった五ルピーを男の子に得意げに見せている。菜穂子が子供たちに手を振りながら「人の目って、あんなに澄むものなのね」と希代に言った。

「本当にきれいな目ね」

「あの子たち、今し方、大地から生まれ出たような感じね。何千年も変わらない表情だわ」

子供たちは一人残らず痩せている。筋肉質というわけでもないが、全身に力がみなぎっている、と安岡は感じた。この目の輝きは何だろう？　少女が多分心底感じている生の喜びが目に映えている。澄んだ目がキラキラ輝く少女をじっと見ていると、老いるのは恐怖だと言っていた老小説家の気持ちがなんとなくわかる。

「バクシさん、子供たちは何かもらうといつも合掌するの？」と希代が聞いた。

「合掌には意味があります。片方の五本の指は五感です。あとの五本の指は空、水、土、火、風です。これを合わせるのです。一番の力になります。人間力です。腕が長い、腕が強いと言います。私はこのように祖父から聞きました。本には載っていません」

毎年かなりの軍用地料が振り込まれるのだから、この子供たちに何かしらあげるべきではないだろうか、と安岡は思った。大学同期の赤嶺の親戚のヨネは必要最小限のものだけでも人は生きていけると、声に出さずに示したように記憶しているが、インドの子供たちも必要最小限のものしか求めていないように思える。アジア初のノーベル文学賞受賞者はインドの詩人タゴールだ、と覚えている。タゴールの詩（がどんなものかはわからないが）を生み出したのは、このような子供たちに内在する何ものかではないだろうか。

突然、安岡の脳裏に絹子が飛び込んできた。先ほどの老女は両膝から下を失っているのに生きている……絹子は五体が満足のままブランコから落ち、亡くなった……。

安岡の目の前を老小説家が腰の力が抜けたように歩いている。老小説家は午前中はゴーヤーがプリントされたシャツを着ていたが、今着ているシャツには大きく口を開いたシーサーが描かれている。インドでは妙に沖縄にこだわっている、と安岡は思った。老小説家が不意に安岡に振り向いた。

「安岡君、わしが中学生の頃、コングといったか、キングコングといったか、よく覚えていないが、インド人プロレスラーが白黒テレビを賑《にぎ》わしていたよ。海水パンツのようなものではなく、柔道着のズボンを着ていた。悪役坊主《ぼうず》のような厳《いか》つい顔をしていたが、動きは荒々しくはなかった。ファンはわしだけだったよ。遊び仲間は、とがった歯をむき出し、相手の額をかじるブラッシーや、業師のシャープ兄弟に熱狂していた」

「キングコングも菜食主義者だったの？　バクシさん」

老小説家の側を歩いている律子がバクシに聞いた。

「私はハリウッド映画のキングコングしか知りませんが、菜食でもプロレスラーのような立派な体格になりますよ」

「プロレスラーは枕のような肉を食べているイメージだけどね」

「野菜を食べると土地の神様のパワーがいただけます。脳が働きます。体が働きます。だから、いただきます、は人にではなく、野菜、すなわちエネルギーに言うのです」

「うちは、肉にもいただきますと言うよ」

律子はやけに肉にこだわるな、と安岡は思った。もっとも沖縄ではスポーツジムの帰りによくステーキを食べたとか言っていたが……。

「人間の腸は肉用ではありません。虎の腸は短いが、草食動物の腸は人間みたいです。聖人たちが瞑想《めいそう》しました。人間を長生きさせるのは菜食が一番と悟りました」

バクシは、地球のバランスを崩さないためにも野菜は大事だという。

密生し、あたかも一本の大樹のように見える竹が至るところに生えている。

「今は雨期です。皆さんはとても恵まれています。インドの雨期は毎日のようにものすごい雨が降ります。傘などさせません。滝のようです」とバクシが一行に振り返り言った。「この時期、仏陀《ぶっだ》、お釈迦《しゃか》様ですね。お釈迦様はここビンビサーラ王が寄進した竹林精舎にこもって修行をしました。有名な舎利弗《しゃりほつ》もここで深遠な教えに心の眼《め》を開かれ、お釈迦様の弟子になりました」

竹の他に、長楕円《だえん》形の大きな葉を茂らせた沙羅の高木、憂樹《ゆうじゅ》、無憂樹《むゆうじゅ》など釈迦にゆかりのある木が生え、遺跡の発掘跡には水がたまり、池になっている。沖縄ではユウナの花、ハイビスカスの花など、花に目が向くが、釈迦にゆかりの植物は菩提樹《ぼだいじゅ》、無憂樹など、どうも花というより木のようだと、安岡は思った。

「疎隔《そかく》された鶏《にわとり》」は捉えどころの無い現実をなぞった、いわば観念小説に分類されるだろうが、ここに立つと「疎隔された鶏」に限らず世界中のすべての観念小説がどこかに吹っ飛ぶように思える。

原風景が無ければどうしても小説が書けないというのなら、インドを人類の「原風景」と仮定したらどうだろうか。しかし、この竹林精舎に立っても釈迦の時代を忍べないと安岡は感じた。浦添グスクに立ったときは琉球王国時代が彷彿《ほうふつ》したのだが……。

建物は無く、雑草の中に紀元前六世紀の黒い筋の入った白い石柱や大方崩れた石造りの壁、礎石が残っている。

「太陽に干した布団のような香りだわ。今夜は楽しい夢が見られそう」

草の上に座った菜穂子が誰にともなく言った。

女三人と安岡は思い思いに小石を拾った。

一行は竹林精舎跡から十数分バスに乗り、霊鷲山《りょうじゅせん》の麓にある二千五百年前の牢獄《ろうごく》跡に着いた。竹林精舎跡も暑かったが、灼熱《しゃくねつ》の日が照りつけている。

「ここで何年か前に日本人ツアー客が強盗に襲われました。その後、警官の護衛がつくようになりました」

バクシがなだらかな赤土の坂を登りながら言った。

「今日は大丈夫なのね」と律子が聞いた。

バクシは全員を見回し、「私が電話をかけたら、朝の警官隊がすぐ飛んできます。安心してください。この牢獄に信仰心が篤く、仏教を保護した名王ビンビサーラ王は実の息子に幽閉されました」

主導権奪取に失敗した仏陀の弟子のデーヴァダッタがビンビサーラ王の王子アジャータシャトルに入れ知恵をし、長とし、謀反を起こさせたという。

「デーヴァダッタの仏陀への個人的な恨みが巨大な王国を揺るがしたのです。恐ろしいですね。恨みは一生、私たちと無縁にしたいですね」とバクシが言った。

俺は娘の絹子の命を奪ったブランコとがった石を恨んでいる。石を取り除かなかった自分自身も恨んでいる。一生恨み続けるだろうと安岡は内心つぶやいた。

莫大《ばくだい》な軍用地料に目がくらんだ俺は父を幽閉する。あんなに優しい父を幽閉などと考えられるはずもないが……。アジャータシャトルはマヤーされていたのだろうか。しかし、世界史には父殺しの息子はかなりいる。創作にも出てくる。父殺しではないが、ハムレットの父は叔父に毒殺された……源義経は兄に殺された……考えたら後から後から出てくる。

牢獄の話は小説より芝居にした方が迫力が出るだろう。希代のいた劇団のエロール鈴木は歴史劇というか問題劇に惹《ひ》かれるようだから、この王子の父親幽閉の史実を万が一機会があるなら、多分芝居にするだろう。希代が王妃を演じるのなら、ビンザサーラ王は素人の俺が演じてみたいとも思う。

大方《おおかた》崩れた壁の内側に生えた短い雑草の上に二頭の白い痩せた牛が寝そべっている。安岡は辺りを見回したが、沖縄の名所旧跡と違い、人が亡くなった形跡、墓や慰霊碑は見当たらなかった。

バクシは古く低い石垣の向こう側から一行に向き、解説した。

幽閉されたビンビサーラ王は食事も与えられず、ひどく衰弱した。ただ一人わずかな時間、面会を許された王妃は体に蜜と黒餅の粉を塗り、首飾りの玉の中に果汁を詰め、密《ひそ》かに夫に与えたという。

「女房の肌に？　ほんとかな」

老小説家が独り言のように言った。

「なんなの、不謹慎よ」

律子が老小説家の汗ばんだ細い腕をたたいた。

「老小説家さんはご独身でしょう？」

「ご独身？」

「うちも独身だけど、結婚して妻の良さをわかってくださいよ」

「妻か。わしの九十歳の母親は、おまえ以外にどこかで子供を産んでおけばよかった、孫も見せないでと、未《いま》だにわしをなじっているよ」

老小説家は煙草に火をつけた。

「老小説家さんは天涯孤独ではないの？」と律子が聞いた。

「母親が老人ホームにいるよ」

「恋も結婚も両刃《もろは》の剣ですよ」と武島が言った。「喜びの反面、悲しみがありますよ。人間を成長もさせ、堕落もさせます」

「喜びや成長の方が断然多いよ、ね、そうよね」

律子が希代に笑いかけた。希代は小さく首をかしげた。

「動物は皮を残す。人間は負けている。人間はすぐああだこうだという。役に立たん。虎はただ一声吠《ほ》えるだけだ」と老小説家が言った。

近づいてきた菜穂子が安岡に笑いかけ、「王様とお妃《きさき》は麗しい夫婦愛ですね」と言った。

「バクシさん、インドにはあのような残忍な息子もいるんですか」

菜穂子はバクシに聞いた。

「インドでは毎日が父の日、母の日です。命を与えてくれた父母を毎日尊敬するのです」

「毎日がお父さんとお母さんの日なの？」

「両親を喜ばせると、神様も喜びます。両親の世話をするというのは神様の世話をしているのです」

「お父さんとお母さんは神様とつながっているの？」

「親が亡くなってから手を合わせる人がいます。よい行いですが、生きている間にも手を合わさなければ……つまり尊敬しないといけないのです」

「子供の義務なんだね」と律子が口を挟んだ。

「子供の日もあります。学校ではイベントもします。優秀な子供には首相からプレゼントがあります」とバクシが言った。

「子供も神様とつながっているの？」と菜穂子がバクシの目を見つめ、聞いた。

バクシはこの問いには直接関係がないような、ある話を始めた。

お釈迦《しゃか》様の、弓自慢のいとこが鳥を射落とした。かわいそうに思ったお釈迦様が手当てをしたら鳥は生き返った。いとこは鳥は自分のものだと主張した。お釈迦様は命を助けたから私のものだと言った。お釈迦様の父親が、命を奪うより、命を助ける人が偉いという判断を下した。

「お釈迦様はどういう生き方をすべきか？　正しい人生はどうあるべきか？　真理がわかっています。人は何をすればいいのかを教えます」

一行は古い石囲いから舗装されていない道路に出た。

腰を曲げ、石を探している希代にバクシが「あ、奥さん、牢獄《ろうごく》跡の石はいただかなくてもけっこうです」と言った。菜穂子がバクシに「私、王様とお妃の話を聞いて、女として、恋をして、自分自身を喜ばせて、八十歳まで生きたくなったわ。バクシさんのように人生を四つに区切らなくて」と言った。

バクシはほほ笑み、長い手を振り、「皆さん、バスに戻りましょう」と言った。

昨日までは女の美が崩れないうちにとか、年齢への恐怖があるとか言っていたが、八十歳まで生きる気になったんだ、と安岡はぼんやり思った。バクシが歩きながら菜穂子に言った。

「人生は変転するものですよ、菜穂子さん。人のために尽くさなければ、何のために修行を積む必要がありましょうか」

「恋をするのも人に尽くしているんでしょう？」

「菜穂子さんは先ほど子供たちに喜捨しました。立派に尽くしています」

希代は足下の薄紫色の小石を二個拾った。

一行はバスに近づいた。安岡は度肝を抜かれた。以前訪れた国にも華やかな民族衣装を着たモデルが観光客と記念撮影をし、モデル料をとり、写真を売る商売は存在した。しかし、安岡の目の前の道端には、普通の身なりをした、十歳前後のふたりの少女が大きなかごに山のように盛った牛の糞《ふん》を頭に載せ、安岡たち一行と写真を撮ろうと笑みを振りまいている。一行は少女たちを見たが、足を止めなかった。少女たちは重そうな牛の糞を頭に載せたまま、安岡に少し振り向き、照れくさそうに笑った。

安岡は一緒に撮影しようと少女たちに数歩近づいたが、ふと立ち止まった。俺は牛の糞を頭に載せた少女と並んだ写真を誰かに見せ、面白おかしく話題にするのではないだろうか。俺の中には姉妹のように見える、目が純粋な少女たちを笑いものにしようとする邪心が潜んでいる。

安岡はバスに乗り込んだ。

急に自分の貧弱な良識がしゃくに障った。無垢《むく》の少女たちが大量の牛の糞を頭に載せた写真を撮ると、なぜ少女たちが傷つくのだろうか。このような写真を見せたら嘲笑《ちょうしょう》する人もいるだろう。しかし、大方《おおかた》はいたく感動するのではないだろうか。俺のつまらない良識が、あの少女たちの心を傷つけたのではないだろうか。

安岡は頭を切り替え、考えた。聖なる牛の糞を頭に載せ、世界中の人々の写真のモデルになる、生き生きとした少女の中に普遍的な小説のテーマが見いだせないだろうか。テーマさえ見つかれば、物語を作る自信はあるのだが。

菜穂子が通路に立ち、うつむいている安岡に聞いた。

「安岡さん、変な質問ですけど、安岡さんはバスは同じ席なのになぜ奥さんと別々のお部屋なんですか。一人部屋は何万円もアップするでしょう？　夫婦は安岡さんたちだけだからって遠慮はいらないと思いますけど」

安岡は曖昧にうなずき、窓の外のふたりの少女の後ろ姿を見た。頭に載せた牛の糞が花や芸術作品や民芸品のように、言いようもなく自然なのは、牛の糞と少女たちが何の境もなく溶け合っているからだろうか。

座席に着いた律子は太った体を通路に傾け、横の希代に言った。

「希代さん、うちと菜穂子さんね、あんたの円形脱毛症がこのツアー中に消えるか否か、賭けをしているよ」

「……」

「こんな賭け、失礼になるかね」

「どっちが消える方に賭けたの?」

「菜穂子さんよ。うちは信心深くないから」

バスは出発した。

しばらく牛の糞を頭に載せたふたりの少女の面影が漂ったが、安岡は窓から霊鷲山《りょうじゅせん》を見続け、牢獄《ろうごく》の窓からわずかに見える霊鷲山の仏陀を思い浮かべ、心を癒やしたというビンビサーラ王に思いをはせた。

バスは走り続けた。インドの大地と沖縄の島は全くかけ離れている、と安岡は思った。大陸と島の違いではなく、戦争や米軍基地や米兵が全く違う。

インドも第二次世界大戦に巻き込まれたから戦争遺跡もあるはずだが、安岡の頭の中からすっぽり抜け落ちている。

神話には共通点があるだろうか。シーサーはオリエントからインドを通り、沖縄にやってきたと以前、バクシが言っていた。もしかすると人々の楽天性も? インド映画は陽気に踊りながらハッピーエンドにならないと、観客が騒ぎ出し、入場料の払い戻しを迫ると、確かバクシか三線男が言っていた。このような陽気な楽天性を尊ぶ民族の気質が先ほどの少年少女の表情を作っているのだろうか。

多種類のカレーの昼食をとり、午後二時半、ホテルのチェックアウトを済ませた。バスは狭い農道やほこりっぽい田舎道を走り、ブッダガヤに向かった。

「昨日、今日と皆さんが見学なさったところはシッダルダ、お釈迦様になる前のお名前ですが、シッダルダが菩提樹の下で悟りを開いた後、いわれが生じた旧跡です。これからいよいよ悟りを開いたブッダガヤに参ります。大体四時間くらいかかります」

老運転手のすぐ後ろの席に座っているバクシが顔だけ一行に向け、言った。疲れが生じたのか、感動に浸っているのか、一行は全員黙っている。

安岡は霊鷲山や竹林精舎の絹子のおもかげと重なるような少年少女を思いおこした。

生命力にあふれた主人公を小説に書きたいと常々思っている。昨日今日出あった子供たちは、理想的な登場人物が本の中から抜け出してきたようにも思える。つまり、あの少年少女を写実的にしっかり書けたら、特に筋や物語を作らなくても一編の価値のある小説ができあがるだろう。

今の日本は超近代化し、人間の本質が覆い隠されている。インドの少年少女には原初の人間性があふれている。小説は苦の中から生まれるとするなら、目のキラキラした、純真な少年少女の背後の闇を探し出さないといけないだろう。しかし、安岡はこのような少年少女の背後は追求したくなかった。

幹に害虫よけと夜光塗料を兼ねた白い色が塗られた沿道の並木が白い鳥のように飛び去った。

「両側の並木は菩提樹ではありません」とバクシが言った。「並木の皮を剥いで、立ち枯れさせて、薪《まき》にする不届き者もたまにはいます。役所のものだから近所の人は誰も文句は言いません。だけど警官に見つかると罰せられます。あの畑の中にあるのは菩提樹です。あちらこちらにありますね」

菩提樹の大木の木陰に鍬《くわ》を持った人や子供が立っている。隆起珊瑚礁の岩盤が地表近くにせり出している沖縄の南部には、インドの小石を埋めるつもりだが菩提樹は生えないのではないだろうかと安岡は思った。菩提樹が少しずつ数を増してきた。川沿いの野原、畑の近く、小さい集落の入り口、大きな池のたもと、一本道の傍らにぽつんと、しかし幹や枝ぶりが見事な菩提樹の巨木が生えている。

灼熱《しゃくねつ》の日の下を長時間歩いてきた人々にはこの木自体が救いではなかっただろうか、と安岡は思った。干ばつの時、わずかな水たまりにいろいろな水生動物が集まるように、菩提樹の下に様々な民族、階層の人々、また動物たちが集まったのではないだろうか。

安岡は何気なく後ろを見回した。老小説家は頭をたれ、すごく疲れたように眠っている。老小説家は初恋の相手を小説の主人公にした、と以前言っていたが、父母の話は全くしなかった。母親は老小説家が結婚するように願っていたんだ。しかし、なぜか老小説家に結婚生活は似合わないような気がする。

今日の早朝、霊鷲山の登り口の草むらにマングースのような小動物が逃げ込んだが、何年か前、老小説家が大学生たちを相手に講演した「黒人兵とマングース」という小説は、マングースがインド原産であるにせよ、ないにせよ、絶対沖縄でしか生まれないだろう。常に、小説の基は原風景だと強調する老小説家にはインドを舞台にした小説は書けないだろう。しかし、俺にも書けないのでは？　インドを書く内的必然性が俺にあるだろうか？　絹子の死や成仏をモチーフにしたらインドの大地や宗教が磁石のように俺の内部に引き寄せられるだろうか。

小説は自分を書くべきだ。例えば、あの牛の糞を頭に載せた少女たちがいくら魅力的でも感動的でも本質的に他人は書けないだろう。他人を書くべきではないんだ。自分には自分の魂しかわからないんだ。自分が生きてきた魂の軌跡を書くべきだ。安岡は自分に言い聞かせた。

インドでは小説より小石に専念すべきではないだろうか。絹子が成仏し、希代や俺は癒やされる。小石を拾えば……。癒やされるという言葉は常套句《じょうとうく》になっているが、今の俺には切実だ、と安岡は思った。

古代の風景のように美しく、どこか幻想の風景にも似た田舎道をバスは進んだ。

安岡がうとうとしかける度にバスの車輪が道の穴ぼこに落ち、目が覚め、また車窓から後ろに消えていく、近くや遠くの菩提樹を見た。菩提樹は遠い昔から大地に強固に根付いている。干ばつや長雨にもびくともせず、地中の息吹を吸い上げ、無数の葉が豊かにそよいでいる。このように考えた。すると、菩提樹の大木のすべてが悟りの木に見え、一本一本の美しい枝ぶりの木陰にたくさんの釈迦が居並んでいるような錯覚を覚えた。

バスの窓の外を、人々が声を合わせ、何か唱《とな》えながら男女別々に歩いている。

「巡礼の人かな？　なんと言っている？」

安岡はバクシに聞いた。バクシは老運転手に聞いた。

「この地方の方言で、巡礼は長く歩けば歩くほど達成感は大きくなる。バスは馬鹿が乗るもんだ、だそうです」

バクシが白い歯を見せ、言った。

穴だらけの基幹道路が続いている。バスは穴に車輪をゆっくり落としながら進んだ。

第二十章　赤ん坊殺し

「聖跡巡りツアー」から十一年遡《さかのぼ》り、一九九九年八月の末、ゴーヤーチャンプルーを食べ終えた安岡はクーラーを強冷にし、王様の椅子に長身を深々と沈めていた。

こう言ってては何だが、思ってもいけないと思うが、老小説家には六十年ほどの人生の軌跡がある。また原風景イコール自分だと言っていたから自分という書くべき題材がある。しかし、まだ一作も発表していないように思える。大きい体験、事件を書くより何でもない小さい日常を書くべきではないだろうか。大きい事件も氷山の一角に過ぎず、海面下は何気ない日々の感動の積み重ねではないだろうか。このように考えている時、老小説家から電話がかかってきた。

「君が書けそうな題材を考えたら、急にハウスの白人女が思い浮かんだ」

「ハウスの女……ですか」

「三十六、七年前に赤ん坊を抱いてアメリカからやってきた女だ。三十五年前に大きな事件を起こした白人女だ」

「大きな事件……ですか」

「軍人の夫は戦死したのに、三十五年間も待ち続けているんだ」

「アメリカ人にも被害者がいるというドラマが作れそうですね」

「君は沖縄の小説には被害者と加害者しか登場しないと考えているようだが、新しい角度から人間の本質を探り出せないのか」

被害、加害という沖縄文学のパターンは老小説家の世代の頃に流行し、議論が沸騰したと安岡は思ったが、何も言わなかった。

「わしが思うに人間は猿の時代に心配性や被害者意識をカクトクした。身の危険を心配しなければ、生きていけなかった。仲間がライオンに食べられた事実だけを記憶して、おいしい果物を食べた事実は忘れる。安心していたら生き残れなかったんだ。人間になった今でもあの時の遺伝子はちゃんと残っている」

「老小説家さんは以前誇大妄想の人物を書け、被害妄想の人物はだめだとおっしゃいましたが、今でも人間は猿だと考えているんですか」

「わしは人間は猿だから被害妄想を書いてはいけないなどと言ってはいないよ。被害妄想は敵を見る目を曇らせる。狭い穴から遠くの空を見ているようなものだ。近くの敵は見えないんだ」

「誇大妄想は大空からすべてを俯瞰《ふかん》すると言うんですね」

「君はなかなか要点をつくじゃないか」

「まあ、いや」

「太古の昔から加害者がいたし、被害者もいたよ。当たり前の話だ」

「しかし、沖縄の人は被害者、米兵は加害者だと沖縄の人が信じていた常識を、老小説家さんの掌編小説、黒人兵とマングースがひっくり返したんですよね。新たな認識を与えたではありませんか」

「まあ、確かにそうだが。話がそれたが、君はテント集落や収骨にわざわざ連れて行ってもまだ書けないようだから、今回は強いインパクトに直面させるよ」

「強いインパクト？」

「これまでのわしの原風景の中でも一番強烈なモノだ」

「何ですか？」

「今回は生きた人間だ。いわば原風景が生きているんだ」

「生きている原風景？」

「テント集落や収骨はイメージの世界だが、今回は生の人間、しかも女、そのうえアメリカ人が存在する」

「生の？」

「今、何か書いているか？」

「いえ、まだ」

「君はあまりにも二作目が書けなさすぎるよ。このような受賞者は前代未聞だ。受賞後何年になる」

「一年ちょっとです」

安岡は先ほどありふれた日常を書くべきだとも思ったが、「原風景が無いからでしょうか？」と聞いた。

「簡単に原風景という言葉を使って欲しくないな。君が書けないのは強烈な現実に直面した体験が無いからだとわしは考えているよ」

「……」

「驚くなよ、安岡君、明日、子殺しの白人女に直面しに行こう」

「子殺しの白人女？　さっきの話の女ですか」

「わしの原風景に連れて行っても講演を聴かせても君は馬鹿の一つ覚えみたいに書けない、書けない、テーマが見つからない、見つからないとぼやいているが、この子殺しのリリアンに安岡君、君自身を追い込みたまえ」

「リリアンに、僕自身を追い込むんですか」

「リリアンはまもなくアメリカに帰るから、明日会いに行こう」

「アメリカに護送されるんですか？　アメリカで裁判や収監を？」

この状況なら会えるはずはないと思いながら安岡は聞いた。

「赤ん坊を殺したのは三十五年も前の話だ」

「……じゃあ、刑の執行は終えたんですね」

「三十五年前に逮捕はされたが、すぐ無罪になったよ」

「アメリカの刑法の殺人罪は懲役二百年とか死刑とか非常に重いと聞きましたが」

「犯行時のリリアンの精神が尋常ではなかったんだ」

「なぜ老小説家さんが……白人の女性とお知り合いなんですか」

「三十五年前、わしは彼女の隣のハウスのガーデンボーイをしていたんだ」

「しかし、あれから三十五年もたつのに……まさか恋人ではないですよね」

「恋人だったらおかしいかね。まあ、恋人ではないが」

「この三十五年間、何度か会ったんですか」

「数回会ったよ。小説にならないか、模索したんだ」

「小説は完成していないんですよね」

「完成していたらおかしいかね」

「あ、いえ」

「まだ書いていないから、君に話をしているんだ」

「小説の草案はできているんですか」

「実際にハウスに行ったら何もかも明らかになるだろう。明日午前十一時に、この間の天麩羅屋の前に迎えに来たまえ」

老小説家は電話を切った。

二カ月前の、空梅雨の六月、大学生を前に老小説家は「なぜ黒人兵はマングースを焼き殺したか」というテーゼの講演をした。今回はズバリ「なぜ白人女は赤ん坊を殺したか」がテーゼになる。

深夜になったが、寝付けなかった。何度も寝返りを打った。なぜ白人女のリリアンは赤ん坊を殺したか？　様々なケースが安岡の頭の中を駆け回った。

翌日、安岡は珍しく約束の時間より早く天麩羅屋の前にいた老小説家を車に乗せた。老小説家は、港川のカーミージー（亀岩）近くの米人ハウス地区の跡地――今はほとんど本土や沖縄の人が住んでいるが――に向かうように言った。安岡はカークーラーを強冷にし、車を発進させた。

「これまでに何度かリリアンに手紙を送ったが、一度も返事は来なかったよ」

「どんな内容の手紙ですか」

安岡はまさかラブレターでは、と思いながら聞いた。

「真実究明の手紙だ」

「……赤ん坊殺しの？」

「つまり事件の真相だ。先日何年かぶりにリリアンのハウスに手紙を送ったよ。電話番号も記しておいたから電話が来たんだ。いいタイミングですとても喜んでいた。数日後にアメリカに帰るそうだ」

「老小説家さんをちゃんと覚えていたんですね」

「リリアンの記憶力は抜群だ。三十五年間に数回しかわしは姿を見せていないのだが、ちゃんと覚えているんだ」

「すごいですね」

「この間大学生たちに話したリッキーとイメージが関連するから注意深く観察したまえ」

「原風景が関連するんですね」

「君はわしの原風景を軽く考えているようなものの言い方をするが、今回はわしの体験の重さを感じ入るだろう」

「リッキーは黒人兵だが、今回は白人の女ですよね。リッキーのように若くはないですよね」

「わしと同じくらいの六十歳前後だ」

「高齢のアメリカ人が沖縄に留《とど》まっているのは珍しいですね」

「アメリカ人の、まあ君の歳《とし》からしたら老女の話を聞くチャンスはなかなかないよ。沖縄の作家は若い米兵しか小説には登場させないからな」

「今日の訪問の約束は取り付けたんですか」

「したよ。だが、いつ突然行ってもリリアンはちゃんとハウスにいるよ」

「買い物とかは？　メードがいるんですか」

「一人つきりだ。食料は業者に配達させているようだ。近隣のハウスの住人から聞いたのだが」

「フレンドに会いに出かけたりは？」

「ほとんど家にこもりつきりだ。外出は病院に行くときだけだ」

「まだ病気を抱えているんですね」

「しかし、普通の女と変わらないよ。料理も作るし、赤ん坊を殺したから育児は不可能だが。掃除洗濯もこなす」

「……」

「過去に何回かリリアンのハウスを訪ねたが、門前払いを食らった」

「何度か会ったというのは門前払いですか」

「まあ、立ち話はした。立ち話程度ではリリアンの人間像を造形できないから、小説にするには手に余る」

老小説家の手に余る？　つまり僕を高く買っているのだろうか。

「先ほど言っていましたが、小説にするつもりで、リリアンを訪ねたり、手紙を出したりしたんですね」

「安岡君、彼女の存在を小説に書いてみないか？　貴重な題材だが、君に譲るよ」

「本当に僕でいいんですか？」

「アメリカから遙《はる》か離れた沖縄で自分の赤ん坊を殺し、しかも三十五年もアメリカに帰らず、戦死した夫を待ち続けている。小説になるよ」

「ありがとうございます。しかし、このような新奇な話をなぜ老小説家さんが書かないんですか。もったいない気もしますが」

「わしは書くべきモノがありすぎる。君は一つもないようだから、実にもったいない気もするが与えよう」

「結核療養専門病院に入院していた頃でしたか、老小説家さんは昔書いた小説を読み返し、男泣きをしたとおっしゃっていましたが、もしかすると、あの小説はこの子殺しのリリアンを書いた小説ではないですか？」

「君はわしの話をちゃんと聞かなかったのか。リリアンの小説は今から書くんだ。君が書くんだ」

「僕が？」

「君にあたためていたテーマや題材を与えてやろうとわしは言っているんだ」

「子殺しのアメリカ人のリリアンを書いたら米軍や、あるいは安保条約を締結している日本政府からクレームが来ませんかね」

「君は政治的圧力を恐れているのか。本物の小説家をめざすなら国家権力から国外に追放される存在であるべきだ。ルソーもヴォルテールもマキュアベリもダンテもみんなそうした」

「あの頃の偉人と僕とは」

ふと安岡は思った。アメリカ人の作家が沖縄に住み、沖縄人と米兵の関係を小説に書いたら、どのようなモノができるだろうか。記憶が定かではないが、ヘミングウェーも若い頃従軍記者だったようだし、沖縄の米軍基地に配属になった兵士の中にも小説が書ける者がいるはずだ。

「アメリカ人の作家なら今の沖縄をどう書くでしょうか」

「アメリカ人の作家なんかに沖縄の米軍基地を書かすな。安岡君、君が書くべきじゃないのか。君は自覚はないのか」

「……」

沖縄でも赤ん坊に乳を含ませたまま午睡《ひるね》をし、窒息死させた母親がいる。殺意はなく、リリアンの子殺しとは違うが……。可愛《かわい》い盛りの、純真無垢《むく》の赤ちゃんを実の母親が殺すとは——バクシか三線男が、死産した若い母親がはるばるインドを訪れ、死産した子の写真をガンジス川に流したと言っていたが——。リリアンも三十五年前にインド哲学に感化されていたら、何かが変わっただろうか。観念的、理念的なインド哲学を小説にするのは難行だが、具体的な人物のモデルがいる「白人女リリアンの子殺し」はもしかすると小説に書けるかもしれないと安岡は思った。

キャンプキンザーの港川ゲートの近くの巨大な岩盤の上に数十のコンクリートのハウスが建っている。ほとんどのハウスの外壁は黒ずんでいる。空き家もある。なかには二階建ての新築の家もある。ブロック囲いもブーゲンビリアやハイビスカスの生け垣もある。

「今は本土や沖縄の人間が住んでいるが、青年のわしがガーデンボーイをしていた頃はアメリカ人しか住んでいなかった。全部真っ白いコンクリートのハウスで、囲いはなく、青々とした芝生が広がっていた」

「隔世の感がありますね」

「昔を知っているような言い方だな。……リリアンのハウスは今でもきれいだが、一日中静まりかえっているから近隣の住人が気味悪がっている」

「中に人の気配はするんですね」

一棟だけ真っ白いペンキの塗られたハウスがある。他のハウスにはない見事に整えられた芝生が生えている。安岡は老小説家の指示通り、このハウスの前に車を止め、降りた。海浜が近いせいか、海風が吹いている。

玄関の白いドアから出てきた白人の女が「おいで、おいで」と手招きをした。招き猫のようではなく、下からすくい上げるような手だ、アメリカ式の招き方だと安岡は思った。小柄な痩せた女性の顔は白というより赤っぽく見える。くせ毛の髪はヘアクリームを塗ったのか、つやがあるが、口の周りにも額にも深いしわが寄り、同年くらいだという老小説家よりずっと老けている。目は大きいがトロンとしている。安岡には一見醜い女に、しかしどこか聖なる女に見えた。

リリアンは庭の白いテーブルに着くようにゼスチャーをした。老小説家はリリアンと固い握手をした。三人は白い長椅子に座った。リリアンはテーブルの上の保温ポットからかわいい果物模様のカップに珈琲《コーヒー》をつぎ、ふたりに勧めた。

「安岡君、質問を考えたまえ」

安岡はナイスミーチュー、マイネイムイズヤスオカとあいさつをしたが、なぜか落ち着きを失い、すぐ言った。

「ありがとうございます。どなたかいらっしゃるんですか、食事など差し入れをする人とか」

「ジブンノコトハ、ジブンデヤッテイルワ」

日本語が通じるんだと安岡は思った。

「何かに熱中しているんですか。絵を描くとか、ペットを飼うとか、花を育てるとか」

安岡は変に頭がのぼせている。

「ナニモナイワ」

「たまにはパーティーとかに出ましたか？　クリスマスパーティーとか、友人がアメリカに帰るパーティーとか」

「ユウジンハイナイワ」

「眠れない夜はどのように？」

「ネムレナイヨルハ、ナイワ」

「毎晩、お祈りをしているんですか」

「ココロノナカデ」

「キリスト教ですか」

「ジブンジシンニイノッテイルノ」

「物事の解決は自分自身でなさっているんですか」

「ワタシノモンダイヲアナタガカイケツデキルノ？」

「僕にはできませんが、神になら」

「カミハイナイワ」

「でもなぜ、あなたは平然としていられるんですか」

「ジブンヲシンジテイルカラヨ」

老小説家がポケットから取り出した小さい包みをリリアンの前に置いた。いつの間に準備したんだろうと安岡は思った。

「ナニカシラ」

リリアンは老小説家の目を見つめながら花柄の包装紙を開けた。金色のライターが出てきた。リリアンは火をつけ、消した。何度か繰り返した。

「煙草《たばこ》、吸う?」

老小説家が聞いた。リリアンは首を横に振った。

「あなたを忘れた人の胸に火をともしなさい」と老小説家は言った。リリアンは微笑《ほほえ》み、老小説家と珈琲カップを合わせ、飲み干した。

「沖縄での数十年間、どうでしたか」

安岡は躊躇《ちゅうちょ》したが、口に出し、聞いた。

「オニクヲタベテ、オサケヲノンデ、マンプクシタラ、ナニモタベタクナクナルデショウ? イキルコトモオナジヨ。イキルコトニマンプクシタラ、モウイキタクナクナルノヨ。シヲヨロコンデウケイレラレルノヨ」

「肉と生と死は次元が違うのではないですか?」

リリアンは急にテーブルに頬杖《ほおづえ》をつき、目を閉じた。なかなか目を開けなかったが、不意に大きなため息をつき、目を開け、立ち上がった。

「デハ、ガーデンボーイさん、サヨウナラ、ナガイアイダオセワニナリマシタ」

リリアンは白いワンピースの裾を翻し、妙に颯爽《さっそう》と白いドアの中に消えた。安岡は唖然《あぜん》とした。白いテーブルには老小説家のプレゼントのライターがぽつんと置かれている。安岡は老小説家を見た。一瞬、驚愕《きょうがく》した。老小説家は涙を流し、うつむいている。

「……リリアンはアル中になりませんでしたか」

「酒ではなく、ずっと薬を飲んでいたようだ」

老小説家はズボンのポケットからハンカチを取り出し、涙を拭いた。安岡は顔を横に向けた。泣いている老小説家を見たくなかった。

「あの白いワンピースは三十五年前に着ていたものだ。あまりに懐かしくなって、不覚にも涙が出た」

「赤ちゃんを殺したときに着ていたんですか」

安岡は老小説家を見た。

「ワンピースの胸元をはだけて、乳を露出していた。赤ん坊に飲ませていたんだろう」

ふたりは車に戻った。「何かあっけない対面でしたね」と安岡は言った。

「あれくらいがちょうどいい」

安岡は車を発進させた。

「リリアンは入院生活もあるんでしょうか」

安岡は少し話題を変えた。

「よくわからんが、少なくとも一時期はあるだろうな」

老小説家は安岡の目を見つめた。

「あの頃のリリアンと全く同じだ。容姿も表情も服装も声も。幻だと思ったよ。ちゃんといたよな」

「いました」

「人生は夢幻と言うが、本当だな」

「なぜリリアンは三十五年も沖縄にいたんですか？　アメリカに帰らなかったんですか？」

「君は今まで何を聞いていたんだ。夫が戦場から帰ってくるのを待っていたんだ。来るとき、車の中で言っただろう。とっくに戦死しているのに」

リリアンの目には三十五年間、沖縄の何が映ったのだろうか。頭に何が記憶されたのだろうか、と安岡は思った。赤ちゃんを殺しても長生きできるとは――赤ちゃんは一、二歳しか生きなかったのに、三十五年間も孤独な、ふるさとから遠く離れた他国での生活に耐えられるとは――リリアンはどのようなエネルギーやパワーを秘めているのだろうか。生活費は夫の遺族年金のようなものがあったとも考えられるが。

「なぜ今、アメリカに帰る気になったんですかね」

「わからんが、もしかすると目が覚めたんだろう。夫の戦死や赤ん坊殺しの記憶がよみがえったんだ」

「さっきの様子では赤ちゃん殺しを思い出したようには到底見えなかったですけどね」

「わしが思うにリリアンは正気に戻ったんだよ」

「病気がこんなにも長く沖縄に滞在させたんでしょうね」

「たぶんな」

「夫が戦死したから、リリアンは精神の均衡をくずしたんですか」

「軍の上官がいくら証拠を示してもリリアンは、夫は生きているとくってかかったようだ」

「この時には、すでにもう……」

「心理カウンセラーや精神科医が懸命に処方やカウンセリングをしたようだ」

「戦死した夫の遺骨は？」

「リリアンは自分の夫ではないと受け取りを拒否したから、軍がアメリカ本国の夫の肉親に届けたようだ」

「リリアンは再婚とか考えなかったんですね」

「夫が生きているから、再婚したら重婚になるよ、リリアンの中では」

「リリアンは三十五年間毎晩、軍人の夫の夢を見ていたんでしょうか」

「生きていると信じているが、現実には現れないから、夢に出てきただろうな」

「何か考えさせられますね」

「夫が帰ってくるという希望が三十五年間生をつないだんだ。赤ん坊を殺したという事実は頭からすっぽり抜け落ちている」

「一種の楽観主義者ですね」

「気軽に楽観主義というのもどうかと思うが、確かに何の迷いもなく夫だけに没入している」

「……」

「わしは君に老いが怖いとか嫌悪しているとか言った覚えがあるが、リリアンの前ではこのような感情が消えるよ」

「なぜですか」

「つまり、何というか、リリアンは最愛の夫をずっと胸の中に抱いたまま歳《とし》を重ねたからだよ」

「しかし、狂気だったから信じられたんですよね」

「狂気というか……幻想でも信じられれば救われる」

「幻想を信じるんですか」

「何度も結婚離婚を繰り返す、何度も恋人を捨てる、このような正気の人間よりずっと誠実だ。子殺しの事実は消せないが」

「でも、狂気では……」

「もう狂気の話はよそう」

希代《きよ》の姉を虐待した沖縄人の夫と元米兵が頭に浮かんだ。あのような男たちを思うと、なぜリリアンが三十五年も戦地から帰ってくるはずのない夫を待つのか、安岡はどうしても理解できなかった。

「だがな、安岡君、わしが思うに、夫が戦死したくらいでは軍人の妻は狂気には陥らないはずだが」

「覚悟はできているはずですよね」

「何がリリアンを狂気に追いやったのか、安岡君、強力な想像力を働かさなければ、この小説は書けないよ」

安岡はふと、夫婦の永遠の愛をテーマにできないかと思った。あるいは戦争が銃後の妻にもたらす惨劇でもいいのではないだろうか。

「本当に難しそうですね。リリアンはアメリカに帰ったら、夫の墓に詣でるんですか」

「正気に戻ったから夫を夫と認識しているよ。夫の死をちゃんと受け入れているよ。墓参りもするだろう。昔、リリアンのハウス周辺の噂《うわさ》を耳にしたが、リリアンの夫も異常だったようだ」

「……夫も異常だったんですか？　戦場に行く前？」

「リリアンが寝ていたら、俺は眠れないと叫びながら毎晩のようにリリアンの髪を引っ張り、頬をたたき、肩を揺すり、起こしたようだ」

「ひどいですね」

「戦場に行く前に、無理矢理《むりやり》リリアンの髪を二束切り取り、ズボンの左右のポケットに押し込んだそうだ」

「どんな男だったんですか」

「アイスクリームやドーナツが大好きで、ぶよぶよ太って、戦場で弾に当たりやすいと近隣のハウスのアメリカ人たちが噂をしたらしい。本人は甘いものを食べると気がおちつくと言っていたそうだ」

ぶよぶよ太っていても軍人になれるのだろうかと安岡はふと思った。

「異常ですね」

「男の狂気は今から話す」

「狂気？」

「リリアンの夫は米軍の特殊部隊にいたそうだ」

ベトナムの山岳民族に多額の金を与え、ベトコンを殺し、指を切り取ってくるように命じたという。

「わしが聞いた話の断片をまとめて、次のような会話風にしてみたが、どうかな？」と老小説家が言った。

あれ何ですか、と興味ありげにリリアンは聞いた。

これだよと夫は自分の両手をリリアンの目の前に広げた。

手？

手じゃない
じゃあ、指？

あたりだ
指？　手の指なの？

軍隊仲間はベトナムからとんでもないモノを持ち帰ってくるんだ。記念の土産物だよ。俺の土産は指だ。

お土産が指？

指を切り取ってきたから、おまえに売ってやるよ。一本五十ドルでどうだ？　と大量の薬をのんだせいか、幻覚の中、夫がリリアンに言った。

私、ベトコンの乾燥した指なんか買ってどうするの？　とリリアンは勇気を振り絞り、話を合わせた。

俺の上官に百ドルで売ったらいい。差し引き、五十ドルの儲《もう》けだ。アメリカに帰る旅費になる。指で儲けなくてもアメリカに帰れるじゃないの。軍用機ででも何ででも。

軍用機に乗るのは大変危険だ。どこに飛んでいくかわからない。

「どうだね。安岡君。こんな組み立ては？」

「怖いストーリーですね」

「続きはこうだ。リリアンが夫に……」

あなたが生きている間、指を容器に入れて、人殺しをおおいに悔いなさい。

リリアンは指をつまんだが、すぐ顔をしかめ、ちり箱に投げ捨てた。

アイムソーリーとなぜか夫がリリアンに謝った。

「何か余韻の残る結末ですね」と安岡は言った。

「ハウスの近隣のアメリカ住民の噂話だから真偽のほどは定かではないが、この夫は戦場で病的に興奮して、仲間の軍人が四人がかりでやっと押さえつけて、手錠をかけて、強いモルヒネをうったそうだ」

このような夫をリリアンは本当に必死に待ったのだろうかと安岡は思った。

「戦死と言うより病死ですか？」

「死因は軍隊が隠している。上層部は見事な戦死だったと言っているようだが」

「リリアンが発狂して、赤ちゃんを殺したから、夫は自暴自棄になって、敵に無謀に突っ込んで、戦死したと僕は考えていました」

「逆に夫が戦場で死んだから、リリアンは精神に異常をきたして、赤ん坊を殺したのか、真相はわしにも藪《やぶ》の中だ」

「とにかく……赤ちゃんも夫も死んだんですよね」

夫が何十人もの敵兵を殺したと疑心暗鬼になり、リリアンは精神の均衡を崩し、赤ちゃんを殺してしまったのだろうか。夫が戦死したと絶望し、殺したのだろうか。夫が――ぶよぶよ太っているからもてそうもないが――他の女と深い仲になり、嫉妬の鬼に変わり、殺したのだろうか。いろいろ考えられると安岡は思った。

「リリアンは結婚の祝宴も赤ちゃんの誕生祝いも盛大にやったんじゃないでしょうか」と安岡は言った。

「たぶんな」

「夫やリリアンが狂う前は笑顔の絶えない家庭だったんでしょうね。ゆりかごを揺らしたり……」

「結婚直後に地獄の家庭になる事例もあるよ、世の中には」

「世の中は広いですからね」

「白い胸をあらわにした、白いワンピース姿のリリアンを三十五年前に見たのだが……つい数日前に見たような気がするし、夢だったようにも思えるよ」

「老小説家さんは初々しいガーデンボーイだったんでしょうね。夢のようですね」

「夢のようだ」

「赤ちゃんは海に浮いていたわけでも庭の花壇に埋められていたわけでもないんでしょう？　リリアンはすぐ逮捕されたようですから」

老小説家は当時の状況を説明した。ハウスの玄関前の白い敷石が血に染まっていた。小さい白い飼い犬がけたたましく吠《ほ》えていた。憲兵隊が赤ん坊の死体を運び去った後も子犬は吠え続けた。

「誰が見てもリリアンの精神は崩壊していたよ」

「裁判でもすぐ無罪が確定したんですね」

「起訴もされなかったらしい」

事件後何日も数十日もリリアンは「私の赤ちゃんをどうしたの。どうして抱かせてくれないの。連れてきてくれた人に百ドルあげるわ」と憲兵隊や医者にくってかかり、錯乱状態はおさまらなかったという。

亡くなった沖縄の人はグソーに行くが、リリアンの赤ちゃんはどこに行くのだろうか、とふと安岡は思った。……老小説家の「原風景」には少し耳にたこができたが、「白人女の赤ちゃん殺し」という壮絶な原風景がある。

「リリアンは赤ちゃんを殺した後、自殺騒ぎを起こしたりは?」と安岡は聞いた。

「わしの知る限りなかった。夫が帰って来るという幻想が死を寄せ付けなかったんだろう」

「リリアンはすべてを失ったんですよね」

「若い頃たまたま遭遇した赤ん坊殺し事件が、わしに小説家の第一歩を歩ませたかもしれないんだ。いわば原風景中の原風景ともいえる。あの時以来、小説というモノがわしから離れなくなった」

しかし、なぜ未《いま》だにあの事件を小説にしていないんですかと安岡は言いかけたが、口をつぐんだ。

「本当にこのリリアンの事件を僕が書いてもいいんですか」

「わしはいろいろな題材やテーマを抱えているし、第一君は書けない書けないとわしを頼っているじゃないか。なぜか、わしには君を一人前にしてみたい気持ちもあるんだ」

沖縄の少女との淡い恋とかではなく、外国人女の赤ちゃん殺しが受賞第一作……本格的な小説家の第一歩になるというのは……どうだろうかと安岡は思った。よく受賞第一作が作家の一生について回る、何十作書いても受賞第一作からぬけ出せないと言う人もいるが。

「リリアンに、君の人生を小説にしたいと言ったなら、小説なんか作り物よ、と一蹴されたかもしれんな」と老小説家が言った。

「人はあまりに過酷な人生を送ると、小説が作り物に見えるんですかね」

「つまり、彼女の過酷な人生を凌駕《りょうが》するモノを書かないと小説にはならないよ。わかったかな、安岡君」

老小説家の指示通り、数時間前に出発した安富祖の天麩羅屋の前に車を止めた。老小説家はドアを開け、降りながら「小説の進捗《しんちょく》状況を時々聞くからな」と言った。老小説家が天麩羅屋の後ろの道に姿を消したのを見届け、安岡は車を発進させた。

安岡はなぜかまっすぐ家に帰る気になれず、国道沿いのハンバーガー店に入った。クーラーがよく効いている。大きなガラス張りの窓際の二人かけの椅子に座り、高校生のようなあどけない顔をした店員にチーズバーガーとアイス珈琲《コーヒー》を注文した。

老小説家が以前講演した「黒人兵とマングース」は米兵の視点から小説世界を展開している。この白人女のリリアンを主人公にした小説も斬新な沖縄文学になるだろう。

リッキーは沖縄の老女を焼き殺す。リリアンは自分の赤ん坊を殺す。どのような殺し方をしたのか、わからないが、敷石が血に染まっていたという。犯罪者は男と女。黒人と白人。軍人と軍人の妻。沖縄人の老女を殺す、とアメリカ人の赤ん坊を殺す。見ず知らずの他人を殺す、と自分が生んだ子を殺す。すべてが対照になっている。「黒人兵とマングース」と「白人女と赤ん坊」の二つの小説を補完させたら沖縄的宇宙を形成できる。

しかし、沖縄人の僕はアメリカ人ではなく、沖縄人を書くべきではないだろうか。髪をなびかせ、白い砂浜を走る少女時代の希代のイメージを小説に書きたいと僕は前々から思っている。白人女の赤ん坊殺しは何か人間の真実を含んでいるようではあるが。

ベトナム戦争はノンフィクションや写真でも数多く表現されている。ベトナム戦争下のバー街を舞台に、米兵の生態もよく書かれている。しかし、ベトナムからの夫の帰還をひたすら待つ妻の話は未《いま》だに書かれていないのではないだろうか。ストレートに戦争や米兵を出さずに、一つのハウスに閉じこもった兵士の妻の心理や所作や哲学だけを深化させれば斬新な「ベトナム戦争」が表現できるのではないだろうか。

チーズバーガーとアイス珈琲が小さいテーブルに運ばれてきたが、手を着けずに安岡は思考を続けた。

収骨されずに、野や山から数十年もの間、太陽や星空を見ている頭蓋骨からも沖縄戦を表現できるはずだし……。リリアンのモノローグにしたら、一人芝居のようにしたら、どうなる？　死んだ赤ん坊を抱いたリリアンが止めどもなくしゃべる設定はどうだろうか。父母が水死したときの自分の内面を掘り起こしたら——思い出すのさえつらいのだが——リリアンの赤ん坊の死にリアリティーを付与できるだろう。

安岡はアイス珈琲を飲んだ。

実在の港川ハウスエリアを舞台にこの事件を映画化したら全国の人たちが沖縄のアメリカ人の「現実」に衝撃を受けるのではないだろうか。大学の同じ学部の赤嶺の供養になる気もするが。自分の全預金を映画に出資しよう。毎年夏には多額の軍用地料が入ってくるのだから。映画化するためにもなんとか一篇《いっぺん》の小説に仕立てたいと安岡は真剣に考えた。

リリアンは一体沖縄の何を読者にメッセージする？　「黒人兵とマングース」には焼き殺される沖縄の老女が出たが、この「赤ん坊殺しの白人女」にはたぶん沖縄人が一人も出ないだろう。沖縄人の人生や運命とは無縁の小説にしかならないのではないだろうか。両親や希代の姉の人生を小説に書けたら、悲惨な記憶が僕の中から消えるような気がする。リリアンを書いたら、僕の何が消える？　書く行為には自分の人生の過酷な過去を消滅させる効用もある。例えば、父母の水死を書けば、僕は、どれほどかは知らないが、救われる。しかし、全く知らないリリアンの赤ちゃん殺しを書いても、僕は少しも救われないだろう。自分が生きた証《あかし》を残したいという願望が僕に小説を書かせた、ともいえる。僕はリリアンの正体を全く知らないし、自分の体験でもないし……書いても真の生きた証にも、懐かしい思い出にもならないと思う。

安岡は衝動的に携帯電話を取りだし、老小説家に電話をかけた。

「今いいですか。少し質問があります」

「さっき別れたばかりなのに」

老小説家は少し不機嫌な声を出した。

「リリアンの赤ちゃん殺しから沖縄の何が発見できるでしょうか。書く内的必然性はありますか」

「もちろんアメリカ人や女を書くべきではないよ。アメリカ人や女を濾過《ろか》したら見えるであろう君の知性や感性を書くんだ。赤ん坊殺しも君の眠っている精神を引っ張り出すための方便に過ぎないんだ。何も眠っていないかもしれないが」

「いや、たくさん眠っています」

安岡は意地を張り、断定した。

「繰り返すが、見知らぬ女の赤ん坊殺しから、君自身の存在を引っ張り出すんだ。すると、見知らぬ女と君が一体化する。君が書く意味が生じる」

「僕の存在を引っ張り出すんですか」

「例えば、オイディプスだ。君は一生、父親を殺し、母親としとねをともにするなど不可能だ。しかし、あのギリシャ劇は人間の原質を書いている。君と無縁ではないのだ」

安岡はピンとこないが、何かを言い当てている。しかし、やはりリリアンを小説にするのは難しいと思う。自分は女や赤ちゃんではなく、アメリカ人でもないし、軍隊、戦争とも無縁だ。想像する「種」が無い。以前老小説家は「小説は苦から生まれる」と言っていたが、リリアンの内部や背景に「僕の苦」もない。このような考えが安岡の頭の中を駆け回った。

「リリアンが日記を残していたら、見せてもらいたいですね」と安岡は言った。

「何を残す?」

「日記ですよ。リリアンが日記をつけていたら、小説化に当たり、有効ですけど」

「他人の考えなど当てにするな。君がありったけの想像力を働かせて、創作するんだ」

「しかし、想像する種がないと」

「わからないところを想像力で埋めるんだ。埋めるところがないものは小説ではない。ルポだ」

「しかし、今回の場合、わからないところというより、すべてがわからないような」

「なんやかんや考えずにリリアンの中に入り込め。なんやかんや考えるのは批評家の仕事だ。わかったか、安岡君」

老小説家は電話を切った。

第二十一章　歌姫

何度か老小説家の原風景に案内された。老小説家には切実な「風景」だが、僕には本当に単なる「風景」でしかなかったのだろうか。観念的に触発されたが、筆を動かす力にはならなかった。

リリアンという実在の人物に会ったからか、しかも米国人、女性、三十五年間沖縄にとどまった、赤ちゃんを殺したというどこか幻想にも思えるような人物だったせいか、安岡の小説的想像力が珍しく頭の中を駆け回った。書斎に閉じこもり、一週間ほどかけ、掌編、むしろ草稿といった方がいいのかもしれないが……書き上げた。「疎隔《そかく》された鶏《にわとり》」以来一年ぶりにとにもかくにも完成させ、しばらく興奮が収まらなかった。自分に密着している父母や希代《きよ》の話は書けないのだが、一度会っただけの白人女性の話は書けた。安岡自身信じがたかった。ただ父母や希代を題材にしなければならないという、いささか自分を追いこんでいた思いから解き放たれたような気がする。長い間小説が書けなかったのは希代に気をひかれたからだろうか。しかし、恋をすると情熱がほとばしり、創作欲をかき立てられると言われているが。

以前、米兵を書く内的必然性は無いと思っていたが、白人女性を書く必然性はあったのだろうか。確かに「なぜ鶏は集団脱走したのか?」というより「なぜ白人女は赤ちゃんを殺したのか?」というほうがテーゼというかテーマがはっきりしている。作者は書きやすく、読者は読みやすいだろう。

掌編をどうしていいのか、わからないが、とにかく一応起承転結のはっきりした物語になっている。安岡は久しぶりに胸が躍った。実際のリリアンの夫は狂気の米兵だったようだが、新聞記者志望の米兵に設定した。

リリアンの夫の苦悩が「起」になっている。

〈リリアンの夫の、ロバートは喫茶店にこもり、十九世紀のバルザックのように何十杯も珈琲《コーヒー》を飲みながら、特に日常の心温まる記事を書く修業をした。だが、今は書けなくなっている。コーヒーは胃にもたれるし、女や男の騒がしい声や、甘ったるい声に我慢ができなくなっている。ロバートは書けない理由を喫茶店のせいにした。〉

〈従軍記者だったヘミングウェーは深夜恐ろしい幻想を抱いた。――ヘミングウェーが幻想を抱いたというのは安岡の想像だが――この幻想から世界を震撼《しんかん》させる小説が生まれた。同じ米兵のロバートの幻想には必ず生々しい子供が出てくる。〉

〈ロバートは幻想ではなく、現実の愉快な記事を書きたかった。ヘミングウェーにあなたは兵士と記者を両立させるためにどのような方法を用いたのですか、などと聞きたくなかった。兵士を続けている限り、現実の愉快な世界が書けないというのならロバートは――どこか二律背反的だが――アメリカの平和と家族を守るための兵士をきっぱりとやめる。〉

〈ロバートは二週間ほど部隊に無断欠勤を続けている。つまり脱走している。出頭命令に違いない封書が届いているが、開封する気は毛頭無かった。〉

〈新聞記者に専念したがっているロバートの気持ちを妻のリリアンは知っていた。私が働くからあなたは退役して、とよくロバートに言った。〉この辺りは三線男の公務員と三線弾きの相克を投影した。〈だが、精神的な異常をきたしたリリアン〉――ここには実際のリリアンを取り入れた――〈を働かせ、新聞記者になるための勉強に没入できるはずは無かった。酔っ払《ぱら》いさん。ロバートが酒に酔うと必ず言うリリアンの口癖。なんともいえない暖かみのこもった声。いたずらっぽい目。〉

〈ロバートは常にリリアンがふいに死んでしまうような恐怖にとらわれている。リリアンは心臓発作を起こさないだろうか、後追い自殺しないだろうか。二カ月前に二人の不注意から四歳の一人息子を死なせている。〉ここはリリアンが赤ん坊を殺した事実をデフォルメした。

「承」に宇宙人になった二人の子供が登場する。

〈ヘミングウェーのような幻想小説を——実際は幻想小説ではなく、日はまた昇る、誰《た》がために鐘は鳴る、などいかにも新聞記者の筆致のような写実的な小説だが——軽蔑さえしているのだが、なぜかロバートは幻想的、あるいはメルヘン的新聞記事をどうにか完成させた。〉

〈事故死した——どのような事故死にしたら効果的か、思案している——ロバートとリリアンの子は宇宙人の子に生まれ変わり、リリアンの前に現れた。リリアンは泣いている。〉

〈どこかグロテスクな、どこかひょうきんな宇宙人の子の表情ははっきりしないが、ちゃんと英語を話す。

「ごめんね」とリリアンは男の子に言った。

「ママたちは悪くないよ」

「悪いわ、私たち」

「悪くないよ」

「ひとりぼっちでしょう？　私と同じよ」〉

〈「ひとりぼっちでしょう？」とまたリリアンは言った。

「友達ができたよ」

内壁も外の壁のように白く、天井も白かった。コンクリートにじかに白いペンキが塗られている。

——老小説家と訪れたリリアンのハウスをモデルにした——モデルと言っても部屋の中には入らなかったが、リリアンが座っているソファーの背後のドアが不意にいっぱいに開いた。〉

次から「転」になる。

〈ドアの中に吸い込まれたリリアンと男の子はアメリカ合衆国のどこかの州の、木々が密生する町並みの上空を遊泳している。屋根にオレンジ色の瓦を葺《ふ》いた、白い壁の、美しい家並みが深い森の中に広がっている。〉

　リリアンと男の子が着陸し、「結」に入る。

〈ふたりが着陸した町は、岩が所々むき出しになった、リリアンが数十年も住み続けた沖縄の米人ハウジングエリアとは全く違っていた。〉

〈こんもりと茂る大木の落葉樹の森だった。秋には森中の木の葉が鮮やかな黄色や赤に変色し、冬には丸坊主になり、焦げ茶色のなめらかな幹や枝が冬晴れの珍しい青空をさらに蒼《あお》く映えさせ、また白い雪をさらに新雪のように白くし、春には柔らかい、黄緑の新芽が森中に吹き出る。〉

〈森の中を道幅の広いアスファルト道路がまっすぐに伸び、両脇の歩道も広く、歩道の脇の二階建ての住宅には囲いの金網もなく、芝生の庭が広がり、花壇には色とりどりの花が咲いている。〉

〈急に降り出した雨が大きな窓ガラスにはじけ、音を立てている。音の中から声が聞こえた。リリアンが泣きながら宇宙人の子を抱きしめている。宇宙人の子は「ママ、大丈夫だよ」とつぶやいている。〉

〈ロバートは新聞記事のコラムを書いたつもりだが、童話

や掌編小説のようなタッチになった。〉

「結」なのに、このままでは尻切れトンボだ、母子の癒やしや悟りをじっくりと書き込もうと安岡は思う。

老小説家のR大での講演に安岡は感銘を受けた。老小説家は小説創作はともかく、批評眼はあるように思える。安岡はこの掌編小説を老小説家に見せようかどうしようか迷った。掌編小説といえども短すぎる。しかし、老小説家の「黒人兵とマングース」もたしか十五枚くらいしかなかった。今回は鶏などの動物ではなく、老小説家の原風景の一つの「白人女・リリアン」が主人公だ。老小説家も大いに関心を示すだろう。

翌日の朝、安岡はいつものように何気なく新聞を広げた。論壇の「若い小説家に贈る」に目が釘付《くぎづ》けになった。老小説家が論壇に寄稿している。新聞社もある程度は老小説家の力量を認めているんだ。安岡は目を皿のようにし、息を詰め、三度繰り返し、読んだ。

〈少々前の話でありますが、香港の返還、ベルリンの壁やソ連の崩壊と、急激に世界が変わり、またわしらの日常生活も急速にどこか訳のわからないところに突き進んでおります。戸惑ったり、置いてきぼりを食らったりする人も無数にいます。〉

〈このような人たちを優しく抱え入れている皆さんのお仕事、つまり小説創作は毎日が晴れの日になったり、雨や嵐の日になったりするのではなかろうか。心が洗われたり、重く沈んだりという日々ではなかろうかとわしなりに考えるのであります。〉

〈このような中から生み出された若い書き手の小説の一つに「疎隔された鶏」があります。まちがいなく次世代に大きな影響を与える小説だ、と言いたいのですが、あにはからんやこの安岡義治《よしじ》君の小説はわしの期待を裏切っています。〉

なぜ今頃老小説家は「疎隔された鶏」の批評なんか新聞に載せるんだ。原風景をいくら見せても講演を聴かせても僕がいっこうに小説を書かないからしびれを切らしたとでもいうのか。老小説家は「君は二作目が書けなさすぎだ。前代未聞だ」とリリアンのハウスに行く前に言ってはいたが、ついに堪忍袋の緒が切れたんだ。あの時は別に怒っている様子はなかったが。収骨の時、老小説家は僕に「数十年ぶりに自分の体験を君だけに話した」と言った。あの時、僕は内心喜んだのに、こんな仕打ちをするとは。

〈三十年愛用したワープロが壊れてしまいました。もうどこにも売っていません。今はすべて手書きなのです。はかどらないが、熟考できるのであります。昔の人はみんな手書きでした。〉

〈わしは詩経や西遊記のように名も無い多くの人々が作った、いわば体験した文学のほうが個人が頭から絞り出した文学より人類の感性に根ざしていると考えておるのです。個人の書いた文学にはナニカシラ限界を感じるのです。イリアスやオデュッセイアも詩人ホメロスの作ではないとわしは考えておるのです。当時の地中海世界の無数の人々をホメロスと呼んだのであります。詠み人知らず、無名氏の作品が名のある作者より数百倍も優れているとわしは考えるのであります。〉

僕は名のある作者のたとえなのか。何も僕の名前を出さなくても……僕だと後腐れがないとでも思っているのだろうか。老小説家本人の作品をたとえに使うならまだしもなぜ「疎隔された鶏」を否定的なたとえにするんだ、と安岡は憤慨した。だが、本当に老小説家は個人の作者を認めないのだろうか。老小説家自身若い頃から必死に小説に挑んできたはずだ。

〈しかし、安岡君が「疎隔された鶏」という奇妙な小説を書いたのも結核療養専門病院という世間から隔離されたところにいたからであります。無理もないはずです。ああいう所では鶏にならざるを得ないのです。〉

老小説家も療養生活を送ったから僕の気持ちはわかるはずだ、と安岡は思った。

〈安岡君には世界を変える小説家になって欲しいのであります。「鶏」と戯れている場合ではないのです。一日二十四時間小説に浸らないといけないのです。〉

老小説家自身も沖縄の老女はマングースだという掌編小説を書いたじゃないかと安岡は思った。自分もマングースを出しているのに、僕の鶏にケチをつけるとは。しかし、あのマングースはマングースではなかった。老女の比喩に過ぎなかった。父が生前釣り上げた魚。僕がかわいがっていた子犬。いずれも強く印象に残っている。僕が鶏を書いても何も不思議ではないと思う。

〈作品世界が現実離れすればするほど、ディテールは現実に即さなければ絶対小説にはならないのであります。疎隔された鶏は端的に言えばシュールに逃げ込んでいるのであります。現実は写実的に書かなければ迫真力がありません。どうしても鶏を戯画化したいというのなら鶏に主たる登場人物みんなが食い殺されなければならないのであります。わしの拙作「海と女子大生」は大自然が舞台ですが、ものを言う動物は一つも出てきません。〉

〈あれやこれやいろいろと書きましたが、とにかく、家畜たる鶏に翻弄《ほんろう》されるほど現代人は家畜化されているのでなかろうかと、この実験作は静かに読者に語りかけてはいるのです。〉

〈鶏が人間社会を見る、揶揄《やゆ》するというこの小説の斬新な視点になぜわしは注目しないんだ、朝を告げる鶏は人間にも何かを告げているはずだ、とこの論考を読んだ作者はわしに抗議するかもしれません。〉

〈しかし、わしがいくら読んでも象徴性は読み取れないのであります。閉塞《へいそく》状況だから鶏は集団脱走したというのは作者の無駄な作為に過ぎないのであります。〉

〈一つヒントを与えましょう。鶏を書くなら大胆に戯画化すべきです。エンパイアステートビルは完成当時世界最高の建物ですが、世界的に有名になったのはキングコングが登ったからであります。鶏だけではいけないのです。たとえば拙作を紹介しますが、「黒人兵とマングース」は黒人兵がいるからマングースに命が吹き込まれるのであります。〉

「であります」という語尾が安岡の鼻についた。新聞社の担当者は手直しを求めなかったのだろうか。リリアンは精神を病んだようだ。あのようなリリアンにどこか魂を奪われたから老小説家は一時的にだろうが、マヤーされたんだ、理性を失ったんだ。だからこのような内容を新聞に発表できるんだ。リリアンとあった時、老小説家は泣いた。複雑な心境になり、冷静さを失った。何日か尾を引いた。だから自分でも訳がわからないまま「疎隔された鶏」の酷評を新聞に書いたんだ。これまでの老小説家の好意的な原風景案内がまやかしに思えてくる。僕を育てたいなどと言っていたくせに。キミテズリの史劇を本番前に批評家やマスコミに観せた結果、エロール鈴木は酷評に耐えられなくなり、ハワイに逃げた。あの時は他人事だから平然としていられたが……エロール鈴木は独創性に欠けると希代に批判もしたが……僕の「疎隔された鶏」が信頼していた老小説家に酷評されるとは……。

〈端的に、率直に、正直に言わせてもらうと、「黒人兵とマングース」は「疎隔された鶏」に比べ、メッセージ性がより強く、より深く、より鮮明だと安岡君も認めざるを得ないのではないでしょうか。もし安岡君がどうしても、あの作品を完成度の高い作品にしたいというのであれば一例ですが、鶏が集団脱走をしようとしたところにもっとしつこく意味を含ませればいいのであります。〉

〈小説を書き出す前に鶏が何の象徴なのか、作者の安岡君自身、徹底的に考えるべきだったのであります。蛇足ですが、鶏ではなく、軍用犬なら、例えば米軍基地をストレートに表現できたかもしれないのであります。〉

疎覚《うろおぼ》えだが、世界一食べられている肉はチキンだという。自分たちを食肉にする人類に「疎隔された鶏」の鶏たちは反乱を起こしたのだ、多分。米軍基地は重要な一つのテーマにはなるだろうが、僕の「疎隔された鶏」が切り開こうとしているのは「人類」なんだ。

安岡はいてもたってもいられず老小説家に電話をかけた。老小説家は珍しく、すぐ出た。

「僕です」

「どこの僕?」

「安岡です」

「ああ君か」

「あまりにもひどいじゃないですか」

「何が?」

「書け書けと言いながら、くじけさせるとは」

「なぜ、くじけた?」

「新聞ですよ、今朝の」

「あれくらいでくじけるとは、君は小物だな」

「以前老小説家さんは、酷評が人権侵害だと訴訟を起こそうとした女性がいたと言いましたよね」

「君はわしを裁判にかけるつもりか」

「疎隔された鶏を否定するなら、受賞作に推した選考委員に文句を言ったらいいじゃないですか」

「わしのあの批評は結局のところ選考委員もこき下ろしているよ」

「疎隔された鶏のどこが?」

安岡は今更のように聞いた。

「例えば、疎隔された鶏が海の埋め立てを阻止できるか」

「じゃあ、ヘミングウェーの老人と海なら阻止できるんですか」

「老人と海の読者は、海を大切にしなければいけないという決意が潜在意識にすり込まれるよ」

「疎隔された鶏を映画化しようとした慧眼《けいがん》の持ち主もいたんですよ」

「映画化される小説は大抵陳腐だ」

安岡は聞かないふりをし、「疎隔された鶏は映画になりかけたんですよ」と言った。赤嶺をプロデューサーと呼んでいいか迷ったが、「あいにくプロデューサーが亡くなって、頓挫したんですが」と続けた。

「老小説家さんの、海と女子大生や黒人兵とマングースを映画化しようとする人はどこにいますか」

「映画化と小説の価値が関係あると君は思っているのか」

「僕が死んだ後も疎隔された鶏の映像は残りますよ」

ほとんど自信はないが、安岡は断定した。

「この辺で鳴いている鶏は残るが、小説の鶏は残らないよ」

「……」

「書けない、書けないと日々もだえている様《さま》を書いた小説もあるよ」

老小説家は電話を切った。

老小説家に「疎隔された鶏」を酷評された安岡は何も手につかなかった。

なぜか、三線男が言っていた「ゆうな」を思い出した。安岡は楽器の演奏、歌唱などは不得手だが、子供の頃からよく音楽を聴き、踊りを見た。あの頃も漠然とだが音楽や踊りには文学と同じく詩情があり、現実を超えていると思った。希代《きよ》は三線は好きだろうか。希代を誘い、クリシュナにカレーを食べに行こうかとも思ったが、今日は外出する気になれなかった。しかし、家の中にもじっとできなかった。立ち上がった。ハワイアンバーでも酒は飲まなかったが、酒を飲みに行くのは何年ぶりだろうか。肺結核に罹《かか》る前は連日さまようようにスナックに行ったが……。安岡は三線男からもらった「ゆうな」の名刺を探し、電話をかけた。電話に出たしわがれ声の女性は店の場所を丁寧に教えた。安岡は電話を切った後、三線男がカウンターを前に、一人飲んでいると思った。

夕方、チーズにトマトのサンドイッチを食べ、タクシーに乗り、「ゆうな」に向かった。昼間も雨が降ったりやんだりしていたが、今は本降りになっている。

幼い頃、ゆうなの木陰に座り、希代と遊んだ安岡はふと「ゆうな」という美しい言葉を自分だけのものにしたいと思った。だが、琉球料理店や沖縄そば屋や飲み屋の店名にもなっている。「ゆうなで大げんかをした」と近所の男が昔言ったセリフを思い出し、安岡は気分を害した。

初老の小柄な運転手が、じっと黙っている安岡に「あの辺りの店は昔のままだが、無人の町と言いたいくらいに寂れているよ」とバックミラーを見ながら言った。店の経営者もよく変わるし、ホステスも一カ月しか続かないという。

ほどなく安岡はタクシーを降り、雨を避け、一軒の平屋の小さな飲み屋の軒下にたたずんだ。足下を雨水が流れている。希代と行ったハワイアンバー周辺とは対照的にがらんとしている。通りは狭く、店も看板も小さく、ネオンライトの切れたような店もある。どの店も年老いたママ一人しかいない、と安岡は思った。

「この辺りです」とタクシー運転手は言っていたが、「ゆうな」は見つからなかった。十メートルほど先に雨に濡《ぬ》れた青っぽい小さいネオンがある。安岡は目を凝らした。「ゆうな」と読める。雨は小降りになった。安岡は白い小さな平屋の「ゆうな」に駆け込んだ。

「いらっしゃい」というしわがれた声がした。電話に出た女だと思いながら安岡はスツールに座った。

カウンターの中の太った初老の女は顔を上げずに蒲鉾《かまぼこ》を切っている。安岡の目にはステンレスの包丁がやけに細く、鋭く見えた。安岡はハンカチを取り出し、髪を拭いた。椅子も床も壁もシートも濃淡はあるが、白かった。壁に飾られた海辺の写真は表面がビニールにおおわれ、薄明かりのライトを妙に反射している。シートの脇に置かれた観葉植物の柔らかい葉がクーラーの風にかすかに揺れている。空洞のような店だと安岡は感じた。小声も反響するのではないだろうか。

安岡の背後のシートから立ち上がった、やはり初老の太った女が巧みに全身をくねらしながら手をこね回し、首を振り、音楽は流れていないのだが、カチャーシーを踊り出した。女は目が悪いのか、黒めがねをかけている。目の表情はわからないが、自分の踊りに陶酔しているように安岡には思えた。女は踊りながら傘を取り、ドアを開け、外に出た。雨の音が入ってきた。女の背中に「蒲鉾食べないの？　車に気をつけてよ」とカウンターの中の初老の女が声をかけた。

女と入れ替わるように入ってきた三線男が傘をたたみながら「ママ、壺《つぼ》、いい値で売れたよ。いくらだと思う？　三十万だよ。一日に三回、ママの店にこられるよ」と言った。

「今度は壺かね」

ママが蒲鉾《かまぼこ》を冷蔵庫に入れながら言った。

「珍しいですね。たしか安岡さんでしたよね。クリシュナ以来ですね」

三線男は安岡の隣に座った。安岡は「久しぶりですね」と言った。

「お恥ずかしいところを見せてしまいました。私、親から勘当されていいます。時々実家に密《ひそ》かに帰って、金目の物を持ち出しているんですよ」

レンズの分厚い黒縁めがねをかけた、顎の細い三線男は酒を飲んできたのか、顔を赤らめ、声もかすれている。三線男は公務員だから多少の金のゆとりはあるのではないだろうかと安岡は思った。

「この人ね、紳士でね、酒を飲んでも少しも酔わないし、態度も変わらないんだよ」

ママがレストランや喫茶店のようにおしぼりと水を出しながら安岡に言った。三線男はクリシュナでは缶ビールを飲み、割と饒舌《じょうぜつ》だったように安岡は覚えている。

「あんた、すぐここに来ないと。他で飲んできてはだめだよ」とママは三線男に言った。

安岡は泡盛の水割りを注文した。

「このゆうなはビールもウィスキーも日本酒もあります。泡盛にこだわってはいませんよ。ママ、私も同じもの」と三線男が言った。

カウンターの内側の戸棚の脇に大きい茶色の犬のぬいぐるみが置かれている。ママには無縁のようだが、「ママの趣味ですか」と安岡は聞いた。

「安岡さん、歌姫の弟のものですよ」と三線男が言った。

「歌姫？」

「まもなく現れます」

「三線男さんはよくここにいらっしゃるようですね」

「あんた、三線男と呼ばれているのかね」とママが言った。

「私は三線男だよ、ママ」

三線男は安岡の顔を見た。

「歌姫さんは三線男さんの連れ合いではないですよね」

「あなたは前に何を聞いたんですか。妻はいつも家にいます」

「……そうでしたね」

「私は家で作った歌詞を、ここの歌姫に即興で歌ってもらうんです」

「作詞もなさるんですか、三線を弾きながら」

「三線を弾きながら作詞は難しいですね。作曲はできますが。いや、よくぞここ、ゆうなに来てくださいました。今夜は感謝を込めて、私がおごります」

三線男は泡盛の入ったグラスを安岡のグラスに軽く合わせた。

久しぶりに飲むせいか、少し酔いが回った安岡は「毎晩のように家を空けたら、三線男さんの奥さんは不機嫌になりませんか」と言った。

「私はここで妻に捧《ささ》げる歌を歌っています」

「本人の前で歌わなければ」

「以心伝心です。妻もきっとわかっています」

ママが安岡と三線男のグラスに泡盛をつぎたした。ふと、三線男の妻もこの「ゆうな」に来るのだろうか、と安岡は思った。

「三線男さんの奥さんもいろいろな曲を優しく歌うと三線男さんから聞きましたが、本当ですか」

安岡はママに聞いた。

「あなたに私が嘘《うそ》をついて、何のメリットがありますか」と三線男が少し憤慨したように言った。

「いや、なんとなく頭に浮かんだだけで、失礼しました。家では三線は弾かないんですか」

「弾きますが、近所の人がうるさいと言いに来るんですよ。何がうるさいんだ、三線なんだよ、と私も抗弁しますが、いちいち言うのも面倒になって、金を貯《た》めて防音工事をしようと考えているんですよ。それまではゆうなやクリシュナで満足します。三線の音がわからない人間はウチナーンチュじゃないですよ」

三線男は三線のうんちくを述べた。漁師も農夫も自営業の人も政治家も失業中の人も夕食後のひとときに三線を弾いている。孫を前にしながら、あるいは泡盛のグラスを傾けながら、あるいは妻を横に座らせ、三線を弾いている。方々から爽やかな風に乗った三線の音色が耳に入り、辺りの住人たちも至福の時間を過ごす。

「一昔前は何物にも代えがたい時間だったんです。ところがいつの頃からか、車やテレビの騒音にかき消されるようになりました。あの頃の時間は今はこのゆうなにしか流れていませんよ」

ふと安岡は犬のぬいぐるみは三線男が歌姫にプレゼントした、と思った。

「三線男さんは海外旅行に行く時は必ず琉球人形を現地の人たちにプレゼントするそうですね」

「自分の人生の軌跡を残すためです。同時に沖縄の存在を世界に知らしめるのです」

三線男は今度は旅のうんちく、うんちくといえるほどのものでもないが、を話した。

定年を迎えたら存分に世界中を回り、いわば外と内から自分の目を開かせる。旅には頭では想像もできない興味深い、新鮮なものが詰まり、光り輝いている。

「インドの旅も?」と安岡は言った。

「今の私は役所という数十メートルの屋根の下を右往左往しています」

「どのような職場も大体似たようなものでは?」

一度も就職をしていないが、安岡は言った。

「唐の時代の役人のように風土や習慣や民族の違う異郷に配属されたいものです」

「……」

「しかしですね、安岡さん、何人かの職員と何年かぶりにまた同じ課になったりしますが、不思議ですね、ほとんどの人が容姿も境遇も性格さえも変わっているんですよ」

「みなさん、独自の人生を歩んでいるんですね」

三線男は自分の話はするのだが、安岡にクリシュナの時と同様「君の職業は?」とか「どこの出身?」とか、一切聞かなかった。他人には関心がないのだろうか。

ふと安岡は、三線男は公務員でもなく、妻もいないのではないだろうかと思った。しかし、「課長が部下を叱責《しっせき》するのを傍観するしかなかった」「三線は聖、公務員は俗」という三線男の話は真に迫っている。実際に公務員じゃなければ出てこないような言葉に思える。

店のドアが開いた。まだ雨は降り続いている。細身の、少し長身の若い女性がドアを閉め、傘立てに傘を入れた。「歌姫です」と三線男が言った。歌姫は安岡に笑いかけ、会釈をした。安岡も会釈をした。歌姫は紅型の二部式の着物を着ている。髪を頭のてっぺんにまんじゅうのように結い、銀色のジーファーをさしている。黒目がちの大きな目が澄み、顎の線が微妙に丸みを帯び、少しぽっちゃりした唇から歯並びのいい白い歯がのぞいている。

「ゆうなは琉球民謡の店ですか」

カウンターの向こうに入った歌姫に安岡が聞いた。

「ただ歌姫が三線を弾き、歌う店です。他の琉球民謡の店のように客はリクエストはできません」と三線男が言った。

「歌姫さんというんですね。歌姫さんが客の好みを察し、歌うんですか」と安岡は歌姫に聞いた。

「歌姫は客には合わせません。自分が歌いたい曲を歌うんですよ」と三線男が言った
「……」

「酒を出す女の人は中国、唐の時代のように歌舞に秀でなければならないと私は思います。あのような女の人と酒の中から李白や杜甫が生まれたのです」

「三線男さんは漢詩を?」

「三線を弾く人は漢詩も琉歌もある程度身につけなければなりませんよ」

歌姫が「どうぞ」と安岡のグラスに泡盛をついだ。

安岡は泡盛を一口のみ、「三線、弾かれるんですか」と聞いた。歌姫はうなずいた。

「うちも弾いて、歌うよ」とママが言った。「この子、歌姫が歌うのは恋歌だけど、うちはいやな客を追い払う歌を歌うよ」

「かつてはママも花形歌手だったんですよ。昔はこの界隈《かいわい》はとても賑《にぎ》わったそうです」と三線男が言った。クリスマスともなればクラッカーの音が響き渡り、三角帽子をかぶった男女の群れが押し寄せ、大きな通りも路地も埋め尽くされたという。花形歌手のママにはあちらこちらからオヒネリが投げられたという。

ふと、紅型の着物姿の歌姫や花形歌手だったママは、三線を飲み屋ではなく、月夜の砂浜や真夏のデイゴの木陰に座り、静かに、あるいは軽やかに弾くと絵になるだろうと安岡は思った。

「ママは何度か入院したが、退院するたびにお医者さんたちにお礼に三線と歌を聴かせました」と三線男が言った。

カウンター内の細長いサイドボードの脇に立てかけられた写真に安岡は今気づいた。コンクリートの階段に座っている。黒目勝ちの大きい目をしている。唇は形がよく、今にも美声が聞こえてきそうな気がする。安岡の視線に気づいた三線男が言った。

「あの美少年は歌姫の弟さんです」

「お姉さんによく似ていますね」

「歌の天才でした。ラジオやCDから流れる歌を、童謡でも歌謡曲でも民謡でもすぐに覚えました」と歌姫が言った。

「今は……」

「天使のような歌声でした。透き通り、息継ぎを感じさせません。歌っていたのではなく、小鳥のように囀《さえず》っていたんです。十歳の時に本当の天使になってしまいました」

「病気だったんですか」

「弟の魂に届けたくて、私は歌っているんです」

「私が歌姫を知ったのは偶然なんです」と三線男が安岡に言った。「しかし必然のような気もしたんですよ」

「必然？」

「三年前ですが、今日のような雨の夜でした。雨宿りをしようと飛び込んだら、歌姫が三線を弾きながら歌っていたんです」

「弟さんを知っているんですか」

安岡は三線男に聞いた。

「歌姫とママの話と、写真やCDでしか知りません。十数年前に亡くなっています」

「弟さんの声をCDに吹き込んだんですね」

安岡は歌姫に聞いた。歌姫はうなずいた。

「天性の美声の持ち主でした。十歳で亡くなって。天才とはそういうものです」と三線男が言った。

ほとんど煙草《たばこ》と漬物とレモンティーを飲み、毎日テレビの前に座っていたという独身のヨネは無事にカジマヤーを迎えたのに歌姫の弟はたった……。

「弟の病死もどうか天寿と思ってください」

安岡の顔を見つめていた歌姫が願うように、しかし毅然《きぜん》と言った。

「何か楽しい、美しい夢を見ていたのね、臨終の時、弟は微笑《ほほえ》んでいました。あなたは……」

「僕、安岡といいます。……歌を口ずさんでいたんでしょうか。少し軽率な言い方ですが」

「驚きました。私、看護師をしていたから、何度か臨終に立ち会ったけど、あのような安らかな顔は初めて見ました」

「成仏したんですね」

「私、今世《こんせ》で短い生涯を終えた人は、来世はとても長い生涯を送ると信じています」

「いわゆる輪廻ですか」

歌姫は深くうなずいた。

「歌姫さんは、歌はどなたか師匠について？」

歌姫は首を横に振った。

「弟と一緒に子供の頃からよく歌いました、縁側や庭で」

「歌姫さんも三線男さんのように、亡くなった人や神や仏に歌を聴かせているんですか」

「さっき弟の魂に聞かせていると言っていたじゃないですか」

三線男がムッとしたように言った。

「何か妙な言い方になるけど、時々亡くなった弟が私の口を借りて、歌っているようにも思えます、時々だけど」

安岡はグラスの泡盛を飲んだ。

希代の姉は暴力夫と元恋人の暴力米兵を憎み、恨みながら亡くなったはずだから、男性霊能者に成仏していないと言われたらしいが、歌姫の弟は違う。きっと成仏し、歌とともに「生きて」いる。

「弟さんを思い出して、辛《つら》いですね」と安岡は言った。

「歌うと弟の面影が浮かび、胸を締め付けられるけど、思い出してくれたと弟が喜ぶような気がして、私、安眠できるんです」

歌姫は安岡のグラスに泡盛をついだ。

「私、弟のために毎晩歌っているような気がするんです。さっきも言ったかしら」

「歌で人は何十年も生きられるんですよ」と三線男が言った。

なお十数分話した後、安岡は三線男のおごりを辞退し、精算を済ませ、「ゆうな」を出た。雨はやんでいた。歌姫は三線を弾きつつ西武門節《にしんじょう》を歌いながら安岡を見送った。

家に着いた後も、歌姫の歌声が耳に残り、また歌の天才だったという歌姫の弟の写真が彷彿《ほうふつ》し、安岡は妙に落ち着かなかった。酷評のカゲがうすらいだ。王様の椅子に座った。いつか希代を「ゆうな」に連れて行こうと思ったが、歌姫の面影がなかなか消えず、自分だけの「ゆうな」にしたくなった。一瞬、「ゆうな」のボーイになり、歌姫に仕えたいと思った。

第二十二章　海辺のバーベキュー

希代《きよ》に誘われたり、老小説家に誘われたり、僕は「恋」と「小説」の間を右往左往している。たまには僕が誘うのも悪くはないだろう。「ゆうな」に行った翌々日の夜、安岡は居ても立っても居られず「ゆうな」に電話をかけた。呼び出し音が鳴っている。受話器をママが取る？　歌姫が？　僕には希代もいるのに、なぜ僕は歌姫をペンションに誘うのだろうか？　歌姫は海が好きなのか、嫌いなのか、全くわからないが、喫茶店は平凡だし、映画はいささか古くさい手だ。あのペンションは父と釣りに行ったとき、一度泊まった。

「もしもし」

冷静に考えるとおかしくはないが、三線男が受話器を取るとは予想しなかった。三線男、歌姫、ママが二日間空けてくれたら、僕が、少し季節外れだが、北部の海辺のペンションのバーベキューに招待したいと言った。歌姫とはまだ招待するほどの間柄でもないから、つい三線男とママも誘ってしまった、と安岡は思った。

安岡が思ったよりずっと早く、四日後に実現した。現地に集合した。疲れ気味だというママは参加しなかったが、公務員の三線男は年休を取り、顔を出した。

午後六時前。安岡の耳にペンション所有のボートの側面にあたる、小気味いい水の音が聞こえる。杭《くい》にボートをつなぎ止めているロープがピンと張っている。歌姫と三線男がペンションから浜に降りてきた。三線男がボートにバスケットや魔法瓶などを積み込んだ。歌姫は細身の体にぴったりしたデニムのズボンをはいている。オレンジ色の花模様のかりゆしウェアに長いストレートの黒髪を垂らしている。ボートに乗り込むとき、黒目がちの、澄んだ大きな目が安岡を見た。安岡はうなずいた。歌姫の形のいい唇から白い歯がのぞいた。安岡はロープをほどき、アンカーをあげ、三線男と一緒にボートを押した。舟底が柔らかい砂に食い込んだ。まもなくボートは水に浮いた。「乗って」と安岡は三線男に言った。安岡はさらに押した。ズボンの裾がぬれた。かりゆしウェアにも潮水がかかった。何枚か持っているが、一番高価なかりゆしウェアを着てきた。舳先《へさき》が沖に向いた。安岡はボートに這《は》い上がるように乗りこんだ。安岡は中学生だった十年ほど前、父とボート釣りをした時の感覚を思い出した。

ゆらめきがなく、ガラスのように透き通った水面をボートは滑るように進んだ。オールをひとかきすると、勢いよく数メートルも動いた。砂地の狭い湾を出た。木造ロッジ風の二階建てのペンションが次第に小さくなった。蒼《あお》い水面の底に白々と広がっていた砂が次第に消え、木の枝に似た珊瑚《さんご》の群生が現れた。スズメダイやクマノミが珊瑚やイソギンチャクの間を泳ぎ回っている。赤や青の原色や、縞《しま》模様がくっきりと見える。安岡は正面に座っている歌姫と目を合わさなかった。目を合わすと何か言わなければならないと思った。今何を言っていいのか、わからなかった。キノコ形の岩が水面の方々から顔を出している。日頃よく話す三線男もなぜか黙っている。オールのきしむ音と舳先が水をさく音しか聞こえず、ボートには静けさが漂っている。安岡は変に緊張している。ボートの周りの水面は何種類かの美しい青色に染まっているが、リーフの外側には黒っぽい不気味な暗い青色が広がっている。

突然、歌姫が口を開いた。「ゆうな」でのような敬語は使わなくなっている。

「私ね、安岡さん、中学生の時、無性に結婚したかったの。ううん、相手がいたとか、そんなんじゃなくて、逆よね、どっちかというと。全く知らない男の人と結婚するというのが、とても神秘に思えて、特に夜寝る時に胸が高鳴ったの」

「夜寝る時に？　女子中学生には、男は得体《えたい》のしれないものに映るのでは」

「結婚というのは、自分の意思とは無関係に、神秘の扉が厳かに開く、このようなものだと思ったの」

「中学生の時に？」

「早熟だったんだね」と三線男が言った。

「弟さんの病気と関係は？」

安岡は歌姫に聞いた。

「弟はあの頃赤ちゃんだったの。まだ病気になっていなかったわ」

「男にはわからないが、思春期特有の感覚かな」と安岡は言った。歌に没入するような少女には起きかねないと思った。

三線男が唐突に「女性の同僚が私に、早く役所を辞めたら大物になるのに、と忠告しました」と言った。

「いつ頃の話ですか?」

安岡はオールを漕《こ》ぐ手を休め、聞いた。

「公務員の私の話は前にしましたよね。ここは美しいところです。俗な話をすべきではありません」

自分から言い出したくせに、と安岡は思ったが、何も言わなかった。三人は黙った。安岡はオールを漕いだ。

歌姫が突然僕に、結婚したかった、などと話したのはどういう意味があるのだろうか。ふと父母も僕の花婿姿——普通花嫁姿としか言わないが——を見たかったに違いないと思った。一瞬、父との懐かしい思い出が頭をよぎった。あの時と同じ海風が吹き、同じ潮の香りがする。いつのまにか日が傾いている。海浜の岩、植物、岬も色が微妙に変わる。色が変わると形も微妙に変わる。今、黄色や赤や紫が目につくが、黄色もじっと見ると赤や紫に似てくるし、赤も黄色や紫に似てくる。海の色は宇宙の色だと安岡は突拍子もなく思った。

ボート遊覧を終え、三人はペンションに戻った。

夕日がペンションの二階建ての建物を赤く染めている。庭のクワディーサーの幹にかすかに闇がたまっている。この木はすぐ大木になる。広い葉が陰を作る。よく墓地に植えられている。シーミー(清明祭)の頃には新緑の木陰に涼風を呼ぶが、日が暮れると枝葉がどこか不気味な形に変わり、子供の頃の安岡を驚かせた。

三人はいったん部屋に入った。

前日ペンションに注文した、きれいに切られたタマネギやピーマンなどの入ったビニール袋を木製の長テーブルに置いた。安岡が木炭に火をつけた。闇が次第に深くなり、赤い火が際立った。ペンションの管理人が二階の部屋から引いた裸電球がクワディーサーの枝からぶら下がり、テーブルの上や、音を立てながら焼ける牛肉やチキンを照らしている。花柄のエプロンをした歌姫が安岡と三線男の紙皿に手際よくチキンやウィンナーソーセージをのせた。三線男が安岡と歌姫のプラスチックコップにビールをついだ。三人は乾杯をし、バーベキューを食べた。お互いのプラスチックコップにビールをつぎあいながら、乾杯を繰り返した。

「森川さんは歌が上手よ。ヨーロッパの歌もたくさん知っているの」と歌姫が言った。

三線男は森川というのか、顔に似合わずしゃれた名字だ、と安岡は思った。さほど聞きたいとは思わなかったが、つい「聞きたいな」と言ってしまった。

歌姫は三線男の肩を小さく揺すった。三線男は武者震いでもしているのか、変に落ちつかなかった。歌姫に恋をしているのでは、とふと安岡は思った。

「ね、歌って」

歌姫は今度は強く三線男の肩を揺すった。三線男は長椅子から立ち上がり、顎をあげ、夜空を見た。つられるように安岡も見上げた。星が群れている。テノールに似ているが、どこか弱々しい声が流れた。安岡の知らない歌を妙にもの悲しく歌っている。三線男は歌い終わり、大きく息を継いだ。

「次は安岡さん、歌って、森川さんに聞かせて」

早くも酔いが回ったのか、「ゆうな」では毅然《きぜん》としていた歌姫がこのようにくだけるとは思いもよらなかった。森川などにではなく、歌姫に聞かせるよ、と安岡は内心言った。少し情けない気もするが、三線男は来てほしくなかったというのが僕の下心だろう。安岡はカラオケでは歌える。だが、今は声をかき消すような伴奏もエコーもないし、また歌姫が三線伴奏をする気配もないからひどく気後れする。安岡はプラスチックコップのビールを一気にのみ、「与那国のマヤーグァー（子猫）」を歌いだした。テンポの速い歌だが、安岡は一言一言節をはっきりと区切るように歌った。声が細く、心許《もと》ないからか途中から、歌姫が一緒に口ずさんだ。安岡は心が躍った。歌い終わったのに「はい、じゃあ、安岡さん」と歌姫が言った。

「たった今、歌った」と安岡は言った。

「だめ、一人で」

勝手に歌姫が合唱したのに、と安岡は思ったが、「僕は音痴だから」と言った。しかし、先ほどの与那国のマヤーグァーを歌いながら音痴の歌も木々の葉枝のざわめきや潮騒にかき消されたり、浜風に散るように思えた。

「一緒に歌ってあげる」と歌姫が言った。

「じゃあ、何がいいかな。海、でいいかな」

「海って、まつばーら、とーく、の」

「いや、うーみはひろいなー、の。だけど、子供っぽいかな」

「素敵《すてき》よ。私も森川さんも海が大好きだから」

「音痴でも？」

「心に響くわ」

二人は拍子を取り、一緒に歌い出した。歌い終わったとき、三線男が「ゆうなでは歌姫はリクエストは受け付けませんが、ここではいいですよ」とあたかも彼女のマネージャーのように言った。

安岡が何をリクエストしようか、考えている間に歌姫は三線男が手渡した三線を弾きながら、安岡がうろ覚えの琉球民謡の恋の歌を歌った。美しい歌声が風に乗り、闇に溶け込んだ。安岡はうっとりと聞き惚《ほ》れたが、三線男は手拍子を取っている。歌姫は祝いの歌も歌った。三線男が「十九の春」をリクエストした。「私があなたに惚れたのは、ちょうど十九の春でした」とはじまる歌詞は安岡も知っている。遠慮深げに一緒に歌った。安岡は父が時々歌っていた民謡の「マシュンク節」をリクエストした。

マシュンク節のせいではないだろうが、なぜか歌姫の目に涙がたまり、裸電球の光にかすかに輝いている。安岡も涙ぐんだ。上空には月が出ている。歌姫の歌には恋の歌でも祝いの歌でも悲しみやわびしさが漂う。歌姫は僕たちのリクエストを受けてはいるが、亡くなった弟に捧《ささ》げているのではないだろうか。だから歌姫は涙ぐむのでは？　弟が好きだった歌とか、弟に合う歌とかと関係なく、弟はすべての歌が心底好きだったのでは？

歌い終わった歌姫に安岡は「弟さんに聴かせたのでは？」と聞いた。

「努は亡くなったけど、私が歌うと努の歌声がずっと私の耳の奥から聞こえるような気がするの。だから喪失感は不思議と無いわ。私の傍《そば》にずっと生きているような不思議な感覚なの」

安岡は「わかるような気がする」と言ったが、わからなかった。たぶん両親を完璧に小説に書けたら、このような感覚が僕にも生じるだろう。

「努はたくさんの歌を歌ったのよ。だけどほんの少ししか録音してないの。今でも悔やんでいるの」

「二、三曲、聴いただけでも天才だとわかるよ」

安岡は確信はなかったが、断定した。

「天才かもしれないけど、なにより、私はたくさんの努の歌が聴きたかったの」

「歌を聴くと心が落ち着くんだね」

「努の心も落ち着くと思うの。私、信じているわ」

「お姉さんが信じると、弟さんの生きた証しになるんですよ、安岡さん」と三線男が言った。

「私、入院中の努の前で静かに踊ったわ。伴奏曲なしで。あの時、努は歌ったの、小さな声だったけど」

「聞きますか？」

三線男がＣＤプレーヤーを手元に引き寄せた。安岡はうなずいた。三線男はスイッチを押した。

努の声は本当に透き通り、息継ぎも感じさせずに、自然に高くなり、自然に低くなり、自然に強くなり、自然に弱くなり、技巧のかけらがどこにもなく、とうてい人の声とは思えなかった。ああ本当に天使の声だ、と安岡は思った。「お山の杉の子」などの童謡や「タンチャメー」などの琉球民謡が六曲吹き込まれている。安岡は三線男に何度もかけさせた。「歌姫や努君は自分の感性で、声で、小鳥と同じように歌っている。聞く人を感動させようなどという作為や欲はまったくない」と安岡は独り言のように言った。歌姫や努君は、と言ったが、正直、努君の歌の前では歌姫の歌もかすんでしまうと安岡は思った。

「神に聞かせようとしているんですかね」と三線男が安岡に言った。

「さざ波も木々のざわめきも川のせせらぎも、みんな神に聞かそうとしていると言えば、言える」

「普通の歌手は人に聞かせようとしているんですよね」と三線男が言った。

「努君の歌声はまったく世俗とは無縁だったんだ。だが、世俗、病気を世俗と言えるかどうかわからないが、世俗で命を落としてしまった」

安岡自身何を言っているのか、よくわからなかった。

「無念と言えば、無念です」

三線男が肉を食べ、ビールを飲みながら言った。

「肉を食べながら努君の歌を聴くのは不謹慎ですよ」と安岡は言った。

「しかし、今回はバーベキューが目的ですから」

「確かにバーベキューに招待しましたが、今の目的は歌です。バーベキューなんかいつでもできます。無念と言われたが、無念ではありません。たった一曲三、四分の努君の歌が非常に多くを語っています。饒舌《じょうぜつ》な人間の三時間分を語っています。つまり努君は普通の人の何十倍も生きているんです」

「安岡さん、私も同感です。バクシさんが、ガンジスで人は元気になる、八十歳の人が大人になると言っていましたが、努君の歌声で人は元気になるし、ある意味で大人になります。努君の歌には歌詞や曲以上の、どう言ったらいいのか、ガンジスのようなエネルギーがあります」

誰だったか、めじろを鳴かせたら老人が生きかえったと言っていた。努君の歌声は人の精神や体に力を与えるのではないだろうか、と安岡は思った。僕はなぜ努君にこんなにも思いを寄せるのだろうか。一度でも会ったのならまだしも……僕の中では無意識に父母の死と努君の死がどこか重なっているのだろうか。

「私の弟の、おこがましい言い方になるけど、努の声は地にしみこみ、海に広がって、月にも登っていくように私には感じられるの」

歌姫が言った。安岡と三線男は一瞬黙った。

「努の歌は私たち三人の魂だけにではなく、亡くなった人の魂にもどうか染み入りますようにと私は願っているの」

確か沖縄戦の時、よくいろいろな歌を女学生が合唱したという。あの女学生たちの歌声に、プレーヤーから流れている努の歌が重なり、響いているようにも、歌姫の不思議な言葉に影響されたのか、安岡は錯覚した。

「夕方亡くなったけど。前にも言ったかしら？　努は声は出せないけど歌いながら亡くなったと私は信じているわ。翌朝、どこからともなくかすかに、しかし、はっきりとやわらかい春風が吹いていたわ」

「……春風が？」

努君の魂は春風になったのだろうかと安岡は思った。裸電球の上から降り注ぐ月の光が……ありふれてはいるが……摩訶《まか》不思議な光が僕の奇妙な感覚を呼び覚ましているのだろうか。いつだったか老小説家は、朝露のような人生だったと言っていたが、努君は違う。一生分の仕事、仕事というか、存在というか、存在を、老小説家のような愚痴はみじんもはかず、ちゃんと顕現している。

努君は信じられないような美しい歌声を残している。百年も生きたといえるのではないだろうか。実の母親に殺された白人の赤ん坊……かわいそうだが……に比べたら、比べなくても努君はこの世の務めをちゃんと果たしたから幸せと間違いなくいえる。

「神や仏は人の一生分、必ず何かを与えているはずです。人々が知らないだけです」と安岡は歌姫に言った。歌姫はうなずいた。

「努君の短い人生に百年分の歌が凝縮しているんです。いつでも僕たちの前に顕現します」

「どの人も生まれたときは必ず一つの才能を持っているのよね」と歌姫が言った。

「長く生きると、世俗のほこりにまみれて、才能が見えなくなってしまうんだ」と安岡が言った。

「私がいい見本です」と三線男が自嘲気味に言った。

「今時の若い歌手は失恋の歌は顔を曇らせ、あるいは目に涙をためながら歌う。青春賛歌の歌はずっと笑いながら歌う。歌手が歌に感情移入すればするほど聞く人は興ざめする」と安岡が言った。

「もう、いいわ。ありがとう」と歌姫が三線男に言った。三線男はプレーヤーを止めた。安岡はいささか偉ぶったような気がし、話題を変えた。

「ゆうなの花は好き？」

「私、どの花も好きよ」

世の中には過酷な現実から逃れようと自分が好きな花を何か本尊のように長時間愛《め》でる人もいるという。歌姫も希代の姉のように過酷な人生を歩んでいるのでは、と一瞬安岡は思った。

「芝居もするの？」

「私は、歌と三線と踊りだけ」

「歌姫は歌と三線に芸術や芸能のすべてを込めているのです」と三線男が言った。

「歌姫さんは何という名前ですか」

安岡は歌姫に聞いた。

「歌姫は歌姫です。私も知りません」

三線男が言った。本当は知っているが、僕には教えないんだと安岡は思った。

「私、小菊です」と歌姫が安岡に言った。

「小菊さん……源氏名？」

「本名よ」

「今時このような名前を？」

歌姫の家族や家系はどうなっているのだろうか、と安岡は思った。

「小菊さん、結婚は？」

安岡は少し躊躇《ちゅうちょ》したが、きっぱりと聞いた。三線男が「独身ですよ」と言った。

「離婚を？」

安岡は内心ほっとしながら三線男に聞いた。

「私も知りません。ゆうなでは俗な話をする気にはなれないのです」

「小菊さんは作詞作曲も？」

安岡は歌姫に聞いた。

「しますよ。私の歌詞に曲をつけたりもします。逆もあります。あるとき歌姫の歌詞に私が曲をつけました」

「三線男さんが曲を？」

「いわば無償の愛です」

「無償の愛？」

「俗世にあるような愛ではありません。私の中にあるのは、歌姫の歌詞や曲に対する尊敬のみです」

「踊りましょう」

歌姫が脇の三線を手にした。

「母は女が三線をやるもんじゃないと、私が幼い頃は言っていたけど、中学生になったら教えたのよ」

歌姫はトゥントゥントゥントゥンと弦をチンダミ（調律）していたが、まもなく厳かな音色がゆっくりと鳴り出した。もの悲しいデンサー節が酒のせいか、歌姫の少しかすれた高音に乗り、たちまち安岡をうっとりさせた。三線男は手拍子を取ったが、酒のせいか、緩やかに流れる節にうまく合わず、手拍子は次第に小さくなり、消えた。歌姫の上半身がかすかに揺れている。足を動かし、拍子を取っている。歌い終わり、歌姫は三線を弾く手を止めた。

「母の若い頃は家でも庭でも公民館でもどこでも三線を弾いていたらしいの」

「人の心と三線が一つになっていたんですね」と三線男が安岡に言った。

「華やぐ席に？」

安岡は歌姫に聞いた。

「楽しい時も。泣きたい時も」

「デンサー節、とても胸にじいんときたんだけど、今、小菊さんは楽しいの？」

酔いが回った安岡は遠慮なく聞いた。

「自分の気持ちはわからないわ。多分わからないから弾くのね」

歌姫が安岡が知らない琉球民謡を弾きだした。三線に合わせ、三線男が長椅子に座ったまま、手を広げ、手首をこね回し、踊っている。安岡は立ち上がり、踊り出した。酔いが回っているせいか、手首のこねりや、体が上下に動くリズムが妙にうまく曲に乗っている。クワディーサーの幹に腰をぶつけたり、頭をかがめ低い枝をさけながら「自然に体が動く」と歌姫に笑いかけた。「歌姫、踊って、踊って」と言いながら安岡は踊り続けた。歌姫はハイハイハイハイと、三線男はウリウリウリと合いの手を入れる。歌姫は懸命に三線を弾き続ける。ようやく三線の音が消え、安岡は踊りをやめた。

「森川さん、かぎやで風、代わって」

歌姫は三線男に三線を渡し、扇の代わりに長テーブルの上の、平たい紙皿を持ち、安岡にも似たような皿を持たせた。

「いい？　安岡さん、私の後から私のまねをして、のびのびと、おおらかに、かみしめながらゆっくりと踊るのよ。尊い祝いの踊りだから、ね」

三線男がかぎやで風を厳かに弾きだした。安岡は体をこわばらせ、ぎこちなく歌姫の後を静かにゆっくりと進んだ。三線男は酔っているのに歌詞をよく覚えていた。三線男は歌い終えたが、三線の音は止まらず、また最初から歌い始めた。海風が吹いているが、安岡は汗だくになった。

三線男はビールを一気にのみ、別の曲を弾き、歌い出した。安岡は踊りに酔った。軽快な早い歌に歌姫の体がうずいたのだろうか。歌姫は長椅子に置いてあるタオルを頭に前結びに絞め、もう一つのタオルを手に持ち、巧みに手をこねまわしながら、足を踏みしめ、踊った。三線男の高い声がうわずった。

カナーヨー、遊で忘らぬ、ヨーカナーヨー、踊て忘らぬ、ハルヨーンゾーヨー、カナーヨーシーシー。

三線男の囃《はや》しに安岡も大きな声を合わせた。三線男は忘我状態になり、続けざまに鳩間節や海のチンボーラなどの雑踊りの曲を弾いた。唐船ドーイを速弾きした時は、歌姫も足を踏みならし、手をこねるのももどかしいくらいに乱舞した。歌姫は僕以上に酔いが回っている、と安岡は感じた。安岡は足が宙に浮いているような感覚になりながら歌姫の目の前に現れたり、歌姫の後ろに回ったり、ふいに歌姫の横顔に顔を近づけたりした。

二時間ほど踊り、歌姫も三線男もすっかり疲れたが、なぜか安岡はどこか覚めている。三人はふらつきながらおのおの部屋に入った。八畳ほどの洋室のベッドに安岡は倒れ込んだ。酔っているが、変に頭はさえ、眠れなかった。

ナイトテーブルに白い電話がある。老小説家からなぜか電話がかかってきそうな予感がする。酷評したくせに「ほんとに書かないのか」「わしの原風景を案内しよう」という声が頭の中から聞こえたような気もした。ようやく書き上げたが、あの掌編はどこにも投稿してはいけないと思った。なぜ僕はあのような掌編を発想したんだろう？ 老小説家の刺激を受け、探求しようとした小説は「なぜ白人女は赤ん坊を殺したのか？」「なぜテント集落の美女は殺されたのか？」など「なぜ」が多かった。僕は小説を書くより、歌詞を作り、歌姫に曲を付けてもらった方がいいのではないだろうか。

ほとんど一睡もしないまま、明け方、安岡は海浜に降りた。砂が含む光は弱く、浜は昼間よりふくよかに盛り上がっている。湾曲した浜の大岩の上に輪郭がぼやけた松が一本生えている。

海に突き出た岩に座った。水平線の上空が澄みはじめ、透明な大気が薄い赤に変わった。まもなく空が濁った青に変色し、濃い灰色の雲が白っぽくなった。海鳴りが、亡くなった人を乗せたワゴンの走る音に聞こえてきた。僕は三年前の結核療養中、死と隣り合わせの生だと感じた……。沖のリーフに波が砕け、帯のように横に伸びている。リーフの向こう側では何の迷いもないような深々とした大洋が重い水をため、ゆったりと胎動している。リーフの割れ目からこの岩場を目指すように、川のような蒼《あお》い流れが珊瑚《さんご》の群生の間を縫いながら続いている。

足下の水の中を見た。紅色のイソギンチャクが触手を同じ方向に揺れ動かしている。藍染めの壺《つぼ》の中から飛び出たような、濃い青色のコバルトスズメが珊瑚の周りを泳ぎ回っている。急にきょとんと動きを止めたり、緩やかに動いたり、すばやく珊瑚の枝の中に逃げ込んだりしている。

僕の父母の水死に比べたら、どんな死でも同苦のはずだが、努君の病死は、もがき苦しまなかった分、まだ安んじられるよ、となぜか歌姫を慰めたくなった。

享年十歳の少年が花ぬ風車《かじまやー》のようなある種の長命を祝す歌も歌っていたとは……。安岡は胸が締め付けられた。座っている岩に日が当たり、銀色に輝いている。岩の感触はなんともいえず、安岡は何度もさすった。ゴツゴツした岩が何万年も何十万年も水の浸食を受け、このようななめらかな岩に変わった、と安岡は思う。輝く白い水紋が海面に広がり、安岡の目の動きにつれ、揺らめいている。目をこらした。水の底に寝心地が良さそうな、つややかな灰色の岩が沈んでいる。

ゆっくりとペンションに引き返した。ゴム草履を手に持った。生まれたてのような砂が足の裏にくっついた。海を見ている琉球絣《がすり》のワンピース姿の歌姫が安岡の目に入った。

第二十三章　珍客

一緒にボートに乗った時、歌姫は「無性に結婚したかったの」と言った。言葉以上の意味を僕に伝えたかったのだろうか。若い女性をデート、一泊のバーベキューに誘ったのは、三線男も一緒だったが、生まれて初めてのような気がする。僕は思い立ったら前後の見境も無く、衝動的に行動する一面もあるようだ。歌姫と努君の美しい歌声を聴くと、希代《きよ》も老小説家も僕の頭の片隅に追いやられる。

安岡は書斎の王様の椅子に長身を沈めた。

しばらく歌姫と努君の清らかな面影が立っていたが、ふとカジマヤーを迎えたヨネを想起してしまった。歌姫の着物やジーファーを挿したまんじゅうのような髪型がどこかヨネと似ている。宗教や政治が嫌いだというヨネは何に救われているのかわからないが、歌姫は人生の途上に何が起きようが、喜びにつけ悲しみにつけ、歌に救われるだろう。

歌は聴く人をたちまち虜《とりこ》にするが、映画や小説のように後世に残しにくい……いやＣＤに録音すればいい……。ふと軍用地料の一部を歌姫に「出資」します。飲み屋を辞め、歌に専念したら？　ＣＤを出したら？　と歌姫に伝えたくなった。僕は中学生の時、両親を亡くしたから努君の死が他人事に思えないのだろうか。いや、違う。純粋にあの天の高見から響き渡るような努君の歌声に僕は魂を奪われたのだ。歌姫ではなく努君の歌をまっさきにCD化しよう。歌が得意でもなく、さほど関心があったわけでもない僕が「ゆうな」に突然駆られたように出かけたのは何かの因縁なんだ。あんな場末の小さい飲み屋に人生の発見があったとは……。僕は結核になる以前のように飲み屋に、「ゆうな」だけに通い詰めるだろう。

沖縄県の県花は梯梧《でいご》、浦添市の市花はオウゴンアリアケカズラだが、ゆうなはどこかの市町村の花だろうか。夕方に落花する一日花だからどこの花にも選定されていないような気がする。「ゆうな」を自分の秘密の場所にしようと安岡は決めた。

今夜「ゆうな」に電話してから行こうか、直接行こうか、迷っていると電話が鳴った。希代は開口一番「新聞、見たわ」と言った。あの酷評の記事だと安岡はすぐ思った。

「義治《よしじ》はどこか繊細なところがあるから私、心配になったの。義治は尚宣威の芝居に偏見の批評をしたけど、自分の作品は擁護したいはずだし」

「……」

「エロール鈴木さんは芝居の酷評に耐えきれずにハワイに行ってしまったけど、新聞の鶏《にわとり》の酷評、平気？」

疎隔《そかく》された鶏が無事に映画化されたのなら老小説家の僕の小説を見る目も少なからず変わったと安岡は思ったが、愚痴になる気がし、希代に言わなかった。

「いろんな読み方があるよ」と安岡は力なく言った。

「くよくよしないでね。百三十万だったかしら、県民の中の一人のコメントだと思って」

なかなかいい考えだと安岡は思った。

「ナイーブなエロール鈴木さんはたぶんまだ立ち直っていないわ」

希代はまだエロール鈴木を尊敬しているのだろうかと安岡は思った。未練があるのだろうか。

安岡は希代に「数十年前の白人女の赤ん坊殺しが老小説家に強烈に迫り、頭がおかしくなったんだ。本人でもわからないままあのような酷評を書いたんだ」と言いかけたが、黙っていた。

「論壇のタイトルは、若い小説家に贈る、だったけど、あんなものなんか贈られたくないわよね」

「まったく欲しくないな」

「金城太郎かっこ老小説家と記名があったけど、義治と親しい老小説家よね？」

「本名は平凡だな。自分は老小説家だといつも名乗っているよ」

「電話会社から出ている古い電話帳で調べて、直接抗議したわ」

「えっ、抗議？　電話したのか」

「鶏の作者の婚約者と言ったわ」

「婚約者？」

「方便よ。まったく丁寧語を使わない人ね、老小説家って」

「まあ、希代や僕がだいぶ年下だからだよ」

「老小説家は私に、君は文学少女か？　なんて聞くの」

「どう答えたの」

「私は日頃から安岡の小説の一番目の読者で、普通の少女ですって答えたわ」

「演劇女優だと言えばよかったのに」

「わしが酷評したから婚約者の君が安岡君の代わりに裁判を起こすつもりか、と老小説家は言ったわ」

「裁判を起こしたら、世間の物笑いになるよ」

「私、裁判も選択肢の一つですって言ったわ」

「選択肢の一つ?」

「ぼやぼやしていたらいつの間にか皺《しわ》だらけになって、ほどなく白骨になるから安岡君を叱咤《しった》激励したんだ、自分の身を切る思いで、などと老小説家は言っていたわ」

「酷評より、むしろ美点を見つけてもらった方が僕はぼやぼやしなくなると思うんだが」

「私が、安岡は今、恋をしているから立派な恋愛小説が書けるわ、と言ったら老小説家がフン、恋愛小説、って鼻で笑ったわ」

「恋愛も決して小さくはないテーマだと思うが、彼は何かとても大きなモノをテーマにしたがっているんだ」

ふと老小説家の持論の原風景を話題にしかけたが、口をつぐんだ。

「身近なものしか読者は読まないわ」

「……」

「老小説家は私に安岡君と結婚するな。結婚すると男は小説が書けなくなる。小説なんかと馬鹿《ばか》にするようになる。同棲《どうせい》しろと言うのよ」

「結婚と同棲はどう違うのかな」

「同棲ならすぐ別れられるからと言うのよ」

「別れを前提にするのはどうかと思うが」

「老小説家は、たとえ安岡君が君と結婚してハッピーな生活を営んでも、この生態を小説化しても無意味だ。ふたりが別れて心に傷を負ったら小説化が可能だなどと言うのよ。私、安岡が小説を書けなくなってもふたりが幸せならこの世に生まれた価値がありますって強く言ったわ」

「……」

「老小説家、気に障ったのね、小説がわからない君とは話がまともにできないとガチャンと電話を切ったのよ」

エミリー・ブロンテは恋も結婚も未体験なのにドロドロした人間の本質や不条理に高度な表現を与えたし、誰だったか思い出せないが、何度も結婚離婚を繰り返し、子供が十何人もいるのに、無垢《むく》な少女が花畑を駆け回るようなロマンチックな小説だけを書き続けた作家もいる。現実と創作は全く別物だと安岡は思う。

「そうそう私、老小説家に安岡は褒めたら伸びるタイプです。今後は褒めて、褒めて、褒めちぎってくださいって言ったわ」

「すると」

「褒めたら間違いなく作者は堕落するんですって。訳がわからないわね」

「大抵の批評家は最初出た批評に肩入れするというか、感化されるというか、自分の誠の言葉は封印するものだが、希代は立派だよ」

「大方の批評家は自分に自信がないのね。ね、今夜クリシュナに行かない?」

「クリシュナに?」

希代は酷評にうち沈んでいる僕を励まそうとクリシュナに誘っている。僕の小説を——賞に推した選考委員を除けば——賞賛《しょうさん》する唯一の読者が希代だと安岡は思った。

「私、老小説家に会ってみたいわ。義治の小説の師匠なんでしょう?」

師匠といえるかどうかよくわからないが、「いろいろと僕に小説のなんたるかを悟らせようとしている人だ」と言った。

「クリシュナに行かない？　老小説家を誘って」

「誘わなくてもいいよ」

安岡は希代を歌姫に会わせたくない、会わせたくないと自分に言い聞かせたが、意に反し、「ゆうなに行こう。三線と歌と歌姫の店だよ」と言ってしまった。

赤いツーピース姿の希代はスツールに座り、カウンターの中の歌姫のカンプーにジーファーをさした髪を珍しそうに見ている。希代よりいくらか長身の歌姫は細身の体に紅型の衣装をまとっている。澄んだ大きい目が希代を見たり、安岡を見たりする。

「寂れたところにこんな美しい人がいるなんて」と希代がつぶやくように言った。歌姫のぽっちゃりした形のいい唇から白い歯がのぞいた。

「私、希代です。……お名前は？」

「私、小菊です」

「小菊……さん？」

「僕たちは歌姫と呼んでいるんだ」

「私も歌姫と呼んでいいかしら？」

希代が歌姫に聞いた。歌姫は微笑《ほほえ》み、うなずいた。安岡と希代は泡盛を注文し、一口飲んだ。

「ママは昔、花形歌手だったんだって、ね、ママ」

安岡が変になれなれしく言った。

「昔、昔ね」

カウンターの隅の丸椅子に座り、煙草をふかしているママが言った。

「今日はまだ来ていないが、毎晩、三線男が来るそうだ。歌姫と一緒に三線を弾いたり歌ったりするよ」と安岡が言った。なぜか自分と歌姫が親密だと――もっとも親密かどうかよくわからないが――希代に思われたくなかった。

「三線男？　歌姫と言ったり三線男と言ったり、面白いわね」

「三線男さんは名前の通り、お酒を飲むと言うより三線を弾きに来ます」と歌姫が希代に言った。

「三線男は三線は聖と美、公務員は俗と醜などという信念を持っているんだ。彼も公務員だけど」

「俗と醜などと決めつけていいかどうかわからないけど、公務員も世の中には必要よ」と希代が言った。

「……」

「私もOLの傍ら演劇や絵もしていたし……葛藤もあったわ……私も三線男と呼んでいいかしら」

「いいよ」

「希代さん、絵を描いているの？」と歌姫がうちとけたように聞いた。

「ええ、少し」

「どんな絵を描くの？」

「そうね……バンシルーかしら」

「バンシルー？」

バンシルーを中学生の頃描いたのは僕だと安岡は内心言った。

「他の果物もよく描いたわ」

「安岡さんは小説を書いているのよね」

歌姫が言った。安岡は驚いた。

た。

歌姫は安岡を見つめ、大きくうなずいた。希代が不可解な顔をしながら「受賞もしたのよ」と言った。

「おめでとう、安岡さん」

安岡はどうなっているんだろうと思いながら「ありがとう」と言った。受賞当時、新聞を見たのだろうか。

希代が「私、演劇もやっているのよ」と歌姫に言った。

「現代劇？　時代劇？」

「座長が決めたら何でもするわ」

「この間、琉球史劇のリハーサルを観《み》たが、希代の演技は真に迫っていたよ」

「公演は終わったの？」

「東京公演には行ったそうだが……沖縄公演はなかったようだ」

安岡は言葉を濁した。

「昔から演劇を？」と歌姫が希代に聞いた。

「高校の演劇部にいたの」

「今度公演があったら教えてね」

歌姫は細身の長身を安岡に乗り出し、「安岡さん、何年前かしら、年末だったかしら、北部の結核療養専門病院近くの薬局に立ち寄ったでしょう？」

安岡はまた驚いた。

「覚えている。足の皮をすりむいて、留守番のきれいな若い女性がいて、お代はいりませんと言われた……よく覚えている」

「あのきれいな女性が私なの」

歌姫はいたずらっぽく笑った。

「……」

「看護師資格があるから、親戚の薬局を手伝っていたの」

「まさか」

「実は私、あの日だけ店にいたのよ。だからお客の安岡さんを覚えていたの」

このような重大な話をなぜ、「ゆうな」に最初に来た夜、あるいはバーベキューの日にしなかったのだろうか。安岡は不可解だった。

「似ていると思ったけど、人違いかもしれないし、でも安岡さんは背が高いから覚えやすかったのね」

「驚いたな、本当に」

安岡は胸が高鳴り、少し息苦しくなった。

「何かお礼を差し上げたら」と希代が妻にでもなったかのように安岡に言った。

「そうだな」

「お礼なんていりません。ゆうなに来ていただいたんだから。だけど本当に奇遇ね、北部で一度偶然会っただけなのに、何年かぶりにゆうなで偶然再会するなんて。不思議ね、人の縁って」

「仏様の言う因果かな」

「因果なんて大げさよ」と希代が言った。

疎隔《そかく》された鶏《にわとり》の当選まもない頃にも結核療養専門病院の近くの浜に行った。あの時、もらった薬のお礼をしようと思い立ち、薬局を訪ねても歌姫はすでにいなかったんだと安岡は思った。

希代が「足の皮が痛んで薬局に入った時は、まだ結核にかかっていなかったのよね」と言った。

「年が明けて四月に結核療養専門病院に入院したんだ」

「入院中、歌姫さんの行為は闘病の支えになったの」

あの、お代はいりませんという若い女の声が入院中何度か聞こえたような気がした。沈み込んでいた僕は確かに勇気づけられたと思う。安岡は希代にあいまいにうなずいた。はっきりうなずくとなぜか希代が傷つきそうな気がした。希代が「義治、このゆうな、何度目なの?」と聞いた。

「二回目」

「たった?」

「何」

「とても店の人たちと親しげだから」

ママはカウンターの隅の丸椅子に座り、先ほどから黙ったまま何本目かの煙草をふかしている。店の人たちというのは歌姫をさしているのだろうか。安岡は歌姫を見た。歌姫が、私たち北部のペンションに行ったのよ、バーベキューをしたのよと言い出しそうな予感がした。

「義治とは小中学が同じなの。もしかすると私の初恋の人かもしれないわ」と希代が歌姫に言った。

「二人、どこかお似合いよ」と歌姫が安岡に言った。

歌姫が三線を手に民謡を歌ってほしいと安岡は内心願ったが、とうとう歌姫はほとんど躊躇《ちゅうちょ》もせずに「私、安岡さんに北部のペンションに連れて行ってもらったわ」と言った。

「ペンション」

希代はとっさに安岡を見た。

「バーベキューをしたんだ。三線男と三人で」

「忘れられない夜になったわ」

歌姫は意識的ではないようだが、何か勘違いされかねないようなものの言い方をする。

「三人で歌って、飲んで、騒いだんだ。ほうほうの体でそれぞれの部屋に戻って、朝までぐっすり寝たんだ」と安岡は言った。実際は寝付かれずに夜明け前の浜に座っていたのだが……。希代と歌姫の雰囲気が妙におかしい、今夜は早々に帰ったほうがいいのではないだろうかと安岡は思った。

出入り口のドアが開いた。四人の若い男たちが入ってきた。トレパンのようなズボンや、派手な色の窮屈そうな上着やアロハシャツを着ている。男たちはシートに座り、「狭い店やんか」「客もおらへんや」「いや、一人男がおるよ」などと口々に言う。希代もホステスと勘違いされているようだと安岡は思った。「お姉さん、シマザケや」と一人の男が言った。

「いろいろあるけど、何にする」

カウンターを出たママが聞いた。

「そんなこと、ワイに聞いても知らん」「おばはんやなく、わしはお姉さんと言ったんだが」

耳障りのする高音が安岡の後頭部に飛んでくる。安岡は振り向いた。

「何種類あるんですか」

黒縁の眼鏡をかけた学生風の男がわりと丁寧に聞いた。

「十種類くらいです」

カウンターの内側から歌姫が言った。

「ひとつひとつ、言うてみぃ」

髪の短い男が言った。派手な半袖シャツからはみ出した腕は筋肉が盛り上がっている。歌姫は無視した。

「はよ、言うてみぃ」

ママが目を凝らすようにサイドボードを見た。

「久米仙。多良川。瑞泉……」

「クメセン、タラガー、ズイセン。けったいな名前やなぁ」「暑そうで飲めんわ」「出よか」「もうちょい、すずもうや」と男たちは口々に言う。

「おばはん、カラオケや」

「カラオケはないよ」とママが言った。

「今時カラオケのない店もあるんかいな」

「あんたら、どこから来たんや」

ママの言葉もどこか変な関西風になっている。安岡は半ば衝動的に立ち上がった。スツールが倒れた。希代と歌姫に勇気を示さなければならないと思った。

「なんだ、君たちは」

安岡は精いっぱいの大きな声を出した。

「なんやね、この若造は」

女のようにほっそりと痩せた男が立ち上がった。

「文句があるんやろうか」

別の男も立ち上がった。痩せた男が安岡に二、三歩近づいた。

「俺のように静かに飲まないのなら、出ていきたまえ」

安岡は声は上ずっているが、不思議と肝は据わっている。

「酒は騒いで飲むもんやあらへんか」

「君たち、どこから来たんだ」と安岡は言った。

「日本からや」

「日本から、ここは日本じゃないのか」

「あんたは日本人かいな。アクセントが変やさかい」

「何が変やさかいだ」

「あんたたち人類館、知っている?」

希代が唐突に言った。

「なんやジンルイカンって」

「私、あんたたちのような言葉を聞くと人類館をイメージするのよ」

「だからジンルイカンってなんや」

「明治三十六年、大阪の勧業博覧会会場周辺の見世物《みせもの》小屋で起きた大事件よ」

「大事件ってなんや」

「たぶん興業主があなたたちのような言葉を使って、朝鮮人、アイヌ、台湾高山族、アフリカ人など、そして沖縄人を見世物にしたのよ」

「関西弁を差別せんといてんか」

「関西人かどうかは知らないけど、とにかく本土の人が沖縄人を差別したのよ」

「謝れ」と安岡は男たちに言った。

「お兄さん、おもてに出てくれへんか」

「いいのか」と安岡は痩せた男をにらみ、「俺は空手四段だ。内臓が破裂しても知らんぞ」と出まかせを言った。だが、すぐ、わずかに覚えのある「基本型初段2の型」の「突き」や「はらい」を見せた。痩せた男はたじろいだ。

「目玉をくりぬく手がとっさに飛び出すかもしれん」

安岡は右手の人さし指と中指に力を込め、痩せた男の顔の前に突き出した。痩せた男は助けを求めるようにシートに座っている仲間を見た。筋肉の盛り上がった男も黙っている。

「うそでしょう、おばさん」

痩せた男はママを見た。ママは首を横に振り、「この男は危険だよ」と言った。

「お酒ください、何でもいいです」

学生風の男が座ったまま片手をあげた。

「はい、はい」

ママは安岡の背中を押し、倒れたスツールをなおし、座らせた。

「こっち、いらして」

ママが痩せた男に笑いかけた。

「どれにします？」

立ち上がってきた学生風の男がカウンターの内側の棚を見回した。

「この店の、ください」

「この店では酒は作っていないから、じゃあ、うちが好きな泡盛を出しましょうね」

「よろしくお願いします。それに僕らは大阪の人間じゃないですから」

「じゃあ、すぐ準備するからシートに座っていてね」

「あ、やっぱりいいです。すみません、僕たちはもう帰ります。お金は払います。千円でいいですか」と学生風の男が言った。

「帰るの、そう、飲んでいないからお金はいいよ」

男たちは「すんまへん」「どうも」と口々に言いながら立ち上がった。安岡はため息をついた。男たちはあわただしくドアを開け、出て行った。

「ありがとう、安岡さん」と歌姫が言った。安岡はうなずいた。

「空手、習っているの？」と希代が聞いた。

「中学生の時、近くの先輩から習い覚えたんだ。基本中の基本だけだが。……そろそろ帰ろうか」

二人は精算をすませ、立ち上がった。歌姫もママも引き留めようとはしなかった。歌姫は「また、いらっしゃってね」と笑顔を見せた。しかし、安岡が前に来た時は西門節を歌いながら見送ったが、今夜は三線を弾かなかった。飲み屋のネオンは方々についているが、人通りが少なく、路地全体が寝静まったように思える。関西風の言葉を使う男たちがなぜ「ゆうな」に入ってきたのだろうか。

「今夜は義治が別人に見えたわ」

「僕はいつも変わらないよ」

「どこか変わっていたわ。義治自身も知らないでしょうけど。義治が歌姫のいる店に誘ったからかしら、一瞬、義治が女の人と抱き合っている幻を見たわ」

「……」

「でも本当に義治だったかどうかあいまいなのよ」

「僕じゃないよ」

安岡は少し無理に笑った。

「事実にならなければいいんだけど」

希代はつぶやいた。

「幻は幻にすぎないよ」

「ごめんなさいね」

希代は力なく笑った。

「歌姫の前では黙っていたけど、老小説家は、安岡君がもし結婚するなら相手は酒場の女がいいと言っていたわ」

「酒場の女」

「酒場の女自身の人生は紆余《うよ》曲折があるだろうし、客も愚痴や悩みや苦しみを打ち明けるから人生や人間が理解しやすくなると言うのよ」

「酒場の女はつまり人間洞察が優れていると？　希代はなんて」

「ドロドロした人間模様や暗い酒場を書く作者には有益でしょうが、安岡のようなロマンチストには無用です。彼は天国のような美しい場所や人を書きたがっているの、と私なりの見解を言ったわ」

「老小説家はなんて」

「そんなものは小説じゃない、夢想だ、って」

「地獄と天国が混ざり合っているものが小説だと僕は思うよ」

「歌姫、三線を弾かなかったわね」

歌姫は希代に三線を聞かせたくなかったのだろうか、と安岡は思ったが、「うるさい男たちが入ってきたせいかな」と言った。

「送るよ」

安岡は近づいてきたタクシーに手をあげた。

「私一人で大丈夫よ、今日はありがとう」

希代はタクシーに乗り込んだ。タクシーは発進した。バクシがいつだったか「出会いは神が与えたご縁」と言っていたが、希代と歌姫を会わせて本当によかったのだろうか。

第二十四章　壺事件

歌姫が歌う店「ゆうな」から家の庭に生えていたゆうなを連想した。

両親が水死した数カ月後、安岡は両親が夢の中だけでも出てきてほしいと願ったが……いたたまれず、両親の面影が重なる、少年の頃よくぶらさがった裏庭のゆうなの木を切った。ブロック塀に繁茂していた数本のツタも根元から一本残らず切った。だが、今もこげ茶色のツタがはっていた名残が塀にあるせいか、安岡は時々ゆうなの夢を見る。

僕が「ゆうな」に行かなければ歌姫と出会わなかった。歌姫と会わなかったら希代《きよ》とすんなり……希代はきっと僕を愛している……結婚しただろう。「ゆうな」に行ったのは老小説家の酷評のせいだ。老小説家と会ったのは結核療養専門病院だ。僕たち二人が結核に罹《かか》らなければ、僕は歌姫とも希代とも——希代は小中学校の同級生だが——いわば無縁だっただろう。このように考えると運命は輪のようにつながっている。

希代と付き合いだした頃、老小説家から「女に浮ついていたら小説は書けない」と言われたが、歌姫に関心を寄せている今、老小説家はなぜ何も言ってこないのだろう。まあ、僕の身辺調査をしているわけでもないから、僕が歌姫と付き合っている、いないなど知らないだろう。しかし、酷評後、やはり僕を見放したのだろうか。

老小説家はいつだったか、「小説だけが世界を変える」と言っていたが、愛も精神世界を変える。人間を変革する力は小説より愛が上だ、と安岡はつぶやいた。以前愛がテーマの小説を書けないか模索した。だが、今は無関心になっている。最近は、最近でもないが、いつの頃からか僕は小説が書けないと悩んだり、煩悶《はんもん》したりしなくなっている。

「疎隔《そかく》された鶏《にわとり》」が老小説家に酷評されたとき、希代は僕を励ましてくれた。「ゆうな」に行くときは希代を誘うべきではないだろうか。希代も喜ぶだろう。二人の女の間にいる僕の身勝手さなのかもしれないが。頭を横に振った。あれはあれ、これはこれだと自分でもよくわからない言葉を口にし、自分を納得させた。ああ、流れる年月とともに顔も体も変容する二人の美しい女……と安岡は妙な感慨に浸った。

いつもは開店の六時に「ゆうな」に行くのだが、土曜日の今夜は八時をまわっている。安岡はタクシーに乗り、「ゆうな」に向かった。タクシーを降りた。白いコンクリートの平屋に「ゆうな」の青っぽい小さいネオンがともっている。

カウンターの内側にママがいる。安岡はママに会釈をした。ママも会釈を返した。五分刈り頭の小太りの男がカウンターの隅のスツールに座っている。安岡は出入り口近くのスツールに座り、「ママ、いつもの」と言った。ママは安岡が前にキープした泡盛とグラスを出し、煙草《たばこ》をふかした。

派手な格子模様のジャケットを着た、小太りの男が立ち上がり、肩を左右に大きくゆらしながら安岡に近づいてきた。

「安岡というのはお前か」

男の声は低いが、変にキンキン響いた。息に酒のにおいが混じっている。

「希代はお前の女か」

安岡は戸惑い、ママを見た。ママは煙草をくわえたまま頭を横に振った。

「どうなんだ」

男が声を荒らげた。

「希代を知ってはいるが」

「じゃあ、壺代《つぼだい》を弁償しろ」

「壺代？」

「とぼけるのか」

「僕は何も知らないけど……」

「女に聞かなかったのか」

「ちょっと待ってください」

安岡は長身を誇示するように立ち上がり、腕組みをした。

「なんだ」

男は大きく胸を張り、安岡を見上げた。

「希代が壺をどうしたんですか」

「どうしたんですか？　え？」

以前、関西風の言葉遣いの男たちに見せた空手の型を見せようかと安岡は思った。だが、沖縄の人にはあまり効果がないだろうと思いなおした。

「壺屋焼の壺を知らんのか、お前は。ウチナーンチュじゃないのか。人間国宝が焼いた壺を知らんのか。ええ？」

「割ったんですか」

「床にたたきつけてな」

男は顎を突き出すように言った。

「いつ？」

「何が？」

「いや、割ったのは」

「何時間か前だが、いつでもいいだろう」

「たたきつけて？　あんたと喧嘩《けんか》を？」

「誰が？」

「だから希代が」

「俺と？」

「何の理由で」

「何が？」

「だから喧嘩の……」

「女同士の喧嘩のわけなんか、わかるはずないだろう」

「女同士？　誰と？　女と喧嘩したから、希代は壺を割ったんですか」

「どうかな、あの女はおかしい」

「悪く言うのはよしてくれないかな」

「そうか、お前はあの女の肩を持つのか、やっぱりお前の女なんだな、じゃあ、出ようか、ええ」

「喧嘩するなら、外に出てよ」とママが変に静かに言った。

「一個割ったんですか」

「一個割ったら十分だろう。弁償するのか、しないのか」

「失礼だが、あなたは?」

「なにぃ」

男は目をつりあげ、すごんだ。

「だけど、どうして僕に?」

「お前の女ならお前が払うべきじゃないのか」

男は大きく舌打ちした。

「いくらですか」

男は無言のまま指をVサインのように二本立てた。

「二万円ですね」

「馬鹿野郎《ばか》」

男は安岡をにらんだ。

「二十万ですか」

二百万と言われたらどうしようと思いながら安岡は聞いた。男は安岡をにらみ続けた。

「俺をコケにするのか。お前はいつもこの店に来るようだが、毎晩俺が顔を出してもいいのか」

男は精いっぱいに声を荒らげた。

「二十万ですね」

男は首をゆするようにうなずいた。

「人間国宝の壺って俺は言わなかったか」

歌姫と出会った安岡は近いうちに希代をふってしまうような予感がした。希代に確認の電話もしなかった。人間国宝の壺にしては安いと思いながら安岡はポケットから財布を取り出した。

「領収書、持っていますかね」

「領収書?……お前、二十万の現金をいつも持ち歩いているのか」

「印鑑はいりませんよ」

「お前は男と男の約束も信用できんのか」

「いいですよ」

安岡は万札を数え、男に手渡した。女によく言い聞かせろよ、と捨て台詞《ぜりふ》をはきながら男は店を出て行った。安岡はスツールに座り、ママに向いた。ママは灰皿にこすりつけ、煙草の火を消した。

「うちは嫌な客には、追い払う歌を歌うが、あの壺の店の男には口がけがれるから歌わないよ」

安岡はグラスの泡盛を飲んだ。

「あの男、柄が悪いが、壺の販売をやっているんですか」

ママが安岡のグラスに泡盛をついだ。

「三線男も時々家から壺を持ち出して、さっきの骨董《こっとう》屋に売っているみたいよ」

「あんな男と付き合っているのか……」

安岡はつぶやくように言った。

「付き合っているというほどではないと思うけどね」

「ゆうな」は何か壺と関係があるのだろうか。安岡は白い店内を見回した。サイドボードにもカウンターにも壺は見当たらなかった。

「あの男、希代が壺をたたき割ったと言っていたが、本当ですよね?」

「希代さんと歌姫が言い争いをしたんだよ。運悪くというか、希代さんの前に壺が置かれていたんだよ。人間国宝の壺はゆうなにはぴったりだ、ママ、やすくするよ、って言ってね。ほんとに人間国宝のものか、怪しいもんだよ」

「希代が割ったんですか」

「何かの拍子に壺を払いのけたんだよ」

「希代は僕に一言もなくゆうなに？　なぜ希代と歌姫が言い争いを？」

「本当にどうしてかね。最初は和気あいあいとしていたのに」

「あの男に僕のこと、ゆうなに来ること、希代の友人だということをママが教えたんですか？」

ママは頭を横に振った。

「じゃあ、歌姫が？」

「希代さんが教えたんだよ」

「希代が？」

「私には安岡義治《よしじ》という恋人がついているのよ。毎晩のようにこのゆうなに現れるのよ、ってあの男に言ったんだよ」

「どういうつもりで」

「もしかすると、もしかするとだよ、安岡さんをこの店から遠ざけるつもりだったんかね」

「僕が男を怖がるとでも？」

「あんたがあんなチンピラを怖がるはずはないからね」

「チンピラはチンピラですよ」

安岡は自分でも何を言っているのか、わからなかった。

「あんたがここに頻繁に来るようになって、希代さんはショックを受けたみたいだよ」

「……歌姫は？」

「希代さんと一緒に病院に行ったよ」

「病院に？」

出入り口のドアが開いた。男が戻ってきたと安岡は一瞬思った。歌姫は「いらっしゃい、安岡さん」と言いながら着物の上にはおっていた薄いショールをたたみながらカウンターの中に入った。細身の体を紅型の着物が包んでいる。饅頭《まんじゅう》のように結った髪にジーファーをさしている。カウンターから出てきた歌姫は安岡の隣のスツールに座った。

「希代さん、男に足を折られて入院したのよ」

「えっ」

「あの、さっきの男だよ」とママが言った。

「希代は足を折られたのか、だったら僕も黙っていなかったのに、足を折ったなら、あの男から賠償金を取るべきだった」

「大事をとって入院してもらったの。安岡さんにいつものように歌を聞かせたいけど、希代さんの見舞いに行ったら？　まだ面会時間よ」

「行ったほうがいいよ。あんな壺男と言い合ったんだから、今夜は楽しく酒を飲めないだろうからね」とママが言った。

安岡は唐突に「あんな男を三線と歌で見送ったりはしないよな」と歌姫に言った。

「あんな人、客じゃないわ。悪徳商人よ」

希代が壺を割ったいきさつを歌姫から直接聞こうと安岡は思ったが、なぜか「今夜三線男は？」と言った。

「私ね、安岡さん、彼からプロポーズされたけど、私、誰とも結婚しないわ」

安岡は「あなたとも」と言われたような気がした。

「三線男がプロポーズを?」

歌姫はうなずいた。

「彼は奥さんがいるはずだが」

「こっけいでしょう? 奥さんもいるのに」

「離婚するつもりかな」

「酔って、面白がって言ったのよ。私も、あなた、奥さん、逃がしたの? って聞いたわ」

「すると?」

「今から逃がすんですって」

三線男はまんざら冗談ではないと安岡は思った。

「でもね、安岡さん、私と三線男が結婚したら、すぐ二人とも三線から離れて、歌も歌わなくなると思うの」

「結婚すると世俗に堕してしまうと?」

「結婚云々《うんぬん》というより、歌は純粋なものだと思うの」

安岡は、結婚は不純なのかと一瞬思ったが、「わかるような気もするよ」と言った。

「……歌姫は本当に誰とも結婚しないの?」

「一生独身をとおすわ」

「ゆうな」を出た安岡はタクシーに乗り、歌姫から聞いた同じ那覇市内の病院に向かった。

誰とも結婚しないという歌姫の声が耳の奥から何度も聞こえてくる。なぜ希代は壺を割ったんだ。絵を描く希代だから骨董《こっとう》の壺にも美を見出すはずだが。やはりママが言っていたように僕が「ゆうな」の歌姫に会いに行くから頭に来たのだろうか。希代を見舞うのがためらわれた。「大変だったね」と言うと「大変な目に合わせた原因は義治よ」と言われそうな気がした。

希代には成仏していないと男性霊能者の言う姉がいる。かわいそうだ、かわいそうといえば幼少の弟をなくした歌姫もかわいそうだ、僕も父母をなくしている、僕もかわいそうだといえばかわいそうだが。以前、希代に「亀の写生」に誘われながらキャンセルされたときは失恋したような気がしたが、今は逆だろうか。希代が僕に失恋したような気になっているのだろうか。

住宅街の中に古い病院が建っている。午後九時前の病院の内部はがらんどうのように広く、受付や非常口やトイレに薄明かりがついている。待合の長椅子に何人かの人が背中を丸め、座っている。

老夫婦の会話が耳に入った。「あんたは家に置いたら、しょっちゅう文句を言うはずよ。ここでもこんなに言うんだからね」「痛くもないのに、おまえにここに入れられたんだよ」

若者が隣の男に交通事故の変な自慢をしている。「後ろに彼女を乗せて、パトカーをまいたが、縁石にぶつかって、気を失って、気が付いたらＩＣＵに入っていたんだ。足が動かないから見たら骨が折れていたよ」。「麻酔が切れて七転八倒しただろう」と相手の男が笑った。

ナースセンターの看護師に部屋を聞いた。若い看護師と入れ替わるように安岡は四人部屋に入った。奥の窓際のベッドに横たわっている希代が弱々しく笑いかけた。

「壺を割ったら、足を折られたわ」

「まったくひどい男だよ」

安岡は折りたたみのパイプ椅子をベッドのわきに引き寄せ、座った。

「なぜ商品の壺を割ったんだ？」

「義治、ありがとう。私、きっと来てくれるような気がしたわ」

安岡はうなずいた。

「カウンターの上の壺を見つめているうちに、なぜか腹立たしくなって、思わず振り払ってしまったの」

「どうして？」

「私、歌姫が骨董《こっとう》屋から壺を買って、私に見せびらかしていると思って、壺を振り払ったの。フロアに落ちて、割れたの」

「歌姫のものではなかったんだね」

「男がママに売りつけようとしていたの。壺を見せびらかされたからというのは嘘《うそ》よ。私、なんて言ったらいいかしら。壺は義治で、歌姫がじっと見ているのは壺じゃなくて、義治だと思ったの」

「……足を折られたのに、警察に訴えないのか」

「いいのよ、ほとんど自分で折ったんだから」

「自分で？」

「あの男、ゆうなを出た私を追ってきたの。あの男を振り払った拍子に階段から落ちたの。……義治が最初にゆうなに行った日は、雨が降っていたんだってね」

「たしか雨だった」

「沖縄の雨って、秋田の雪に似ているわ。少しもロマンチックじゃないもの」

希代は妙に落ち着いている。

「雪に似ているのか？」

希代はうなずいた。

「いったん降ったら、降りに降って、人を縮み上がらせるの。そして、固めてしまうの。抱擁した恋人を抱擁したまま、冷え切った別居中の夫婦を別居中のまま固めてしまうのよ」

「……」

「ロマンチックじゃないって言ったけど、でも今夜は違うわ。雨は降ってないけど。どう?義治」

希代は安岡を見つめた。安岡はあいまいにうなずいた。

「秋田にもいたの?」

安岡も希代を見つめ、言った。

「たった一年だけど。秋田の雪は性別をつけるならきっと女性ね。何もかもの上に降り積もるの。挙げ句の果てに自分の重さにつぶされて、硬い氷になってしまうの。私や義治はどのような形の氷になるのかしら?　どう思う?」

「よくわからないな。むつかしいね」

「今この瞬間の自分を考えたら、わかるのよ。瞬間冷凍みたいに今の考えのまま固まってしまうんだから」

安岡は希代の演劇口調の論理がよくわからず、黙った。

「できるだけきれいな表情をしてね。私も心からきれいな表情をするから。だって、もしよ、このまま二人が一緒に氷の中に密閉されたら、もう自分でも自分を変えようがないの。義治がきれいな表情をしているのに、私が醜い表情をしていたら、人々はなんやかんや勘繰るでしょう?　逆だったら、人々はさらに何倍も勘繰るわ」

「僕も希代もきれいな表情をしていようよ。いつ、なんどき雨が雪に変わるか、雪が氷に変わるかわからないんだからね」

安岡は希代の口調に合わせるように言った。

「足を折ったせいか、折ったといっても足首にひびが入った程度で歌姫に無理に入院させられたけど、足を失って徴兵されなかった祖父を思い出したの」

希代は痛み止めの薬のせいか、顔がひどくほてり、頻繁に寝返りを打ったという。頭を抱え込んだまま睡魔に襲われ、切れ切れに祖父の幻想を見た。思考なのか夢なのかよくわからなかった。希代は幼少の頃、よくこの祖父はいつ死ぬの？　と思い、眠れなくなり、恐ろしい夜を過ごしたという。

「さっき本当に久しぶりに祖父の死を考えたのよ。今朝から妙な胸騒ぎがして、淋《さび》しい夕暮れになると、歌姫が義治の心をつかんでいる、私は一生一人ぼっちと思ったの。だからいてもたってもいられず、ゆうなに行ったの。まだ閉まっていたけど、開くのをじっと待ったわ」

「……」

「私、今死んだらこの世に何を残したのか、わからないの。義治は疎隔された鶏を残したけど」

「単なる骨のひびだよ。死ぬなどとは」

「女は結婚すべきかしら？　子供を残すべきかしら？」

「一概には言えないよ。いろいろな生き方があるし、何を残すかも人それぞれだから」

「来年の早春に咲く桜をもう義治と一緒に見に行けそうもないわ」

「何を言っているんだ。桜はまだまだ先の話だ」

「義治が別の女の人と行く気がするのよ」

安岡はとっさに否定はできなかった。ふと「私は誰とも結婚しない」という歌姫の声がよみがえった。安岡は歌姫を思い切ったわけではなく、未練もあったが、「行けるよ」と言った。

「ほんと?」

希代は目を輝かせた。

「ほんとに桜見物に行けるの?」

「ああ」

「うれしい。待ち遠しいわ……義治、私ね、ふと歌姫がこの世からいなくなってくれたらと思ったわ。眠れない夜にね。最近毎晩のように眠れないからいつだったのか、何時頃だったのかもわからないけど、確かに考えたの。私、いたたまれなくなって、ビールを飲んだの。するとかえって、きれいな部屋で安眠している歌姫の顔が思い浮かんで、どうしても消えなくなったの。いつまでも消えそうにないから、夜中にタクシーを探して、救急病院に行ったの。でも診察は受けなかったわ。待合の椅子に明け方まで座っていたの」

「……」

「人生って思うようにはいかないわね。義治は疎隔された鶏が映画にならなかったし、私がようやく手にした大役キミテズリも中止になったし」

「希代の姉さんの不幸が希代を演劇人にしたかも知れないし、僕も入院したから疎隔された鶏が書けたとも言える、と思うんだ」

「出演依頼でもあれば少しは気が晴れるんだけど」

「演出兼オーナーのエロール鈴木はハワイに行ったきりなんだろう?」

「ほかの劇団でもいいけど。だれか私に声をかけてくれないかな」

「これからまだまだチャンスはあるよ」

「エロール鈴木さんは妻帯者よ。子供もいるわ」

希代が唐突に言った。

「独身のようにふるまっているようにみえたが……」

「ああ、あの頃に帰りたいわ。小学生の頃に。義治とままごとをしたあの頃に」

僕たちはままごとをしただろうか。安岡は目を閉じた。ままごとではなく、真冬に校庭のブランコを一緒にこいだ記憶がよみがえった。

第二十五章　愛の女神

希代の足の怪我《けが》の見舞いに行ってから三日後、九月二十日、安岡は書斎のアルミサッシの戸や窓のカーテンを開け放った。庭の草木の、夏の名残のようなかすかな香りや白い光が飛び込んできた。

歌姫は生涯独身をとおすという。信じられないが、本当に本当だろうか。

安岡は寝間着を半ズボンに着替え、冷蔵庫から缶入りのコーヒーを取り出し、王様の椅子に座った。

しかし、返す返すもあの薬局の女性が歌姫だったとは未《いま》だに信じがたい……「私、留守番です。お代はいりません」と言った女性の声が耳の奥から聞こえる。なぜ薬代をとらなかった？　金額はわかっていたはずなのに。一目見た僕に何かを感じたのだろうか。結核療養中、見聞や感想を、過去の思い出なども、大学ノートに記したが、入院数カ月前の薬局の出来事はなぜ書かなかったのだろうか。薬局の女性が、つまり歌姫が歌を歌わなかったから？　薬局にいる女性が突然客を前に歌うはずもないのだが。「ゆうな」に行った最初の日、「ゆうな」から出た時、背中に聞こえた歌姫の歌声が忘れられずに今日に至っている。

希代《きよ》は真っ盛りの桜が職場の中年カップルを結婚に踏み切らせたと言っていたが……僕を歌姫と結婚に踏み切らせるものは歌声だろうか。歌姫は誰とも結婚しないという。希代と結婚するなら希代との幼いころの思い出だろうか。

考えてみると、希代とは何度も会ったが、僕は希代をデートらしいデートに誘わなかった。しかし、一度しか会っていないのに、勇気を奮い立たせ、歌姫をバーベキューに誘った。ああ、なんというふくよかなイメージを匂い立たせる名前だろう。小菊、小菊……。僕にはものすごい歌い手に思える歌姫が「すごい」という努君の歌声は途方もなくすばらしく……目を閉じるとあの美しい歌声が耳の奥から微妙に聞こえてくる。

いつだったか希代に亀の写生をキャンセルされた時、失恋したような気持ちになったが、しばらくの間どこか希代に淡泊になってしまった。男性霊能者から「姉は成仏していない」と言われたり、尚宣威の舞台も頓挫したり、かわいそうな希代だが。希代との幼いころの美しい思い出が、歌姫を知ってから、なぜか自分の姉や妹……僕には姉も妹もいないが……との思い出に思えた。

希代は、僕を「ゆうな」から遠ざけたいために歌姫と会ったはずだが……希代は外国人好みでは、と安岡は唐突に思った。希代の姉の元恋人はアメリカ人だったし、日本人とアメリカ人のハーフの、劇団オーナーのエロール鈴木に関心を抱いたようだし。

希代は舞台に上がり、別の自分を演じると心が落ち着くと言っていた。今後舞台に上がる機会に恵まれたら、僕の冷たいしうちから、あからさまに冷たくしたつもりはないが、立ち直るだろうか。

あの夜、変な関西人風の男たちが「ゆうな」に入ってこなければ希代と歌姫の間に険悪な空気が漂ったに違いない。希代を「ゆうな」に誘ったのは僕なのだが。

安岡の思考はとりとめもなく広がる。

花にたとえると希代は桜だ。歌姫はゆうなだ。ゆうなではストレートすぎる。希代の桜も以前一度行った桜祭りのイメージに過ぎない。僕はあからさまに顔にも声にも出さないが、希代と歌姫のどちらかを二者択一しろと言われれば、今は、歌姫に未練はあるが、希代を選ぼう。何か利己主義だが。毎晩のように「ゆうな」に通った。歌姫に魅了された。努君の歌にも魂を奪われた。僕がはっきりと求愛したわけでもないのに、一度「私、独身を通します」と一般論のように言われただけなのに、僕は簡単に諦めてしまうのだろうか。「歌姫がだめだから希代」というのは残酷すぎる。希代がかわいそうだ。希代も歌姫の存在を知っているから「歌姫の代わりに私ですか。はい、わかりました」というわけにはいかないだろう。

希代はまだ歌姫が独身を通す云々《うんぬん》は知らないから、僕は何事もなかったかのように希代にプロポーズ、する時は、するのだろうか。どうも独りよがりだ。何もかも自分を中心に回っている。歌姫とか希代とか言っているが、世界に女はこの二人しかいないのだろうか。僕は結婚を焦っている？　違う。九歳の時に出会った少女、ベアトリーチェをダンテは天使だと思った。ほかの男と結婚した彼女は早世した。ダンテは彼女を一生愛し続け、「神曲」では主人公のダンテがベアトリーチェの魂に導かれ、天国に上っていく。男が一生に愛せる女は一人なんだ。

この時、何かの符丁のように希代から電話がかかってきた。希代は開口一番「私、老小説家を呼びつけたわ」と言った。

「えっ」

「疎隔された鶏の抗議をするために老小説家を喫茶店に呼び出したのよ」

「……」

「私は酷評を載せた新聞社のロビーか老小説家の家を指定したんだけど、老小説家は、人がいて、しかも二人きりがいいというので喫茶店にしたの」

「老小説家は本当にのこのこ出てきたのか」

「私の電話の剣幕《けんまく》に恐れをなしたんじゃないかしら」

「強く言ったの？」

「過不足なく」

「前にも老小説家に詳細を聞いたんだろう？」

「電話ではね」

希代は何日か前に、老小説家に会ってみたいと言っていたが、僕が案内するまでもなく、すでに会ったんだ、と安岡は驚いた。

「老小説家が、君は一体安岡君の何なんだね、と言うから、正直に幼馴染《なじみ》です。今も時々デートをしていますって答えたわ。前に婚約者とも言ったけど」

「すると」

「いちゃつくのもいいが、安岡君の小説の妨げにはくれぐれもならないように、ですって」

老小説家はまだ僕に目をかけてくれているのだろうか、と安岡は思った。

「私、義治の小説の邪魔になっている？」

「いや」

以前は何度も希代を主人公に小説を書きたいと思っていたんだ、と言いかけたが、口をつぐんだ。

「私、今、Ａ市の動物園にいるけど、義治、出てこられないかしら、老小説家とのやり取りを話したいんだけど」

「Ａ市の動物園？　足はよくなったの？」

「完治しているわ」

「どうして動物園に?」

「義治は小説に動物を登場させるからよ」

「……」

「入り口近くの動物の檻の前にいるわ」

「すぐ行くよ。高速で」

「待っているわ」

希代は電話を切った。

安岡はシャワーを浴びながら考えた。希代はなぜこんなにも「疎隔された鶏」に固執するのだろうか。歌姫に会わせたから? 歌姫を紹介した後から急に老小説家に対し、むきになっている。たしか歌姫と僕がバーベキューをしたと知ってから希代は老小説家に「疎隔された鶏」の酷評に対する抗議をしている。いや、逆だ。抗議が先だ。僕が肺結核になる前、薬局にいた歌姫が僕にやさしくしたから希代はむきになっているんだ。何かが希代の心に引っかかったんだ。嫉妬心だろう、たぶん。

一方、老小説家は赤ちゃん殺しのリリアンに会ってから間違いなく何かが変わった。僕の「疎隔された鶏」を酷評したのは、やはり老小説家が自分を見失ったからだ。三十五年前に赤ちゃんを殺したリリアンは精神が尋常ではなかったが、三十五年後の今、どこか老小説家の精神は尋常ではないように思える。リリアンに再会した時に突如老小説家の内面の時空がごっちゃになったんだ。

丘の背後から鉄塔が空に伸び、観覧車がゆっくりと回転している。九月も半ばをとっくに過ぎたが、シャワーを浴びた後でも肌寒くはなく、安岡は淡い花柄のかりゆしウェアを着ている。安岡は観覧車の方角に車を走らせた。

Ａ市の動物園の広い駐車場には、平日のせいか、車は少なかった。安岡は入場料を払い、園内に入った。孔雀《くじゃく》の檻《おり》の前に、ゆるやかにウェーブした髪を後ろに束ね、白いブラウスに紺のタイトスカートを着た希代が立っている。動物園には似つかわしくない服装だと安岡は思った。希代は安岡に手を振り、笑いかけたが、すぐ飼育係に向いた。長靴をはき、ほうきを持った少年のような飼育係に、動物園にはどのような動物がいるのか、希代は聞いている。象、虎、猿……哺乳類、鳥類、爬虫《はちゅう》類と指を折りながら答えた。希代は飼育係に礼を言った。希代と安岡は檻から離れた。

「檻に入っている動物はかわいそうね。見るのもなぜか辛《つら》いわね」

希代が声を潜め、言った。

「人間も檻に閉じ込められたら、たまらんよな」

何年前だっただろうか。見習いかなんかの飼育係が閉め忘れた檻から虎が逃げ出した。通報を受けた警察官が木立の中に寝ていた虎を射殺したという新聞記事を安岡はふと思い出した。

「老小説家が、安岡君は動物を登場させる癖があるから牛はどうかな、自分が材料を提供してもいい、と言っていたわ」

「牛？」

「闘牛だそうよ。闘牛に仮託して、沖縄人の底力を表明したらどうかって」

「闘牛？」

「具体的には安岡君と会って、じかに話すそうよ」

安岡も以前、闘牛を題材にできないかと考えた覚えはある。しかし、酷評が尾を引いているのか、まだ老小説家と会う気持ちにはなれなかった。

「老小説家に、私の会社の社長が、疎隔《そかく》された鶏《にわとり》の映画化を企画したのよ、と強く言ったわ」

「映画化される小説はろくなもんじゃない、と言われなかったか」

「よかったじゃないか、なんて人ごとのように言ったわ。確かに人ごとだけど」

「いろいろ話したんだね」

「安岡君に骨を書いたらどうかねと勧めたが、一向に見向きもしないようだと嘆いていたわ」

一緒に収骨に行った時の話だと安岡は思った。あの時「骨を拾う男」というタイトルも示された。

「私、骨を書くより生きている人間、愛に生きている人間を書くべきだと思うわ」

安岡はうなずいた。

二人は園内を歩き続けた。安岡の気のせいか、希代は時々すれちがう家族連れやアベックをうらやましそうに見る。徐々に近づく秋の陽《ひ》は真上にあり、長身の安岡の影も短く、しかし真夏ほどではないが、濃く落ちている。

「安岡君が新しい小説を書きあげたら、まずわしが読んでやってもいいと老小説家が言っていたわ」

「本当かな」

「きっとよ、と私、念をおしたわ」

「急に書けるものでもないが……」

「老小説家に、裁判を起こさない代わりに今後、『若い書き手に贈る』時に疎隔《そかく》された鶏《にわとり》の酷評を取り消すようにと強く言ったわ」

「えっ、老小説家が取り消すはずはないよ」

「ところが、君には負けるなと笑ったわ」

希代の執拗《しつよう》な追及に安岡は感謝したが、いささかあっけにとられた。

「老小説家が心を入れ替えないのなら、私、新聞社に抗議に行くつもりよ」

「なにも希代がそこまでやらなくても」

「だって義治《よしじ》は傑作を書く気配がないんだもん」

希代は妙に甘えた声を出した。

「もっといろいろ言ってやりたかったけど、老小説家がめまいや動悸《どうき》がすると言うから解放したわ」

「病院に連れていくとか、タクシーを呼ぶとか、しなかったのか」

「私に問い詰められたから仮病を使ったのよ」

「老小説家の持病だよ」

「大丈夫よ。安岡君に時が過ぎ去るのはあっという間だから、すぐ書きだせと伝えてくれと力強く言っていたから」

「……」

「私、挑発したんだけど、老小説家は私を小娘と思ったのか、小説論を戦わさないのよ、一向に」

「小説論を戦わす？」

「私、文学論は持ち合わせていないけど」

希代《きよ》は悪戯《いたずら》っぽく笑った。

「でも希代は芝居を」

「私は芝居をやっているんです。小説も分かるつもりですって、老小説家に言ったわ」

「すると」

「芝居と小説は別物だ。小説を軽く見るな、ですって」

「……」

「私、シェイクスピアも芝居よ、って言ってやったわ」

希代に執拗《しつよう》に文句を言われても老小説家は伝家の宝刀の原風景の話は……やはり希代を小娘と決めつけたのか、一言もしゃべっていないようだ、と安岡は思った。

「ごめんなさい。私、疎隔された鶏を読んでいないので、あまり強くは老小説家に言えなくて」

けっこう強く言っているよ、と安岡は思いながら「いや、とてもありがたいよ」と言った。

観覧車が回り、地上を子供向けの園内電車がゆっくりと走っている。「観覧車にでも乗ろうか」と安岡は聞いた。希代は首を横に振った。

大きな池や、池にかかる橋や、十幾種類もの水鳥がいるという場所が百メートル先にあると書かれた案内板が立っている。茶色のアスファルトを敷いた道が下り坂になっている。道の両側には様々な種類の木々が茂っている。道の先には人影もなく、何となく寂しげだが、まもなく池のほとりに着いた。

二人は木陰のベンチに座り、沼のように静かな水面を見た。ホテイアオイが広い池の方々に浮いている。普通の恋人ならこのようにベンチに座ったら「疲れなかった?」と女性の肩に手を回し、ほほにキスをするだろうと安岡は思った。

「老小説家は若いころから創作依存症ですって。だからずっと独身を通しているそうよ」

「新しい小説を書いているような気配はなかった?」

「自分の作品の話は一切しなかったわ」

二人は立ち上がり、歩きだした。

老小説家が僕に書け書けと言い続け、しまいには酷評したのは、若いころの自分に僕を重ねているからではないだろうかと安岡は思った。書こうにも書けなかった自分が過ごした、歯がゆい、地団太《じだんだ》を踏むような日々を。受賞したにもかかわらず、まったく世評に上らない僕の作品を、酷評の形ではあるが、日の目を見させた老小説家に感謝すべきかもしれないと安岡は自分に言い聞かせた。酷評よりも耐え難いのは完全無視だと思った。

「前にも話したかしら。クリシュナはヒンズー教の愛の神よ」

希代が唐突に言った。

「覚えているよ」

「今からクリシュナに行ってみない?」

「ここから割と近いよな」

「近くよ。私、愛の神から愛の言葉を聞きたいの」

「希代はここには車で」

「バスで来たわ。私、今日なぜかクリシュナに行きたかったの。でもバスの中で義治を思い出して、義治の鶏を連想して、動物園に向かったの」

大通りに出た安岡の車は、南の方角に走った。

ハワイアンバーに行ったあの日以来、希代はハワイアンバーの話をしなくなっている。あの時、姉の禊《みそ》ぎは終わったのだろうか。ハワイアンバーならウクレレの音色に合わせ、抱き合うようにダンスも踊れるのだが。突然、歌姫と踊っている自分を想像し、安岡は頭をふった。

午後二時過ぎにクリシュナについた。安岡はなぜか、歌姫にプロポーズをしたという三線男が来ているような予感がした。ガラス越しにタンドリー窯が見えた。ナンを焼いているインド人シェフと安岡は会釈を交わした。三線男はいなかったが、以前希代と桜祭りの帰りにここに立ち寄った時、バクシと一緒にいた坊主頭の男が、閉店間際のせいか、四人テーブルの竹製の椅子に座っている。二人に気付いた坊主頭の武島が手招き、「こちらにどうぞ」とあたかもオーナーのように声をかけた。希代は戸惑ったが、安岡は素直に従った。二人は紺の作務衣を着た武島の向かいに座った。安岡のわきには天井に届かんばかりの千年木の鉢が置かれている。一通りのあいさつを済ませ、希代が「武島さんは今でもよくいらっしゃるんですか」と聞いた。

「来ますよ」

とても見事な坊主頭だと妙に感心したせいか、安岡は思わず「読経もなさるんですか」と頓珍漢《とんちんかん》な質問をした。

「私は坊さんではないので、いたしません」

安岡は目をそらせた。額に入った、着飾った象のレリーフが目に入った。

「葬儀場に勤めている私は、亡くなった人が急におぞましくなり、体がカチンカチンになったんですが、ある日、偶然ここに入ったらバクシ氏がいました。バクシ氏の哲学をじっくり聞いたせいか、楽になりました」

「葬儀場に勤めているんですか」と安岡は聞いた。

「なにかと人生を考えさせられるところですよ」

水の入った広口の瓶を持ってきたウェーターに安岡と希代は豆カレーとチキンカレーのセットを注文した。

安岡は小説創作をしばらく忘れていたが、希代が老小説家に抗議をしたからか、歌姫が独身を通すと言ったせいか、ついさっきから考えるようになっている。亡くなった人と深く向き合い、亡くなった人の一生を真剣に回想したら小説的普遍性を獲得できるのでは、と安岡は思った。僕は以前、埋葬がテーマだという老小説家の原風景に案内されたが、武島の葬儀場も舞台になる。肉親の死を見つめ、いろいろと考える生者たちの姿や所作や心を書ければ、普遍的な人生が現れるのでは？

「今は葬儀場にいますが、いずれは心理や精神のカウンセラーになりたいと思っています。亡くなった人を見送るだけでなく、生きている人を救いたいのです。お二人、今日はデートですか」

「ええ、A市の動物園からの帰りです」と希代が言った。

「インド象がいたでしょう。バクシ氏がかかわっています」

「バクシさんが？」と安岡は言った。来沖したインド象の話は以前にバクシから聞いた。

「ジャイプールのアンベール城でしたかね、私もインド象に乗って、坂を上りました。あの頃は四人一緒に乗りましたが、象の虐待という声も上がって、今は二人乗りになっているようです。バクシ氏から聞いたのですが」

武島はインド象来沖のいきさつを話した。

何がきっかけだったか、誰が最初に動いたのか、武島は詳細は忘れてしまったが、A市がインドの内閣、インド文化協会を通し、「沖縄に象をお願いします」と申し出たという。しかし、あれやこれやと検討している間に選挙があり、インドの内閣が変わり、話は宙に浮いた。ようやく再び話は持ち上がったが、沖縄側の代理人とインド側の代理人が互いに頭を下げようとはせず、手続きは相手がやるべきだと主張した。

「しかし、バクシ氏が裏方として、動物園の理事長にいろいろアドバイスをしました。なおも難航しましたが、ようやくA市の市長とインド大使の間で話がまとまりました」

武島は壁にかけられた象の刺繍のタペストリーを指さした。

「ある年の冬、ついに象がやってきました。あのような象です」

「インドと沖縄が合意に達したんですね」と安岡が言った。

「飼育係のインド人二人は田舎出身で、ヒンズー語しかわからなかったから、バクシ氏が通訳をやって、また無償で食事も持って行ったそうです」

「インド人の象使いは今も？」と安岡が聞いた。

「日本人の象使いが慣れてきたので、インド人の象使いは国に帰ったそうです」

安岡と希代は運ばれてきたラッシーを飲んだ。

「安岡さんは豆カレーが好きなようですね。バクシ氏はレンズ豆を動物園の象に寄付していますよ」と武島が言った。

「寄付？」

「バクシ氏は人にも象にも喜捨をしていますよ」

「象にも」

「象は甘いものが大好きで、リンゴ、ニンジン、バナナ、黒砂糖などをバクシ氏は毎週日曜日に差し入れしているようです」

「……」

「匂いで覚えるんでしょうが、象はとても勘がよくて、バクシ氏が来ると高々と雄たけびのような声を出すそうですよ」

「すごいですね」

「バクシ氏が象舎の近くで車から降り立つとすぐ象が近寄ってくるそうですよ。日本人の飼育係もバクシさんが来ると象も喜びますと言っているようです」

A市から感謝状を贈呈されたバクシ氏には動物園のイベントがある時は無料招待券が届くという。

「象がスムーズに沖縄に来たのは、バクシ氏の功績だとA市の市長はとても喜んでいます」と武島が言った。

「むつかしい事業だったようですね」

「バクシ氏も、市長の人格の広さが現れている、自分は小さくやったつもりだが、大きく思ってくれているると市長に感謝していますよ」

「謙虚ですね」

「インドの旅は心の旅です。心が洗われます。夢の世界です。今の人が味わえない風景です。今はコンピューター時代ですが、人の直接の手の感触というか……なくしてしまった遠い遠い子供のころを思い出します」

「貴重な旅ですね」

「私はこれまで何度かバクシ氏とインドに行きました。バクシ氏から、またインドから多くを学びました」

三線男はインドと沖縄の懸け橋になりたいと言っていたが、この武島も同じような考えを持っているのだろうかと安岡は思った。

「武島さん、男を出世させたいのなら、結婚ではなく同棲《どうせい》しろという人がいるんですけど、どう思いますか」

ずっと黙ったまま武島の象の話を聞いていた希代が唐突に言った。

「男を出世……」

「実は老小説家に聞いたんですけど」

希代は安岡の顔を見た。

「老小説家?」

武島が怪訝《けげん》そうな顔をした。

「ある小説家の愛称です」

「おもしろいネーミングですね」

「老小説家は、男を出世させたいなら独身が一番いい、次に同棲、次に結婚、次に夫婦のみ、次に子供は一人、次に孫は一人、がいいと言っていました」

「まあ、老小説家という人の考えは当たらずとも遠からじというところですかね」と武島が言った。

「子供もたくさん、孫もたくさんいたらだめなの？」

ああ、希代は僕と結婚するつもりなんだ。安岡は胸が高鳴った。武島は「幸せを求めるならその方がいい。芸術家になるなら老小説家の言う通りがいい」と言った。

「幸せになるか、芸術家になるか、どっちを選んで一生を送ったらいいのかしら？」

「人は千差万別です。絶対決定はできませんよ」

「そういうものかしら」

「インドのある俳優の父親は有名な作家だそうです。この作家は、思い通りになればいいが、つまり自分の意志で、ですね。思っていないようになるのがもっと良い、なぜなら神の意志だからと言っています。例えば、医者になりたかったが、作家になった人は後悔するより、決めてくれた神に感謝すべきだというのです」

安岡は少し変わった論理に耳を傾けた。

「インドには夫の日があるそうです。毎年十月のある日が夫の日で、妻たちは夫の末永い幸せのため、健康のため、感謝の気持ちで断食をするそうです」

「断食はヒンズー教にもあるんですか」と安岡は聞いた。

「あります。さて、今はインドでも夫婦共働きが増えました。平等思想が一般的になりました。それで若い男性も奥さんのために断食をするそうです」

「時代ですね」

「神は先を、先を考えています。あの人と結婚したかったけど、子供をあの学校に行かせたかったのに、などと人は後悔しますが、神の意志なのです」

安岡と希代はじっと武島の顔を見た。

「人は思い通りにならないのが普通ですが、実は神がしているのです。結局すべて思い通りになっているのです」

「……」

「私はインド北西部のジャイプールに行きました。うらやましい限りの豪華なジャイプール宮殿でした。しかし、王様は、今病気の治療中です。今歩けません。今亡くなりました。このように王様の身に何が起きても、宮殿の周りには相変わらず観光客が押し寄せます。宮殿はこの人のものでなくてもいいのです。たまたまこの人のものでしかなかったのです。自分の宮殿であってもなくても関係ないのです。政治的にみると価値があるかもしれないが、哲学的にみると同じなんです。王様は亡くなりません、病気になりません、はないのです」

論理がややこしくなり、安岡は頭がこんがらがった。

「例えば、俺はジャンボを飛ばした、お前は小さいプロペラ機を飛ばしている、などとパイロットも競争社会です。競争は意味がありません。高いポストからいつ落とされるかわかりません。体を壊し、クビになるかもしれません。社長も平もみんな年金生活になります。退職してからも心が重要です。最後の最後まで、どういう人生を送ってきたか、が重要なんです」

変にのどが渇いた安岡はラッシーを飲んだ。このような話は武島がバクシから聞いた哲学なのか、武島自身の思考なのか、安岡はよくわからなかった。

「この重要なものしか天国には持っていけないんです。今の私、すべての私が、神にありがとうと言わなければならないのです」

不可解な日本語だと安岡は思った。だが、何となくわかるような気がした。

「呼んでいない携帯、呼んでいる携帯。携帯の電波エネルギーは宇宙から飛んできます。呼んでいない者にはエネルギーは行かないのです」

「……」

「例えば、先程の老小説家の文学的才能は天が与えている。才能があるかどうか、私にはわかりませんが、才能があると仮定すれば、飛んで来るものなのです」

近づいてきたウェーターが極彩色のクロスを敷いたテーブルの上に大きなナンとカレーをのせた盆を置いた。

「バクシ氏はインド人の信仰によって、いいエネルギーが入るように、悪いものは入らないように石の指輪をしています。デート中にとんだ長話をしました」

武島は立ち上がった。

「仕事に戻りますから、今日は失礼しますが、またお会いできますよう、願っています」

武島は立ち去った。安岡と希代はしばらく呆然《ぼうぜん》とし、何も言えなかった。

希代は白い壁に掛けられた額の中の、孔雀《くじゃく》の羽をもった豊満な女性を指さした。

「私はあの愛の女神、クリシュナの話をバクシさんから聞きたかったんだけど」

「愛の女神の話はまたの機会に。だが、インド象の話、なかなか面白かったな」

二人は昼の閉店まぎわのウェーターたちに気をつかい、あわただしくカレーを食べた。

第二十六章　惜別と出立

安岡は王様の椅子に座った。

歌姫は歌に包まれている。彼女には真の小説家を目指す僕が見習うべき主体性がある。一方希代《きよ》は僕を本物の小説家にし、支えようとしている。老小説家が頻繁に言う「原風景」とは白人女の赤ん坊殺しのような劇的なものではなく、歌姫の歌声や、希代と僕の幼少のころの思い出なんだ。

与謝野晶子が「やわ肌のあつき血潮にふれも見でさびしからずや道を説く君」と詠んでいるが、僕も創作ではなく、生きた女に没頭すべきではないだろうか。しかし、よく考えてみると、日本の小説家のほとんどが明治から戦前にかけ、いや、現在も精神的にも肉体的にも女と絡み合っている。歌の「道を説く君」は小説家ではなく、哲学者や宗教人なんだろう。

僕は老小説家の酷評の後、気分が落ち込んでいた。だから歌姫に魅力を感じたのでは？　歌が僕を酔わせ、理性を失わせたのでは？　早世した努君に深く同情したのでは？

歌姫の歌は「ゆうな」ではともかく、世の中では評価されていないようだが、歌姫は歌に生きている。一定の成功を収めた気配も、何百人の観客を前にライブをした気配も、CDを発売した気配も一切ないが、しかし、結婚もせずに歌に生きると言う。歌姫は結婚欲もなく、俗世の欲もなく、俗世間を超越している。このような雰囲気が漂っている。常にあの世の弟に語り掛けるように歌を聞かせているからだろうか。

安岡の頭に妙な観念がわいた。

歌姫は結婚の対象ではなく、変な言い方だが、形而上学の存在だ。精神文化の粋だ。映画の「疎隔《そかく》された鶏《にわとり》」の美女役に抜擢《ばってき》するなら現実的な希代ではなく、どこか神秘的な歌姫だ。歌の天才の弟とともに生きる覚悟をしている歌姫には、三線男の言い方をまねると「歌は聖、結婚は俗」なんだ。歌、天才。数十年前、戦死した沖縄の若者の中には歌に限らず、色々な分野の、未開花の天才がいたはずだ、と安岡は唐突に思った。息子が徴兵され、戦場に送られ、戦死する。母親は息子にしがみつきもせずに本当に送り出したのだろうか。僕の母親なら僕を送り出した後、たぶん精神に異常をきたしただろう。戦時中ではないから言えるのだが。

歌姫と僕は現実の生活はできないだろう。亡くなった十歳の弟に歌姫は没入している……歌姫につられるように僕は両親の水死をまざまざと思い出した。亡くなった人が仲立ちになり、僕と歌姫の関係は生じたのだ。

歌姫は三線男が既婚者だと知っている。しかし、三線男は歌姫にプロポーズをした。僕は何のモーションを起こした？　気力を奮い立たせ、「ゆうな」に行った。歌姫と一度会っただけだったがバーベキューに誘った。妙な度胸もあるようだ。バーベキューの時、僕と歌姫が急接近しなかったのは三線男がいたから？　いや、僕がうぶなせいだ。一歩を踏み出せない僕のせいだ。僕は両親を早くに亡くし、兄弟姉妹もなく、異性との対し方がわからないんだ。しかし、酔っていたからもし二人きりだったなら、何かが起きたかもしれないが。

「疎隔された鶏」という架空の話を書き上げたと悦に入っているが、現実には「愛している」の一言さえ言えないんだ。就労の経験もなく、物語を作ろうと想像を巡らせているだけだ。頻繁に「ゆうな」に通ったが、歌姫の目にはどこかいびつに映らなかっただろうか。男女の一線を越えられず、すっきりしている。僕と希代と歌姫の仲はプラトニックだ。ドロドロやゴタゴタとは無縁だ。僕の作り物の小説と同じだ。

歌姫に振られた気持ちだ。「ゆうな」に頻繁に通っても僕と歌姫の心と心は交差せず、平行線だ。

ふがいない、ふがいないと自分を責めた。すると、どうしたわけか歌姫の呪縛から解き放たれたような気がした。

歌姫は「歌うために生まれた。結婚するためじゃない」と言った。僕は「小説を書くために生まれた。結婚するためじゃない」と言えるだろうか。歌の天才の努君は人の何十倍も「生きて」いる、と僕は思う。ボートの上の歌姫が「中学生のころは結婚したかった」と言ったのは、裏を返せば「今あなたとは結婚したくない」という意味だったのだ。僕の求愛を期待したのではなく、求愛されないようにくぎを刺したのだ。

電話が鳴った。

「手紙送るから、住所を教えて。歌姫です」

開口一番、歌姫は言った。

「手紙……」

不審に思いながら安岡は住所を教えた。

「歌姫は中学生のころ、無性に結婚したかったと言っていたよね」

「そう。したかったわ」

「今は?」

「眼中にないの。ゆうなで言ったかしら」

「何かに没頭しているの?」

歌に、と思いながら安岡は聞いた。

「決心はしたけど、どこか迷いがあるようなの」

「……努君と関係が？」

「だから、よくわからないの」

この言葉が安岡には、あなたには言いたくないの、と聞こえた。

「じゃあ、手紙を送るから」

歌姫は電話を切った。なぜ歌姫は僕につっけんどんになるのだろう？　冷静になれ、と安岡は自分に言った。歌姫が僕にあたるはずはないのだ。僕とは男女の関係もないのだから。あのような美人なんだから三線男からだけではなく、多くの男から求愛もされてきただろう。対処法も心得ているはずだ。つっけんどんにしないはずだ。

どんな内容の手紙だろうか。安岡は落ち着かず、王様の椅子に座ったり、家の中を歩き回ったりした。歌姫は僕にどのような心を告白する？

息苦しい思いをしながら待ちに待った手紙は二日後に届いた。安岡は一つ深呼吸をし、王様の椅子に座り、開封した。

希代さんは誰よりも深く安岡さんの心を知っているはずです。希代さんは初めて「ゆうな」に来た時、本当に緊張していました。自分以上に安岡さんに好意を抱いている人は絶対いない、と顔に出ていました。突然ですが、私、歌姫は近日南米に移住します。御存じのように五年に一度、世界のウチナーンチュ大会の一連の行事があります。ある年、私も歌う機会に恵まれました。南米の何人かの人と親密になり、南米に来るように強く誘われました。少しずつスペイン語も習得しました。今も日系三世の女性と手紙のやり取りをしています。いろいろ準備もしてきました。私は歌の世界を極めたいのです。三線と一緒に出掛けます。歌の旅をしてきます。大地にしみこませるように歌いたいのです。

前にも言いましたか？　歌は天国にも届くと、私は思っています。ましてや南米の人たちにもちゃんと届くはずです。南米に移民し、開拓をし、懸命に生き、亡くなった沖縄出身の人たちにも歌を届けたいのです。ママは行きません。引退します。「ゆうな」はたたみます。私の南米行きは安岡さんが「ゆうな」にいらっしゃる前からの計画です。南米に行く前に安岡さんと薬局の女（私）が再会できたというのは夢のようです。なぜだかわかりませんけど。では末永いご健勝を祈念します。どうか楽しい人生をお過ごしください。追伸。このたびは一身上の都合により、閉店しました。長年のご愛顧、本当にありがとうございました。このような紙を「ゆうな」のドアに貼ってあります。

文面のどこがどうとは言えないが、歌姫は僕に未練があるように思える。あのバーベキューの時の歌姫の喜びようは単なる空騒ぎではなかったのだろうか。思えば僕の青春は薬局にいた女、歌姫の「お代はいりません」という言葉が開き、この手紙が閉じるような気もする……どこか希代には悪いが……これから希代との人生が始まるというのに……この手紙はしばらくの間、あるいはずっと希代には見せないようにしよう。

以前、桜が希代の同僚を結婚に踏み切らせた。歌姫の手紙が僕を希代との結婚に踏み切らせる。

僕の耳にハワイアンバーのウクレレの演奏がよみがえる。希代をだきしめ、踊った感触がよみがえる。小学二年生の時、僕の手をつなぎに来た希代と結婚するとは夢にも思わなかった。小中学生の時にもほのかな恋心を抱きはしたが。「疎隔された鶏」を映画にしようとしてくれた赤嶺は二度離婚し、早世した。僕はこれから結婚する。ああ、人生だなぁ。安岡は感慨に浸った。

急に一抹の不安がよぎった。希代は僕とすんなり結婚するだろうか。希代は歌姫の顔も見ているし、また会いにも行っているが……。

桜の季節だったたか、希代から、たしか同僚の結婚披露宴のあいさつ文を記した手紙が来た。この手紙を安岡は机の引き出しから取り出し、封筒の裏の希代の住所を見つめた。

ろくな掌編も書けなかったが、なんとか名文の求愛の手紙を書こうと、安岡は自分に言い聞かせ、ペンを握った。ただひたすら気持ちを正直に書けばいいはずなのだが、なかなか適切な言葉が見つからず安岡は少し焦った。

「小説は希代という存在以上の存在にはなりません。しかし、希代は僕の眠り込んでいた創作欲を奮い起こしてくれました。ありがとう」

続きが思い浮かばず、ペンを置いた。書簡体の小説、しかも名作も少なくないと気づいた。まだ読んではいないが、たしかドストエフスキーの処女作も書簡体だと記憶している。

「です、ます」調はどうも他人行儀というか、突き放している。「だ」調に変えた。「希代は小説という小説以上の存在だ」。ぶっきらぼうに見える。哲学の論文のようにも思える。しばらく迷ったが、結局「です、ます」調にした。

「小学二年生の時、歩いていた僕の手を後ろから突然希代が握りました。僕たちは手をつないだまま家に帰りました。あの瞬間、僕と希代の人生は決まったのでしょうか。少年の僕は少女の希代にゆうなの首飾りをかけてあげました。夢のようです」「結婚したら、ゴールドのネックレスをかけてあげます」

ネックレスはどうも現実的すぎるし、俗っぽいが、女性は一般的に高価な装飾品に目がないともいうし……この文は残そう。

安岡はまたドキッとした。僕は希代に断られる心配はみじんもないのだろうか？　希代は僕の小説の力にはなろうとしているが、軍用地料にたより、就職もしない、風来坊の僕と一生を共にする不安はないだろうか。とにかくまず手紙を書き上げよう。

「子供のころ、遊んだ思い出は結婚してからゆっくり語り明かしましょう」

「中学卒業後、離れ離れになった希代と赤嶺君の葬式の時に再会し、交際が始まったというのも何かいわれを感じます。つまり再生です。新しい出発です」

安岡自身、よく意味が分からず、この文は削った。

「希代が傍《そば》にいさえすれば僕に小説の依頼がなくても全く気になりません」

「僕はシュールな作品に目が向いていました。恋という大地に足がついていませんでした。希代となら しっかりと大地を踏めます。シュールなんか頭から消えます」

比喩が強引だと思ったが、このまま残した。

「希代と再会したから僕は長い間、小説が書けなかったのです」と書くと、希代をほめているようでもあるが……じゃあ、私と結婚したら、さらに書けなくなるの?と言われないとも限らないと思った。

「義治《よしじ》は恋をしたら恋愛小説が書ける、と希代は老小説家に言ってくれたようですが、結婚したら僕は希代のために最高傑作を書くと約束します」

「流れゆく人生を僕は文章に、希代は絵に刻みましょう。美しい日々を二人の心に残しましょう。僕たち二人は永遠の文学少年、美術少女、演劇少女のまま手を携え、天寿を全うしましょう」

「今の僕は疎隔《そかく》された鶏《にわとり》から力を得るべきですが、どうにも力が出ません。希代が鶏を引っ張り出し、僕に力を与えてください。また、なんとか鶏を舞台にのせ、希代に主役を張ってもらいたいと思います」

「どうか僕の肖像画を描いてください。キャンバスに、ではなく希代の心の中に」

少しキザだが、女性はキザでも素直に受け入れるともいわれているから、まあ、残そう。

「僕は希代の絵や演劇以上の存在になる自信があります」

「一度も口喧嘩《げんか》さえしなかった僕の父母のような夫婦になりましょう」……これは自分の父母をほめている……削ろう。

「僕の両親も、希代の両親も草葉の陰から僕たちの結婚を祝し、長い人生を温かく見守ってくれるでしょう」……草葉の陰というのはどこかおどろおどろしい……天国から、にしよう。

「希代と一緒だと病気も老いも死も恐れません。世界が変わる予感がします」……どうも文章がうまくつながらない……これは削ろう。

「人生という小舟は凪《なぎ》の海をこぎ進める日だけではありません。頭上に雷鳴がとどろき、舷側に波浪が激しく打ち寄せないとも限りません。このような時でも僕と希代が力を合わせれば、難なく乗り越えられます」どこか大げさな表現だが……削ろうか……まあ、残そう。

「希代は僕の女神です。僕のこの気持ちは希代が一番よく知っているはずです。希代が数千里のかなたにいても僕は今すぐ迎えに行きます。このような心境です」

「どうかこの求婚の手紙が二人の人生の晴れの門出になりますよう、念願しながら筆をおきます」……筆をおきます、は蛇足だ。これは削り、念願します、にしよう。

安岡は清書をした。一瞬直接プロポーズしようかとも思ったが、家の近くの病院の前にあるポストに投函《とうかん》した。

二日後の昼、妙に落ち着かず、ぼんやりテレビを見ていた時、電話が鳴った。

「義治、ありがとう、お受けするわ。お受けするわ、ありがとう。今涙が出ているの。声が出ないの。切るわね、ありがとう、義治」

希代は電話を切った。

安岡は王様の椅子に座り、誰かから聞いたのか、新聞に載っていたのか定かではないが、結婚式、披露宴の模様を静かに思い浮かべた。

舞台ではかぎやで風を踊っている。ひな壇には母親だけが座っている。見ている人たちが「母親だけで育てあげたんだね。偉いねぇ」とささやきあっている。かぎやで風を踊り終えた父親がひな壇に座った。見ている人たちは「紛らわしいことをするねぇ」と顔を見合わせた。招待状には両家の名前もあるはずだが……。

沖縄の結婚式は和、洋、琉の折衷も多く、ドライアイス、相合傘《あいあいがさ》等ユニークな演出もセットになっている。物まね上手な素人の司会者もいる。しかし、時々米兵が片言の日本語を話す物まね、機関銃の発射音の物まねをするから人気を失ったという。鍾乳洞の中での結婚式もある。挨拶《あいさつ》や音楽が反響し、花嫁、花婿が神々しく見える。

希代にも僕にもひな壇に座る両親がいない……社会人とはいえない僕には友人もいない……三線男、バクシ、老小説家の三人しか呼べない……希代もたぶん友人は七、八人しかいないだろう。

結婚式や披露宴は新婚旅行の後に考えよう、と安岡は思った。歌姫に心が戻り、南米に追っかけて行くはずはないのだが……とにかく歌姫を完全に吹っ切るためにも……歌姫からの手紙を見せない罪悪感もあるが……早めに入籍しよう。

第二十七章　いたましい結婚

ところどころに岩盤が露出しているが、眺めのいい小さな丘に建つコンクリート二階建ての家を購入した。結婚後まもなく希代は不動産会社を退職した。家の中ではもとより、散歩もドライブも外食も二人一緒に過ごした。

安岡と希代《きよ》はよく百枚、二百枚のスナップ写真を取り出し、行程表と照らしながら新婚旅行の思い出に浸った。

三月十八日の卒業シーズンの頃の出発だったからか、二十数人の大ツアーになった。「インド周遊三大史跡めぐり八日」をバクシが添乗した。町と町のバス移動は五時間も六時間もかかったが、安岡は全く退屈しなかった。車窓に広がる新奇な風景に目を見張った。

次々とスナップ写真を手に取り、希代は目を輝かせた。

ムガル帝国のアクバル帝が建造した町「ファテプール」「アグラ城」、シャージャハーン帝が妃《きさき》のために建造した「タージマハル」などは小さい写真からも豪壮なスケールが蘇《よみがえ》った。「象のタクシー」に揺られながら丘の上のアンベール城に上った後、マハラジャの栄華が迫ってくる「風の宮殿」、ピンクシティーと呼ばれるピンク色の街並みのジャイプール市内を散策した。オールドデリーやニューデリーでも数十枚の写真を撮った。

幸福感に包まれたが、安岡は時々、自分は日常に埋没していると感じた。「小説家だけが世界を変える」という老小説家の言葉がよくよみがえった。以前は大仰な言葉だと一蹴したが、真実のように思えてきた。小説を書かないとやはり心が空っぽのような……隙間風が吹きぬけるような気がした。希代との日常を小説に書いたらどうか、と自問した。しかし、幸せだろうが、不幸せだろうが、日常を書きたいという衝動はどうしてもわかなかった。

あの小学生だった希代が子供を産むなどとはなかなか信じられなかった。信じられないから、でもないだろうが、希代は一年たっても二年たっても「おめでた」の兆候はなかった。希代の姉は子供が生まれなかったというが……。

安岡は子供をさほどほしいとは思わなかった。しかし、結婚前、孤独な人生を歩んでいた——僕も似ているが——希代は安岡の前では平然を装ってはいたが、たぶん年齢的な焦りもあり、必死だった。不妊治療を受けながら民間療法も欠かさなくなった。安岡は希代を追い詰めないように気を配り、本やテレビから知りえた医学的な助言もした。

このような苦しい長い努力が功を奏し、希代は結婚十三年目にようやく妊娠した。出産がまじかに迫った頃、安岡はどうしたわけか不吉にも、自分や希代の身内ではなく、亡くなった赤嶺の親戚のヨネを思い出してしまった。ヨネは非常に苦しい思いをした。しかも死産だった……。死産した子の写真を女性がガンジス河に流したというバクシの話も連想した。

待ち望んだ子は「立派に」生まれた。

絹子が二歳になった四月末のある日、風が葉を揺らす庭のアコウの木陰に座り、絹子をあやしていた希代が「義治《よしじ》、絹子ちゃんをブランコに乗せましょう。喜ぶわ」といった。

安岡は五月一日、ピンクのブランコを作り、アコウの横に伸びた太い枝に取りつけた。黒目勝ちの絹子は毎日ブランコに乗り、安岡と希代に顔を向け、無邪気に笑った。土から五センチほど突き出た石がブランコを振った向こうにあり、安岡は取り除こうと思いつつ、なぜか腰を上げず、日々が過ぎた。

五月六日の正午過ぎ、希代はブランコに乗った絹子をほんのわずかな時間一人にした。ブランコから落ちた絹子は頭から出血していたが、どうしたわけか痛がりもせず、泣きもしなかった。しかし、まもなく意識を失った。救急車を呼んだが、絹子は夜十一時過ぎに亡くなった。

現場検証に来た警察官が、土から突き出た石についた血痕を安岡と希代に指さした。

「ブランコに乗せたいと、なぜ私は言ったの」「なぜ私は目を離したの」「義治が岩だらけの上に建つ家を買うと言った時、なぜ私は喜んだの」と自分を責め続ける希代を安岡は「人間は男に生まれるのか、女に生まれるのか決められないように、いつ死ぬかも決められないんだ」と慰めたが、「あの石に僕は気づいていた」とはどうしても言えなかった。

ああ、やはり生と死は隣り合わせなんだ、と安岡は実感した。赤嶺は大型外車を運転中に、絹子はブランコから落ち……安岡は結婚したころは子供がほしいとは思わなかったが、絹子の死が両親の死より耐え難かった。安岡が感受性の豊かな中学生の時、両親は亡くなった。しかも水死という悲惨な亡くなり方だったが。

絹子の死後、安岡も希代も毎晩のように悪夢にうなされた。結核、鶏、映画化を企画した赤嶺、赤嶺の死と希代との再会、結婚、素晴らしい因果だと思っていた。神や仏に感謝もした。しかし、絹子の死も因果の輪につながっていたのだろうか。小学生の時、希代とブランコをこいだのも因果……。

安岡の頭に走馬灯のようにいろいろな思いが浮かんだ。希代は太陽の女神キミテズリを演じた。予言をし、王を奈落の底に落とした。……絹子を亡くし、希代と僕が奈落の底に落ちている。

僕の掌編では主人公の米兵ロバートは四歳の息子を亡くす。あれは老小説家に酷評される前だったが、ああ、恐ろしい因果だ。小説が絹子の死という現実になるとは。

安岡はリリアンの赤ん坊殺しを懸命に思い浮かべた。安岡は「殺されなかった絹子はまだましだ」などと自分に言い聞かせ、心を鎮《しず》めようとした。違う、違う。ベトナム戦争がリリアンを狂わせたんだ。絹子とは違うという声が耳の奥から聞こえ、安岡は頭を振った。

五月九日、新聞に告別式の広告は出さなかったが、十数人の親族や知人が火葬場に集まった。ゴーッという異様なガスの音が安岡の耳を襲った。あんなに小さい体なのに、こんなに強く焼く必要があるのだろうか。せっかく生まれてきてくれたのに、あっけなく両手に乗るほどの骨と灰になってしまうとは。絹子を白い小さい骨壺《こつつぼ》に収める時、希代が骨片を懐に入れるのを安岡は見るともなく見た。

少年の僕と少女の希代の美しい、ほのかな恋心も絹子は体験できないんだ。「疎隔された鶏」は僕が死んだ後も残る可能性がある。しかし、絹子が死んだ後、何が残るんだ。努君は美しい歌をこの世に残したが、絹子は何を残しただろう。

やはり僕の小説の中に絹子を残そう。絹子をこの世に残そう。しかし、結核療養中に人生の無常を感じた時には様々な感慨がわいたが、絹子が亡くなった今、何も思い浮かばない……。

精神が強靭《きょうじん》な作家だったら娘の死を小説に書けるだろう。僕は打ちのめされている。今後数年は筆をとれそうにもない……。

最近沖縄では「癒《いや》し」の小説を否定する傾向にあるが……今僕に必要なものは老小説家の言う大きな原風景などではなく、小さい癒しだ。いつだったか、老小説家が「自分は告別式の広告は見ない。過去の人とは向き合わない」等と言っていたが、僕は絹子から絶対離れないような気がする。ああ、創作に没入すれば、絹子の死から立ち直れるかもしれないのだが。

夕方、安岡の胸に抱かれた絹子の骨壺を先頭に空を覆った濃い灰色の雲の下、盛りを過ぎたテッポウユリや雑草の生い茂った丘に建つ墓に向かった。

四角い家の形をした墓の一メートル四方の墓石を開けた。

両親、絹子……なぜ天寿を全うできなかったのだろうか。事故死も天寿と言えるのだろうか。

墓石を閉じた後、希代が「何か入れてあげましょう。次にふたを開けて絹子ちゃんと会えるのは、あなたか私が死んだ時なのよ。すぐなのか、ずっと後なのか、わからないのよ」と安岡に言った。

安岡は新婚旅行の「インド周遊」以来親交の深まった、傍らのバクシに「絹子に何か供えたいが……ありませんか？　インドは宗教心の篤《あつ》い国柄だから」と聞いた。

「おしゃまで遊び盛りの絹子が遊べるもの、おもちゃでもないかしら？　バクシさん」と希代がすがるように言った。

「ありますよ。時間をください」

バクシは神妙な顔をした。

安岡と希代はどこかぎこちなかったが、互いを慰め、かばいあった。しかし、何が原因か、安岡はわからないが、ある日を境に二人とも無口になり、顔から喜怒哀楽の表情が消えた。毎晩、仏壇の絹子の写真に手を合わせ、安岡と希代は床に就いたが、何時間も何も言わず、身動きもしなかった。

ある日の夜中、傍らの希代が静かに立ち上がり、室内灯をつけた。安岡は気づかれないように希代の様子をじっと見た。希代は化粧台の引き出しからコバルトブルーのロケットを取り出し、安岡の顔写真の代わりに何かを入れた。安岡は目を閉じた。希代は横たわった。安岡は薄目を開けた。希代が握りしめているロケットには骨片になった絹子が入っているに違いないと思った。

翌朝、白い首筋に鎖の痕がくっきりと付いた希代と視線を合わさずにコーヒーを飲んでいた安岡は突然立ち上がり、倉庫からスコップを取り出し、庭に出た。突き出た、変色した血糊のついた石の周りの土にスコップを差し込んだ。スコップの刃が何度も激しく石にあたった。何時間もかけ、一メートルもある、大きな石をようやく掘り起こした。石を廃棄処分し、アコウの木も根こそぎ引き抜くように、と業者に電話を入れ、ピンクのブランコに石油をまき、焼いた。

ブランコが消えた後、かけがえのない子、かけがえのない子と独り言を繰り返していた希代はまもなく安岡と寝室を別にし、薄化粧はしたが、食事も作らず、安岡と目を合わせず、必要最小限の話しかしなくなった。希代はウガンに行こうとは一度も言わなかった。亡くなった姉のウガンには叔母たちと行ったようだが。

安岡はいつしか肺結核に罹《かか》る前のように飲みに出歩くようになった。

ある夜、安岡は驚愕《きょうがく》した。あの美しい歌声に満ちた「ゆうな」がネオンがけばけばしく光り、外壁もサイケデリックな色に塗りつぶされている。こんなにも淫靡《いんび》な店に変わっていようとは……歌姫にも努君にも申し訳が立たないと思った。なぜ僕はここに来てしまったんだと後悔した。

ところが、数日後の夜、ふらふらと家を出た安岡は、何軒かのスナックを出た後、知らず知らずのうちに「彼岸花」に変わった元の「ゆうな」に足が向いていた。

中年と二十代の二人の豊満なホステスに強引に店の中に引っ張り込まれた。店内が「ゆうな」のころと同じなのか、違うのか、酔っている安岡は関心がなかった。安岡は二人の女に交互に酒を飲まされた。ほかに客はいなかった。名前や電話番号を聞かれた安岡は適当に答えた。どれくらい時間がたっただろうか。二人の女は店を閉めた。二人の女にシートに押し倒された安岡は人形のように女たちのなすがままになってしまった。女たちは姉妹というが、歳《とし》がだいぶ離れているようだし、顔も全く似ていなかった。

「彼岸花」をふらつきながら出た安岡はいくぶん酔いもさめ、突然自分を責めた。悲惨な姉の結婚生活を目の当たりにしたのに、希代は僕との結婚を願望した。僕を信じた。僕はこのような希代の気持ちを裏切ってはいけなかったのだ、報いるべきだったのだ。僕は、暴力的な沖縄人の夫、アメリカ人の恋人が希代の姉にふるったのと何ら変わらない仕打ちを希代にふるってしまったのだ。もうとりかえしがつかない……。タクシーのシートに身を沈めた安岡の脳裏になぜか小学生の希代が走馬灯のように駆け回った。

二日後の朝、「彼岸花」の姉と名乗る中年の女から電話がかかってきた。名前や電話番号を出まかせに言ったつもりだが、正直に答えてしまったんだと安岡は思った。

女は割と丁寧にあいさつをした後、「奥さんがいるなら、替わって頂戴」と言った。ぼんやりとテレビを見ていた希代に電話を替わった。女と話を終えた希代は受話器を握ったまま安岡を見つめ、暗唱するかのように電話の女の言葉を口にした。

「妹は処女なのに、まだ男を知らないのに、あんたの旦那におとといの夜、強引に……わかるでしょう？　奪ったのよ。妹は失ったのよ」

安岡はあの「彼岸花」の豊満な体をした若い女に言い知れぬ嫌悪感を覚えた。しばらく立ち尽くしていたが、頭が真っ白なままあの夜の出来事を包み隠さず希代に告白した。希代がヒステリックに泣き叫ぶと安岡は身構えた。希代は受話器に口を当てた。

「私に慰謝料を頂戴。閉じ込めて、襲ったのはあなたたち二人でしょう」といった。二、三分言い合ったが、希代は何かをメモし、受話器を置いた。「これに五十万円、振り込んで」と銀行口座の書かれたメモ用紙を安岡に渡し、外に出て行った。僕は希代と離婚するのだろうかと安岡はぼんやりと思った。

傾斜地にある安岡のコンクリート二階建ての家から晴れた日には雑木林や、遠くの紺碧《こんぺき》の海が見渡せるが、今日は雨が庭のあちらこちらに顔を出した石や、何本もの木の切り株から突き出た新芽に降り注いでいる。

玄関のドアを開け、雨の音とともにリビングに入ってきた黒い作務衣《さむえ》姿の武島は、ドアを閉め、安岡に頭を下げ、絹子の四十九日の仏壇に香典を供え、焼香を済ませ、ゴブラン織りのソファーに座った。

「あなた、お願い」

希代が安岡を台所に呼んだ。いつのまにか「義治《よしじ》」ではなく「あなた」と呼ぶようになっている。武島に出す吸い物を椀《わん》によそいながら希代は安岡に「武島さんと一線を越えたら、私、どうなるかしら」とつぶやいた。安岡は希代の横顔を見つめた。希代は「冗談よ。武島さんはどこか中性的で、女性は眼中にありませんよ」と弱弱しく笑った。

安岡と希代は不妊治療中も時々クリシュナに行ったが、よく武島もいた。武島の言葉の端々に出る、どこか胡散臭《うさんくさ》い人生論や宗教論に希代はうっとり聞き入っているように安岡には見えた。

安岡はお膳に載せたいなりずしと吸い物と和菓子を武島の前のテーブルに置いた。武島の正面に座った希代は「今日は全戦没者の慰霊の日なのに、武島さんの葬儀関係のお仕事は忙しいんじゃないの」と聞いた。

「娘さんに手を合わせるのが先決です」

「武島さん、子供を失った女はどう生きていったらいいの」

どこか機械的な口ぶりだが、希代の目は真剣に武島を見据えている。

「存分に体を使えば内なる悩みは出ていく。ジムにでも通いなさい。また整形もいい。新しい自分になれる」

「整形?」

「目に見えるもので目に見えないものを変えるのです」

「……」

「結論は自分で出しなさい。子供は生まれる運命ではなかったが、あなたたちが不妊治療とか何とか色々とうるさいから、二カ年間この世に顔を見せたのです」

希代はワッと泣き出した。

「絹子ちゃんは苦しまずに亡くなったというじゃありませんか。旦那さんから聞きました。あなたも苦しまないようにしなさい」

武島は安岡と少し言葉を交わした後、暇を告げた。希代はハンカチを目に当てながら一緒に部屋を出て行った。武島と入れ替わるように、黒いネクタイを締め、黒い背広を着たバクシが希代と一緒にリビングに入ってきた。長身のバクシの大きな瞳は澄み、鼻筋が整い、気品を漂わせている。安岡は今更のように感じた。顔が長く、顎が締まり、西洋人に似ているが、色は浅黒く、肌はきめ細かく、口ひげを蓄えている。

雨のせいかクーラーがいつもより効いている。焼香をし、ソファーに座ったバクシは小さく身震いした。希代がクーラーを弱くし、太巻きとヨーグルトドリンクを運んできた。

「バクシさん、安岡と私、一回インド旅行しただけなのに、いつもよくしていただいて」

「私こそ異郷の地で安岡先生ご夫婦と親しくしていただいて、本当に感謝しております」

「太巻きはお口に合わないのではないかしら。野菜ピザの宅配を取りましょうか」

「いえ、ありがたくいただきます」

「……お墓に入れるおもちゃ、見つかったかしら?」

「あれからまだインドに行っていないのですよ。もう少しお待ちください」

希代は目を閉じた。閉じたままつぶやくように言った。

「木を植えましょう。寒風の夜も灼熱《しゃくねつ》の昼間も何の迷いもなく超然と生きる木を植えましょう。絹子ちゃんと同い年の子供が遊んでいるおもちゃは見たくないけど、木なら」

新婚旅行の時ジャイプールの公園に生えていた——摩耶《まや》がルンビニー園の無憂樹《むゆうじゅ》の美しい花に手を触れた瞬間、釈迦《しゃか》が生まれた——無憂樹を想起しているのだろうかと安岡は思ったが、「クワディーサーなど墓の傍らに何本も生えているよ」と言った。

希代は目を開けた。

「庭に植えるのよ。絹子ちゃんが毎日、毎月、毎年どれくらい成長したか、わかるでしょう?」

「庭に植えたら、ブランコを下げた木を思い出して……」

「あなたは忘れるつもりなの? 命のある限り絹子ちゃんを見守るのが私たちの役目でしょう?」

「……」

「掘り起こしたアコウの木のあとに植えましょう。悪いものを新しい木で浄化しましょう。辛《つら》いけど、きっとできるわ」

安岡は目を閉じた。

「桃、梅檀《せんだん》、鳳凰木《ほうおうぼく》……花の咲く木? 実のなる木? 絶えず小鳥が飛んでくるような……葉はちょっとした風にもそよいで、夜には香ばしい匂いをはなつような……無憂樹は? 無憂樹はどう?」

おもちゃはもういいわ、バクシさん」

安岡はバクシを見た。どうしたのか、バクシの目は見開いている。

「奥さんが瞑想《めいそう》のように目を閉じたのを見た時、私は絶対見つける決心をしました。奥さんのご希望はわかりました。無憂樹ではありませんが……もう少し時間をください」

バクシは勢いよく立ち上がった。

第二十八章　聖跡巡りツアー決定

バクシは営業の帰り、安岡の家に立ち寄った。安岡と希代《きよ》とバクシは庭に面したリビングのソファーに座り、アップルティーを飲んだ。

バクシが「安岡先生、お釈迦《しゃか》様の聖跡を巡りませんか」と言った。

「聖跡？　釈迦にいわれのある仏教遺跡ですか」

バクシは大きくうなずいた。

「奥さん、絹子ちゃんの四十九日でのお話、木ではなく、石にしましょう。木は枯れますが、石は不滅です。ダイヤモンドと一緒で、変化しません。お釈迦様の時代と同じです」

石も変化すると安岡は思った。希代は身を乗り出した。

「バクシさん、私、ほしいです。何とか手に入る石ですよね」

「お釈迦様のいわれの地にある石をお釈迦様は踏まれています。聖跡自体が巨大な石です」

「墓石になる石ですか？　バクシさん」と希代が聞いた。

「奥さん、お釈迦様が踏んだ石と言いましたでしょう？　小石です」

「四十九日は終わったが、希代はまだ落ち着かなくて」と安岡が言った。希代は長い日々安岡と目を合わさなかったのに、安岡をじっと見つめた。

「いくらかお布施をしましょう。軍用地料も預金もあるから、ね、あなた」

「特別にお布施は必要ありません」とバクシが言った。

「お釈迦様がお生まれになったという無憂樹《むゆうじゅ》の小さい枝でもいただけないかしら、バクシさん。挿し木したいんだけど」

「枝を切る？　お釈迦様の指を切るんですか？　だめです、奥さん。私は木ではなく、聖跡の石だと言ったでしょう」

「そうでしたね。聖跡の石をぜひ。ね、バクシさん」

希代は意固地になり、どうしてもアコウの木を掘り起こした跡に聖跡の石を埋めたいと言う。

「お釈迦様がお踏みになった聖なる石です。絹子ちゃんの最高の供養になります」とバクシは断定した。

「小石って、石ころ？　無数に転がっているのでは？　供養になるなど……」

安岡は内心では聖なる小石に安らぎを覚えたいのだが、どういうわけか天邪鬼《あまのじゃく》になった。

「あなた、話を貶《おとし》めるの？　供養にならないなんて、どうして言えるの？」

希代が安岡をにらんだ。

「お釈迦様を尊敬していないの？　あなたの戦死したおじいさんとおばあさんの遺骨は見つからなくて、小石がお墓に入っているんでしょう？」

「石を絹子の墓に？」

「石を拾うんですよね、バクシさん」

「奥さんや先生の心と波動の合う石をインドの大地からありがたくイタダイテくるのです。ツアーの日にちはいつ頃がいいですか？」

「私たちはいつでもいいわ。バクシさんにお任せします」

「一周忌が終わらなくても？」

「一日でも早いほうがいいわ。絹子ちゃんも一周忌までとても待てないわ」

しばらくやり取りを続けた後、バクシは後日具体的に詰めると二人に約束した。

釈迦は没後約三百年目にギリシャ彫刻の影響を受け、初めて歴史に「お顔とお姿」を現した。お経もこの時代に形がととのったと安岡は記憶している。すべてに恵まれていた一国の王子がある日突然、人生に迷い、苦行でも救われず、ついに悟りを開き、「生」の苦に懊悩《おうのう》する人々を仏の境地に導くという釈迦の生涯は美しく均衡のとれた、あまりにもドラマチックな物語に思える。釈迦の生誕地、苦行した山、悟りを開いた菩提樹《ぼだいじゅ》、説法の地、仏滅の地、これらははっきりと残りすぎている。人は古今東西を問わず、物事を仕立て上げる。釈迦の滅後、歴代の人々が民間伝承や逸話を加味し、少しずつ作り上げ、玉のように磨いたから、二千数百年前の釈迦の事績が一点の曇りもなく、我々の目の前にはっきりと現れるのではないだろうか。僕が「数多くの人が一人の釈迦になった」「幾多の教義を人格化した存在が釈迦だ」などと言ったらバクシは仰天し、希代は泣くだろう。

夜も頭は妙にさえ、眠れなかった。

天邪鬼になった安岡は釈迦を否定した。しかし、どういうわけか、うつらうつらしてきた安岡の頭に、釈迦の慈悲深い声が耳の奥から子守唄《こもりうた》のように聞こえてきた。釈迦の顔はセルロイドのようになめらかだろうか。絹子を温かい大きな手がやさしく手招きする……。

数日後、白い死に装束をつけ、インド巡礼をしている安岡が夢に現れ、もう一人の背広姿の安岡に同行を求めた。二人の安岡は振り返った。安岡の祖父母や両親や絹子が一列になり、後ろから無言のままついてきた。翌朝、安岡はいささか躊躇《ちゅうちょ》したが、会社に出勤したばかりのバクシに電話をかけ、まだ生々しく残っている夢の話をした。バクシは「聖跡に死にに行くのではありません。お釈迦様に縁《えん》するのです」と言った。

「先生はクリシュナに来店してくれました。さらに新婚旅行のインドツアーでもとてもよくしてもらいました。私は聖なる石の話をした手前、心から喜んで聖なる石を求めるツアーを実現させます。何度も言うようですが、絹子ちゃんの最大の供養になります。ただ、聖なる石を求めるツアーというのはぴんと来ないと思いますので、聖跡ツアー、いや、聖跡巡りツアーと銘打ちます」

安岡はまだ石の効力を信用しているわけではないし、石をどうしてもほしいわけでもないが「どうか、よろしく」と言った。

昼食の後、コーヒーを飲みながら希代が「人の体は借り物だってバクシさんか誰かが言っていたわ。だからけがや病気をしてはいけないそうよ。部屋を掃除したら心が澄むのと同じで肉とか酒で肉体を汚さなければ、心が澄んで、悟りも開けるんだって」と安岡に言った。希代は何十日かぶりに饒舌《じょうぜつ》になっている。

「バクシさんはベジタリアンだったな。新婚旅行のインドツアーの時にはっきり気づいたよ」

「南部戦跡にある平和祈念公園に聖跡の小石を埋めたらどうかしら?」

「絹子の四十九日が慰霊の日と重なっていたな」

「何か関係があったのかしらね」

バクシの言葉を昼夜反芻《はんすう》するうち希代の頭には仏壇の絹子の写真がうかんだり、二十万余の人が戦死した沖縄戦の情景が現れたりしたという。

「お釈迦様がいらした所の小石を二個ずつ拾うのよ。一個は絹子ちゃんのお墓か、アコウの木を掘り起こした跡に、残りの一個は平和祈念公園に埋めるのよ」

「平和祈念公園にも?」

「お釈迦様がお踏みになった聖なる石を埋めたら地下に眠るすべての戦没者が成仏すると思うの」

希代は安岡の目をじっと見つめた。

「そしたら私たち二人のなんというかしら、エゴにはならないわ」

「絹子のために小石を拾うことはエゴではないと思うが、勝手に小石を埋めたりするのを平和祈念公園は許可するかな?」

「数多くの戦没者の鎮魂のためなら、諸手《もろて》を挙げて賛成するわ」

「だが、戦没者は日本中にいる。広島や長崎には原爆が落とされ、東京も空襲された。世界中では何千万という人が死んだんだ」

「だからバクシさんよ。バクシさんと沖縄の縁よ。お釈迦様の使いなのよ、きっと」

希代のいささか神がかった発想に安岡は何も言えず、黙ったままコーヒーを飲んだ。

希代は翌日の昼時、家にバクシを呼び、聖跡の聖なる小石を二個ずつ収集し、絹子の墓と平和祈念公園に厳かに埋めましょうと興奮気味に言った。しばらくじっと考えていたバクシが顔を上げた。

「奥さん、先生、私は東京の旅行会社にいた時、一度だけ沖縄に添乗しました。現地のバスガイドとともに南部戦跡を回りました。ガマにも入りました。衝撃を受けました」

安岡はバクシの言葉を待った。

「仏教はもともと生きている人を救うものです。でもこの世に未練を残して亡くなった人たちを見放しはしません。絹子ちゃんも戦没者も一緒に鎮魂しましょう。私も仕事だけではなく、沖縄県のために何かしたいと常々考えていました」

「絹子がこの世に未練を残していると考えると僕は胸が引き裂かれそうだ。バクシさん」

「だから立派に慰霊するのです。先生はインドの貧しい人々に寄進をされています。お釈迦さまもちゃんと見ているはずです」

新婚旅行のインドツアーから帰国した安岡は絹子のように目が澄み、輝いているが、ひどく貧しい身なりのインドの子供たちに何か手助けできないものかと考え、バクシに学用品や洋服やお菓子を託した。

「聖跡から聖なる石をイタダクには人格者でなければなりません。安岡先生は賞を受賞された小説家です」

人格者じゃないと小石を拾えない？　絹子を死なせてしまったし、浮気？　もしたが、僕は人格者だろうか。

「悪徳政治家、悪徳実業家などが私利私欲のために聖なる石をイタダイテ埋めても何の功徳もないでしょう。先生にならきっとお釈迦さまも心を動かされるでしょう」

僕のようなものに心を動かされる仏が本当にいるだろうかと安岡は思った。

「私、感激して胸が詰まっています。偉大な小石が手に入るなんて信じられません」と希代が言った。

バクシが立ち上がり、安岡の手を握った。

「お二人はお釈迦様の種をまいたと言えます。絹子ちゃんの慰霊を戦没者の慰霊に押し広げたのですから」

「……」

「ツアーメンバーを十数人集めましょう。採算が取れないと会社もオーケーを出しませんから。新聞広告は出しません。心あたりがあります。声をかけます」

バクシはもともと酒は一滴も飲まないが、今は酔いが回ったかのように顔を赤らめ、興奮している。

このツアーにどんな人たちが参加するだろうか。聖跡巡りツアーと銘打つとバクシは言っていたが。希代は人が変わったように、いささか石にとりつかれていると安岡は思った。何も聞かないのに、目の色を変え、石の話をした。

「そもそもどんな石にもエネルギーがあるでしょう？　石の精というか、何といえばいいのか、とにかく人と一体なのよ。沖縄にもウタキから石を持ち帰って、庭石にした人が夜中ひどくうなされたという話はいくらでもあるわ。聖跡の偉大な小石よ。聖なる小石よ。お釈迦様が乗り移っているのよ。

絹子ちゃんや私たちを救うのよ」

「釈迦が乗り移った……」

「バクシさんが一円でも要求した？　お金のためではないのよ。絹子ちゃんと沖縄の戦没者を救うためよ」

小石は戦没者はともかく、絹子を救ってくれるだろうか。電話が鳴り、希代が立ち上がった。

バクシからの電話を切った希代が王様の椅子に座っていた安岡に微笑《ほほえ》み、目を見開いた。

「おめでとう。聖なる小石の収集ツアーが決定したわ。七月二十九日よ。ツアー客が集まったんですって。亡くなったたくさんの人たちのおかげよ。おかげと言ったら不謹慎だけど」

「聖なる小石の収集ツアー」

「聖跡巡りツアーよ。もしツアー客全員が小石を収集するようになったら、たくさんの数になるわね。万が一、平和祈念公園がだめだというなら、聖なる小石を全部、絹子ちゃんのお墓に入れましょうよ。私たちのうちだれかを納骨する時じゃなくてもいいのよ、お墓を開けるのは。あの子も私たちもツアー客のみんなも極楽に行けるわ」

希代の言葉はどこか現実離れしているが、妙に説得力があると安岡は思った。

翌朝、目覚めた時、なぜか急に厳粛な感情がわいた安岡は、一度の浮気相手……自分では浮気ではなく、レイプ被害だと思っているが……の豊満な女の顔を思い出し、自己嫌悪に陥った。唐突に心も体も清浄にしなければならないと自分に言い聞かせ、この日から酒を断ち、希代の戸惑いをよそに植物性の食べ物だけを摂《と》り始めた。

数日後、安岡は奇妙な感情の高ぶりを鎮めようと、風が強かったが、庭に出た。

「あなた、電話を取って」と希代がアルミサッシの窓を開け、声をかけた。

電話口のバクシの声は高ぶっている。

「先生、武島さんや、老小説家さんとおっしゃる方も参加します」

「老小説家も？」

「奥さんのご紹介で、お声をかけさせていただきました」

「希代の紹介？」

「安岡先生が老小説家さんに大変お世話になっているから、だそうです」

「……」

「私たちは単に小石を拾いに行くのではありません。お釈迦様の威徳をイタダキに行くのです。スケジュール表は後日ファックスします」

「ほんとに実現するんだ……」

「では、またご連絡します」

バクシは電話を切った。

安岡は目を閉じた。絹子が一個一個形や色の違う小石をお手玉している。絹子は無邪気に笑っている。生老病死という「人の宿命」のために苦しんだ釈迦の一生は僕に何らかのメッセージを送るのではないだろうか。聖跡の小石を沖縄に持ち帰る僕は、聖跡の小石をじっくり見るべきなんだ。

聖なる小石の話がバクシから出なかったら、希代は絹子の面影を抱きしめ、何年も家に閉じこもり、ついには病んだだろう。僕が希代《きよ》のようにあがめたら、たとえ聖跡の小石がただの小石でも絹子は成仏し、希代は救われる。釈迦《しやか》という存在は史実だから力がある、伝説だから力がないなどとどこの誰が言えるだろうか。釈迦の事績など調べず、神秘は神秘のまま、不条理は不条理のまま、真理は真理のまま、抱きかかえ、インドに行こう。

第二十九章　ブッダガヤの菩提樹

二〇一〇年八月一日「聖跡巡りツアー」四日目。三日目はラージギールからブッダガヤに移動した。

マハーボーディー寺院の大塔の壁に何十体もの仏の座像が横一列に浮き彫りにされている。上部の数か所に鳥が種を落としたのか、菩提樹《ぼだいじゅ》の幼木が突き刺さるように生えている。

「皆さん、関心のある方は今、聖なる小石をイタダキましょう。菩提樹の下に座ったら、きっと無我の境地になりますから」とバクシが言った。

壁からはげ落ちたレンガ片と敷石の破片とすぐには見分けのつかない小石が通路のわきに散在している。数名があわただしく収集した。

大塔の角を曲がった。一本の菩提樹の大木が現れた。四角い重厚な石造物が菩提樹を窮屈げに囲んでいる。石造物に色とりどりの紙や布や旗が不規則にまかれたり、ぶら下げられたりしている。信者の熱意がしみ込んでいるが、荘厳さがそがれると安岡は感じた。右側から大塔がぎりぎりに迫り、黒っぽい土に生えた菩提樹は左横に枝を何本も伸ばしている。大塔の反対側に比重がかかり、木自体が微妙に安定していないように見える。横に伸びた太い枝につっかい棒がされている。枝ぶりは見事だが、むしろ車窓から見た、野原や畑のわきや村の入り口の菩提樹のほうが神々しかったと安岡は思う。

大塔の影が落ち、菩提樹の周りは変に薄暗いが、菜穂子は高価そうなカメラを肩から外し、菩提樹を撮り始めた。菜穂子はすらっとした体つきをしているが、〈前世ではインド人だったかもしれない〉

などとどこか性格が現実ばなれしている。バクシが菩提樹の下に祭られている石の台座を指さした。

「金剛宝座と呼ばれています。お釈迦様が座っていた場所を示すもの、もしくは実際に座っていた石です。草の敷物に座ったという説もあります」

金剛宝座に向き、白い洋服を着た、十人ほどの、日本人とは違う東洋人が赤い毛氈《もうせん》に座り、教本を黙読している。老人は折りたたみいすに座っている。絹子くらいの歳《とし》の、全身の力が抜けたような少女を抱いた中年の女性は半ば忘我状態のまま菩提樹を見上げている。一人の男が蟻《あり》にかまれ、ピシッと自分の素足をたたいた。彼らのすぐ横を箒《ほうき》を持った年配の色の浅黒い男がうろうろしている。まもなく東洋人たちは赤い毛氈をくるくると巻き取り、立ち去った。安岡たち以外、周りに誰もいなくなった。律子は背負っていた黒いリュックサックを下ろし、敷石に座った。

「老小説家さん、座りましょう」

バクシが隅にたたずみ、煙草をふかしていた老小説家に声をかけた。武島が肩にかけたカバンから酒の小瓶とお猪口《ちょこ》を取り出し、菩提樹の囲いの前に供えた。すぐ飛んできた二人の警備員に注意された武島はお猪口の酒を飲み干し、カバンにしまった。首からロケットを外した途端、希代はふらつき、座り込んだ。安岡がとっさに律子の手から扇子を取り、希代の顔を扇《あお》いだ。

「小鳥のさえずりが絹子ちゃんの笑い声に聞こえたの。……ロケットには絹子ちゃんが入っているの」

安岡はロケットを自分の膝の上に置いた。

「喜んでいる絹子の顔が目に浮かぶようだ」

「喜んでいるよね……独り占めにしてごめんなさいね。帰ったら別のロケットにあなたと私の写真も入れて、聖なる小石と一緒にお墓に収めましょうね」

小石やロケットを入れるために墓を開けるというのは前代未聞だが、安岡は大きくうなずき、ロケットを希代の手に握らせた。

最前列に座った武島が振り返り、「全員、カバンやリュックを置いて、帽子は取って」と言った。

「僕のすぐそばにはだれも座らないように。息がかかるから」と武島は隣に座りかけた老小説家に顔を向けた。「悪気はないが、菩提樹の息というか気と僕の気が一つにならないといけませんからね」

老小説家は意味が分からないという表情を浮かべたが、武島から離れ、一番後ろに座った。

武島が「我《が》とは何かを悟りなさい」と一行に言った。

「悟るにはどうしたらいいの?」と背後から菜穂子が聞いた。

「我を殺しなさい。そうすれば悟りが開けます。皆さん、それぞれの煩悩から菩提樹の下で解脱してください。頭を空っぽにすれば、聞こえるものがきっとあります」

「空っぽに? 何もかも?」と菜穂子が言った。

「前に菜穂子さんは女の美が崩れないうちに結婚したいとか言いましたよね。二十代は迷いの年でもあるが、悟りの年でもあります。今がチャンスです」

安岡は、仏陀《ぶっだ》と俺たちでは宇宙大の開きがあると思ったが、一瞬自分のすぐ横に仏陀がいるように錯覚した。

「菩提樹を拝むんだから頭を空っぽにしてはならないよ」と老小説家が言った。

「じっと座ってください。何も考えなくていいのです」と武島が言った。

「私、じっとしていたら、これまでの嫌な記憶がどんどん出てくるような気がして怖いわ」と希代が言った。

「無視しなさい。思いや考えを消したら、本質的なひらめきが訪れます。一つの色をずっと考えなさい」と武島が言った。

「色を考えるの?」と希代が聞いた。

「わしは自分で悟るより、人が悟って明らかにしたものにくっついていくよ」と老小説家が言った。

「この場所で、この瞬間に小説家の言う言葉とは到底思えません」と菜穂子が語気を強め、言った。

「はい、始めます。静かにして」と武島が振り向いた。

バクシが「沖縄に帰ったら、いろんな人に聖跡の小石のいわれとともに菩提樹の下の体験や感覚を聞かれないとも限りませんから、しっかり感じてください。私も感じます」と安岡に声をかけ、目を閉じた。

安岡も瞑想《めいそう》に入ろうと目をつぶった。風を呼び集め、カラカラとなる、乾いた不思議な葉音を聞きながら、この菩提樹の下から、俺が座っている、まさにここから盂蘭盆会《うらぼんえ》、聖徳太子、奈良の大仏、祇園精舎《ぎおんしょうじゃ》、アジア諸国の石窟仏、仏画、ガンダーラ、空海……何千、何万という歴史の事象が始まったと安岡は実感し、身震いした。

安岡は目を開け、顔を上げた。石の彫刻や装飾が施された大塔に黒い葉影が映り、ゆらゆら動いている。葉や細長い枝がナイランジャナー川(尼蓮禅河《にれんぜんが》)を渡ってきた清浄な風に揺れるたびに木漏れ日がキラキラ輝き、葉ずれの音や、香ばしい空気が周りに満ちる。ときおり強い風が大塔を巻くように吹き抜け、葉がごうごうと大きく鳴った。

安岡は目を閉じた。沖縄の平和祈念公園に埋める聖跡の小石もこの菩提樹のように重要な遺産になるのだろうか。大きく頭を振った。遺産などという「俗」を思い浮かべてはいけないと自分を叱り、力を抜き、頭を空っぽにしようとつとめた。なかなか不思議な想念や感覚は訪れなかった。懸命に足の裏を上向きに両股の上に載せた。悟りを開いた仏陀はこのような座り方をしたという。毎日のように長時間バスに揺られたせいか、膨らんだ足が痛んだが、無視した。薄目を開け、希代を見た。希代は何かに没入したように正座のまま、じっとしている。

安岡の足に鋭い痛みが走った。あちらこちらから小さい悲鳴や叩《たた》きおとす音が聞こえた。一人残らず大きい蟻《あり》に足をかまれた。小柄な年配の管理人が虫の死骸と一緒に生きている蟻も掃いた。風鈴のような乾いた葉ずれの音が耳に響いた。小鳥も何かを祝福するかのようにしきりに鳴いた。

安岡は一瞬、高度な思考ができる脳の、何万倍もの力のある不可知なものが、菩提樹には存在すると感じた。

どのくらいたっただろうか。武島が振り返り、はい、終了ですと言った。

「連日暑かったから、菩提樹の下は天国ね。つるつるして、バスのクーラーより気持ちいいね」

七十二キロの体をもてあまし気味の律子が白っぽい敷石を撫《な》でながら希代に言った。

「律子さん、あなた、涼しい、暑いしか感じなかったの?」と菜穂子が憤慨したように言った。「……武島さんは何を感じたの?」

「火を噴く鳥のような悪魔や、豊満な裸女や、弓矢を向けている軍人などを感じましたね。このようなものが僕の頭の周りを飛び交っていました」

全員声を失った。

「武島さん、それからどうなったの?」

菜穂子が先を促した。

「心が無になった時、菩提樹の一枚の葉が僕の膝に落ちてきました」

武島はこれ以上話を聞かせるのはもったいないと言わんばかりにさっと立ち上がった。

バクシは先ほどからビデオを回し、一行や菩提樹を撮っている。安岡のそばに来たバクシは「先生、この映像は一生の支えになると思います」とささやくように言った。

「ここは生き生きとした菩提樹に人が集まる。沖縄の南部は戦没者に人が集まる。えらい違いだな」

風に揺らぐ菩提樹の葉を見上げ、何度も深呼吸をしていた老小説家が言った。

「亡くなった人に不謹慎なことを言わないでください」と希代が言った。

「亡くなった人には哀悼の意を表するが、戦跡に集まる政治家や観光業者がわしには時々異様に見えたりするんだ」

老小説家はハリセンボンのような頭をかいた。

「ところが仏陀が菩提樹の下で悟りを開いたというのは本当かな」と老小説家は首をかしげた。「わしは何も感じなかった」

「あなたが感じなかったのと、仏陀が悟りを開いたのと何か関係があるの?」

菜穂子が老小説家をにらんだ。

「私、お示しくださいと願ったの。すると、自分の思い通りに生きなさいという声が聞こえたわ」

菜穂子の言葉にはどことなくキリスト教的なニュアンスがあると安岡は思った。

一行は靴預かり所に向かった。

「菩提樹の大きく伸びた枝に私は抱かれているような感じがしたわ」

菜穂子が歩きながら神妙に傍らの安岡に言った。

「こんなぐあいに」と後ろの律子が菜穂子の腰に手を回した。

「よしてください」

菜穂子は律子の手を強く振り払った。ついてきた物売りの少年たちが驚いた。

「菜穂子さん、別人になったみたい」と律子が希代に言った。菜穂子は足早にバクシに近づいた。

「バクシさん、ありがとう」と菜穂子はバクシの手を握った。目には涙がにじんでいる。

「インド人のあなたが沖縄に来なかったら、私は永遠にあの偉大な樹《き》の下に座れなかったわ」

「縁ですよ、菜穂子さん。何もかもつながっているんです」

「律子さん、これ写真じゃないのよ」

希代は首のロケットを握りしめた。「私たちの子供のお骨よ」

「だから肌身離さず持ち歩いていたのね。ラージギールのホテルでなかみは内緒と言っていたけど」

律子はすぐ後ろの安岡を見た。安岡はうなずいた。律子は希代に「ガンジス河に撒《ま》くの?」と聞いた。撒くという言葉は残酷だ、絹子がかわいそうだと安岡は思った。希代は首を横に振った。

「仏陀の聖跡の小石を絹子に抱かせたいの」

「ついに決着をつけたのね、気持ちに」

一行は老若男女の物売りや物乞いに取り囲まれながらバスに乗り込んだ。バスはすぐ発進した。

バクシが笑顔を見せ、「これからホテルに戻ります。菩提樹の下の悟りの体験はいかがでしたでしょうか」と言った。

「バクシさん、私、心がとても落ち着きました」と希代が言った。

「よかったですね、希代さん。願いがかなったんですね」

「あの樹は宗教ではなく、空《くう》だ。祈願云々《うんぬん》の次元ではない」と武島が言った。

「なに? 空って、武島さん」

菜穂子が身を乗り出し、聞いた。

「そうだな、ゼロのようなものかな。ないものがあるというゼロもよくわからないが……無限でもあり、非常に小さくもある。とにかく仏陀にあなたを親と思っていいですかと僕が聞いたら、いいという返事でした」

安岡は希代を見た。希代は窓の外に顔を向け、再び無我の境地に入ったように目を閉じている。

第三十章　スジャータのミルク粥

午後。ホテルのレストランに入り、サンドイッチや果物を食べ、一時間ほど休憩した後、ナイランジャナー川（尼蓮禅河《にれんぜんが》）を渡ったところにあるスジャータ村に向かった。

前方に座った安岡は何気なく後ろを見た。一行のほとんどが午前中の、二千五百年前、シッダルタが悟りを開いたというブッダガヤの菩提樹《ぼだいじゅ》の下に座り瞑想《めいそう》した後の余韻に浸っているのか、単に疲れが出たのか、シートにだらりと体を沈め、目を閉じている。

バクシが苦行の説明を始めた。

生まれ落ちた瞬間から肉体に必然的に巣くう煩悩を滅するために肉体を苦しめる苦行の思想は、バラモン以前の遠い昔、ヴェーダの時代から存在していた。苦行のすさまじさは苦行しない者には想像さえできず、シッダルタの肉体は骨と皮になり、皮膚には苔《こけ》が生えた。

「ついに苦行では悟りに到達できないと自覚したシッダルタは、気を失ったりしながら苦行に明け暮れた前正覚山《ぜんしょうがくさん》を下りました。ナイランジャナー川を渡った時に見えた山です」

バクシが一行の顔を見回しながら言った。今は全員目を開けている。

「シッダルタ……仏陀《ぶっだ》も最初は自分を救おうとしたのね。私たちと同じね」と菜穂子が言った。

「わざわざ苦しんでいいことはないよ」

後部座席の老小説家が固い髪の生えた頭をゴシゴシかきながら言った。

よろめきながらどうにかこうにか貧しい村スジャータにたどり着いたシッダルタは、強い陽光を避け、アジャパーラという木の下に正座した。

「瞑想を続けたという説もありますが、座ったままの死を覚悟していたのではないかと私は推測します」とバクシが言った。

日ごろからこの神木に願いをかけていた気立ての優しい、美しい村娘のスジャータは、じっと動かない骸骨のようなシッダルタを見た時、とうとう神が姿を現されたと信じ、金の鉢にミルク粥《がゆ》を入れ、ささげた。

「スジャータは、村の長老の娘とか、バラモンの娘とか、神木はニャグローダ、皆さんもなじみのガジュマルですね、だとかいろいろ説があります」

スジャータは独身だったという説や、結婚後「子が授かるように」と木に祈っていたら、願いがかない、お礼にミルク粥を供えに行ったら、たまたまシッダルタが座っていたという説もあるという。ミルク粥を食べ、息を吹き返したシッダルタはナイランジャナー川を渡り、ブッダガヤに入った。

「とにかく今の人は太りすぎよ」

七十キロを超す律子が自嘲気味に言った。菜穂子が武島に振り向いた。

「シッダルタは骸骨のようになったから、つまり何もかも捨て去ったから、ミルク粥で、高貴な美しいお顔立ちに生まれ変わったんじゃないかしら？　私はそう思うけど、どうですか？」

「老体になって、死というミルク粥を食べて、生命の塊の赤ん坊に生まれ変わるのと同じでしょうね、バクシ氏」

武島はわかりにくい比喩を使った。

「すでに仏陀の前の時代から人は生死を繰り返すという輪廻《りんね》思想は知られていました」とバクシが言った。

肉体が滅び、荼毘《だび》に付される。魂は昇天し、雨となり降り落ち、土にしみこみ、食べ物となる。食べた男の精になる。精は母体に入り、赤ん坊になる。生命は永遠にこのような輪廻を描くと武島は言う。

「男の精が母体に入り云々《うんぬん》は近代人の理屈だ」と老小説家が言った。

「死んだ者の生命は宇宙に溶け込む。有でも無でもない。何年か先、何千億年か先、縁に触れると有になって、生命活動を始める」と武島が言った。

「縁なのね。聖なる小石が縁になるのよね。ああ、早く絹子ちゃんに触れさせたいわ。ね、あなた」

希代《きよ》がしみじみと安岡に言った。触れさせる……絹子の骨壺《こつつぼ》に小石を入れるという意味だろうかと安岡は思った。

泥を塗り固めたような家や家畜小屋が木立の中に点在している。草ぶき屋根の背後から何本ものシュロの木が伸びている。

スジャータの生まれた村の入り口の狭い道にバスは止まった。一行は一列になり、気の遠くなるくらい長い年月、人々が踏み固めた土の道を歩いた。

希代、律子、菜穂子は日傘をさし、照り付ける強い陽《ひ》を防いでいる。ぞろぞろついてくる物乞いや物売りの子供たちがかわるがわる一行に声をかける。安岡は地面を踏みしめるように歩いた。座り、眠り、遊び、働き……人々が何千年も過ごした土はきめが細かくなり、赤や灰色や茶色の微妙な色合いが出ている。

子供たちは一人残らずやせ、はだしは垢《あか》だらけだが、目は生き生きと輝いている。

物乞いや物売りの子供たちの後ろにいる数人の子供たちは何がおかしいのか、お互いに目配せをし、声を立てずに笑っている。一行は何日も高級ホテルや一流レストランの、何十種類もある豪華な、ムガル宮廷の料理が発祥という料理などを食べ、体重が増えた。特にチキンに目のない、もともと肥満体の律子はさらに太り、ふくらんだゴム風船のように見える。安岡もようやく気付いたのだが、子供たちは律子の体の大きさを笑っている。

安岡はほかの外国の観光地では、大人や子供に手を強く引っ張られ幾重にも囲まれ、品物を押し付けられた。観光客はこのような目に遭うのが当たり前だと思っていた。しかし、インドの子供たちは手を差し出しながらずっと一行についてきたが、誰の体にも触れなかった。

「物売りがしつこいから落ち着かなくて、ほんとにめまいがする」と律子が菜穂子に言った。

「律子さん、物乞いは立派な修行です。昔と違って今は誰も施さないから、この子たちはしつこくなったのよ」と菜穂子が言った。

「ドウデスカ」

髪が細かく縮れた小柄な青年が、長身の安岡を見上げ、木彫りの何種類かの、肋骨《ろっこつ》が浮き出た仏像を肩掛けカバンから取り出し、見せた。

「ビャクランデス」

「……石はない？」

「イシ？　ルビーデスカ？」

「大昔、釈迦《しゃか》が踏みしめた石」

「アリマス、アリマス、ミセカラトッテキマス」

「……いや、この木彫りでいいよ」

「モクゾウガイイデスヨ。イシハオモクテ、ニモツニナリマスカラ」

安岡は青年の言い値の三千円を出し、白檀《びゃくだん》ではなく、菩提樹の十数センチの仏像を買った。

仏陀はふくよかな顔に切れ長の目をしていると安岡は長い間信じていたが、ふとバクシや物売りの青年のように目が大きく、彫りの深い顔だったのではないだろうかと思った。

畑道を抜け、土壁の家が立ち並ぶ、のどかな村の細い道を通った。まもなく、有刺鉄線が張り巡らされた盛土のような小さい丘に着いた。

「昔はここにスジャータを供養した碑がたっていましたが、今は何もありません」

バクシが一行に振り向いた。

「あそこの山が前正覚山《ぜんしょうがくさん》です」

山の頂上のいくつかの大岩は輪郭がぼんやりかすんでいる。

両足の利かない七、八歳の少年が這《は》いながら有刺鉄線の小さいゲートを抜け、近づいてきた。

少年はバクシの説明を聞いている一行に自分の存在を知らせるように、時々咳《せき》ばらいをした。

「では、そろそろ出ましょう」とバクシが片手をあげた。

どうぞというように手を伸ばし、道を譲った、両足の利かない少年に菜穂子が五ルピーを渡した。

希代は身をかがめ、小石を探した。

「奥さん、ここの石はイタダカナクてもいいですよ」とバクシが言った。しかし、希代は二個の小石を厳かにバッグにしまった。

一行は有刺鉄線の囲いから出た。どっと子供たちが菜穂子を取り囲み、一斉に手をさし出した。菜穂子はよろめき、地面に手をついた。安岡とバクシが菜穂子を抱え起こし、ガードしながらバスに向かった。

「仏陀の命を救ったスジャータを生んだ村なのよね。ね、バクシさん、ね、安岡先生。スジャータの行いが結果的に人類を救ったのよね。この村の人たち、みんな幸せになってほしいね」

菜穂子は涙ぐんでいる。

ホテルのレストランはクーラーが寒いほど効いている。床には大理石が敷かれ、白い壁や天井には凝った形の壁燈やシャンデリアが燈《とも》っている。白地に大小の菩提樹の緑色の葉が描かれたクロスが長いテーブルを覆っている。白いワイシャツに蝶《ちょう》ネクタイをした十数人のボーイが壁際に並ぶように立っている。

食後、バクシはチャイを飲み干し、席を離れた。

「夫婦関係がどうしてもだめだと思うのなら、もう離れるべきです」

突然、安岡の真向かいの武島がデザートのマンゴーを食べながら独り言のように言った。「シッダルタも修業時代、バラモン教の二人の師の教えに納得できなくて、すぐ去りました」

「シッダルタと私たちが同じだと考えているの？　比較するのはおこがましいわ」

希代が武島に珍しく強く言った。しばらく一行の間に沈黙が続いた。

律子とワインを飲んでいた老小説家が腰を上げ、テーブルを回り、安岡のそばの、バクシがいた席に座った。

「安岡君たちはゆとりが出たな。うらやましいよ」

老小説家は首を伸ばし、希代に言った。「わしの人生はどうもうまくいかないんだ。何もかも。インドに来ても」

「ご自身のいいところに目を向けたらいいんじゃないですか」と希代が言った。「例えば老小説家さんの針のような髪です。老小説家さんは些細《ささい》なものと思っているかもしれませんが、客観的にみると一種の財産です。頭の禿《は》げた人の悩みは深刻ですから」

「希代さんも円形脱毛症を悩んでいたんですか」と菜穂子が言った。

「もうどうでもいいとも思ったけど、やはり悩んだわ。塗り薬、飲み薬、鍼《はり》を試したわ。でもインドでは悩まなくなったの」

戻ってきたバクシが安岡のわきに立ち、「皆さん、お食事、楽しかったでしょうか。これで一応お開きにします」と言った。

安岡とバクシ以外のメンバーは二階の客室に続く階段を上がっていった。

「食事の時、誰も聖なる小石の話はしなかったな。小石収集のツアーではないから当然かもしれないが」と安岡が言った。

「菩提樹の下ではいろいろ感じられたようですから、このツアーは成功ですよ。これから先のガンジスでは、皆さん、さらに強い感銘を受けますよ。では、私は準備がありますから」

「バクシさん、スジャータが骸骨同様の前仏陀《ぜんぶつだ》にささげたというミルク粥《がゆ》を、俺の部屋に届けさせてくれないかな」

「コックに準備させましょう。前仏陀というのは面白い表現ですね。骸骨のような体は仏陀になる前ですからね」

バクシは口髭《くちひげ》の下から白い歯を見せた。

第三十一章　ベナレスの町

「聖跡巡りツアー」五日目の八月二日。

バクシがバスのマイクを取り、「私たちは今、二千五百年前の仏陀のようにブッダガヤからサールナートに向かっています」といった。

悟りを開いた仏陀はすがすがしい大気と美しい明けの明星の下、絶えず心を苦しめていたすべてのものから解き放たれたが、人に説法する気はなかった。だが、昔、一緒に苦行した五人の修行者に最初の法を説く、という天の啓示を受け、ブッダガヤから二百五十キロ離れたベナレス郊外のサールナートに向かったという。

「昨日、言い忘れましたが、マハーボーディー寺院は紀元前三世紀にアショーカ王が建立しました」

マハーボーディー寺院に行く途中に広がっていた墓地……間違いなく墓地だと思うが……を安岡は思い出した。累々と墓石が立っていた。人影がなく、静まり返り、通りの生者の賑《にぎ》わいとひどく落差があり、あの時、安岡は胸が詰まった。

バクシがほほ笑みながら「ブッダガヤはいかがでしたか」と一行に聞いた。武島が手を挙げ、マイクを握り、自身の体験を話した。

昨夜早めに寝た武島は夜明け前に目が覚め、なんとか車を探し、数分後、マハーボーディー寺院についた。星は清く輝いていたが、辺りは暗かった。人気のない広い道を手探りするように歩いた。

「菩提樹《ぼだいじゅ》の下に座って明けの明星を待とうと思ったんだ」と武島は言った。「私を誘ってくれたらよかったのに」と菜穂子が残念そうに言った。

武島は話し続けた。

夜は明けたが、一面濃い靄が覆っていた。大塔の上部だけしか見えなかった。ぼんやりした人影に誘われるように進んだ。突然池が現れた。池の真ん中に大きなコブラがとぐろを巻いていた。武島はじっと見た。コブラの腹部辺りに仏陀が座っていた。コブラの鎌首をもたげた頭が傘のように仏陀を覆っていた。

「幻影なの？　武島さん」と希代《きよ》が聞いた。

「仏陀が沐浴《もくよく》した蓮池《はすいけ》のコブラですよ。コブラも仏陀も石像です。時間にならないとマハーボーディー寺院の門は開きません」とバクシが言った。

「安岡先生、ミルク粥の味はどうでしたか」

バクシが話題を変えた。

「アジャパーラの木の下の釈迦《しゃか》にしみじみと思いをはせました。まさに仏陀になる前の」

「僕もボーイに注文して、食べましたよ。粥に練乳を混ぜたような、とても甘い味でしたね。あれなら確かに滋養が付く。だが、僕の口には合わないな」と武島が言った。

「合う合わないじゃないんです。釈迦族の王子だったシッダルタがスジャータからミルク粥の喜捨を受けたから、まもなく仏陀になったんでしょう？　仏教も生まれたんでしょう？」と菜穂子が言った。

武島は黙り、安岡は目を閉じた。

ナイランジャナー川（尼蓮禅河《にれんぜんが》）にかかる長い橋が思い浮かんだ。橋の下の河原の幅は広く、真ん中あたりに幾筋かの流れができていた。遠くにヒトコブラクダが伏せたような前正覚山が見えた。あの山を下り、糞掃衣《ふんきえ》と呼ばれる死者を包む衣を、皮膚が骨にへばりついた体にまとったシッダルタが河原の小石の上を歩いている姿を安岡は想像した。

安岡は目を開け、やにわに前方のシートに座っているバクシに、スジャータのミルク粥を食べた後、シッダルタがどうなったのか、と聞いた。バクシはマイクを手にとり、説明した。

六年間の長い苦行をついに捨て去ったシッダルタは、マハーボーディー寺院の大塔の後ろにある菩提樹の下に農夫からもらったむしろを広げ、おもむろに座り、東に体を向け、無我の境地に入った。

驚き、慄《おのの》き、仰天した「魔」はこの世の究極の美女の肉体、財宝、絶対的権力を差し出した。しかし、微動だにしないシッダルタを凶暴な大軍や奇々怪々の物の怪《け》に攻めさせた。ありとあらゆる手を使い、シッダルタの成道《じょうどう》を阻んだ。

「私たちならすぐころりとまいってしまう一切のものをシッダルタは退けて、ついに悟りを得ました。時に三十五歳、十二月八日の暁《あかつき》でした。仏陀、すなわち目覚めた人の誕生です」

「日米開戦の日だな」と老小説家が言った。菜穂子が立ち上がり、「ちょうど満月で、明けの明星が輝いていました」と言った。

バスの車窓に広がる風景は見渡す限り干からびている。熱を含んだ風が疎《まば》らに生えた雑草を揺らしている。乾燥したラバの死体が横たわっている。

いくつもの小さい集落を通り過ぎた。家々の土壁は厚く、窓は小さかった。熱風を遮るためか、窓も戸口も閉められていた。

集落でも畑でも原野でも家畜が目についた。馬、騾馬、山羊、羊が荷を運び、畑を耕し、乳をしぼられていた。家畜が多いのは、インド人にアーリア系遊牧民の血が流れているからだろうと安岡はぼんやり思った。

道が迷路のようになった小さい町も通った。満載の荷馬車を横目に巨体の牛は悠々と歩いたり、寝そべったりしている。人力車やオート三輪は人を突き飛ばさんばかりに疾走するが、牛には気を配り、丁寧に避ける。

サールナートでも上位にランクされる高級ホテルの中庭の芝生に数枚の洗ったシーツが干されている。白い壁に沿うように植えられたバナナの葉影が純白のシーツに落ちている。

中庭に面したレストランのテーブルに一行は座り、マハラジャ・ターリーという多彩なカレーを中心にした昼食を済ませた。バクシは今後のスケジュールの調整をしにホテルから出て行った。

「ね、老小説家さん、口髭《くちひげ》、はやしていた？」と律子が声を潜め、希代に聞いた。

「無精髭かしら？」

「でも、顎鬚《あごひげ》はないよ」

「毎日顔を合わせているのに、私たち、気づかないなんて、不思議ね。律子さん」

二人の話を耳に挟んだ安岡は老小説家を見た。白髪交じりの口髭が生えている。ツアー中、あまり老小説家に寄り添わなかった。安岡は急に申し訳ない気がした。武島がデザートのマンゴーを食べながら老小説家に言った。

「小説が書けなくて悩んでいるそうですね。なぜ書けないのか。忌憚《きたん》なく言えば、あなたが過去世で誰かを苦しめたところに因があると考えられます」

「わしは過去世でも現世でも誰かに苦しめられているんだ」

老小説家はふてくされたように、しかし妙に胸を張るように言った。

「誰かと言っても人間とは限らない。亀や昆虫もありえます」

「亀に心当たりはないが」

「老小説家さん、書けるとか書けないというのは永遠の輪廻《りんね》の中の一瞬です。一瞬に心を奪われて、どうします？　万物を見渡してください。嫉妬も無念さも苦しみも老いも死もすべて愛しなさい」

「だが、小説創作はわしの心をやはり……」

「煩悩です。滅却しなさい」

安岡は何か言おうとしたが、言葉が見つからなかった。

「仏陀は悟りを開いた後、女色を完全に断ったかしらね？」

独身の律子がオレンジジュースを飲みながら希代に聞いた。希代は律子を見つめ、口に人差し指を立てた。

「三十五歳よね？　男性が一番盛んな年よ。亡くなったのは何歳？　武島さん」

「仏陀は、ええっと八十歳で、クシナガラで」

「じゃあ、四十五年間？　王子時代、いくら快楽にふけり楽しんだといってもね。四十五年も女色を断つとは、やはり人間じゃないね」

律子はため息をついた。

「下世話な話はしないでください」と菜穂子が律子をにらみ、強く言った。

「女の美って、外面じゃないわ。内面よ。やっとわかったわ」と菜穂子は唐突に言った。「美の崩れるのがこわかったのは、外面に執着していたからよ」

「菜穂子さん、あんた、菩提樹の下で悟ったの？」と律子が言った。

「醜さは美が生まれるための方便ですよ」と武島が女たち一人一人の顔を見回し、言った。「死が生の方便、眠りが起床の方便のように」

「生まれつきの不美人も方便？　来世で美しく生まれ変わるための」と律子が武島に聞いた。

「生まれたての存在に醜いものはありません。この濁世《じょくせ》の垢《あか》をくっつけて醜くなるのです」

「濁世の垢？」

「削ぎ落とすのです。そうすれば、心が救われます」

翌日、八月三日の午前四時、一行はホテルの正面玄関前にとまっている小型のバスに乗り込んだ。クーラーが寒いくらいに効いている。少年のように若い、小柄な男が運転席に座っている。

「バス、変わったの？　バクシさん」と律子が白いサマーセーターをはおりながら聞いた。

「小さいバスでないと、ベナレス市内は入れないところがたくさんありますので」

「道が狭いんだ」

「法律で大型バスは入れません」

バスはぼんやりと灯《とも》ったホテルの外灯を横切り、門の外に出た。

バクシが魔法瓶からチャイをプラスチックのコップに注ぎ、配った。香ばしい香りが漂った。猫舌の安岡は息を吹きかけながら少しずつ飲んだ。バクシは熱さを全く気にせず飲んだ。

「これまでの年配の運転手は？」

安岡は斜め前に座っているバクシに聞いた。

「昨日パトナに帰りました。私たちは帰りはベナレスから飛行機に乗りますから。あ、そうそう、安岡先生に薬ありがとうと伝えてくれと言っていましたよ。恩人だと感謝していました。何十年も薬を飲んだことがなかったので、体が驚いて、すぐ治ったそうです」

昨日、熱があるのか顔が赤く、しきりに鼻水をすする運転中の老運転手に安岡は沖縄から持ってきたビタミン剤を手渡した。

「彼は四人の妻がいると言っていたが」

「それは、ありえませんよ」

バクシは笑った。

暗闇の中に弱いヘッドライトを照らし、バスはガタガタ音を立てながらひた走った。窓の外を見ていた安岡が「こんなに暗いと人は歩けないだろうな」とバクシに言った。

「道になれた人は明かりなしでも平気で歩きますよ。でも雨が降ると夜道は歩けません。蛇がたくさん這《は》いずり回っていますから」

いくつかの小さい集落を通り過ぎるたびに家々の薄暗い明かりが飛び去った。ようやく明るい光が見え始めた。道端に小さい露店が途切れずに続いている。雑貨や装身具、食料品などが並べられている。男たちがカンテラや裸電球の明かりに群れている。

バスは町中に入った。黒い影のような人々が一塊になり、人ごみの中を一定方向に進んでいる。この合掌したまま歩いている人々を敬うように道端の人々が手を合わせ、頭を下げている。

「こんなに大勢の人が迫ってきたら怖いね」

窓ガラスに顔をくっつけるように外を見ていた律子が横の希代に言った。

「あなたは太っていて、走れないから大変よ」

希代は笑った。だが、すぐ真顔に変わった。「でも、いざという時、本当にどうなるかしらね」

二人の話を耳にしたバクシが少し腹を立て、「巡礼者は人を襲ったりしませんよ。心のきれいな人たちです。皆さんはありがたい仏跡の小石もイタダイテ、ブッダガヤの菩提樹の下にも座りました。なのに、まだこんな考えを？」と言った。

「バクシさん、私たち、襲うなどとは……言葉が足りなくてごめんなさいね」と希代が言った。

巡礼者たちは明かりの届かない闇の中に消えていった。

「私こそ失礼しました。では右を見てください」とバクシが言った。

カンテラの明かりの中、黄色い布をまとった人々が歩いている。

「地位も家族も財産も惜しみなく捨てて、聖地という聖地に詣でている行者たちです」

「偉大な小説家になるという欲を捨てられなければ、成仏はおぼつかないんだな」

老小説家がぽつりと言った。

「彼らはあらゆる執着から解放されたいと望んでいるのです。仏に近い人たちです。みんなから尊敬されています」

バクシがきっぱりと言った。

「失恋や貧困生活から逃げ込んでくる者もいるよ」と武島が言った。

バクシは「このベナレスの町は紀元前千五百年ごろにはすでに一大聖地でした」と言った。ちょうどアーリア人がインドに侵入してきた時代だと安岡は思った。

バスは石の建物に囲まれた、一度入ったら二度と戻れない迷路のような道を進んだ。ところどころに建っているヒンズー教の寺院からお香の煙が立ち上っている。奇妙な動物たちが絡みあっている装飾を施したバルコニーや窓から老若の女たちが顔を出している。

ようやくバスは大通りに出た。

家の壁には手の込んだ飾りが取り付けられ、店の看板には奇抜な絵が描かれている。歩道にも建物の階段にも様々な荷物が置かれ、布にくるまった人々がところかまわず寝転がっている。牛が心持ち顎をあげるように歩いている。目はギラギラ輝いているが、腰を曲げ、両手を前に垂らし、ぶらぶら上半身を振りながら歩いている男は行者に違いないが、「人」を超越したのか、人と動物の境を取っ払ったのか、どこか聖なる猿に似ていると安岡は思った。長い白髪を背中に垂らし、竹の杖《つえ》を持ち、胸を張っている大男は仙人に見える。車椅子に乗った、頭をずっと右に傾けた少女や、一頭の牛を引き連れ、たくましく歩く老女もいる。

目が痛くなるくらい裸電球が明るい食料品の店の前に人だかりができている。ターバンを巻いた痩せた男が、太った、たぶん店主と身振り手振りを交え、何やら言い合っている。

「喧嘩《けんか》しているよ、バクシさん」と律子が言った。律子はツアー中ずっと「バクシ」と言っていたが、いつしか「バクシさん」と呼ぶようになっている。

「喧嘩ではありません。値段の交渉です」

バクシは笑みを浮かべた。

人力自転車の後部座席に髪を三つ編みにしたかわいい制服の少女が乗っている。若い女性たちのほとんどは赤地にいろいろな模様が施されたサリーをつけ、頭にも色鮮やかなスカーフを巻いている。

「ベナレスの町はすべてが本物です。本物の人間がいます」

バクシが座ったまま振り返り、言った。本物の人間が確かにいると安岡はぼんやり思った。

「仏陀はここの、このような人々を見たのね、きっと」と菜穂子が言った。「だから、快楽にふけっていた自分が苦しくなったのね」

「仏陀が苦しくなったのは、ベナレスに来るずっと前です。カピラ城にいた時です」

バクシが菜穂子を傷つけないようにうなずきながら言った。

「太った人も結構いるね。特に女の人」と律子が言った。

「沖縄では不健康と言われて、肩身の狭い太った人も、病人ややせこけた人の中で見ると豊穣《ほうじょう》のシンボルだな」と安岡が希代に言った。「だが、やはり太っているのは人より牛が多いな」

巨体の牛は悠然と歩いている。人にこき使われている馬や駱駝《らくだ》は、牛がうらやましいという目をしている。犬は腹が減っているのか、足をなめまわそうとするかのように太った女の後を追っている。

先ほどからバスの運転手はしきりに左右にハンドルを切っている。何度も自動車や自転車や人にぶつかりそうになるが、速度を落とさず、かき分けるように走らせている。時々、急ブレーキをかけた。

「めまいがする」と律子が叫んだ。「しっかりつかまっていてください」とバクシが言った。

自動車、自転車、オートバイ、人力車、山羊、牛、人、どれも車道も歩道も車線も関係なく走り、歩いている。ベナレスの運転手は運転が驚異的に上手だと安岡は思っていたが、まもなく衝突して大破した車を目撃した。

雑踏の中にバスは止まり、一行はあわただしく降り、近寄ってくる人たちをかきのけるように進んだ。何種類もの香辛料がまざりあった強い香りが安岡の鼻を突いた。打楽器や吹奏楽器の音楽が方々から耳に飛び込んでくる。店の壁一面に掲げられた大小の極彩色の神々や寺院やガンジス河の絵が視野を覆い、一瞬頭がくらくらした。

一行は路地に入った。お供え用の花やお香のにおいが漂っている。石畳の通りの両脇に小さい店が軒を連ねている。煌々《こうこう》と明かりのともった店頭にオレンジ色や黄色のマリーゴールドの花輪や、やはりマリーゴールドの花を盛った葉っぱの皿が所狭しと並べられている。

太っているから金持ちに見えるのか、足が遅いからか、安岡の目の前の律子に、痩せた少年が先ほどからずっとくっついている。律子が「ノー、ノー」と言うと少年は「ヤスイ、ヤスイ」と首を縦に振り、「アナタ、トテモイイスタイル、ステキ、スキ、アナタ、サリー、ホウセキ」と少年は店のほうを指さす。

目がくりくりした愛らしい童女がいつの間にか安岡に寄り添うように歩いている。笑顔を振りまいているが、物売りにも物乞いにも見えず、安岡は首を振り、もう行きなさいと暗に示したが、平然とついてくる。小銭がないだろうかと安岡はズボンのポケットに手を突っ込んだ。

武島が安岡に「何かあげたら二重三重に取り囲まれて、身動きできなくなりますよ」と言った。「今、聖なる河に向かっています。時間は貴重ですよ」

不思議な少女は安岡のそばから姿を消していた。腹をおさえ、ひもじいという仕草《しぐさ》をする、髪をアップにした女の子に、菜穂子は紙袋から取り出したビスケットやクッキーを手渡した。たちまち菜穂子を取り囲んだ子供や大人たちはしつこく手を差し出すが、菜穂子の体や服には触れなかった。

「物乞いを卑しんだり、哀れんだりしてはいけません」とバクシが歩きながら言った。「富める者は貧しい者に喜捨せよ。この世の終わりに天国に召されます。お釈迦様の教えです」

天国、召されるというのはキリスト教のニュアンスだと安岡はふと思った。

菜穂子は着ていた夏物の赤いジャンパーを脱ぎ、手足の細い、十四、五歳の少女に喜捨した。近くにいる二重あごの中年の女が「なぜみんなに与えないの」というゼスチャーを繰り返した。

菜穂子が前を歩く一行に駆け寄り、「苦行と物乞いは一緒じゃないかしら。どちらも……苦行は断食で……物乞いは食べ物が絶対的に不足しているんでしょう？　不足したら何かが研ぎ澄まされるんじゃないかしら」と言った。

インド人は「確かに」生きている。死を何とも思わず——何とも思わないというのは信じがたいが——むしろ謳歌《おうか》しない生を恐れている。妙な感慨を安岡は抱いた。混沌《こんとん》とした風土と人々からあふれ出る力が高度な美しい教えを間違いなく生んでいる。釈迦が実在したかしないかの問答など不要に思える。釈迦一人の悟りなのか、インドの大地から立ち上る霊気のような無数の人々の小さい悟りが釈迦に凝縮されたのか。大地と無数の人々が釈迦を生み、育てたのか。いずれにせよ、二千数百年前と何も変わらないように思える、この大地に釈迦は確かに実在していた。仏跡の小石が聖なる石だろうが、ただの石だろうが、間違いなくこの大地に存在している。

第三十二章　河の女神ガンジス

だいぶ空が明るくなった。ガンジス河に近づくにつれ、まだ裸電球の灯《とも》った店頭に儀礼用の大小さまざまな仏具を並べた、巡礼者向けの土産物屋が増えてきた。土産物屋に挟まれた石畳道をどこからともなく湧いたように現れた人々が埋め尽くしている。

上半身裸の、肋骨《ろっこつ》が浮き出た老人が追い抜きざま希代《きよ》に何やら言った。

「なんて言ったの？　あのおじいさん」

希代がバクシに聞いた。

「ガンガー。ガンジス河ですね。ここで沐浴《もくよく》したら、自分とあなたの現世の罪が消えると言っていましたね」

「私、やはり罪を犯したのかしら……」

希代は傍らの安岡を見た。安岡は頭を横に振った。

バクシは歩きながら「毎年何百万人もの巡礼者が集まります」と言った。

なかには仏陀《ぶっだ》の時代のように何百キロも歩いてくる人や、いつ死んでもいいようにガンジス河沿いの建物を借り、余生を送る人もいるという。

「毎年、何百万の人が必死な思いで来て、懸命に沐浴するのに、なぜ仏陀のような人は生まれないの？」と菜穂子がバクシに聞いた。バクシは言葉に詰まった。

「仏陀は人じゃないわ。比べるほうがおかしいわ」と希代が言った。「生まれてすぐ立ち上がり、唯我独尊と唱えたのよ。でしょう？　バクシさん」

「希代さんはとても仏陀に詳しくなったね」と律子が言った。

「ガンジスは河の女神の名前よ」と菜穂子が言った。

安岡はふと、沖縄の平和祈念公園に埋める聖跡の小石にもやがては病人や老い先短い人が集まるようになるのだろうかと思った。

安岡の頭にどういうわけか、ブランコを作った年の三月の情景が浮かんだ。ピクニックに行った砂浜の水際は傾斜になり、水深は数十センチあった。絹子はフリルのついたピンク色のワンピースの裾を翻し、水際に進んだ。絹子の足が滑り、転んだ。驚いた安岡と希代はまだ冷たい水に入り、絹子の手を引っ張った。絹子は寒さと恐怖に泣きじゃくり、体が震えた。希代が木綿のカーディガンを脱ぎ、絹子の髪をふき、ワンピースを脱がせ、体をふいた。安岡は自分のジャケットを絹子に着せた。安岡が絹子を抱きかかえ、三人は砂浜を少し上がり、岩の窪《くぼ》みに座った。希代が風呂敷の包みをほどき、手料理の詰まったオレンジ色の重箱を開けた。絹子はようやく笑みを浮かべた。青白いほほに黒い髪がくっついていた。

壁の装飾がごてごてした小さい寺院が石畳道にせり出している。赤いターバンを巻き、黄色い布をまとった、たぶんヒンズー教の青年僧がなぜか誇らしげに仏陀の石像の前に座っている。

菜穂子が「女神がガンジス河に姿を変えました」と妙に静かに言った。「ガンジス河の上流の水はとても澄んでいます。ヒマラヤ山脈の雪解け水です」とバクシが言った。

家々の軒下やテント小屋の中に横たわっている人々にバクシは顔を向けた。

「死を待っているんです。一生の最後の願望です。全財産をつぎ込んで遠くからやってきました」

人々の目はうつろだが、どこか超然としていると安岡は感じた。

細い石畳道を曲がった。急に目の前に広い空が見えた。菜穂子が歓声を上げた。一行は立ち尽くした。河岸の階段の下にガンジス河が広がっている。

「今は雨期ですから例年ですとこの何十段もあるガートの上まで水が来ます。皆さんが今立っているところまで。さきほど通った路地も水没します。皆さんは本当にお釈迦《しゃか》様のご利益を受けています」とバクシが言った。「聖跡の小石のご利益もあります」と希代が言った。「商品も、油断したら犬も人も全部ガンジス河に流れ落ちる」と横から武島が言った。

一行のわきから上半身裸の男たちや、色鮮やかな衣を身にまとった女たちが階段を一段ずつおり、黄土色に濁った水に入り、沖のほうには進まず、河岸に沿うように沐浴を始めた。

小説家修行を続け、絹子を胸の中に抱き、希代と分相応の人生を全うしようと安岡は静かに思った。対岸のもやった大気の中に太陽はある。河は黄土色の豊かな水をたたえ、ゆったりと流れている。水面のところどころに淡い金色のさざ波が立っている。静かに滑るように行きかう小舟も金色に、また逆に影のように黒く映っている。

一緒になった、ならなかった、別れる、別れないという、人の縁は人智では計り知れないが俺と希代はきっといい方向に、ガンジス河のようによどみなく流れるだろう。河岸はすでにおびただしい人に埋め尽くされている。人は日の当たり具合により、黒い彫像のようにも見える。希代は手を合わせ、頭を垂れ、ずっと祈っている。

バクシを先頭に一行はゆっくり階段を下りた。階段の両脇には四角いテントのようなビニールの日よけがかかり、鮮やかなビーチパラソルに似た傘が林立している。傘の下の老人たちはじっと座り、瞑想している。髪を三つ編みにした少女たちが一行に近づいてきた。数束の花の入った竹籠を抱え、手にはマリーゴールドの花輪を持っている。希代と菜穂子が花輪を買った。

川面に赤や紫のサリーの影がかすかに揺らめいている。あとからあとから階段を下りてくる人々は柔軟体操をし、気合を入れ、次々と水に入った。

澄んだ目を輝かせた数人の少年が一行に寄り集まってきた。少年たちはにこにこ笑いながら金色のメッキを施した五、六センチの壺《つぼ》型の容器を差し出した。ふたに輪っかがついている。少年たちはガンジス河の水を持ち帰るための容器ですというジェスチャーをした。この小さい壺を一行は一人残らず買った。

一行は待ち受けていた木造の、長い年月使ったような小舟に乗り込んだ。細身の青年の船頭が櫂《かい》を握り、小舟は係留された舟の間を巧みに滑り出た。

河岸に濃い黄色や赤茶色の古い城のような建物が立ち並んでいる。テラスや屋根には何度も修復を重ねた跡がある。金持ちが巡礼者のために競って建てた、とバクシが説明した。宿泊費は無料か、もしくはわずかな額だという。

「何か絵巻物みたい」

小舟から少し身を乗り出し、菜穂子が言った。「このような人たちを仏陀は救ったのね」。希代が「仏陀が救ったのは全人類よ」と言った。

ひしめき合う数階建ての大きな建物の間にはところどころ河に下りる階段がある。

もやっている対岸から湧き出たようにいつの間にか、水面のあちらこちらに小舟が浮かんでいる。

菜穂子が小舟の縁から手を伸ばし、先ほど少年たちから買った小さい壺に水を汲《く》もうとした。

「無理です、菜穂子さん。持ち帰っても水は腐ってしまいます。沖縄までは持ちません」とバクシが言った。「神聖な水ですから」

「だったら何のために、みんなこれを買ったんだ」

老小説家が小さい壺を高く掲げた。

「神聖な水なら腐れないんじゃないの？　バクシさん」と律子が言った。

菜穂子が「この河には神聖な魚もいるんでしょう？　バクシさん」と言った。

「います。たぶんサールナートのホテルでも料理に出たと思いますよ」

「こんな濁った水で育った魚を食べたの？　うちら」と律子がバクシに言った。

「徳を積んだ魚ですよ」

「ガンジスは人間のように差別や区別をしない河だ。偉大だ」と武島が言った。「火葬した人の灰も、排水も何でもかんでも飲み込んでいる」

一行は沈黙した。

「ヒマラヤから流れてくる澄んだ、神聖な水が一切合切浄化します。武島さんは少し勘違いされそうな言い方をしています」とバクシが珍しく語気を強めた。

「ガンジスの滔々《とうとう》とした流れは大昔から変わらないのに、私たちはいつかはどこかに消えてしまうのね」

菜穂子がしみじみと言った。

「今は新しくなった自分がいるんだから、過去の古い自分にさよならしなければならないのよ、菜穂子さん」と希代があたかも自分に言い聞かせるように言った。

老小説家が帽子を取り、小舟の縁から頭を突き出し、小さい壺に汲んだ水をハリセンボンのような髪にかけ、「生き返るようだ」と言った。「わしはあの世に行って帰ってきた者はいないと輪廻《りんね》思想を否定してきた。だが、この歳《とし》になると肯定したら気持ちが楽になる」

きれいな目をした少年の小舟が近づいてきた。少年は小舟を巧みにつなぎ合わせ、一行の小舟に乗り移った。

「一つずつ受け取ってください。私のサービスです」とバクシが言った。少年は蠟燭《ろうそく》を灯《とも》した、手のひら大の皿を素早く配った。

「水に静かに流すんでしょう?」と菜穂子がバクシに言った。

「正解です。葉を乾燥させて作った皿にマリーゴールドを乗せて、蠟燭を灯しています。神々への供養です」

まもなく少年の小舟は離れて行った。

一行が水に浮かべた皿は流れの方向に少しずつ動いた。菜穂子は先ほど買った花輪を首から外し、水面に静かに置きながら「私、もし子供が生まれたら、ガンガーという名前を付けてもいいわ」と誰にともなく言った。希代も花輪を水に押し流し、合掌した。

ガンジス河と仏陀の関係は今一つよくわからないが、安岡はバクシにビデオ撮影を促した。バクシは中腰になり、一行の姿や表情を一人ひとりビデオに収めた。菜穂子は上体をそらし、ガンジス河の写真を何枚も写した後、安岡と希代に高級カメラを向け、「写してあげるわ。もっとくっついて。はい、笑って」と妙にはしゃいだ。

河岸では腰に布を巻いた上半身裸の男たちが歯を磨き、体に石鹼《せっけん》を塗りたくり、髪を洗っている。サリーを着た女たちが洗濯をしている。

安岡は対岸に顔を向けた。

日はだいぶ上がったが、靄《もや》はまだ起伏のない対岸を隠したり、現したりする。このまま靄の中に小舟が進んだら、あの世につくのではないだろうかと安岡は思った。突如不思議な感覚が生じた。「あまりにも寂しいよ」とつぶやく人を乗せた、あの世からの小舟が現れそうな予感がした。もし絹子の乗った小舟なら「こんなに遠いところまでよく来たね」と強く抱きしめよう。

靄の中から小舟が現れた。薪《まき》を満載している。

「火葬のための薪です。舟に乗る前に少し説明しましたか？　まだでしたか？」

バクシは死を待つ家の話をした。

死を待つ家がガンジス河岸にある。インド各地から不治の病の人や年老いた人が臨終を迎えるためにやってくる。全財産を譲った子供に連れられてくる老人も大勢いる。老女は白いサリーをまとい、静かに死を待つ。お金を使い果たしたが、なかなか死なない人は物乞いをし、生活をする。

「死なずに認知症になって、みんなわしをおいて、どこに行ったんだと泣く老人もいるようだ」と武島が言った。

「死にに来たのに変に元気になって、願いがかなわなかったと泣き泣き故郷に帰るお年寄りもいますよ」とバクシが言った。

「人間って必ず死ぬんですね。絹子だけではないんですね」と希代が言った。「今、やっと実感できました」

「人は死と駆け引きをしながら生きているんだよ」と武島が言った。

河岸の露天の火葬場に薪《まき》を積んだ小舟が接岸している。白い布に包まれた死体が燃え盛る火に包まれている。布からはみ出した黒い脚は金棒のように硬直している。職業柄か黒い煤《すす》が痩せた体にくっついたような男たちが薪をくべている。死者が骨に変わり、灰になるのを周りに座り込んだ遺族がじっと見守っている。

安岡はいたたまれなくなり、目をそらし、立ち上る黒い煙を見上げた。

「インドには屋内の火葬場はないんですか？　バクシさん」と希代が聞いた。

「人間の体は土、火、気、水からできています。土は寝かす、火は焼く、気は煙、水は河に流す。そもそもベナレスは大いなる火葬場です。火葬場を軸に大昔に町ができたのです」

死者に大勢の生者が呼び寄せられ、集まり、徐々に葬儀の場は生活の拠点になり、ここから狩りや採集に出掛け、ここに戻ってきたと安岡は考えた。まもなくここに人々は定住し、町となり、町は葬儀を強化拡大し、葬儀を取り扱う人に強大な権力を与えた。

「ここには火葬を数千年間取り仕切ってきた一族がいます」とバクシが言った。

積んだ薪に点火する聖なる火は大昔から一度も絶えずに燃え続けているという。順番に約四時間焼くが、薪が十分に買えない人は半焼けのままガンジスに流すという。

「幼児の火葬はほんの少しの薪を燃やせば済むのかしら」

希代が安岡の目を見つめた。安岡は頭がぼぅとしたまま「絹子は立派に火葬した」と言った。

菜穂子が目にうっすら涙を浮かべ、「あの人たち、かわいそうではないよね、バクシさん」と言った。

「幸せな人たちです」

「私も死んだらガンジスの灰になりたいわ」

薪を下ろした小舟は火葬場から次第に遠ざかった。

目を閉じた安岡の脳裏に勢いよく立ち上る煙が浮かんだ。

俺の眼前では、過去でも現在でも未来でも人は煙になり、灰になる。老人でも赤ん坊でも死んだ人は必ず生まれ変わると信じ、天につながっているというガンジス河に遺灰や遺骨をまく、あの人々は超然としている。

安岡は目を開けた。

俺も、俺の目の前の無数の人々もあと百二十年もしたら一人残らずこの世から消える。全世界に今いる人が誰もいなくなる。死は排斥し、抵抗し、攻撃すべきだと俺は多分考えていただろうが、違う。受け入れるものだ。安岡は声を出さずに自分に言った。

安岡は上着を脱ぎ、唖然とした一行を尻目に小舟の縁《へり》をつかみ、ズボンを着たまま水に飛び込んだ。水しぶきがかかり、律子が声を上げた。バクシが船頭に小舟を止めさせた。全員が注目する中、安岡は直立したまま水に沈んだ。希代が声にならない悲鳴を上げ、大きく身を乗り出した。

「どうして？　おとなしい安岡さんがなぜ？　いったいどうなったの？」と律子が騒いだ。

安岡はポコッと顔を出した。菜穂子がしきりに写真を撮った。バクシも思い出したようにビデオカメラを回した。安岡は何度か顔を出しては沈み、沈んでは顔を出した。

まもなく武島と老小説家が安岡の腕をつかみ、小舟に引き上げた。希代は茫然とびしょ濡れの安岡を見つめ、身動きしなかった。菜穂子が自分のバッグからフェイスタオルを出し、安岡に手渡した。希代が首から木綿のスカーフを外し、安岡の頭を包み込むように拭いた。

バクシが「偉大な何かに誘われるように沐浴《もくよく》なさった先生はやはり只者《ただもの》ではありません」と言った。

上着を着た安岡は「火葬を見て、色々考えてしまった」と希代に言った。

「もう大丈夫よ」

「うん、大丈夫だな」

「これで色心がきれいに洗われましたな」と武島が言った。

「寒くない？」と安岡に聞いた律子を「そんな低次元の話じゃない」と武島が一喝した。

小舟は人気の少ない、小さい船着き場についた。水苔《みずごけ》に足を滑らせかけた希代を安岡が支えた。一行はそろりそろりと階段を上がった。

バクシが「仏陀もガンジスで沐浴しました。ここも大きな聖跡です。必要な方は最後の小石をイタダイテください」と言った。バクシは必要な方は、と言ったのだが、一行は全員濡《ぬ》れた階段に気を付けながら周辺にある丸っこい小石を二個ずつ収集した。

階段を登り切った一行を白い上着に蝶ネクタイを締めた太った男が笑みを浮かべながら石造りの数階建ての建物に案内した。バクシに一言言われた小柄なボーイが安岡に白いバスタオルとバスローブを手渡した。希代がバスタオルを受け取り、安岡の肩や背中を拭いた。

「義治《よしじ》」

希代は数週間ぶりに「あなた」ではなく、恋人時代のように「義治」と言った。安岡は希代の目を見た。

「あの彼岸花とかいうお店の女性……義治の浮気ではなくて、義治が被害者のような気がするけど……あの頃、絹子を亡くして、私、どうしようもなくて」

「僕もどうにかしていた」

近くにいたバクシが白い歯を見せた。

「先生、奥さん、仏陀の小石のご利益が出ましたね」

二階のレストランの細長いテーブルに全員が座るのを待ち構えていた白い髭《ひげ》を蓄えた、痩身の老人がバイオリンに似たインドの民族楽器を弾いた。まもなく歌も歌いだした。声は高く、青年のように力強かった。

「すぐお食事が出ます」

老人が拍手に送られながら引き上げた後、バクシがボーイと一緒にテーブルにチャイを運んできた。

「ね、見て」と希代が隣に座っている律子に頭を突き出した。菜穂子がわきから希代のソバージュの髪をかき分けた。「毛が少し生えている。円形脱毛がなおっている」と菜穂子が驚嘆の声を出した。

律子が希代の目を見つめ、「不思議ね。あんた、やっと旦那さんを許したのね」と言った。

「安岡さんの何を許したか、わからないけど、希代さんは心の深いところで大きな何かが変わったのね」と菜穂子が言った。「律子さん、私の勝ちですね。何をおごるんでしたっけ?」

「行きつけのステーキ店があるから、レアのステーキをごちそうするね」

「牛は神聖なものですよ」

「だから沖縄に帰ってから」

律子は希代に向いた。

「希代さんと旦那さんはホテルの部屋も別々だったのに、ほんとに不思議よね」

「お二人は仏陀の懐に抱かれたのです。沖縄に帰って、万が一熱が冷めたら仏陀の小石を見つめて、この聖跡巡りツアーを思い出して、仲睦《なかむつ》まじくしてほしいと思います」

バクシの言葉はどこか仰々しいが、希代の禿《は》げが治ったのは事実だ。インドの風土の力、人の力、聖跡の力は侮れないと安岡はつくづく思った。

安岡は何気なく向かいの老小説家を見た。老小説家は口を開いた。

「ブッダガヤのレストランで、だったか、安岡君の……」

老小説家は希代を見た。「私、希代です」と希代が言った。

「希代君がご自身の針のような髪に目を向けたらいいです、とか言っていたが、わしの髪なんか枝葉末節だ。安岡君、R大でのわしの講演を覚えているか?」

「感動しました。演題は黒人兵とマングースでしたね。たしかR大の副学長が老小説家さんの高校の同期のよしみで声をかけられたとか、おっしゃっていましたね」

「彼は今は学長になっているよ」

安岡は老小説家が自己卑下しそうな予感がした。

「学長はR大生を対象に文学賞を新設するそうだ」

「文学にそうとう熱意のある方なんですね」

「わしは彼に審査員を引き受けてくれるように懇願されているんだ」

「素晴らしいですね。ぜひ承諾して、沖縄文学の後進を育ててください」

老小説家の小説の分析力は並ではないと安岡は心底思っている。

「このツアーに出発する前に快諾したよ」

だったら、懇願されている、ではなく懇願された、が正しいのではと思ったが、喜びがこみ上げ、深く息を吸った。老小説家の目の前が開けたような気がし、涙がにじんだ。

菜穂子が立ち上がった。

「私、実は希代さんが拾う小石に関心はありませんでした。でも、もし平和祈念公園に埋められるようでしたら、私が一番長生きするはずですから、皆さんが老いて、亡くなってもちゃんと私が語り部になって、訪れる人に伝えていきます。安心してください」

「まだ、沖縄にも帰らないのに、もうわしらが死んだ後の話か」と老小説家がチャイを飲みながら言った。バクシがととのったという合図をした。

「みなさん、いただきましょう」と希代が言った。

窓際の、白いクロスをかけた長テーブルに十数種類のカレーを中心にした豪華なインド料理が並んでいる。（完）

本書は「琉球新報」に連載されたものに、著者による加筆修正を加え、書籍化したものです。

著者略歴

又吉栄喜（またよし・えいき）

1947年、沖縄・浦添村（現浦添市）生まれ。琉球大学法文学部史学科卒業。1975年、「海は蒼く」で新沖縄文学賞佳作。1976年、「カーニバル闘牛大会」で琉球新報短篇小説賞受賞。1977年、「ジョージが射殺した猪」で九州芸術祭文学賞最優秀賞受賞。1980年、『ギンネム屋敷』ですばる文学賞受賞。1996年、『豚の報い』で第114回芥川賞受賞。著書に『豚の報い』『果報は海から』『波の上のマリア』『海の微睡み』『呼び寄せる島』『漁師と歌姫』など。南日本文学賞、琉球新報短篇小説賞、新沖縄文学賞、九州芸術祭文学賞などの選考委員を務める。2015年に初のエッセイ集『時空超えた沖縄』を刊行。

映画化作品／「豚の報い」（崔洋一監督）「波の上のマリア」（宮本亜門監督「ビート」原作）　**翻訳作品**／フランス、イタリア、アメリカ、中国、韓国、ポーランドなどで「人骨展示館」「果報は海から」「豚の報い」「ギンネム屋敷」等

石炭袋

又吉栄喜『仏陀の小石』

2019年3月22日　初版発行

著　者　又吉　栄喜

発行者　鈴木比佐雄

発行所　株式会社 コールサック社

〒173-0004　東京都板橋区板橋2-63-4-209

電話 03-5944-3258　FAX 03-5944-3238

suzuki@coal-sack.com　http://www.coal-sack.com

郵便振替　00180-4-741802

印刷管理　（株）コールサック社　制作部

＊装丁　奥川はるみ　　＊装画・挿画　我如古真子

落丁本・乱丁本はお取り替えいたします。

ISBN978-4-86435-376-2　C0093　￥1800E